SOLO UNA VEZ MÁS

DEBORAH COOKE

Traducido por
LAUREN IZQUIERDO

DEBORAH A. COOKE

FLATIRON 5 FITNESS - ESPAÑOL

Recién salidos de la universidad, cinco amigos con un sueño unieron fuerzas para lograr el éxito. Diez años después, su exclusivo gimnasio, Flatiron 5 Fitness, es el destino más popular de Manhattan. La gente acude en masa a F5F para ponerse en forma, para tener suerte e incluso para enamorarse. Los socios fundadores han sido inmunes al hechizo romántico de F5F, al menos hasta ahora...

1. **Solo una cita falsa**
(Tyler & Shannyn)

2. **Solo una vez más**
(Kyle & Lauren)

3. **Solo una noche juntos**
(Damon & Haley)

4. **Solo un héroe local**
(Cassie & Reid)

5. **Dos bodas y un bebé**

SOLO UNA VEZ MÁS

PRÓLOGO

23 de junio: Manhattan

Lauren salió de la parte de atrás de su peluquería secándose las manos. Los viernes eran simplemente brutales y, como de costumbre, ella se había saltado el almuerzo, pero el último cliente finalmente había salido por la puerta. Ella deseaba tener un sábado libre y tratar de arreglar las cosas con Mark.

Tal vez finalmente lograran resolver todas sus diferencias.

Eso parecía una posibilidad remota, pero Lauren no era más que optimista.

Y tenaz. Se suponía que el matrimonio era para siempre. Nadie que valiera algo simplemente se alejaba cuando había un trozo de terreno accidentado que sortear.

Incluso si era un gran bache.

Ella se detuvo en seco al ver a un hombre conocido hojeando las revistas en la sala de espera. Como había sucedido antes, Kyle pareció sentir su mirada y miró hacia arriba de inmediato. Como siempre había sucedido, una mirada del amigo y socio de la universidad de su hermano y Lauren se sintió inestable en sus pies.

Había sido así incluso antes de que ella supiera quién era él.

El hecho era que Kyle era demasiado apuesto.

Él era demasiado seguro de sí mismo.

Pero maldita sea, él era agradable a la vista.

Ella habría pensado que una noche juntos hacía tantos años habría sido suficiente, pero el estremecimiento que Lauren sentía al ver a Kyle demostraba que no era así.

Tenía que ser porque ella había estado demasiado sola. ¿Cuánto tiempo había pasado desde que ella y Mark habían tenido relaciones sexuales? ¿Cien años?

"Mira lo que trajo el gato," dijo Lauren en el tono casual que siempre usaba con Kyle. De la forma en que ella lo veía, él no necesitaba que nadie construyera su ego. Ya estaba por las nubes.

Él sonrió. "Tienes una gran habilidad con las palabras. Sabía que me habías extrañado." Lauren puso los ojos en blanco, más porque ella esperaba eso que por cualquier otra cosa. Ella no podía negar que se sentía un poco más ligera en su presencia. Él tenía ese efecto en ella. Probablemente en todo el mundo. "En serio. ¿Qué estás haciendo aquí?"

Él se llevó una mano a su despeinado cabello rubio. "¿Tan difícil es creer que necesito retocar mis mechas?"

"Nunca has venido aquí antes."

"Tal vez quería difundir la alegría por ahí."

Lauren se rió a pesar de sí misma. "Realmente deberías empaquetar esa confianza y venderla. Estoy segura de que tienes más que suficiente para dar."

"Tal vez", dijo él y se puso serio de forma inesperada.

"En realidad, no nos quedan citas hoy", dijo ella, cerrando la enorme agenda de citas. "Sin mentiras. Ha sido un viernes loco, pero gracias a Dios cerramos pronto."

Kyle miró hacia arriba, empalándola en el acto con esos ojos azules. "No vine a una cita de peluquería, Lau", dijo él, llamándola por el apodo que solo él usaba. Su actitud seria le provocó palpitaciones a Lauren, pero no tanto como lo que él dijo a continuación. "Necesito hablar contigo."

"Eso suena terrible."

"Podrías pensar que lo es." Él se inclinó hacia atrás, mirándola con una intensidad más típica de su hermano mayor, Tyler, que del despreocupado Kyle que ella creía conocer.

"¿Qué es?" preguntó ella con nueva preocupación. "¿Le pasa algo a Ty?"

"No, eso no." Kyle negó con la cabeza, su mirada se dirigió rápidamente a la habitación de junto. Marie probablemente estaba escuchando a escondidas y Lauren apreciaba que él lo hubiera adivinado. "Aquí no." Él se puso de pie, luego miró por la ventana hacia el pequeño bar de vinos al otro lado de la calle. "¿Ese lugar es bueno?"

"Es tranquilo hasta las ocho más o menos."

"Perfecto. Dijiste que cerrarías pronto. ¿Cuándo terminas?

"Puedo terminar en diez minutos." Lauren estaba intrigada por lo atento que estaba Kyle. ¿De qué podría querer hablar él? "Solo tengo que limpiar un par de cosas."

"Entonces te esperaré allí." Kyle la señaló con un dedo, haciendo que su corazón saltara. "No me dejes plantado. Recuerda que sé dónde vives." Él le guiñó un ojo, volviendo a ser su yo imprudente, le lanzó un beso a Marie (que estaba escuchando) y salió del salón.

Lauren miró su trasero apretado todo el camino al otro lado de la calle. Él estaba bueno. Y ella no iba a recordar esa noche...

No. Algunas cosas deberían mantenerse perfectas y ese recuerdo era una de ellas. Volver por más sería una decepción.

Ella lo sabía desde hacía doce años.

Porque Kyle se lo había dicho.

"¿Quién es el delicioso?" preguntó Marie, saliendo de la otra habitación. La otra estilista era unos años mayor que Lauren y era bastante llamativa con su cabello oscuro y ojos oscuros. Se habían conocido en una feria comercial justo cuando Lauren planeaba abrir el salón y Marie esperaba alquilar una silla en el Upper West Side. Marie había trabajado en el salón desde el primer día y su lista de clientes había ayudado a mantener el salón ocupado en los primeros días. Ella y Lauren nunca se habían hecho amigas, pero su relación de trabajo era excelente.

Lauren notó cómo Marie miraba a Kyle y se preguntó si la otra mujer deseaba que Kyle le hubiera dado más que una mirada.

Quizás ella debería presentarlos.

Quizás no.

"Un amigo de mi hermano", dijo Lauren con un encogimiento de hombros indiferente que era casi lo contrario de cómo se estaba sintiendo. Ella tenía la costumbre de darle a Marie la mínima información.

"¿El hermano que se va a casar?"

Lauren asintió, dando una explicación plausible en el acto. "Probablemente esté planeando la despedida de Ty. Supongo que quiere ayuda para sorprender a Ty porque no es algo fácil de hacer."

Marie puso los ojos en blanco. "Los hombres y sus despedidas de soltero. Uno pensaría que tenían miedo de que una vez que se casen, nunca volverían a tener relaciones sexuales."

Lauren se abstuvo de comentar sobre eso. Se limpió rápidamente y cuando vio que Marie también había terminado, cerró temprano. Cruzó la calle hasta el bar de vinos en ocho minutos y medio. Ella se decía a sí misma que no era solo la promesa de tener a Kyle para ella sola. Había algo extraño en su visita improvisada.

Pero su corazón dio un salto y su boca se secó cuando la mirada de Kyle se fijó en ella.

Algunas cosas nunca cambiaban.

Sin embargo, Kyle no necesitaba saberlo.

"¿QUIERES UNA BEBIDA?" Preguntó Kyle, con un sentimiento como si su encanto habitual lo hubiera abandonado.

Lauren se sentó, tan hermosa y tan escéptica como siempre. Ella era casi tan alta como Ty, con el mismo cabello castaño y ojos verdes. Sin embargo, los de ella tenían gruesas pestañas y sus labios eran carnosos. Su cabello era largo y rebotaba, como si ella debiera protagonizar un comercial de champú. Él supuso que una estilista debía saber cómo hacer que eso sucediera. Lau era delgada en todos los lugares correctos, y curvada donde hacía falta. Siempre había algo en ella que hacía que Kyle quisiera tocarla.

Quizás más que solo tocarla.

Ella lo miró fijamente. "No me lo vas a decir simplemente, ¿verdad?"

Él hizo una mueca. "Creo que tengo que trabajar en eso."

"Tomaré un café, por favor", le dijo ella a la mesera que estaba sirviendo. "Negro."

"Escocés doble", dijo Kyle. "Sin hielo."

"Malas noticias, entonces," dijo Lauren después de que la camarera se fuera.

"Supongo que depende de tu perspectiva. No son buenas noticias, eso es seguro, pero probablemente sea mejor saberlo más pronto que tarde."

"No estás haciendo mucho para tranquilizarme."

"No estoy seguro de si debería." Kyle decidió que una imagen valía más que mil palabras. Metió la mano en su bolso de mensajero y sacó un sobre marrón. La mesera les trajo las bebidas y él se aferró al sobre, el silencio se cargaba por segundos.

"Gracias," dijo Lauren a la mesera con una rápida sonrisa.

Kyle puso el sobre en la mesa entre ellos cuando volvieron a estar solos, manteniendo los dedos sobre él. "Realmente recomiendo la bebida primero", dijo él.

Lauren se burló y sacó el sobre de debajo de sus dedos. Ella lo abrió, aparentemente teniendo alguna idea de su contenido, pero cualquiera que fuera su expectativa, ella se sorprendió. Ella hojeó las imágenes en rápida sucesión, luego de nuevo más lentamente, su rostro se volvía más blanco y sus labios se tensaban cada segundo.

Kyle recordaba las imágenes y su orden. Él no tenía que mirarlas de nuevo para saber lo que estaba viendo Lauren. Primero, estaba la toma de su esposo, Mark, entrando al club en F5F con sus brazos alrededor de dos hermosas mujeres, ambas mucho más jóvenes que él. La segunda era él besándose con una de esas mujeres contra la barra. En la tercera, todavía en el bar, la pareja parecía que podría tener sexo, justo en frente de todos. La cuarta era de cuando ellos se iban, la mano de Mark rodeaba el trasero de la mujer.

Lauren las dejó sobre la mesa y miró fijamente a Kyle. "¿Quién hizo estas?"

"Las cámaras de seguridad."

"¿Cómo las conseguiste?"

"¿En serio? Eso es F5F." Él se refirió al gimnasio del que él y Ty eran copropietarios.

Los ojos de Lau se agrandaron y puso una de las imágenes sobre la mesa. Era la segunda foto en el bar, la de Mark besándose con esa joven rubia sexy. Ella no podía tener veinte años. "Mala estrategia de su parte", dijo Lauren en voz baja. "En cualquier otro lugar, podría no haber sido reconocido."

Para consternación de Kyle, ella no se había sorprendido. Él no estaba seguro de si eso mejoraba o empeoraba las cosas.

Las manos de Lauren temblaban un poco mientras ella volvía a meter las fotos en el sobre. Ella tomó un sorbo de café e hizo una mueca. "Yo sé que él colecciona porno. Sé que sale con sus amigos. Sé también que visitan clubes de striptease. Entonces, él besa a mujeres bonitas cuando sale. Nada de eso es un crimen."

"No, no lo es." Kyle tomó un sorbo de su propia bebida y luego se inclinó sobre la mesa. "Pero hay más."

"¿Más que envolver su lengua alrededor de sus amígdalas?"

Kyle asintió, dándose cuenta de que ella estaba más molesta de lo que él pensaba.

Ella encontró su mirada fijamente. "¿Por qué exactamente me estás diciendo esto?"

Kyle eligió la versión abreviada. "Porque yo lo vi. Esa noche yo estaba trabajando en el bar y pensé que él me resultaba familiar. Le pedí a Ty que revisara las imágenes y me confirmó que era Mark."

"¿Cómo lo reconociste?"

"Ty nos muestra fotos de las bodas."

Entonces ella casi sonrió. "Muchas de esas en los últimos años." Ella se refería al hecho de que las cuatro hermanas de Ty se habían casado, una cada año, empezando por la propia Lauren. La boda más reciente, la de Katelyn, había sido menos de dos semanas antes.

"Yo no estaba seguro en ese momento. Mark simplemente parecía vagamente familiar. Fue después de cerrar cuando descubrí dónde lo había visto antes. Le pedí a Ty que mirara. Él no estaba feliz."

"Supongo que no." Ella tocó el sobre. "¿Por qué eres tú quien me lo dice y no él?"

"Porque me ofrecí a ser portador de malas noticias. Me siento un poco responsable porque yo lo vi." Él se encogió de hombros, incapaz de explicar completamente su impulso. "Y pensé que sería mejor recibir las noticias de un amigo."

"¿Eso es lo que somos?"

"Podemos ser."

"No me trajiste esto para coquetear conmigo, ¿verdad?"

Su voz era aguda, pero Kyle la conocía lo suficientemente bien como para darse cuenta de que su ira no estaba realmente dirigida a él. "No. Pensé que quizás querrías hablar de eso, tal vez de una manera de la que no puedas hablar con Ty. Yo sabía que no querrías hablar con Cassie y no conoces muy bien ni a Damon ni a Theo. Pensé que yo era tu mejor oportunidad."

Ella dio unos golpecitos con los dedos sobre la mesa, considerando eso. "No puedes probar que pasó algo después de que dejaron el bar..."

"Yo puedo, Lau, porque no salieron del edificio", dijo Kyle interrumpiéndola. "Entonces, puedes confiar en mí de yo que no te jodería en algo tan importante, o puedes firmar un acuerdo de confidencialidad y verlo por ti misma."

Sus ojos se entrecerraron. "¿Por qué tengo que firmar algo?"

"Porque hay otras personas en la grabación de las cámaras de seguridad." Él sacó un segundo sobre de su bolsa de mensajero, uno más pequeño, y dejó que su tono se suavizara. "Es una de memoria grabada. No tienes que mirarla."

La mirada de Lauren se detuvo en el sobre. "Inocente hasta que se demuestre lo contrario", dijo ella en voz baja.

"Pensé que dirías eso."

Ella respiró temblorosamente, luego tomó otro sorbo de café. "¿Tienes una computadora portátil contigo?"

"Una tableta. Puedes verlo ahí si quieres." A su asentimiento de acuerdo, Kyle se regaló otro trago de whisky escocés.

Ella se inclinó sobre la mesa. "¿Sucedió esto un viernes por la noche?"

"Sí. El Club de F5F solo está abierto los viernes y sábados por la noche."

Lauren vaciló solo un momento, luego se movió con decisión. Ella sacó el acuerdo de confidencialidad, lo leyó dos veces, lo firmó por triplicado y se lo ofreció.

"Ya firmé."

Ella cogió una copia, la dobló y la guardó en su bolso. Ella tomó un gran sorbo de su whisky, tan suavemente como una vez le había arrebatado la lima a su tequila. "Dámelo", dijo ella, haciendo señas con impaciencia con los dedos. "Necesito saber."

Kyle encendió su tableta, deslizó la unidad en el puerto y abrió el archivo. Él giró la tableta para que Lauren pudiera ver a su esposo con una rubia en el pasillo del baño en F5F, luego se sentó para mirarla.

"Ella necesita que le retoquen las raíces," dijo Lauren en voz baja.

"Ty dijo que dirías eso."

Ella no respondió, pero entonces, Kyle sabía que rápidamente empeoraba. Su whisky tenía un sabor amargo, solo por la forma en que Lauren palidecía y sus labios casi desaparecían. Sin embargo, ella lo vio todo. Un McKay no retrocede. Pero ella parecía agotada cuando terminó, como si toda la vida en ella se hubiera ido.

No. Toda la esperanza en ella se había ido.

La vista casi mata a Kyle.

"Él se quitó el anillo de bodas", dijo ella sin ninguna emoción.

"Sí." Kyle deseaba no haber sido él quien le hubiera traído la noticia, pero por otro lado, no había querido que nadie más lo hiciera. "Lo siento."

"No deberías sentirlo", dijo ella, sus ojos parpadearon brevemente. Ella se sentó más erguida y lo miró a los ojos mientras le devolvía la tableta. "No mucha gente habría tenido el valor de decírmelo, y mucho menos de correr ese riesgo de ser portador de malas noticias. Mi problema es con Mark y con nadie más."

Kyle había sospechado que ella diría eso, pero le alivió escucharla decirlo. "¿Y qué vas a hacer?"

"Hace mucho que no me enojo", dijo ella con una resignación que lo entristeció. ¿Había sido realmente tan malo su matrimonio? "Creo que intentaré vengarme."

"Si necesitas ayuda, házmelo saber."

Lauren lo miró con recelo. "¿Lleno con el néctar de la bondad humana esta noche?" dijo ella en un tono burlón, el primer indicio de que su chispa habitual estaba regresando.

"Él es un idiota", dijo Kyle y lo decía en serio.

El fantasma de una sonrisa asomó a los labios de Lauren. "Solo estás diciendo eso."

Hubiera sido bueno responder que él simplemente decía algo, pero él lo hacía y Lau lo sabía. "No. No esta vez." Él la señaló con un dedo. "A ti no te sorprendió."

"Realmente no. Ha sido una mierda por un tiempo."

"Solo has estado casada por un tiempo."

"Eso es verdad." Lauren frunció el ceño. "Tiene sentido que él este conseguido algo de sexo en otro lugar, porque no había ninguno en casa."

"Lo siento."

"Yo también." Ella lo miró a los ojos directamente y él admiró lo directa que ella era. Probablemente no creas que te voy a agradecer, pero lo haré. Gracias por decírmelo, Kyle."

"Como dije, cualquier cosa que pueda hacer..."

"No, has hecho mucho."

"Eso suena como una acusación", bromeó él y para su deleite, ella sonrió brevemente.

Ella casi se puso de pie, pero luego volvió a sentarse. "Probablemente no lo sepas, pero ¿esa noche que tuvimos?"

Esa noche. Kyle asintió con la cabeza, con la garganta apretada.

"Ha sido una piedra de toque para mí de lo bien que pueden estar las cosas para dos personas. Me ha dado fuerza y esperanza en algunos tiempos oscuros. Entonces, gracias por eso también."

"'Una cosa hermosa es un gozo para siempre'", dijo Kyle, asintiendo con la cabeza en comprensión.

"Eso suena a poema."

"John Keats", coincidió Kyle. "'Lo bello es un gozo para siempre: su hermosura aumenta; nunca pasará a la nada; pero aun así mantendrá una enramada tranquila para nosotros, y un sueño lleno de dulces sueños, salud y respiración tranquila. 'Etc. Etc." Él sonrió ante su obvia sorpresa. "¿Crees que soy inculto?"

Ella lo consideró. "No, pero nunca te asocié con la poesía. Espera un minuto. ¿Cuándo vivió Keats?

"1795 a 1821."

Ella le señaló con un dedo. "Literatura inglesa del siglo XIX. Ty tomó ese curso en su primer año, supuestamente como un curso amplio, pero realmente para conocer mujeres."

"¿Dónde pensaste que lo conocí? Él era un estudiante de finanzas. Yo estaba en atletismo." Ella se inclinó sobre la mesa, decidido a hacerla reír. "Éramos los únicos dos tipos heterosexuales en toda la sala de conferencias. Éramos dueños de esa clase y dimos en el clavo en nuestra presentación final."

"¿De verdad?" Sus ojos volvieron a brillar, lo que lo animó.

"Oh sí. Nos tiraron bragas durante un mes." Kyle dio un pesado suspiro, tratando de hacerla reír. "Fue un entrenamiento de resistencia serio para asegurarnos de que todas tuvieran un turno en solo once semanas. Gran sala de conferencias y Ty no mantuvo su meta. Él estaba estudiando." Kyle la saludó con su whisky. "Pero yo lo intenté. Realmente lo intenté."

Lauren se inclinó sobre la mesa, sin sonreír en absoluto. "¿Y cómo encajé yo en ese horario?" preguntó ella, un desafío en sus ojos.

Kyle se puso serio. "Lo arruinaste", dijo él con convicción. "Mi objetivo era mantener ese plan mientras durara, pero tú robaste la chispa." Su sorpresa no fue la mejor respuesta, pero Kyle sabía que se lo merecía. Él había cultivado una reputación y había dejado que otros sacaran sus conclusiones, pero había una cosa que sabía sin lugar a dudas.

Por eso se había hecho cargo de ese recado.

Quizás era hora de decirlo en voz alta.

Él apuró su whisky y dejó el vaso sobre la mesa, sin apartar la mirada de ella. "Porque después de ti, Lau, no podría haber otras contendientes. Es por eso que esto me molesta tanto. Eres la mujer más admirable y hermosa que he conocido."

Ella abrió la boca para protestar, pero él levantó un dedo para silenciarla. "No te estoy jodiendo. Esta es la verdad. Esa noche fue la mejor noche de mi vida, y tú fuiste lo mejor que me pudo pasar."

"Pero incluso después de que supiste quién era yo, nunca te pusiste en contacto."

"Porque no podía funcionar. No por más tiempo del que tuvimos, por lo que había que defender la memoria."

Ella sacudió su cabeza. "No tienes que decir esto, Kyle..."

"No se trata solo de hablar", dijo él con impaciencia. "Ha habido mujeres, muchas, no soy nada si no persistente, pero nunca ha sido como esa noche. Ni siquiera cerca. Y sé que nunca lo será."

"Pero..."

Él lo comprobó, pero su vaso aún estaba vacío. "Pero no soy lo suficientemente bueno para ti, y lo sé, pero este bastardo tuvo lo mejor y simplemente lo tiró a la basura. Por emociones baratas. Eso simplemente no está bien."

Él se puso de pie mientras ella lo miraba, la incertidumbre en sus ojos. "Si necesitas ayuda para hacer que la vida de Mark sea miserable, solo házmelo saber. Eso es algo que puedo hacer por ti." Antes de que ella pudiera reconsiderar su oferta, Kyle sacó una de sus tarjetas, escribió su número de teléfono celular en la parte de atrás y la puso en la mesa frente a ella. Lauren lo miró fijamente, como si la tarjeta fuera a morder.

Como si él estuviera jugando con ella.

Como si todo lo que él había dicho fuera mentira.

Ese era el precio de confesar sus secretos a la gente. Kyle ofrecía la verdad y ella ni siquiera le creía. Él había tenido un noble impulso y lo había seguido, pero nadie le creía. Ni siquiera Lauren.

Especialmente Lauren.

Kyle se acercó molesto a la mesera y pagó la cuenta. Cuando se dio la vuelta para irse, Lauren ya se había ido.

También su tarjeta, pero Kyle no sabía si eso era bueno o no.

EL SEÑOR BERNARD se consideraba uno de los mejores porteros de Manhattan. Él se enorgullecía de comprender a todas y cada una de las personas que vivían en lo que él llamaba su edificio. Él los protegía. Los defendía. Se anticipaba a sus necesidades y arreglaba los asuntos para su conveniencia. Él llamaba taxis para ellos y almacenaba paquetes para ellos y gestionaba la entrega de sus comestibles y la limpieza en seco. Él estaba convencido de que un portero realmente excelente nunca debería ser tomado por sorpresa por ninguna solicitud, sino que debería tener una solución a todos los enigmas posibles al alcance de su mano. Después de treinta años en su oficio, el señor Bernard tenía cientos, si no miles, de contactos en Manhattan para facilitar la resolución de todos los desafíos o situaciones imaginables.

Aunque servía a todos los residentes del edificio, el señor Bernard tenía sus favoritos. La señora Lauren McKay era uno de ellos. Ella era encantadora, por supuesto, pero era más que su apariencia clásica lo que había ganado su admiración. Ella tenía el cariño de un hombre mayor por ciertos rasgos de una mujer, características que creaban un atractivo de lo más potente. La señora McKay era cortés, lo cual era muy importante en el mundo del señor Bernard. Ella siempre le deseaba buenos días y buenas noches, y le agradecía por cualquier pequeño servicio, incluso por presionar el botón del ascensor por ella. Ella siempre estaba bien vestida y era femenina. No estridente. Elegante. Ella no usaba palabras groseras, no se salía hasta tarde ni llegaba borracha a casa. Ella también era propietaria de una pequeña empresa, lo que el señor Bernard admiraba. Un día él había dado la vuelta a la manzana para ver su peluquería y cuando ella lo vio, insistió en darle un corte de muestra. Ella era amable.

Sí, a él le agradaba la señora McKay. Él sabía muy bien que ella no podría haber pagado su apartamento, que era el plan de pago de un apartamento pequeño con un solo dormitorio, si no fuera por el depósito hecho por su hermano mayor, el señor Tyler McKay. El señor Bernard aprobaba a los hermanos que cuidaban de sus hermanas y siempre le daba una cálida bienvenida al señor McKay cuando los visitaba.

Lamentablemente, la admiración del señor Bernard no se había extendido al esposo de la Señora McKay durante los últimos tres años. Mark Thompson era guapo y estaba bien vestido, y aparentemente tenía un buen trabajo, pero había un aire en él que al señor Bernard no le gustaba. El señor Thompson no actuaba como un caballero. No le abría las puertas a su esposa. No iba a buscar los víveres ni los paquetes que le habían entregado. A menudo llegaba tarde a casa y con frecuencia no estaba sobrio. Él esperaba que el mundo girara a su alrededor y claramente creía que las reglas no se aplicaban a él. El señor Bernard estaba convencido de que la señora McKay se merecía algo mejor.

Y así fue que cuando ella regresó a casa un viernes por la noche, con el aspecto, hay que decirlo, más fatigado de lo habitual, el señor Bernard se apresuró a abrirle la puerta. Y cuando ella le pidió ayuda en la tarea de sacar al señor Thompson de su apartamento de inmediato, el señor Bernard estuvo más que encantado de poner su variedad de contactos y conexiones a su servicio.

En sesenta minutos, las cerraduras del apartamento de la señora McKay habían sido cambiadas y ella tenía nuevas llaves. Además, todo lo que el señor Thompson había tocado en ese apartamento no solo había sido retirado sino cargado en una camioneta cuadrada con destino a un casillero de almacenamiento en un rincón distante de Nueva Jersey. El señor Bernard estaba encantado de que le confiaran la posesión de la llave de ese casillero de almacenamiento.

El señor Bernard sugirió que la señora McKay pasara la noche en el apartamento de su hermano y ella aceptó de inmediato. Para cuando ella empacó una maleta y llamó a su hermano, el señor Bernard se había asegurado de que hubiera un taxi esperando en la acera.

Para colmo de gloria, ella no solo le dio las gracias, sino que le besó en la mejilla. Bastaba para hacer que su corazón latiera con fuerza con la convicción de un trabajo bien hecho. Él se había asegurado de que todo estuviera bien en su rincón del universo.

El señor Bernard estaba en la puerta del edificio, tarareando en voz baja mientras vigilaba el umbral. Él trataba de decidir cuál de los eventos anticipados de la noche siguiente le daría más placer y falló por completo en elegir un favorito.

Negarle al señor Thompson el acceso al edificio sería satisfactorio. Podía haber puñetazos. El señor Bernard pasaba su tiempo libre en el gimnasio, así que estaba listo para eso.

Entregar la nota de la señora McKay al señor Thompson, notificándole de su relación terminada, solo podría ser un placer.

Confiarle al señor Thompson la ubicación actual de sus bienes terrenales prometía ser gratificante también. El señor Bernard sabía, por supuesto, que la pareja no poseía vehículo.

La anticipación de los tres eventos en una sola noche solo podía ampliar la sonrisa del señor Bernard.

Iba a ser una noche muy bonita.

UNO

19 de julio: Manhattan

Un poco más de tres semanas después de que Kyle le diera la noticia, Lauren estaba en Times Square, dejando que la ciudad fluyera a su alrededor. Durante la mayor parte de un mes, ella se había sentido en carne viva, pero ahora se sentía vacía.

Desolada.

Sola. El matrimonio había resultado ser un ejercicio inútil y ella se sentía estúpida por su optimismo. Ya era bastante malo haber desperdiciado cinco años con un hombre que no merecía su respeto y haber atado sus sueños con un esposo que claramente no los compartía, y mucho menos tenía la intención de cumplirlos. Era un pedazo de infierno estar sola y soltera de nuevo en una perfecta noche de verano en Nueva York.

Pero la peor parte era que se sentía como una idiota por creer en un feliz para siempre en primer lugar.

¿No se suponía que los sueños se harían realidad si creías?

Lauren no podía quedarse en el apartamento. No quería comer sola en un restaurante. Ella no quería una cita, un paseo, un café o un chisme con una amiga. Ella había pensado que podría ir sola al cine, pero no había podido elegir entre las que ponían en el multicine. Ella no quería gastar el dinero en una película, dado que era posible que realmente no lo viera.

Ella supuso que no era un accidente que terminara parada al otro lado de la plaza frente al enorme cartel de Kyle. Con veinte pisos de altura, era más hermoso que en la vida real. Lauren no lo hubiera creído posible, pero ella había mirado la valla publicitaria varias veces en los últimos días, solo para estar segura. Él se veía como el eterno surfista, con el pelo revuelto y la piel húmeda, una risa apenas comenzaba a curvar sus labios. Honestamente, ella podía ver el brillo en sus ojos incluso desde ahí.

Sudar en F5F.

¿Ella no lo deseaba?

Lauren recordó el peso de esas manos sobre su piel como si hubiera sido ayer, y no más de doce años atrás.

Ella pensó de nuevo en la furia que había en las palabras de Kyle cuando le había hablado de Mark. Ella no había creído que Kyle pudiera apasionarse por casi nada. Parecía ser su política personal no preocuparse por nadie. Ella no había pensado que él siquiera la recordara mucho.

Ella no pensaría en ese día en F5F cuando él le dio la espalda, como si ella fuera una extraña. ¿Cómo era posible que recordar ese instante todavía le rompiera el corazón?

¿Cómo podía ser cierta su reciente confesión? Ella había repetido sus palabras en sus pensamientos mil veces desde que él las había dicho.

Esa noche fue la mejor noche de mi vida, y tú fuiste lo mejor que me pasó.

Ella quería creerle, aunque Lauren lo sabía mejor.

Ella quería llamarlo.

Lauren sabía qué esperar. Ella sabía lo que Kyle podía dar y lo que no daría. Sería sexo. Buen sexo. Probablemente incluso sexo genial. Pero no habría ningún romance. Él no se involucraría emocionalmente. No sería para siempre.

Solo sería en el momento.

Pero cuanto más pensaba en ello, más convencida estaba de que eso podría ser suficiente.

Lauren sacó la tarjeta de presentación que había estrujado para estirarla y le dio la vuelta. Ella realmente no necesitaba mirar el número. Lo había memorizado hacía semanas. A ella le gustaba la forma en que Kyle escribía. Cada trazo de la pluma estaba lleno de su confianza y vigor.

Ella quería algo de eso.

Ella necesitaba algo de eso.

Lauren marcó su número en su teléfono celular antes de que pudiera cambiar de opinión, y su corazón dio un vuelco cuando él respondió.

"Aquí Kyle. ¿Qué puedo hacer por ti?"

"No miraste quién llamaba", acusó Lauren y sintió su sorpresa cuando él reconoció su voz.

Él se recuperó rápido, por supuesto. Kyle siempre lo hacía. "No. Habría respondido más rápido si lo hubiera hecho, Lau. ¿Dónde estás? Suena ruidoso."

"Times Square."

"Oh." Tenía que ser la primera vez que ella escuchaba a Kyle estar sin palabras. Por supuesto, él sabía dónde estaba la valla publicitaria. Él debía haber estado en esa reunión de marketing en F5F. Por lo que ella sabía, él había sugerido la ubicación.

Era casi seguro que él hubiera sugerido el eslogan.

¿Podría él estar avergonzado? Era una posibilidad poco probable.

"Solo he estado pensando que a veces una cosa hermosa no es suficiente para proporcionar alegría para siempre", dijo ella con voz ronca. "Estaba pensando que otra sería bueno."

Su voz bajó y ella se preguntó dónde estaba él. "Sabes que no puedo darte lo que quieres, Lau."

"Sé que esta noche puedes darme lo que necesito", respondió ella. "Me siento muerta, Kyle. Lo odio. Quiero volver a estar viva."

De nuevo hubo una pausa, y ella esperaba que él decidiera hacer lo que le pedía. Ella estaba agarrando el teléfono con demasiada fuerza, con el corazón en la boca, pero no le importaba.

"¿Tu casa?" sugirió él y el alivio fluyó a través de ella.

"No. Mark está dando vueltas como un perro, comprobando dos veces dónde cagó él."

Kyle se rió como si lo hubiera sorprendido. "No en mi casa. Nadie va allí."

"Tal vez es hora de cambiar eso", dijo ella, presionándolo un poco. Su pulso estaba acelerado. "Me estoy arriesgando. ¿Y tú?"

Él no lo pensó mucho, para su alivio. Inmediatamente le dio una dirección en el lado oeste. Hell´s Kitchen, probablemente. Ella apostaría a que era ese nuevo y reluciente edificio al sur del Javitz. "Estaré allí en veinte minutos", dijo él, algo de su propia urgencia en su tono. "Y si cambias de opinión, Lau, está bien".

"No voy a cambiar de opinión", dijo ella. "Estaré allí." Ella terminó la llamada y miró la valla publicitaria, dando la bienvenida al destello de emoción en sus venas. Hirviendo a fuego lento. Ella ni siquiera había visto a Kyle todavía, pero ya se sentía regresando de entre los muertos.

Ella sabía que eso era solo un indicio de lo que vendría durante la noche que se avecinaba. Lauren sonrió por primera vez en semanas mientras se acercaba a la acera para hacer señas a un taxi.

KYLE MIRÓ su teléfono por un momento, preguntándose si se había imaginado lo que acababa de suceder. Que Lauren lo hubiera llamado para tener sexo era demasiado bueno para ser verdad. Tenía que haber una trampa.

Él no iba a investigar demasiado.

No hasta después.

De hecho, él estaba bastante seguro de que ella no aparecería.

Esa era la única razón por la que había cedido, por supuesto. Esa noche que habían tenido juntos había sido perfecta y no había posibilidad de que un segundo encuentro fuera ni la mitad de bueno. Él sabía que cualquier seguimiento solo conduciría a la decepción, después de todo, todo romance estaba condenado al fracaso, pero era Lauren. Él no había podido resistirse a ella, especialmente cuando ella sonaba tan vulnerable.

Ella necesitaba un poco de tranquilidad. Ella lo había llamado y él tenía que dárselo.

Kyle estaba seguro de que ella habría decidido retroceder cuando él llegara a su edificio.

Pero aun así él la volvería a ver, aunque fuera brevemente, y esa era una tentación que no podía negar.

Él apagó su teléfono (si ella cambiaba de opinión, no quería saberlo) y se lo metió en el bolsillo. Él acababa de terminar de ducharse y cambiarse después de una clase de yoga caliente cuando ella había llamado, y él no podría haberse sentido mejor.

Estimulado y sereno al mismo tiempo.

Su solicitud lo había llenado de anticipación.

Kyle fue a la oficina y agarró su chaqueta. Cuando se giró, Cassie se interpuso en su camino. Él hizo una mueca cuando se dio cuenta de por qué.

Era la noche de su reunión semanal de la junta.

"¿A dónde vas?"

"Afuera." Cuanto menos dijera Kyle, mejor. Él trató de cambiar de tema indicándole el traje y los tacones. "¿Todavía no te has rendido con Ty? Nunca vas a llamar su atención ahora que él y Shannyn se han mudado juntos."

Cassie se encogió de hombros. "No tiene nada que ver con Ty. Simplemente me gusta." Ella movió sus caderas. "Vestirme hace que me sienta sexy, y tal vez eso llame la atención de otra persona. Sería triste no tener una cita para la boda de Ty, ¿no crees? "

"A mí no me molestaría." Kyle pasó junto a ella, dándose cuenta de que las posibilidades de que él viera a Tyler, entrando en F5F en su camino hacia la reunión cuando Kyle saliera del edificio, eran altas. Y eso no sería bueno. Kyle le había prometido a Ty años atrás que se mantendría alejado de las hermanas de ese hombre y él había cumplido sus promesas. Su única noche con Lauren era un secreto que ambos le habían ocultado a Ty, aunque técnicamente, había sucedido antes de que se hiciera esa promesa.

Antes de que él supiera que Lauren era la hermana de Ty.

Kyle tenía que darse prisa.

"Volverás para la reunión, ¿verdad?" Preguntó Cassie.

"No, tengo que perdérmela esta noche".

"Tú nunca te pierdes una reunión de la junta."

"Tiene que haber una primera vez para todo."

Cassie extendió la mano. "¿Qué podría ser más importante?"

Kyle le sonrió, llevándose un dedo a los labios. "Es un secreto."

Los ojos de Cassie se entrecerraron. "Es una mujer, y una que no aprobaremos", supuso ella, viendo a través de él mejor de lo que esperaba Kyle. "¿Quién es ella?"

"Nadie que conozcas", mintió él, giró para irse y se topó con Ty.

"Mucha prisa", dijo ese hombre, mirando a Kyle de arriba abajo. Como siempre, Ty vestía un traje caro y su corbata estaba perfectamente anudada. Él podría haber salido de un anuncio de trajes hechos a medida.

"Kyle está abandonando la reunión semanal", dijo Cassie.

"Esta es la primera vez", reconoció Ty. "Por mucho que te guste que todos crean que vuelas de aquí para allá, eres tan responsable como yo."

"Excepto cuando se trata de mujeres", notó Cassie y Tyler asintió.

"Oye, no hay necesidad de ese tipo de conversación", bromeó Kyle y ambos sonrieron. "Mancharás mi reputación si la gente piensa que soy responsable.". Todos rieron juntos.

"¿Ella lo vale?" Ty preguntó.

Kyle sintió que se le calentaba el cuello. "Sólo hay una forma de averiguarlo."

"La conocemos", dijo Cassie mientras Kyle se dirigía al vestíbulo y prácticamente podía sentir a Ty mirándolo.

"Gracias a Dios, todas mis hermanas están casadas", murmuró Ty. "Bueno, más o menos", agregó él, pensando claramente en la situación de Lauren.

"Lo averiguaremos", le advirtió Cassie a Kyle.

Kyle se volvió hacia ellos. "¿Y para esto son los amigos?" demandó él. "¿No es 'buena suerte' o 'espero que ella sea la indicada'?"

Cassie y Tyler se rieron al mismo tiempo. "No hay 'indicada' para ti, Kyle", dijo Cassie.

"Una y luego la siguiente y luego la siguiente", comentó Ty. "¿Qué pasa con la reunión de la junta?"

"Hazla sin mí", dijo Kyle con irritación. Demasiado para escabullirse sin ser visto. Estaba perdiendo tiempo, lo que solo le estaba dando a Lauren más tiempo para cambiar de opinión.

Ella podría haberse ido antes de que él llegara a casa, y él perdería incluso esa vista de ella.

"Pero tú eres el brillante", protestó Cassie. "Nos lo has dicho tú mismo."

"Indispensable", coincidió Ty.

"Un visionario", dijo Cassie con un solemne asentimiento.

"¡Por el amor de Dios, tengo que irme!" Kyle dijo con calor.

"Ella es sexy", dijo Ty.

"Y lo es, por el amor de Dios", asintió Cassie, dándole un gesto con la yema del dedo. "No hagas nada que yo no haría."

"Oh, apuesto a que lo hará", dijo Ty, luego se volvió hacia Cassie. "Vamos. Tenemos mucho que cubrir esta noche. Jax tiene una lista de los instructores que ya tienen podcasts o blogs y quieren ser parte de nuestra nueva programación. Ella también hizo una lista de posibles anfitriones, extraída de las credenciales de nuestros instructores."

"En realidad, no necesito una lectura de la agenda", se quejó Kyle.

"Solo quiero que sepas lo que te perderás", respondió Ty con facilidad.

"Y Meesha quiere presentar opciones para nuestra primera pareja unida en el club", agregó Cassie. "Ella quiere empezar con Thom y Annika, porque cree que ese es el primer romance que llamó la atención, luego Kendra y Cameron."

"¿Entonces Shannyn y yo?" preguntó Ty, su opinión sobre eso era obvia.

Cassie asintió y luego se volvió hacia Kyle de nuevo. "Sé que tendrás pensamientos sobre eso, ya que eres la fuente de todas las buenas ideas, pero lástima."

Kyle apretó los dientes. "¡Tengo que irme!"

Cassie le hizo un gesto a Jax como si Kyle no hubiera hablado. "Shannyn tiene algunos cortos de muestra para que los revisemos, Jax tiene una lista de otros candidatos para contenido de video y Shannyn también tiene el lote habitual de imágenes para nuestras redes sociales."

"Reunión ocupada", dijo Ty, mirando a Kyle. "Imagina todas las oportunidades que perderás para mejorar nuestro juego."

Cassie negó con la cabeza con tristeza, pero sus ojos brillaban. "Podríamos equivocarnos sin su brillantez y experiencia."

Kyle nunca se había sentido tan desgarrado. Él quería ser parte de esas nuevas iniciativas y no podía soportar la perspectiva de no hacer su contribución.

Por otro lado, Lauren.

Él no habría tenido ningún conflicto con nadie más, y no iba a pensar demasiado en eso.

"Oh, bueno", dijo Ty. "Diviértete." Él le guiñó un ojo a Kyle y luego se dirigió hacia las oficinas, Cassie a su lado. Parecía como si ellos esperaran que él los siguiera.

Kyle reprimió una maldición y salió del edificio. Todo iba mal incluso antes de empezar.

Un taxi se detuvo justo enfrente de él y una mujer salió con su bolsa de gimnasia. Kyle la reconoció de la clase de defensa personal que había enseñado el año anterior. Ella pagó el pasaje y Kyle le abrió la puerta, incapaz de creer en su suerte. El taxi incluso se dirigía hacia el oeste.

Ella sonrió, reconociendo a Kyle también. "Supongo que necesitas el taxi, no que hayas empezado a trabajar como portero."

"Lo tengo de inmediato. ¡Gracias!" Kyle le dio su mejor sonrisa y supo que ella lo apreciaba. Ella se quedó de pie en la acera mirando el taxi mientras se adentraba en el tráfico.

Pero él estaba pensando en Lauren. ¿Ella se habría rendido con él?

¿Él debería volver a encender su teléfono?

No. Él esperaría hasta llegar a casa, incluso si el suspenso casi lo mataba.

Hasta ahí la serenidad de su clase de yoga.

UNA VEZ MÁS, el impulso había engañado a Lauren.

Ella estaba parada en el vestíbulo del edificio de Kyle, era el que estaba en Hell's Kitchen, el que ella había pensado que debía ser, sintiéndose tonta de nuevo. Su edificio no tenía portero. Era demasiado moderno para eso. El vestíbulo estaba más frío de lo esperado porque daba al norte. Incluso en un día hermoso como ese, el hormigón emanaba un aire frío.

Así fue como lo razonaba, pero en realidad, los escalofríos venían de su estómago.

Kyle iba a dejarla plantada.

Él se había olvidado de ella.

De nuevo.

Ella había hecho el papel de tonta una vez más.

Otra mujer le había sonreído y, como una mariposa tentada por una flor más cercana, Kyle se había distraído y había sido seducido. Probablemente él ya estaba entre los muslos de la mujer, quitándole las bragas, susurrándole cosas dulces al oído, haciéndola gemir...

De la misma forma en que ella había gemido.

Lauren negó con la cabeza. Ella debería olvidarlo todo. Ella se acercó a la puerta de la calle justo cuando un taxi se detuvo frente al edificio. Se le secó la boca cuando Kyle se arrojó del asiento trasero y se dirigió a la puerta. Él se veía agitado y viril, y tan sexy que las rodillas de Lauren hicieron esa cosa de derretirse.

Ella ya no tenía frío. Ella estaba sonrojada de la cabeza a los pies.

Él llevaba una camiseta negra con el logo de F5F y jeans ajustados en todos los lugares correctos. No se podía ocultar el hecho de que estaba perfectamente tonificado. Sus ojos eran tan azules como zafiros y brillaban mientras él miraba arriba y abajo de la calle.

Lauren se dio cuenta de que él aún no la había notado porque el cristal estaba teñido. Sus labios eran una línea tensa, como si estuviera molesto. ¿Él pensaba que ella cancelaría su cita? Era un poco divertido ver a Kyle preocupado por algo y si él estaba preocupado por ella... bueno, Lauren no iría a ninguna parte. Él sacó las llaves del bolsillo, frunció el ceño y se dirigió a la puerta. La abrió y luego se detuvo en seco cuando la vio esperando allí.

Una sonrisa apareció en sus labios tan lenta y perfectamente que Lauren no pudo hacer nada más que devolverle la sonrisa.

Y derretirse un poco por dentro.

"Pensé que me habías dejado plantada", dijo ella, manteniendo su tono burlón.

"Pensé que habías cambiado de opinión", respondió él, entrando en el vestíbulo con satisfacción. El espacio parecía mucho más pequeño y cálido entonces, incluso acogedor ahora que Kyle estaba tan cerca. Ella podía oler su colonia, que era sutil y aún tenía el poder de hacer que los dedos de sus pies se doblaran. Su mirada vagó sobre ella, tan cálida y agradecida que Lauren se sintió hermosa. Incluso si él le hiciera eso a todas las mujeres, funcionaba a la perfección.

Quizás por la práctica.

Su corazón latía como loco y ella no estaba segura de poder formar una oración coherente.

Quizás ellos no necesitaban hablar mucho.

Él levantó una mano hasta su mejilla, su toque suave. "Has perdido peso".

"No ha sido muy divertido estas últimas semanas." suspiró Lauren. "Odio hablar con abogados".

"No puedo creerlo." Su mirada buscó la de ella. "¿Estás bien?"

Su preocupación descartó la última de sus reservas. "No. Es por eso que estoy aquí."

"¿Quieres hablar de eso? Si es demasiado pronto, Lau... —comenzó Kyle y ella supo lo que iba a decir.

Ella tocó sus labios con las yemas de los dedos. Lo sintió recuperar el aliento y su propio corazón dio un vuelco al pensar que ella tenía algún efecto en él. "No te pongas tan noble ahora", murmuró ella, y le gustó la forma en que él sonreía. "No vine por caballerosidad, y no vine para conversar."

"Entonces, ¿a qué viniste?" preguntó él, su tono revelando que no tenía ninguna duda.

Lauren le frotó la boca con las yemas de los dedos, observando su camino mientras se inclinaba contra él. Él era duro y sólido y muy bienvenido.

Pero él esperaba.

Era el momento de pedir lo que ella quería y no dejar ninguna duda al respecto. "Esto", dijo ella, luego deslizó su mano alrededor de la parte posterior de su cuello. Su cabello le picaba en los dedos donde estaba cortado pero ella deslizó su mano hacia arriba, donde el cabello era más grueso y rizado alrededor de sus dedos. Él la miró, sin parecer parpadear, sus ojos tan azules que ella podría haberse ahogado en ellos. Ella le sonrió, luego le bajó la cabeza para que sus labios estuvieran cerca de los de ella. Ella lo estudió, sin ver nada más que admiración en sus ojos, luego lo besó.

Ella contuvo el aliento cuando él le rodeó la cintura con las manos y la atrajo con fuerza contra él. Kyle nunca había necesitado una segunda invitación, él inclinó su boca sobre la de ella y reclamó sus labios, besándola como si no hubiera otra mujer en el mundo que él quisiera.

A Lauren no le importaba si era una mentira. A ella no le importaba si solo era cierto por el momento. A ella no le importaba lo que hiciera al día siguiente o con quién se acostara a continuación.

Estaba eso y era ahora. Ella se sintió hermosa y deseada por primera vez en la mitad de una eternidad, y eso era perfecto.

KYLE NO SABÍA cómo habían llegado a su apartamento. Él no recordaba haber abierto la puerta de seguridad ni haber subido al ascensor, y mucho menos haber abierto su propia puerta. Él solo era consciente de los suaves labios de Lauren y el dulce hambre de su beso, el anhelo que casi lo aplastaba porque él podía saborear su cautela y su necesidad. Todo estaba mezclado, esa vulnerabilidad y ese hambre, y lo sacudía hasta la médula.

Podría convertirse en una combinación aditiva, si se le daba la oportunidad.

Kyle sabía que ella no había sido querida lo suficiente y él tuvo que luchar contra la marea de ira contra Mark por tratarla mal. Él sabía que esa sería la única vez que ella acudiría a él, y él quería que durara toda la noche. Él sabía que sus demandas evitarían que él pudiera hacer eso. Sus manos lo recorrían con creciente confianza y ella se apretaba contra él, incluso mientras su beso se volvía más exigente. Ella se lo iba a comer vivo y a él no le importaba. En el momento en que él rompió el beso para cerrar la puerta detrás de él, Kyle pudo oler su excitación y eso estaba alimentando la suya.

Era algo bueno, bueno.

Él quería más.

Él lo quería todo.

Él quería a Lauren.

Él se dio la vuelta para encontrarla enmarcada contra la vista plateada de la ciudad más allá de sus ventanas. Ella se quitó la camisa y sacudió su cabello oscuro para que cayera sobre sus hombros. A él le encantaba cómo su cabello parecía tener vida propia, cómo brillaba y ondeaba. Su sostén era de encaje blanco y su piel estaba pálida. Ella estaba más delgada y la vista alimentaba tanto su ternura como su ira.

Ese bastardo realmente la había lastimado.

Kyle no quería ser el próximo en esa línea.

Su boca se secó cuando ella lo miró a los ojos, su expresión tímida y seductora. ¿Cuándo había estado él con una mujer que pudiera parecer inocente y seductora al mismo tiempo? Él ansiaba a Lauren, pero también quería protegerla.

Incluso si eso significaba defenderla de sí mismo.

"¿Está segura?" se encontró preguntando él, incluso cuando apretaba los puños para evitar tocarla. Ella lo consideró durante un largo momento y él se preguntó cuántos de sus secretos veía.

"¿Eres tímido ahora?" bromeó ella y se quitó los jeans. "Eso sería un cambio." Él vio cómo ella se desnudaba para él, ni demasiado rápido ni demasiado lento, sin que fuera una burla ni una tarea. ¿Sabía ella lo hermosa que era? Ella era esbelta, de complexión atlética, pero sus curvas no tenían nada de juvenil. Él podría haberse quedado mirándola todo el día.

Tal como estaban las cosas, él dio un paso hacia ella y tomó su mano, luego la giró levemente para poder ver su espalda. "¡Aún lo tienes!" Él se rió al ver su tatuaje. Seguía siendo el único que tenía.

"Por supuesto, todavía lo tengo", dijo Lauren, casi tan nerviosa como cuando lo vio por primera vez. "Los tatuajes son para siempre".

"Siempre sospeché que era temporal."

"¡No lo hiciste! Era nuevo cuando lo viste, todo rojo e hinchado."

"Afortunadamente, esa parte fue temporal. Está bien curado ". Kyle admiró el racimo de acebos, sonriendo ante la improbable elección de tatuaje, todavía incapaz de reconciliar la idea de Lauren con un sello de vagabundo.

"Es asombroso cómo sucede eso en doce años."

"Menos mal que no es muérdago", bromeó él y ella se sonrojó.

"¡Solo tú dices eso!" dijo ella con una risa.

"¿Nadie más lo ha hecho?"

"Sólo tú."

"Imagina eso. ¿Sigue siendo su día favorito del año? "

"Soy un bebé de Navidad. Por supuesto que lo es."

Kyle la miró y sus miradas se aferraron una vez más, el calor chisporroteó entre ellos lo suficiente como para hacer que él recuperara el aliento.

"Estoy segura", susurró ella, anticipándose a su pregunta.

"Bien." Él no hizo ningún movimiento, por una vez en su vida, pero Lauren no era tímida. Su corazón dio un salto cuando sus manos aterrizaron en su cintura. Ella se apoyó contra él y él inhaló profundamente la mezcla de su perfume y el aroma de su piel. Sus manos se colocaron alrededor de su cintura y la agarró con fuerza, saboreando lo bien que se sentía.

"No recuerdo que te hayas mostrado reacio antes. ¿No me deseas?" susurró ella, con una pizca de vulnerabilidad en su tono que casi lo destruye.

"No quiero ser tu próximo error", admitió Kyle.

Lauren sonrió. "No lo serás. Lo prometo." Ella se mordió el labio. "A menos que te des la vuelta y me dejes sintiendo que no debería haber venido aquí. Eso es lo único que haría que esto fuera un error. Me siento bastante estúpida estos días. No agregues eso y estaremos bien."

La duda estaba en sus ojos de nuevo, una preocupación por no ser atractiva, y Kyle no podía soportar que Mark hubiera destruido tanto su confianza. ¿Cómo había podido él haber estado casado con Lauren y no haberle hecho el amor todos los días? Era una abominación que él hubiera cogido a esa rubia de mala calidad en F5F e ignorado a Lauren.

Pero más importante que la injusticia era el daño. La ira de Kyle no tenía cabida en ese encuentro.

"Trato hecho." Él cogió el rostro de Lauren entre sus manos y se inclinó para besarla lentamente, haciéndolo durar, tratando de mostrarle cuánto la deseaba. A ella le tomó solo un momento abrir la boca y rendirse por completo. Él sintió sus senos apretados contra su pecho y sus caderas chocando contra las suyas. Él sintió su dedo del pie deslizarse por su pantorrilla y sonrió en su beso. Él deslizó su mano alrededor de la parte baja de su espalda, sabiendo que ese racimo de acebo estaba justo debajo de su pulgar. Él lo acarició y ella ronroneó, solo un poco, un dulce y seductor sonido que era exactamente correcto. El olor de ella se hacía más fuerte, más tentador, y él quería tocarla. Él enredó sus dedos en el espeso esplendor de su cabello, tirando de ella con más fuerza contra su pecho, deslizando su lengua en su boca. Ella hizo un pequeño sonido que era deliciosamente desesperado, luego envolvió un brazo alrededor de su cintura. Cuando ella le clavó las uñas en la espalda, él pensó que se perdería por completo.

Él tenía que deshacerse de su ropa.

Él también tenía que perder el plan de seducirla lentamente.

Quizás la próxima vez.

Kyle rompió el beso de mala gana, luego pasó el pulgar por sus labios hinchados mientras le sonreía. "No te vayas", dijo él con brusquedad y fue recompensado con su sonrisa.

"No creo que pueda ahora".

Él se quitó la camiseta y la arrojó a un lado. Cuando alcanzó la hebilla de su cinturón, las manos de Lauren estaban allí antes que las suyas. Ella desabrochó su cinturón y luego sus jeans, y su sonrisa se amplió cuando ella miró hacia abajo y parpadeó.

"¿Todavía tienes dudas sobre mi entusiasmo?" bromeó él, gustándole cómo ella se sonrojaba un poco. Sus ojos brillaron mientras pasaba sus jeans por sus caderas y daba todas las señales de disfrutar de la vista.

"Eso es más de lo que recordaba."

"Apuesto a que todavía encaja."

"Apuesto a que sí". Sus ojos bailaron con picardía bienvenida. "O tal vez debería apostarte a que no es así."

"Ya está", dijo Kyle, deshaciéndose de sus calzoncillos. Él cogió a Lauren en brazos y la llevó al dormitorio, más agradecido que de costumbre por su ama de llaves. Su casa estaba impecable, las sábanas cambiadas, el polvo se había ido y el refrigerador estaba lleno con su pedido semanal de comestibles. Todo era perfecto para una seducción.

Él reprimió un escalofrío de terror. Por lo general, nadie conocía el estado de su apartamento excepto él mismo. Él nunca llevaba mujeres a casa.

Lauren debió sentir algo porque lo estudió por un momento cuando él la puso en la cama. "Tú y mi hermano", bromeó ella. "Los dos únicos hombres extremadamente ordenados del planeta. No es de extrañar que sean amigos."

Kyle no quería hablar de Ty, ni siquiera quería que se mencionara a ese hombre durante ese intervalo. "Excepto que yo lo hago con espejos", dijo él.

"¿Todo en el armario?"

"Ama de llaves una vez a la semana." Él le robó un beso. "Buena elección llamarme el miércoles. Esto es tan bueno como puede ser."

"Esto es tan bueno como es posible", estuvo de acuerdo ella. "Y no me refiero a las sábanas limpias. Las tengo en casa." Kyle no tuvo oportunidad de discutir porque Lauren tiró de él hacia abajo sobre ella, envolvió sus brazos alrededor de su cuello y lo besó. Esta vez fue su lengua en su boca. Esta vez, era ella quien exigía más. Esta vez era su beso lo suficientemente codicioso como para enviarlo a la luna.

A Kyle le encantaba. La sensación de sus uñas raspando sus hombros, la forma en que movía las caderas bajo su peso y la suavidad de su piel era suficiente para que él se concentrara en tomárselo con calma. Él colocó una mano entre sus muslos y su corazón dio un vuelco cuando ella abrió las piernas para darle acceso. Él se escuchó a sí mismo gemir un poco cuando sus dedos encontraron su calor resbaladizo.

"Es mucho mejor no estar solo en la lujuria", susurró ella y él sonrió.

"Absolutamente." Él la acarició, le gustaba cómo ella contenía el aliento, luego deslizó un dedo dentro de ella. Ella meció las caderas, su mirada chocó con la de él, y él presionó su pulgar contra su clítoris para que se estremeciera. "¿Cuánto tiempo desde que te viniste?"

"No tanto tiempo."

"No cuenta si lo has hecho tú misma. Solo servicio completo."

Ella sonrió. "¿Servicio completo?"

Él le pellizcó el clítoris, solo un poco y ella se estremeció.

"Meses. Años. No lo sé." Sus palabras se desvanecieron en un gemido cuando él la tocó, primero con suavidad y luego con más firmeza, luego con más suavidad de nuevo. Lauren arqueó la espalda y cerró los ojos, abandonándose al momento.

"Creo que te corresponde el tratamiento completo", reflexionó él y ella abrió un ojo.

"¿Por qué suena siniestro?"

"Porque obviamente has estado en una isla desierta, orgásmicamente hablando."

Ella rió. "¿de verdad?"

"Mmm, puedo asegurarlo". Metió otro dedo dentro de ella. "Solo mira lo hambrienta que está esta boquita".

"No puedo mirar. Es el ángulo."

"Entonces tendré que mirar por ti", dijo Kyle y la recorrió con un movimiento suave. Cerró la boca sobre ella y ella realmente gritó de placer cuando él movió su lengua contra su clítoris.

Lauren jadeó y se estremeció. "Me vas a matar", protestó ella y Kyle sonrió.

Él levantó la cabeza y ella gimió de que se había detenido. "Se llama 'la pequeña muerte' en francés".

Ella le miró con escepticismo. "¿Por qué no me sorprende que lo sepas?"

"Es más importante conocer la técnica que el vocabulario."

"Adelante", susurró ella, dándole un empujón en la cabeza. "Demuéstrame que lo sabes".

Kyle estaba más que feliz de cumplir.

EL HOMBRE ERA PELIGROSO. Quizás letal.

Kyle se comía a Lauren lentamente, cada movimiento perfectamente sincronizado para llevarla más alto pero negarle la máxima satisfacción. A ella nunca le habían dado tanta atención. Eso era lujoso. Excitante. Adictivo. Ella estaba segura de que no podría soportarlo más y deseaba tanto su liberación que ardía por ello. Al mismo tiempo, se sentía tan bien que quería que nunca se detuviera.

Ella estaba caliente. Estaba agitada, nerviosa y muy emocionada. Su corazón estaba acelerado y sus manos temblaban. Su sangre estaba hirviendo. Ella podía oler su propia excitación y se preguntó si se él iba a ahogar. Kyle era implacable. Él la llevaba a lo más alto, luego retrocedía para que ella pudiera enfriarse, luego lo hacía de nuevo. Ella se retorcía en su cama y era incoherente por la necesidad, pero él no mostraba piedad. Ella habría hecho cualquier cosa por él o con él; él tenía que saberlo y a ella no le importaba. La vista de la ciudad se iba oscureciendo gradualmente, la habitación cayendo en sombras, y Lauren se preguntó si Kyle terminaría antes de la medianoche.

O tal vez ella se quemaría espontáneamente primero.

Lauren sentía las manos de Kyle sobre ella y le gustaba su peso. Eran fuertes pero suaves, su caricia llena de admiración. Ella movió las piernas y sintió su erección contra su muslo, enorme y dura, más que lista para ella. El conocimiento de que ella no era la única tan excitada alimentó el estremecimiento en su interior.

Kyle debió haber notado el cambio porque la agarró por el trasero, levantándola mientras se deleitaba con ella. Él usaba la lengua, los labios y el aliento para que ella gimiera en voz alta. Ella susurró su nombre y apretó su mano, sintiendo la marea subir dentro de ella. Ella sintió sus dientes tocar su clítoris y se corrió con un rugido, agarrándose a las sábanas y gritando mientras el calor la recorría.

Su corazón latía con tanta fuerza que pensaba que podría explotar. Ella jadeaba y tenía una capa de sudor en la piel. Ella abrió los ojos y miró al techo, lamiendo la sal de su labio.

"Déjame hacer eso", gruñó Kyle a su lado. Él parecía despeinado y travieso, sus ojos brillaban con una satisfacción que hacía eco a los de ella. Él se secó la boca y luego se inclinó para lamerle el labio superior, recordándole otra noche.

"Tequila", susurró ella, su mano se enroscó alrededor de su cuello.

"El borde salado es siempre la mejor parte", dijo ella, tal como lo había hecho una vez antes.

"No, es la lima", argumentó ella una vez más.

"¿Qué pasa con el tequila?"

"Así es como terminé con este tatuaje."

Entonces él la besó, silenciando el debate, y ella sintió su necesidad. Él estaba tenso, como lo había estado todos esos años antes, su propio deseo controlado con gran esfuerzo mientras satisfacía el suyo. Lauren lo rodó sobre su espalda y lo acarició para que estuviera aún más duro.

Cuando él susurró su nombre, ella lo besó para que se callara. Kyle se apartó abruptamente y salió de la cama, agarrando sus jeans y revisando los bolsillos. Él regresó con unos condones, lo que no la sorprendió, y los tiró sobre la mesita de noche. Lauren no había pensado en que él tuviera un suministro listo, no mucho. Él era quien era. Ella estaba ahí sin expectativas, excepto una, y él estaba cumpliendo con eso. Ella colocó un condón sobre su longitud, asegurándose de provocarlo aún más. Luego se sentó a horcajadas sobre él y lo besó de nuevo. Ella lo tomó dentro de ella con un movimiento suave, sonriendo en su beso cuando él jadeó.

"¿Qué pasó con los juegos previos?" preguntó él cuando ella levantó la cabeza.

"¿No es eso lo que hemos estado haciendo?"

"Algo de un solo lado."

"¿Quieres que te provoque más?" preguntó ella, moviéndose como si lo fuera a dejar deslizarse fuera de ella.

Kyle la agarró por la cintura y había tensión en sus palabras. "No, tienes razón. También fue bueno para mí."

Lauren vio el brillo en sus ojos. "Tal vez deberíamos estar seguros..." bromeó ella, pero él la agarró por la nuca y tiró de ella para darle un dulce beso. Ella se agachó para que él estuviera completamente dentro de ella y lo sintió inhalar de placer. "Supongo que pierdo la apuesta", susurró ella, fingiendo arrepentirse.

Él la miró con mucha atención. "¿Apuesta?"

"Que no encajarías", le recordó ella y luego giró las caderas mientras se acurrucaba aún más. "Aparentemente, lo haces".

"Aparentemente," estuvo de acuerdo él, su voz tensa de una manera maravillosa que insinuaba el poder de ella sobre él. Lauren comenzó a moverse muy lentamente y Kyle apretó los dientes. Sus manos se cerraron en su cintura de nuevo, pero esta vez la agarró con fuerza, sus dedos se clavaron en ella como si nunca la dejaría ir. Cuando él abrió los ojos, eran de un azul intenso, su satisfacción era tan clara que Lauren sintió una oleada de placer. Él la movió arriba y abajo, sus ojos se oscurecieron a índigo, y ella sintió poder y satisfacción.

Él la deseaba.

Todavía.

O de nuevo.

"No voy a durar", murmuró él.

"Tal vez yo te haga durar".

"No se puede hacer. Ahora no."

"¿Por qué ahora no? ¿Has vuelto a vivir como un monje? Lauren se burló de él, pero la verdad la molestaba un poco.

Kyle sonrió. "Eso no tiene nada que ver". Él se llevó una mano a la nariz y respiró hondo. "Eres tú. Tu olor y tu sabor." Su mirada hervía a fuego lento. "La sensación de ti en el orgasmo." Ella sintió que él se volvía increíblemente más grande dentro de ella. Él enseñó los dientes y levantó las caderas, hundiéndose más profundamente en ella. "Después de eso, después de ti, no hay posibilidad de que yo dure."

Ella se inclinó y lo besó, luego le tocó la oreja con los labios. "¿Cómo me quieres?"

Él la miró. "Repetidamente."

"Pero cómo. ¿De qué manera?

"Todos los sentidos."

"¿Cuál primero? ¿Cuál es tu fantasía?"

Él se quedó quieto, mirándola.

"Mi objetivo es complacer," susurró Lauren. "Parece justo".

"Quiero que te vengas cuando esté dentro de ti."

"No estoy segura de que eso suceda pronto".

Kyle sonrió. "Lo tomaré como un desafío", advirtió él, luego la hizo rodar debajo de él. Lauren apreció en ese momento cuánta de su fuerza él había estado reteniendo. Él era todo músculo y poder cuando la colocó debajo de él, aunque apoyó su peso en los codos. Ella se sentía rodeada y poseída. Lauren envolvió sus piernas alrededor de su cintura, invitándolo a profundizar más y él susurró su nombre contra su cuello. Su voz era ronca, cruda por la necesidad de una manera que la emocionaba.

"Tómame", susurró ella, mordiendo el lóbulo de la oreja con los dientes. "Reclámame ahora, de la forma que quieras."

"Todavía no", gruñó él y agarró su trasero con una mano, con el otro brazo envuelto con fuerza alrededor de sus hombros. Él penetraba profundo y duro, compulsivamente, y el hecho de que su control se estaba deslizando lo significaba todo para Lauren. Ella lo abrazó, clavando sus uñas en sus hombros, mordiendo su cuello, agarrándolo con fuerza con sus piernas.

Él se echó hacia atrás y movió sus caderas, frotando su dureza contra ella de una manera que la hizo temblar. "¿Cómo es eso?" Le susurró él en su oído.

"—Más" —suplicó ella, y él hizo lo que le pedía. No pasó mucho tiempo hasta que ella sintió que su deseo aumentaba de nuevo, antes de que estuviera resbaladiza, caliente e hirviendo a fuego lento una vez más. Ella le bajó la cabeza y lo besó con la boca abierta y hambrienta.

"Todos de ti", exigió ella contra su boca. "Áspero, rápido y duro. No te reprimas." Ella agarró un puñado de su cabello, emocionada por la forma en que él respondía a sus palabras. Él estaba entrando en ella, tenso por la necesidad, deseándola. Lo quiero todo, Kyle. Lo quiero todo y lo quiero ahora."

"Tú primero", insistió él. Él se frotó contra Lauren de tal manera que ella gritó cuando la marea subió por segunda vez. Él se enterró profundamente dentro de ella, y ella se cerró convulsivamente alrededor de él, estremeciéndose por su liberación. Ella se rió en voz alta cuando él rugió de placer, abrazándola con fuerza mientras se corría.

Era tan bueno.

Era exactamente lo que ella necesitaba.

Se abrazaron, su piel resbaladiza bajo sus manos, el olor de su acto sexual hacía que ella quisiera ronronear. Lauren mantuvo los ojos cerrados mientras su pulso y su respiración volvían a la normalidad, aferrándose rápidamente a esa nueva sensación de bienestar. Ella sentía un hormigueo por dentro y por fuera. Ella no se hacía ilusiones sobre un futuro con Kyle, probablemente él la desalojaría antes de que se enfriaran las sábanas, pero a ella no le importaba.

Rendirse al impulso ese día fue una de las mejores cosas que había hecho en su vida.

Ella sonrió al darse cuenta de que estar con Kyle la hacía sentir inteligente.

DOS

Lauren lo volvería loco.

O podría matarlo.

De cualquier manera, Kyle no se arrepentía.

Él permaneció enredado con Lauren durante mucho tiempo, saboreando su suave calor y por el momento, reacio a terminar. Cuando su pulso se hizo más lento y ella no se había movido, él se apoyó en los codos y la miró. Sus labios se movían como si luchara contra una sonrisa, pero ella mantuvo los ojos cerrados.

Él no pudo resistirse. Se inclinó para besarla y luego le hizo unas cosquillas. "Despierta, bella durmiente."

Lauren se rió. Sus ojos brillaban y estaba sonriendo. Su cabello era un glorioso enredo, sus labios estaban hinchados por sus besos y había color en sus mejillas. Ella parecía una mujer diferente a la que se había encontrado en el vestíbulo, la que él estaba seguro había estaba a punto de marcharse.

"¿Y bien?" preguntó ella.

"Lo mejor de todos los tiempos", dijo y no mentía.

Lauren puso los ojos en blanco. "Apuesto a que le dices eso a todo el mundo."

"Perderías esa apuesta."

Ella no discutió el punto, pero se levantó de la cama. Ella se estiró lujosamente y él admiró la vista. Ella lo sorprendió mirando y sonrió.

"Podríamos hacerlo de nuevo." Él pudo escuchar en su tono que ella no lo esperaba, y él se preguntó por qué. ¿Biología? ¿O algo más?

"¿Estuvo bien para ti?" preguntó él, no acostumbrado a tener ninguna duda.

"Impresionante. Justo lo que necesitaba." Ella se inclinó y lo besó rápidamente. "Gracias."

Era el tipo de beso que una mujer le daba a su hermano, y Kyle no pudo evitar pensar que era un poco despectivo, dado lo que habían hecho.

Quizás deberían hacerlo de nuevo, para que él pudiera mejorar su desempeño. En esa noche lejana, su relación sexual había sido pausada, pero esta vez había sido bastante rápida, al menos su parte. Incluso más duro. Quizás a ella le gustaba más despacio.

Kyle era competitivo y lo sabía, pero aun así le molestaba que Mark pudiera haber hecho algo que dejara una mejor impresión que lo que había hecho él.

"Dame unos minutos", gruñó él, luego se dirigió al baño sin esperar una respuesta. Él se lavó y se afeitó de nuevo, se cepilló los dientes y observó su reflejo. Por lo general, esa era la parte en la que él y su amante se separaban, pero él no quería que Lauren se fuera todavía.

La primera vez no había sido suficiente.

Era temprano en la noche. Kyle estaba hambriento. Y por la forma en que Lauren había perdido peso, él no confiaba en que ella tuviera una buena comida después de que se fuera. Aunque a él no le gustaba tener a otras personas en su cueva, ella estaba en ella ahora, y era Lauren. Él se sentía protector con ella.

Por una noche, él podría complacer su inclinación.

Él miró hacia atrás y sonrió para encontrarla admirándolo abiertamente desde la puerta del baño. "¿Te gusta la vista?" dijo él y posó un poco.

Ella rió. "Mucho, pero tal vez te guste más a ti." Ella entró en el baño y él le ofreció un cepillo de dientes nuevo. Ella le dio las gracias con una sonrisa.

"¿Qué significa eso?"

"Que eres el hombre más vanidoso que conozco", dijo ella, sosteniendo su mirada en el espejo. Ella suavizó sus palabras con un dulce beso. "No es un problema. Tu confianza es divertida y algo contagiosa."

"No me digas que dudas de tu belleza."

Lauren se encogió de hombros. "Todo el tiempo. Creo que es normal."

Kyle envolvió su brazo alrededor de sus hombros y la colocó frente al espejo. "Entonces tenemos un trabajo que hacer."

"¿Qué tipo de trabajo?" preguntó ella con sospecha familiar.

"Abrirte los ojos." Él se paró detrás de ella con las manos sobre sus hombros. Sus miradas se encontraron en el reflejo. "Mira a esta hermosa mujer", murmuró él, luego la besó debajo de la oreja. Ella sonrió y le dio un manotazo, pero él le tomó los pechos con las manos. Ella se congeló y contuvo el aliento, sus pezones se tensaron de una manera muy atractiva.

Kyle pasó los pulgares sobre ellos y ella suspiró, luego se reclinó contra él, sonriendo a su reflejo.

"¿No estoy bloqueando la vista?"

"Tú eres la vista."

"Estás lleno de eso."

"No estás mirando." Él soltó un pecho y le levantó un puñado de cabello. "Como la seda. Mira cómo brilla. No sé cómo lo haces rebotar así, pero me encanta."

"Secreto comercial", dijo ella.

"Yo puedo apostarlo. Arma secreta, más bien." Él la metió debajo de su barbilla. "Altura perfecta", reflexionó él, luego pasó sus manos por toda su longitud. "Hermosas curvas." Él acarició un pezón de nuevo y se apretó. "Responde a los estímulos", le susurró al oído y la sintió estremecerse cuando hizo rodar la punta tensa entre el dedo y el pulgar. Él besó el pezón, moviendo su lengua contra él solo para sentirla temblar en sus brazos. "Sonrisa asesina", agregó él. Y esos ojos. ¿A eso lo llamas verde o avellana?

Ella le sonrió, y ese hoyuelo esquivo apareció ante la esquina de su boca. Kyle siempre lo consideraba un triunfo cuando lo hacía aparecer. Había una sonrisa en particular que hacía que el hoyuelo saliera a la vista y era su favorita. "Simplemente verde."

"No hay nada simple al respecto. Hay demasiados colores para contar."

"Entonces, ¿podrías mirarlos todo el día?"

"Bueno, por un tiempo de todos modos."

Entonces ella se rió a carcajadas, sus ojos bailaron mientras se giraba para mirarlo. "Necesito hacer cosas aquí. Ve a hacer otra cosa."

Kyle le dio otro beso primero. Esta vez, ella respondió con un entusiasmo bienvenido. Finalmente, se separaron y él se giró para mirar los arañazos en la espalda en el espejo. "Se van a burlar tanto de mí mañana", dijo él con fingido pesar.

Lauren sonrió. "Espero que haya valido la pena."

"Absolutamente."

"¿No hay secretos en F5F?" Ella parecía un poco cautelosa, por lo que Kyle trató de tranquilizarla.

"Estarán bastante seguros de cómo los conseguí, especialmente en el vestuario, pero no mencionaré ningún nombre."

Entonces ella se dio la vuelta y él no estaba seguro de si había dicho lo correcto o no.

"Podría hacerlo sin que Ty se ofenda", agregó él, y ella lo miró de reojo. "Tienes que saber que me advirtieron de ti y de todas tus hermanas."

Eso pareció divertir a Lauren. "No lo sabía." Ella le dio una mirada. "Eso no te detuvo antes."

"Fue después de que nos conociéramos. Pensé que la historia no era relevante para la discusión."

Ella lo observó durante un largo momento y él se preguntó qué estaría pensando. "¿Le tenías miedo a Ty?"

"Tenía miedo de perder su amistad." Esa era la verdad, pero Kyle vio que la había sorprendido. "Recuerda que la honestidad es mi mejor truco."

Ella sonrió, luciendo un poco traviesa. "Quizás no sea tu mejor truco."

Kyle se rió entre dientes y sus miradas se sostuvieron por un momento potente. Él chisporroteó un poco, deseándola de nuevo, y se negó a pensar en lo inusual que era eso.

"Cuéntame un poco más." invitó Lauren. Ella cruzó los brazos sobre el pecho para mirarlo, probablemente sin tener idea de lo sexy que la pose hacía lucir sus pechos.

"Me salté nuestra reunión semanal de la junta en F5F esta noche porque llamaste."

"¿De verdad?"

"De verdad. Es la primera vez."

"¿Debería sentirme especial?"

"Deberás saber que lo eres." Kyle estaba hablando demasiado, eso era seguro. Pero Lau parecía más feliz y eso lo aliviaba. Él le cedió el baño a ella mientras iba en busca de ropa limpia. Él se puso los vaqueros y una camiseta y luego abrió el armario. Encontró la camisa de mezclilla que estaba buscando y regresó para ofrecérsela a Lauren.

Sus ojos se iluminaron al reconocerla cuando se la quitó de la mano. "No puedo creer que todavía la tengas."

"No se desgastan muy rápido." Él no agregó que la mezclilla tardaba mucho en desgastarse si nunca se usaba o se lavaba.

"Entonces, ¿me lo vas a dar esta vez?"

"Prestada. Como la última vez." Él sonrió. "Sigue siendo mi mejor camiseta." Él la señaló con un dedo. "No va a salir de este apartamento, así que no se te ocurra ninguna idea."

En lugar de devolverle la sonrisa, ella le lanzó una mirada evaluadora. "Lo que implica que yo tampoco me voy."

"Suenas sorprendida."

"Lo estoy. Dijiste que nadie venía aquí. No acabo de llegar aquí... "

"Ja ja."

"... pero se me permite quedarme. ¿Qué pasa con eso?"

Kyle evadió la pregunta y esperó que ella no se diera cuenta. "Tengo hambre. ¿Tú no? Tenía que ser porque ella conocía su trato y había venido de todos modos. Tenía que ser porque se entendían y ella no iba a intentar cambiarlo.

Y a él le gustaba estar con ella. Era fácil y eléctrico. No duraría, no duraría nada, pero él no quería que terminara antes de lo necesario.

Él quería cada minuto que pudieran tener juntos.

Incluso si todos esos minutos fueran esa noche.

"Se podría decir que hemos abierto el apetito." Lauren tiró de la camisa y se arremangó, luciendo tan adorable como antes. ¿De verdad habían pasado doce años? Si ella se hubiera recogido el pelo en una cola de caballo, él no habría notado mucha diferencia, excepto su reciente pérdida de peso. Ella levantó las manos, invitándolo a mirar, y sonrió.

"Pero esto no encajaría con el código de vestimenta de muchos restaurantes."

"Lo hace en el único que importa."

Él fue recompensado con otra sonrisa lenta, una que lo calentó hasta los dedos de los pies. Su comentario anterior sobre no estar listo para una actuación repetida parecía haber sido una mentira.

"Déjame adivinar, también tienes servicio a la habitación los miércoles."

"Entrega de comestibles", confirmó Kyle. "Hay algo en una mujer inteligente que es simplemente irresistible. Entra en mi cocina." Él indicó el camino y ella lo siguió, su curiosidad tangible.

"¿Qué hay en el menú de la Casa Kyle?"

"Si estoy en lo cierto, hay algo de pescado fresco y verduras en la nevera." Él encendió algunas luces de camino a la cocina, muy consciente de que Lauren estaba mirando su casa. Estaba amueblada de forma sencilla pero cómoda, o al menos eso creía él.

"No recuerdo que hayas cocinado antes. Comimos comida para llevar."

"Estábamos en un hotel durante las vacaciones de primavera."

"Pero nunca escuché que cocinabas." Ella recuperó sus bragas de la sala de estar y se las puso antes de seguirlo a la cocina. Él la vio hacer un estudio de evaluación de su apartamento.

"Un hombre tiene que aprender algunos trucos nuevos a lo largo de los años."

"Ya me enseñaste uno."

"Eso fue improvisación."

Lauren aplaudió. "Una actuación magnífica."

"Una actuación de emergencia." Él sonrió cuando ella se rió de nuevo, luego revisó el contenido del refrigerador. "Yo tenía razón. ¿Qué tal fletán a la plancha con verduras y arroz basmati? "

"Suena bien. ¿Qué puedo hacer para ayudar?"

"Háblame."

"¿Abrir el vino?"

"Sin vino. Es miércoles." Kyle se dio cuenta de que sonaba grosero. "A menos que quieras un poco."

"No me importaría."

Y ella podría usar las calorías. Años de vigilar su peso y su dieta significaban que Kyle conocía el recuento de calorías de casi todos los comestibles que había, así como cuánto tiempo en el gimnasio se necesitaría para eliminarlo. Él tenía una botella de vino blanco, así que la abrió y le sirvió una copa a Lauren. Ella se había sentado en uno de los taburetes de la barra en el lado opuesto del mostrador.

"Gracias. ¿Estás seguro de que no puedo ayudar?

"Oficialmente estás siendo mimada esta noche."

"Funciona para mí." Ella bebió un sorbo, asintió con apreciación y dejó el vaso. "¿Por qué no hay vino los miércoles?"

"Porque es pesado ir envejeciendo. Mi metabolismo se está desacelerando un poco y mi tiempo de entrenamiento está al máximo." Kyle se palmeó el estómago, y gustándole lo duro que estaba debajo de la camiseta. "No puedo permitirme las calorías, así que el alcohol es un capricho de fin de semana." Si acaso entonces. Él sacó el pescado, puso agua para el arroz y cortó las verduras en cubitos. Encendió la parrilla.

"Se trata todo de la máquina."

"Mucho lo es. Algo así como tu cabello." Él le lanzó una mirada y ella sonrió en reconocimiento. "Mi cuerpo es parte de la imagen de F$_5$F. Es marketing, en cierto modo. Pero entonces, estabas en Times Square. Viste eso."

"Sí, me di cuenta de que estabas desnudo y con veinte pisos de altura." Ella tomó otro sorbo de vino.

"No del todo desnudo."

"¿Cuánto retoque digital?"

"Me enorgullece decir que casi ninguno. Pero luego, me maté preparándome para esa sesión. Cuatro semanas de entrenamiento." Kyle negó con la cabeza. "Damon y Shannyn eran un equipo despiadado."

"Se nota."

"Gracias. Damon se está preparando para el próximo y yo lo estoy entrenando... "

"¿Con la instrucción de Shannyn?"

Kyle asintió. "Shannyn, Meesha y Cassie tienen una visión. Todos somos simplemente víctimas de eso."

"No pareces oprimido."

"No, es divertido", admitió él. "De cualquier manera, lo que se da, se recibe. El de Damon va a ser enorme."

"¿Y el de Ty?"

"Él está tratando de insistir en que es más un socio silencioso. Supongo que Theo posará primero."

"¿Y a Cassie se le ocurren los eslogan?"

"Sí. Damon será *Ponte duro* en F5F, y se endurecerá como una roca. Él quiere que Ty y Shannyn estén juntos con *Obtén suerte* en F5F."

"Eso es lindo."

"A Shannyn le gusta, pero Ty está de mal humor por defender su privacidad."

Lauren se rió. "Puedo ver eso. Él realmente puede ser un oso a veces. Tal vez él sugiera que usen sus anillos, para que no haya dudas sobre sus intenciones."

"Oye, es una buena idea." Kyle sonrió. "Lo usaré como una ofrenda de paz si no te importa."

"Por escabullirte esta noche por mí."

"Sí."

"¿Por qué hiciste eso?"

"Tú llamaste."

"No." Lauren dejó la copa y se veía tan concentrada que Kyle quiso retorcerse. "Llamé pero tú estuviste de acuerdo. Realmente no esperaba eso. Me invitaste aquí, aunque dijiste que nadie viene aquí, y seguro que no esperaba eso. Pensé que me despedirías justo después, pero me estás preparando la cena, lo que va más allá de cualquier posibilidad de expectativas de mi parte. ¿Quién eres y qué has hecho con Kyle Stuyvesant?

"¿Decepcionada?"

"No. Sorprendida."

Kyle puso el pescado en la parrilla y encendió el ventilador del techo. "Incluso a mí no me gusta comer solo", dijo él, que era aproximadamente el cinco por ciento de la verdad.

"Vas a hacerme pensar que estabas diciendo la verdad en el bar de vinos."

Una mano fría apretó el estómago de Kyle, pero el tono de Lauren era juguetón, indicativo de que en realidad no le daba crédito a su confesión. Probablemente era lo mejor. Él no podría cumplir con una relación. Él conocía sus límites.

Él igualó su tono cuando respondió. "Una vez simplemente no parecía suficiente hoy y pensé que te sentías de la misma manera."

"Una vez nunca es suficiente," dijo Lauren y Kyle notó un desafío en su voz. "De hecho, podría acostumbrarme a que me mimen así. ¿Qué tal mañana por la noche? ¿Misma hora, mismo lugar? ¿La tercera vez el encanto y todo eso?

Kyle se quedó paralizado en el acto de darle la vuelta a un trozo de pescado y estuvo a punto de romper el filete. Él pensaba que se había recuperado bien, pero Lauren se rió entre dientes.

"Es bueno saber que los tigres realmente no cambian sus rayas", dijo ella y él se volvió para encontrar sus ojos bailando con picardía mientras lo miraba por encima del borde de su vaso.

A él le molestó que ella pensara que él era predecible.

"Mañana", dijo él enfáticamente. "A la misma hora, en el mismo lugar, pero tú cocinas."

"Trato", estuvo de acuerdo ella antes de que él pudiera reconsiderar su impulso. "Espero que el pescado esté casi listo porque si me termino este vino sin comer nada, no seré responsable de mis acciones."

"Eso suena prometedor." Kyle llenó su copa, lo que la hizo reír. Él se sirvió un poco de agua con gas. Kyle sirvió la cena, colocó un taburete frente a ella mientras ambos comían y se negó a pensar en las concesiones que estaba haciendo.

Después de todo, era Lauren y ella siempre había roto sus reglas.

LA COMIDA ERA MARAVILLOSA. Sencilla, saludable y deliciosa.

Y directa, como Kyle. Él siempre había sido de los que decía la verdad y Lauren se preguntaba si debería presionar su suerte y pedirle un poco más.

Era agradable comer con otra persona y ella descubrió que tenía más apetito de lo que pensaba. También era seductor que Kyle le hubiera cocinado. Ella se sentía mimada y era un cambio agradable.

Su apartamento era más grande de lo que ella esperaba, y no le sorprendió que hubiera una máquina de ejercicios en lo que debería haber sido el comedor, inclinada para que él pudiera apreciar su vista mientras hacía ejercicio. También había una bicicleta de montaña que parecía cara. Estaba salpicada de barro y tenía un casco colgando del asiento.

El apartamento ocupaba la esquina noroeste del último piso del edificio y tenía la forma de una L, con la sala principal extendiéndose a lo largo del lado oeste e incluyendo la esquina. El vidrio estaba teñido y las ventanas se extendían desde el suelo hasta el techo. La vista sobre el Hudson era maravillosa. El sol poniente hacía que el cielo pareciera una pintura y tal vez por eso él no tenía ninguna obra de arte en las paredes. El dormitorio de Kyle miraba al norte y tenía cortinas oscuras para que no pudiera ver la vista.

Lauren no pudo evitar notar que su apartamento era un espacio impersonal. Las paredes eran de marfil, tal vez del color que las había pintado el constructor. La cocina tenía electrodomésticos de acero inoxidable y encimeras de granito. Podría haber sido el modelo destinado a tentar a los compradores. Ella sospechaba que la parrilla junto a la estufa había sido la única personalización de Kyle. Había un par de taburetes con asientos de cuero junto al mostrador.

Los pisos eran de madera y había un par de sillones de cuero marrón frente a un televisor en la sala de estar. Era fácil saber cuál usaba Kyle ya que el cuero se había suavizado con el desgaste. La alfombra era de un simple bereber de marfil. El dormitorio también parecía haber sido amueblado rápidamente, con solo la cama grande, un par de mesitas de noche y un tocador largo y bajo. Ella se preguntó si él lo habría comprado todo en veinte minutos en Restoration Hardware.

No había cuadros en las paredes, ni fotografías, nada que personalizara el espacio. Ni siquiera había un imán de nevera. Ella tenía la sensación de que el apartamento era un lugar de descanso temporal y que él podía seguir adelante en unos momentos.

Ese era un poderoso recordatorio de que Kyle vivía en el presente y que ese interludio era una oferta por tiempo limitado.

Aun así, él la había dejado entrar. Había acordado que ella podría volver la noche siguiente. Tal vez no era tanto una aventura como ella pensaba.

No es que ella estuviera preparada para cualquier tipo de relación. La sola idea le ponía mariposas en el estómago. En cambio, ella imaginó la reacción de Kyle a su apartamento. El desorden allí le provocaría urticaria. Era una suerte que fuera poco probable que él alguna vez se viera obligado a soportarlo. Lauren reprimió una sonrisa.

"¿Qué es tan gracioso?"

Lauren no veía ninguna razón para no compartirlo. "Contraste. Tu casa contra la mía. Probablemente podrías hacer una maleta y mudarte en una hora. Yo, sin embargo, necesitaría un mes para empacar mi ropa. Si yo fuera a mudarme primero, necesitaría un aviso con seis meses de anticipación."

"Nos mudamos mucho cuando yo era niño." Él evitó su mirada y Lauren se dio cuenta. "Aprendí a mantenerlo ligero."

Había una gran cantidad de significado detrás de esa confesión, pero Lauren era consciente de la incomodidad de Kyle con el tema. Ella quería proteger esa invitación para la noche siguiente. Tener más de Kyle sonaba realmente bien para ella, aunque ella sabía que no habría otra noche después de eso.

"Podría cocinar en mi casa mañana y hacerte temblar."

Él rió. "Las cosas no me molestan. Mi mamá tiene toneladas. Yo mismo no siento la necesidad de hacerlo." Lauren estaba formulando una pregunta, pero Kyle parecía sentirlo. Él habló rápidamente, como para evitar que ella preguntara. "¿Estás planeando mudarte?"

"No. ¿Por qué habría?"

"Bueno, porque Mark se ha ido."

El nombre de su ex cayó sobre la mesa entre ellos y Lauren estaba decidida a no dejar que eso empañara la noche. "Él se mudó a mi casa cuando nos juntamos", dijo ella, tratando de mantener cualquier emoción fuera de su tono. "Ahora que se ha ido, la tengo de vuelta."

Kyle la estudió. "¿Y eso está bien?"

"Mejor que bien. Es perfecto." Había una ferocidad en sus palabras que ella hubiera deseado poder contener, pero ya era demasiado tarde.

"¿Quieres hablar de eso?" Kyle se recostó, su comida terminó. "¿Sobre él?"

Lauren terminó su propia comida. "¿Tú sí?"

Kyle se encogió de hombros y desvió la mirada. Su tono era neutral. "Si te pudiera ayudar."

Ella lo miró durante un largo momento, viendo lo mucho que él no quería hablar de Mark y apreciando que estuviera dispuesto a hacerlo por ella. "Estoy viendo un nuevo lado de ti", bromeó ella en voz baja y él abrió los ojos como si estuviera sorprendido.

"¿De mí?"

"No recuerdo que fueras tan buen amigo. Un gran laico, pero no tanto un amigo."

Él sonrió, no se sentía insultado en absoluto. "Quizás soy mayor y más sabio."

"¿Viene con el cambio metabólico?"

"Quizás." Él tomó el plato de Lauren y enjuagó ambos platos, cargando el lavaplatos mientras limpiaba.

"Realmente deberías dejarme ayudar."

"Tengo un sistema. Termina tu vino y cuéntame sobre Mark."

"¿Qué hay de él?"

Kyle hizo una pausa y luego la miró. "¿Dónde lo conociste?"

Eso era fácil. "Él trabaja en bienes raíces comerciales. Lo conocí cuando intentaba venderle a Ty un edificio cerca de F5F."

"¿Ty lo compró?"

"No. Pero Mark era persistente."

"¿Buen dinero en ese negocio?"

"Sí. Comisiones. Él se mudó a una empresa más pequeña con la esperanza de una carrera más rápida."

"¿Y?"

"Todavía no, pero solo ha estado allí un año."

Kyle asintió. "¿Qué te hizo amarlo? ¿Y por qué cambiaste de opinión?"

No hay nada como ir directo al grano. Lauren jugaba con su copa, porque quería responder honestamente. "Bueno, todas las cosas habituales. Él era atractivo, nos divertimos juntos y el sexo era bueno."

Kyle resopló, como escéptico, y Lauren sonrió.

"¡Era! Al principio."

Él le dio una mirada que decía mucho. "Yo también vi el video, recuerda."

"Técnica diferente a la que yo conocía."

Kyle sostuvo su mirada.

Lauren sintió que se sonrojaba, porque algunas de las técnicas de Mark le eran familiares.

Kyle se encogió de hombros y lo dejó ir.

"Él escuchaba", continuó ella. "Eso era realmente seductor. Yo sentía que tenía su atención, que yo era la única mujer que la tenía." Lauren no pudo evitar pensar que Kyle realmente la estaba escuchando esa noche. Ella sabía que lo encontraba igual de seductor. Quizás más. "Y cuando me traía un regalo, demostraba que había estado escuchando."

"¿Cómo?"

"No solo traía flores cuando lo hacía. Traía mis flores favoritas, o unas de mi color favorito si no estaban disponibles."

Kyle se giró del fregadero para mirarla, invitándola a dar más detalles.

"Soy una romántica. Las que más me gustan son las lilas, las de color morado oscuro que tienen un perfume fuerte."

"No las ves a menudo en los puestos de flores."

"Por lo general son solo del jardín de alguien." Lauren sonrió. "De ahí es de donde viene. Mi mamá siempre las tenía en su jardín y mi abuela siempre estaba tratando de cultivarlas. No recuerdo cuántos arbustos de lilas plantamos, pero todos murieron."

"¿Por qué?"

"El suelo estaba mal, incluso cuando lo aumentamos. Ella solía dejarme ayudar en su jardín cuando iba de visita."

"¿Dónde era eso?"

"Mamaroneck. Ella y mi abuelo construyeron una casa allí a finales de los años cincuenta y ella todavía vive allí." Lauren sonrió. "Me encantaba ir allí cuando era niña. Su casa fue el primer lugar al que se me permitió ir sola en el tren. Solo éramos ella y yo."

"Y te sentías especial, como si alguien estuviera escuchando."

Lauren parpadeó. "Bueno, sí. Ty es mayor que yo y realmente no recuerdo que Steph no me siguiera a todas partes, a pesar de que es dos años más joven."

"Luego Paige y Katelyn en agradables intervalos de dos años después de eso."

"Exactamente. Era difícil pronunciar una palabra la mayor parte del tiempo en casa."

Kyle asintió entendiendo.

"¿Tú qué tal?"

Él se encogió de hombros. "Solo estábamos Dave y yo, y él no habla mucho. Sin embargo, sí me seguía."

"Apuesto a que eras un buen hermano mayor."

"No, yo era una mierda." Kyle negó con la cabeza. "Le enseñé todo lo que no debería haber sabido."

Lauren se rió. "Entonces, ¿te adoraba?"

Kyle rió. "Bastante. Yo siempre estaba en alguna mierda con alguien. Mi mamá nos llamaba ángel y diablo." Él terminó de cargar el lavavajillas y cerró la puerta. "Entonces, ¿cuál es el plan de respaldo floral cuando las lilas no están disponibles?"

"Rosas, por supuesto, pero no rojas. Los de color rosa pálido, pero deben mezclarse con algo que no sea azucenas. De lo contrario, parecen un ramo de novia." Lauren se encogió de hombros. "Idealmente, son rosas viejas, como las rosas Austen, no las rosas de té que ves en todas partes." Ella apoyó la barbilla en la mano para observarlo. "¿Cuál es tu flor favorita?"

"No tengo una." Su respuesta era demasiado rápida para ser verdad. "Hacen un lío y fomentan las expectativas."

"¿Qué significa eso?"

"Que las relaciones funcionan mejor, en mi opinión, cuando se basan en la honestidad. Y las flores son un poco terreno resbaladizo."

"Ahora tengo curiosidad. ¿Cómo es eso?"

"¿Qué tal un ejemplo?" Él se apoyó contra el mostrador, los brazos cruzados sobre el pecho y Lauren asintió. "En tu segunda cita, un hombre te trae un gran ramo de lilas moradas. ¿Qué opinas?"

"Que está escuchando y que quiere impresionarme."

"¿Por qué?"

"Porque le agrado y cree que hay potencial entre nosotros."

"¿Potencial para qué?"

"Para el futuro. Una relación, tal vez incluso un matrimonio." Ella no llegó más lejos antes de que Kyle negara con la cabeza.

"Sexo", dijo él rotundamente. "Hay potencial para el sexo y él se está moviendo para capitalizar ese potencial de una manera que muchas mujeres perciben como romántica en lugar de sexual."

A Lauren no le gustaba cómo sonaba eso. "Suena manipulador."

"¡Es manipulador! ¿Cómo puede alguien saber si una relación tiene potencial después de una cita?" Kyle extendió una mano. "Todo lo que cualquiera puede saber es que se siente atraído por la otra persona o que el sexo parece una buena idea."

"¿Qué pasa con el amor a primera vista?"

"Ficción", dijo él con firmeza. "Creo a medias que el amor es ficción, solo lujuria disfrazada."

"Eso es triste."

"¿Porque suena cínico o porque podría ser verdad?"

"Entonces, esto que tenemos aquí..."

"No es una relación", insistió él. "Te dejé venir aquí porque pensé que nos entendíamos. Esto es sexo. Buen sexo, pero sexo. No es una relación."

"Podría convertirse en una relación," dijo Lauren, solo para escuchar su argumento.

Kyle negó con la cabeza. "De ninguna manera. No hago relaciones."

Lauren no estaba lista para una relación y lo sabía, pero estaba lo suficientemente intrigada por su punto de vista como para preguntar más. "Pero algún día lo harás."

"Un día, ¿qué? ¿Enamorarme?"

"Seguro."

Él sacudió la cabeza. "He estado allí, he hecho eso, y sé que no durará."

"Algún día te casarás."

Kyle volvió a negar con la cabeza. "De ninguna manera."

"¿Nunca?"

"Nunca. Un hombre sabio conoce sus limitaciones y las acomoda."

"Entonces, ¿cuál es tu limitación? ¿Fidelidad?"

"Quizás. No creo en la permanencia o el para siempre, así que ¿por qué pretender lo contrario? "

"Todo es fugaz entonces."

Él asintió. "Sí. Aprovecha el momento y disfrútalo mientras puedas."

"¿Pero no quieres tener hijos?"

Kyle apoyó los puños en el mostrador y la miró fijamente a los ojos. Su tono era más serio de lo que esperaba. "El mundo tiene un inventario suficientemente grande de niños jodidos. No necesito agregar más a la población."

"El tuyo puede que no esté jodido."

"¡Por supuesto que lo estará!" Él mostró una sonrisa. "Yo estoy jodido, y la gente no puede evitar compartir su particular sabor de jodido con su descendencia. Es el destino o un plan divino o algo así."

Lauren se rió a pesar de sí misma. "Entonces, no hay relaciones, no hay matrimonio, no para siempre, no hay hijos, pero ¿el sexo está bien?"

"El sexo es genial. Llámame cuando quieras más."

"Pero sin ilusiones."

"Todo funciona mucho mejor cuando todos tienen clara la verdad."

"No lo sé. Hay mucho que decir sobre el romance y los gestos románticos", dijo Lauren, pero Kyle estaba negando con la cabeza.

"¿Ves? Las mujeres siempre piensan eso, pero el romance es una mentira. Es manipulación para tener sexo. La verdad es muy superior porque entonces nadie se decepciona."

"No estoy convencida."

Él acercó un taburete de la barra y se sentó frente a ella, su actitud era intensa. "Está bien, entonces tú y yo estamos teniendo una cosa -" él puso tanto énfasis en la palabra que Lauren sonrió "- y te digo que te amaré por siempre. ¿Qué pasa después?

"Sexo", se vio obligada a admitir ella.

"Exactamente. Pero yo no puedo saber si te amaré para siempre, incluso si te amo en ese momento." Él frunció el ceño. "Y me parece que el amor dura poco, así que supongo que no te amaré para siempre, incluso si te gusta cómo suena."

"Entonces, tu punto es que lo estarías diciendo para echar un polvo."

"Exactamente. Y luego, cuando descubrieras un par de meses después que, de hecho, ya no te amo, te decepcionarías, porque un par de meses es mucho menos que una eternidad."

Lauren estaba pensando en Mark diciéndole eso mismo y lo poco que había significado. Ella odiaba que la lógica de Kyle tuviera tanto sentido y se encontró cruzando los brazos sobre el pecho. "¿Qué diría el hombre honesto que quiere sexo en su lugar?"

Kyle la miró profundamente a los ojos y bajó la voz. "Eres hermosa."

El corazón de Lauren dio un vuelco. "¿Eso no es mentira?"

"No. Si encuentro a una mujer lo suficientemente atractiva como para querer tener sexo con ella, entonces, en ese momento, es hermosa. Incluso podría ser la mujer más hermosa que he visto en mi vida. De cualquier manera, sería cierto y ese es mi punto." Él dio unos golpecitos con el dedo en la encimera. "El noventa y ocho por ciento de las veces, decirle a una mujer que es hermosa es tan exitoso como jurar que la amarás para siempre."

"En términos de tener relaciones sexuales."

"Exactamente. ¿Qué otros términos hay? "

"¿Y el otro dos por ciento del tiempo?"

"Tendrías que mentir, pero el sexo no valdría la pena. No puedes desnudarte e intimar físicamente con alguien, al menos no en el buen sentido, si hay mentiras entre ustedes. Literalmente, no hay ningún lugar donde esconderse."

Lauren podría no estar de acuerdo con todas sus razones, pero lo sabía por experiencia personal. El sexo con Mark había sido pésimo durante al menos un año, como si hubieran estado fingiendo los movimientos incluso cuando eran físicamente íntimos, y ahora ella sabía que era porque él le había estado mintiendo.

"Haces que suene como una política personal, que no mentirías por sexo." Ella se abstuvo de señalar que probablemente él no tenía que hacerlo.

"Es exactamente eso. Ambos sabemos lo que estamos haciendo y por qué, o nos marchamos."

"Porque no importa lo que hicieras después, si me hubieses dicho que era hermosa para tener suerte, ¿aún podría creer que pensabas que era hermosa?"

"Seguro. Y el sexo sería mejor que cualquier sexo basado en una mentira."

"¿Y ese es el punto?"

"Cuando deseas a alguien, sí, el sexo es el punto."

Sus miradas se encontraron y se mantuvieron durante un largo momento. La de Kyle era clara y sin malicia, como si todo lo que acababa de decirle fuera evidente por sí mismo. Él ciertamente lo creía. Lauren lo señaló con un dedo. "Un día, te vas a enamorar y no lo verás venir."

Kyle rió. "No contengas la respiración."

"Prométeme una invitación a la boda, no importa cuándo ni dónde."

Él ofreció su mano. "Trato, pero no vayas a comprar un vestido todavía." Lauren puso su mano en la de él y se la estrecharon, su cálido agarre le recordó todo lo que habían hecho juntos. Un brillo travieso iluminó sus ojos y su mano se apretó sobre la de ella. Su voz bajó, pero él no preguntó lo que ella esperaba.

Y él no soltó su mano. Su pulgar comenzó a moverse en pequeños círculos en el dorso de su mano y ella observó su movimiento, hipnotizada. "Entonces, ¿cómo es que vives en la ciudad, donde no puedes tener un jardín propio, si te gustan tanto las flores?"

Lauren miró su pulgar y escuchó cómo su corazón latía más rápido. "Podría vivir en el campo, pero mi salón estaría mucho menos ocupado."

"¿Pequeño pueblo?"

Lauren suspiró. "Mark y yo solíamos hablar de conseguir una casita y viajar diariamente al trabajo en lugar de vivir en la ciudad. Yo podría reubicar mi salón, pero básicamente empezaría de nuevo. Nunca pasamos de hablar de eso, pero claro, no estuvimos juntos tanto tiempo." Ella se quedó en silencio y se quedó mirando el último trago de su vino. Ella había pensado que se mudarían y formarían una familia y no habría ningún salón en su futuro, solo bebés, jardines y alegría.

Ella tragó y retiró su mano de la de Kyle.

Todo se sintió plano entonces, su matrimonio fallido se cernía detrás de ella como una sombra fría, la charla de honestidad de Kyle sonaba como una excusa más, y Lauren, siempre la inteligente, se sentía como una idiota.

"¿Estás bien?" Kyle preguntó con preocupación.

"Bien", dijo ella y su tono fue brusco. Ella no quería que fuera así y no era culpa de Kyle, pero aun así.

Él creía que el amor era una mentira y ella se sentía tonta de nuevo.

Porque ella todavía creía en la eternidad.

"No suena así", dijo él, con un tono alentador.

Al diablo con eso, ella le diría a Kyle la verdad. "No. No estoy bien. Tienes razón y ese es el problema. Tal vez fui estúpida, ingenua o poco realista, pero realmente creí que Mark me amaría para siempre cuando lo dijo. Yo planeaba amarlo para siempre, después de todo."

Ella vació la copa y la dejó con fuerza sobre el mostrador, afortunadamente no lo suficientemente fuerte como para romper la base, luego se puso de pie. Su visión estaba borrosa por las lágrimas y ella sabía que había confesado demasiado. Ella tenía que escapar. Eso es lo que conseguía por beber vino. Ese era el estado en el que estaba, que podía soltar todo en respuesta a un poco de amabilidad.

El silencio de Kyle parecía enorme y siniestro. Probablemente él pensaba que ella estaba loca.

A Lauren no le importaba.

Ella siguió hablando, a pesar del nudo en la garganta y las lágrimas punzantes en sus ojos. "Realmente pensaba que había tiempo para todas esas cosas, que podríamos tener hijos más tarde, que podríamos comprar una casa más tarde y plantar ese jardín más tarde, pero todo era mentira. Tienes razón sobre eso. Descubrir que era mentira fue horrible. Hubiera sido mejor nunca haberle creído en primer lugar."

Ella caminó hacia el dormitorio sin esperar a que Kyle estuviera de acuerdo, quitándose la camisa de mezclilla mientras avanzaba. Ella no había hablado mucho de su matrimonio roto, y mucho menos de la infidelidad de Mark, ni con su madre, ni con sus hermanas ni con sus amigas. Todos habían preguntado y sus preguntas le daban ganas de gritar. Ella sabía que a una confesión le seguiría compasión o, peor aún, lástima.

Ella no quería compasión y dudaba que alguno de ellos la entendiera.

Ahora que había comenzado a hablar, con Kyle, de todas las personas, no podía detenerse.

"Ninguna de esas cosas habría sucedido nunca, porque él nunca habría dejado la ciudad y sus amigos y sus salidas nocturnas y tener sexo con extrañas." Lauren llegó al dormitorio y arrojó la camisa a la cama. Ella tomó sus jeans y se los puso, luego su camisa. Le temblaban las manos y estaba de espaldas a la puerta, aunque sabía que Kyle la había seguido y estaba apoyado en la puerta.

Escuchando.

Ella todavía encontraba eso seductor.

Ella era una idiota.

En cierto modo, ella quería que él la tocara, pero por otro lado, se alegraba de que él mantuviera la distancia. Ella se sentía volátil e impredecible, tan diferente de ella como era posible, y respetaba que él no quisiera un segundo mejor sexo. Sin sexo de consolación. Sin el sexo mejor contigo que con otra. No, ella admiraba los principios de Kyle en eso.

Ella respiró hondo y se giró para enfrentarlo, decidida a terminar su confesión. "Y ahora, aquí estoy, sola de nuevo y comenzando de nuevo, mirando el lado equivocado de los treinta y deseando esos cinco años atrás." Ella levantó las manos. "¡Siento que me los robó! Como si los hubiera arrancado de mi vida, ¡y por nada!

"Porque él mintió," dijo Kyle gentilmente y Lauren rompió a llorar.

No eran lágrimas bonitas.

"¡Sí! Porque él mintió y porque me siento estúpida y porque, lo peor de todo, ¡todavía quiero creer en el para siempre!" Se sentó en el borde de la cama y lloró. Estaba llorando feo y lo sabía, y el sonido de los grandes sollozos ahogados era patético.

Pero Kyle se acercó a ella, la abrazó y le ofreció consuelo y ternura.

"Me veo horrible", protestó ella, tratando de apartarlo, pero no con verdadero entusiasmo.

"No, eres la mujer más hermosa del mundo", dijo él solemnemente.

"Solo estás diciendo eso".

"No. Es cierto."

"Debes querer salirte con la tuya conmigo."

Él suspiró. "Culpable de los cargos, pero sigue siendo cierto".

Ella se secó las mejillas y se apartó para mirarlo, pero él parecía serio. "Nunca me mientas, Kyle", susurró ella, sus palabras eran calientes. "Ni siquiera para ser amable".

"Nunca", juró él, luego guiñó un ojo. "No soy amable. Pregúntale a cualquiera."

"Dilo", insistió ella.

El brillo abandonó sus ojos y él la miró fijamente. Su voz bajó tanto que la hizo estremecerse profundamente. "Nunca te mentiré, Lauren McKay".

Ella pensó en ese día, el de F5F cuando él se dio la vuelta como si nunca la hubiera visto antes. Él la había decepcionado, eso era seguro, pero ahora sabía que era por la promesa que le había hecho a Ty. Y él le había advertido cuando se separaron por primera vez. No, Kyle nunca le había mentido.

Kyle cumplía sus promesas. Él le había hecho uno a Ty, pero nunca le había hecho una a ella.

No antes de esto.

"Lo prometo", insistió ella, necesitando oírlo de nuevo.

"Lo prometo", dijo él con tranquila urgencia y sus dedos se deslizaron por su brazo. Él podía despertarla con un toque, con una mirada, con un susurro. Lauren se sentía excitada y consciente. Con otro hombre, ella podría haber pensado que estaba repitiendo su error, pero ella conocía a Kyle.

Ella confiaba en él, porque él era exactamente lo que decía que era.

Tal vez porque no lo prometería un para siempre.

Tal vez porque solo el sexo con Kyle era mejor que las promesas vacías con otra persona. Ella quería volver a hacer el amor con él, sentirse atesorada una vez más.

Kyle se inclinó y la besó suavemente. "Y tú eres hermosa", murmuró él, sus palabras abanicaron su piel.

"No cuando lloro".

"Especialmente cuando lloras". Él se encogió de hombros cuando ella lo miró a los ojos, incrédulo. "Es esa cosa dura pero vulnerable que haces lo que me arruina."

Lauren se encontró sonriendo. "¿Te arruina?"

"¿No puedes decirlo?" Él le devolvió la sonrisa. "Estoy completamente destruido." Sus miradas se aferraron en otro de esos momentos incendiarios, y su corazón casi se detuvo cuando él se puso serio, pero no apartó la mirada.

"¿Honestamente?" susurró ella.

"Honestamente", respondió él sin una pizca de vacilación. "Siempre honesto, Lau". Él sonrió. "Yo lo prometí." Sus ojos eran tan azules. En este momento, Lauren sintió que podía ver directamente el corazón y el alma de Kyle, y era imposible dudar de sus palabras.

Era imposible no quererlo de nuevo.

Ella se acercó y rozó sus labios sobre los de él de nuevo, queriendo agradecerle con una caricia, queriendo acurrucarse cerca de la seguridad que él podía darle. Él respondió de inmediato, su brazo serpenteando alrededor de su cintura y acercándola, su deseo era evidente en su beso. Pero dejó que ella marcara el ritmo.

Lauren quería más de lo que Kyle podía darle. Ella sabía que era mejor no esperar nada más allá de eso, pero solo una vez más podría ser suficiente. A ella le gustaba que no hubiera ilusiones entre ellos. Él le secó las mejillas con las yemas de los dedos y luego la besó de nuevo.

Suavemente.

Con reverencia.

Dándole la oportunidad de alejarse.

"Tal vez sólo la tinta es para siempre", susurró ella con voz ronca.

Kyle sonrió. "Nunca creí en el para siempre de ningún tipo."

"Lo sé. Pero me gustó creer en eso. Fue una especie de cimiento para mí, algo en lo que creer sin importar lo que saliera mal." Ella levantó la mirada hacia él. "Ahora no sé en qué creer."

Él le apartó el pelo con una ternura que la hizo anhelar más de su toque. Él la estudió, dándole toda su atención. Ella sostuvo su mirada, preguntándose qué diría él, muy contenta con esperar. "Entonces déjame enseñarte a creer en el ahora mismo", murmuró él. "Ese es mi fundamento y nunca nos fallará a ninguno de los dos."

No había ninguna posibilidad de que Lauren rechazara esa oferta. Ella envolvió sus brazos alrededor de su cuello mientras su boca se cerraba sobre la de ella, y su corazón dio un vuelco cuando le dio la bienvenida al toque de Kyle.

KYLE ESTABA FUERA DEL EDIFICIO, mirando las luces traseras del taxi de Lauren desaparecer en el tráfico. La segunda vez había sido lenta y dulce, tan poderosa como rara vez lo era el sexo para él.

Porque había sido muy honesto.

Él estaba conmovido por lo mucho que había significado la intimidad para él y conmovido por la confianza de Lauren. Él supuso que era la primera vez que ella hablaba de Mark con alguien y el dolor en su voz le había dicho más de lo que quería saber.

Él metió las manos en los bolsillos y escuchó el sonido de la ciudad. Era casi medianoche. Él debía encender su teléfono y revisar sus mensajes; él debía ejercitarse un poco y revisar su horario para el día siguiente.

En cambio, Kyle salió a caminar, saboreando los sonidos y olores de la ciudad, atormentado por el sabor de las lágrimas de una mujer hermosa.

¿Iría Lauren y le cocinaría la noche siguiente? Kyle no lo sabía.

Él incluso apostaría a que ella se despertara por la mañana y decidiría que haberlo llamarlo había sido un mal plan y que regresar sería peor. Sin embargo, ella no lo dejaría plantado. Esa no era la manera de Lauren. Ella llamaría y se lo diría, cortaría sus expectativas de raíz. A él le gustaba eso de Lauren. Ella no esquivaba las cosas incómodas. Él caminó y se enfrentó al hecho de que realmente esperaba que ella no cancelara.

No era característico.

Quizás era intrigante porque era nuevo. La primera vez.

Kyle sabía que nada duraba para siempre, pero esperaba que ese interludio durara un poco más que una sola noche. Sin embargo, si no era así, tenía otra noche mágica con Lauren para recordar.

Él era lo suficientemente realista como para saber que era una tontería esperar una tercera.

TRES

Lauren todavía estaba dormida cuando su teléfono sonó a la mañana siguiente y la sobresaltó. Ella se sentó tan abruptamente que su cabeza le dio un giro, ella miró el reloj y se sorprendió de haber dormido profundamente.

Ella había tenido insomnio durante meses.

Kyle lo había resuelto.

"¿Hola?" Respondió sin mirar para ver quién era.

"Buenos días, querida", dijo su madre, tan alegre como siempre. "Estoy tan contento de poder hablar contigo. Traté de llamar anoche pero no obtuve respuesta. ¿Estabas fuera?"

"Sí, lo estaba." Lauren sintió una punzada de culpa. Ella ni siquiera había revisado sus mensajes, pero ahora veía la luz roja parpadeando en el contestador automático.

Ella debería deshacerse de todo, deshacerse del teléfono fijo y simplemente usar su celular con su buzón de voz. Algún desorden del que podría prescindir.

De hecho, ella debería deshacerse de muchas cosas en ese apartamento. Ella miró a su alrededor, formulando un plan.

"¿Con Mark?"

Lauren hizo una mueca ante la esperanza en la voz de su madre. "No, mamá, no con Mark".

Hubo una pausa. "Vas a arreglar las cosas con él, ¿no es así, querida?"

Ahí estaba la prueba de que Ty no le había contado a nadie de su familia sobre el video de seguridad. Si su madre hubiera sabido lo que realmente había sucedido, Mark habría sido desterrado de su universo para siempre.

Lauren giró las piernas para sentarse a un lado de la cama y exhaló. "No creo que haya ninguna posibilidad de que lo solucionemos, mamá".

"¡Pero estabas tan enamorada! La boda fue perfecta... "

Lauren se frotó la frente. Ella no podía volver a pasar por esto. "El matrimonio no lo fue, mamá".

"Pero pensaba que eras feliz".

"Yo estaba feliz, en la boda". Lauren no estaba lista para reconocer las pocas dudas que había tenido incluso ese día, las que había atribuido a los nervios. Ella se había negado a ver lo que tenía delante.

"¿Pero?" le pidió su madre.

"Pero no duró".

"Tal vez estás siendo demasiado dura con él, querida. Mark ha estado llamando aquí, pidiéndome que te convenza de que lo escuches... "

"Eso es porque yo no hablo con él" Esa era otra razón para deshacerse del teléfono fijo. Ella ya había cambiado su número de teléfono celular.

"Bueno, tal vez deberías."

La frustración creció dentro de Lauren. Ella no era la villana y estaba cansada de las suaves acusaciones de su madre. Ella decidió probar un poco de la receta favorita de Kyle: honestidad.

"Mamá, Mark estaba saliendo con otra persona. No sé si todavía lo está y no me importa. No creo que haya mucho de qué hablar, ya que siempre pensé que cuando te casabas con alguien dejabas de salir con otras personas."

"¿Qué?" Colleen McKay gritó como rara vez lo hacía. "¿Te fue infiel?"

En cierto modo, su indignación era exactamente lo que Lauren necesitaba escuchar, pero ella aún no podía compartir la historia completa. Ella cerró los ojos y vio a Mark y a la rubia de nuevo en su mente e hizo una mueca. Eso sería demasiada información para su madre. Ella dijo otra pequeña mentira. "Técnicamente yo no lo sé, mamá, pero él estaba saliendo con otra persona."

Lauren odiaba estarle mintiendo a su madre para evitar que Mark se viera realmente mal.

Ella se preguntó por qué lo estaba protegiendo.

Era un hábito, nada más que eso, y estaba a punto de romperlo. Kyle tenía razón sobre la honestidad. Su madre culpaba a Lauren porque no tenía toda la información y Lauren estaba perpetuando la idea equivocada al no decirle la verdad a su madre.

Ella se enderezó con determinación.

"Pero Mark estaba casado. ¡Contigo!"

"Y se quitó el anillo cuando estaban juntos".

Su mamá jadeó. "Eso es indignante. ¡Eso está mal!"

"Eso es lo que pensé."

Hubo una pausa en la conversación, luego su madre se aclaró la garganta. "¿Estás absolutamente segura, querida? ¿No hay posibilidad de que sea un malentendido? "

Lauren estaba asombrada por la persistencia del optimismo. Ella se mordió el labio y vaciló, luego fue a por ello. "Hay un video, mamá, de una cámara de seguridad."

"No entiendo."

"De él con la otra mujer".

Su mamá habló con cuidado, pero Lauren escuchó su cautela. "Las personas casadas pueden encontrarse con personas del sexo opuesto en situaciones bastante inocentes, querida."

"Pero no tener relaciones sexuales con esas personas." Su madre estaba completamente en silencio, algo raro, así que Lauren continuó. "Todo fue filmado, mamá, grabado para la posteridad".

"¿Pero cómo puedes saber eso?" Su madre parecía desconcertada. "¿Dónde se filmó?"

Ella bien podría contarlo todo entonces. "En el pasillo de los baños de Flatiron 5 Fitness. Un viernes por la noche, cuando el club está abierto." Lauren trazó el patrón floral en sus sábanas con la punta de un dedo. "Él salía con sus amigos todos los fines de semana, mamá. Yo pensaba que iban a beber, pero él hacía otra cosa, evidentemente."

"Y es por eso que Tyler no dice nada al respecto", concluyó su madre, luego su voz se elevó. "¿Cómo se atreve Mark a llamar aquí como si él fuera la parte herida?" ella echaba humo. "La próxima vez que sea tan audaz como para pedirme que lo ayude a convencerte de que hables con él, obtendrá más de lo que espera."

Lauren se encontró sonriendo. "Apuesto a que lo hará".

"Tu padre se pondrá lívido. Deberías habérnoslo dicho, querida."

"No me enteré hasta el día en que decidí que se iba a mudar fuera de aquí. Y siempre pensé que el matrimonio era un cometido sagrado: eso es lo que me enseñaste. Simplemente parecía incorrecto decirles a todos lo que él había hecho"

"No, querida, lo que está mal es lo que él hizo." Colleen estaba tranquila de una manera que Lauren sabía que era peligrosa. "No hay duda entonces, y absolutamente tomaste la decisión correcta. Gracias a Dios que todavía no habías formado una familia." Ella tomó una respiración reconfortante. "Simplemente tendremos que hacer algo al respecto".

Ahora Lauren estaba cautelosa. "¿Hacer? ¿Cómo qué?"

"Bueno, vas a necesitar a alguien con quien hablar, querida."

"¡Mamá! Puedo ocuparme de esto yo misma."

"No seas ridícula, Lauren. Para eso están las familias. Nos apoyamos mutuamente cuando lo necesitamos. ¿Saliste con tus amigas anoche? ¿O ya estás saliendo con alguien?

"Um..."

"Espero que estés saliendo, ya sea que me lo digas o no. Siempre es mejor volver a la piscina lo antes posible, y no puedes permitir que una manzana podrida te estropee la perspectiva de todo el manzano."

Lauren no hizo ningún comentario sobre las metáforas contradictorias de su madre. Ella sabía que el sentimiento tenía buenas intenciones. De hecho, sonrió ante la reacción que podría tener si le contaba a su madre toda la verdad. Ella no estaba saliendo con alguien, solo tenía sexo deportivo con el socio comercial de Ty.

De nuevo.

Sin embargo, ella había hecho suficientes olas por un día.

"Hay muchos hombres buenos en este mundo, hombres decentes que apreciarán a una mujer como tú", continuó su madre.

"Por favor, no hagas una misión encontrarme uno", dijo Lauren, pero su solicitud cayó en oídos sordos.

"Voy a llamar a Katelyn para que vaya a verte hoy."

"Ella podría estar ocupada. Ella y Jared acaban de llegar a casa desde Bali... "

"Ella es la más cercana", interrumpió su madre con firmeza. "Puede que tenga que estar desocupada." La voz de su madre se iluminó de una manera que advirtió a Lauren. "Y ella podría tener algunas sugerencias para ti."

"¿Sugerencias?"

"Faltan solo dos meses para la boda de Tyler y Shannyn, Lauren. No me dejan ayudar mucho con la planificación, así que tengo mucho tiempo para buscarte una cita. Posiblemente no puedas venir a la boda sola. Me imagino lo que Maureen tendrá que decir al respecto."

"¡No! ¡No, por favor, mamá!" gritó Lauren, pero ya era demasiado tarde. Su madre se había ido, se había lanzado a una nueva misión y Lauren no podía hacer nada al respecto. Ella volvió a llamar, pero la línea estaba ocupada.

Por supuesto.

Ella ni siquiera podía entender todas las ramificaciones de esa conversación, no sin una seria dosis de cafeína. Había llegado el momento de establecer prioridades: café, ducha, trabajo, Katelyn, y luego lo que fuera que se había suscitado como resultado de su honestidad.

Y la ventaja era otra noche con Kyle al final de todo.

Ese fue un incentivo suficiente para prepararla para enfrentar los desafíos del día. Lauren fue a la cocina y se preparó una taza de café. Ella estaba rebuscando en el cajón en busca de una cuchara para remover el café cuando encontró el abrebotellas.

Siempre estaba ahí, por supuesto, pero ella no solía prestarle atención.

Era de color turquesa y estaba marcado con el logo de un bar en Santa Cruz que servía tacos de pescado y cerveza. Lauren se preguntó si ese lugar todavía estaría allí. Ella se quedó mirando el logo, recordando estar en su umbral, con los pies en la arena, su primera vista de Kyle.

Ella inmediatamente había notado al muchacho rubio en el bar, porque era un serio galán. Bronceado y en forma. Ella lo había visto por ahí y lo había visto surfear el día anterior. Él no bebía, solo charlaba con el dueño. Todavía el lugar no estaba ocupado y no había nadie más a quien mirar más que a él.

Lauren miraba.

Oh, ella recordaba.

Ella tocó el abrebotellas, recordando el instante en que Kyle se había vuelto y la había notado, la sacudida que la había atravesado cuando él le sonrió y la forma en que se había estremecido allí abajo. El mundo entero se había detenido, excepto su corazón, que latía con fuerza como si ella hubiera corrido una milla.

Cuando le hizo una seña, no había nada más que hacer que caminar hacia él.

Lauren dejó caer el abrebotellas en el cajón, encontró la cuchara que necesitaba y se preparó un café. Doce años era mucho tiempo. Ella no era la buena muchacha ingenua ahora que era entonces. Ella sabía que era mejor no esperar nada de Kyle más allá de lo que él pudiera dar.

Pero ella no podía descartar el recuerdo de esos pocos días, y mucho menos la última noche de sus vacaciones, y cómo Kyle Stuyvesant había sacudido por completo su mundo.

Quizás era hora de que ella sacudiera el de él en respuesta.

EL JUEVES, Kyle estaba lleno de energía imparable en el trabajo. La noche anterior había sido genial con Lauren, pero él estaba preocupado por lo ansioso que estaba por tener una segunda noche de su compañía. No era solo el sexo, aunque eso había sido increíble. Era la conversación, la confianza, la intimidad. La situación era fresca, nueva y diferente, lo que lo hacía, —y a ella—, adictiva.

Por otro lado, Kyle sabía que estaba coqueteando con el desastre. Eso no podría terminar bien. O Lauren continuaría usándolo para el sexo, luego lo terminaría abruptamente, como siguiendo su propio patrón, y él sería un completo desastre, o ella desarrollaría expectativas y él tendría que exponer la verdad, y observar cómo le rompía el corazón.

Él estaba descartando sus propias reglas, rápido, y solo tenía sentido preocuparse por las consecuencias.

Él sabía lo que sentía por Lauren.

También sabía que no era la naturaleza de las personas cambiar.

Por lo tanto, era un hecho que él no podía hacerla feliz a largo plazo, dada su aversión al compromiso y el deseo muy natural de ella de tenerlo.

Él tenía el mal presentimiento de que era solo cuestión de tiempo antes de que ella tuviera las mismas ideas que todas las mujeres eventualmente tenían, y Kyle solo había aumentado la posibilidad de eso al confesar sus propios sentimientos.

Podría suceder esa noche.

Él se había dado cuenta de eso mientras caminaba y, como resultado, no había dormido.

Menos de veinticuatro horas después de que Lauren lo llamara, y Kyle era un desastre.

Él sospechaba que empeoraría. Él debería retirarse, en ese mismo momento, cancelar esa noche y decir algo para asegurarse de que ella nunca lo volviera a llamar.

Pero era Lauren. Él no podía cancelarlo. Él quería todo lo que pudiera conseguir, al diablo con las consecuencias. Kyle estaría allí mientras durara, atrapado como una mosca en una telaraña, pero sin querer escapar si eso significaba sacrificar un minuto con Lauren.

Si eso no era jodido, él no sabía qué era.

Peor aún, sus socios lo sabían. Lo olieron en él tan pronto como llegó a F5F, y volaron en círculos como hienas acechando a su presa. Damon le hizo pasar un mal rato en la sala de pesas por estar fuera de entrenamiento, y Kyle sabía que eso era solo el comienzo.

"No dormiste", dijo Cassie, igualando su ritmo con el de él en el camino hacia la pared de escalada. Ellos daban una clase de escalada juntos los jueves por la mañana, en parte porque Thom, su residente entusiasta de la escalada y administrador del muro, estaba libre los lunes y los jueves. En cambio, él trabajaba los fines de semana. Había ocho miembros reunidos y esperándolos en la base del muro, y la luz del sol de la mañana hacía que la roca falsa pareciera casi real. "Esos ojos azules están hinchados. ¿Cuál es su nombre?"

"Indigestión", dijo Kyle con gravedad.

Cassie se rió. "¿Tú? Señor ¿Pescado a la parrilla, arroz y verduras a la parrilla? Si eso te produce indigestión, será mejor que llames a tu médico."

"Me complací anoche", mintió Kyle, porque era la única forma de detener su interrogatorio.

"¿Con qué?"

"Comida mexicana. Un amiga de California estaba en la ciudad."

"¡Ajá!" Ella se puso el arnés, tarareando *Ojalá todas pudieran ser muchachas de California* en voz baja. "¿Es cierto lo de sus bronceados?"

"Sí", dijo Kyle porque se esperaba de él. "No hay líneas de bikini. Lo comprobé."

"¿Minuciosamente?"

"Por supuesto."

"¿Y esta noche?"

Kyle negó con la cabeza. "Tengo que variar."

Ella se rió y él se atrevió a pensar que la había convencido pero sonó su teléfono. Él echó un vistazo al nombre de la persona que llamaba, vio que era Lauren y su corazón dio un salto en el momento justo. "Tengo que contestar esto", dijo él para disculparse.

"Porque es ella", susurró Cassie, sus ojos bailando. "Tal vez ella cambie de opinión acerca de esta noche."

"Tal vez no", respondió Kyle.

"Tal vez tengamos otra boda a la que asistir", dijo Cassie detrás de él, pero él la ignoró.

Él caminó un poco para que nadie pudiera escuchar a escondidas. "Hola", dijo a modo de saludo. "¿Llamando para retirarte?"

"Tendrías que tener mucha suerte," dijo Lauren.

Solo el sonido de su voz lo hizo sonreír y él se alegró de estar de espaldas a la observadora Cassie. "Yo pensaba que tuve suerte cuando no cancelaste."

"No he cocinado para ti todavía".

Kyle sonrió. "¿Puedes cocinar?"

"Algo. Me las arreglo, pero no es lujoso."

"Eso está bien."

"Pero para asegurarme de que nadie muera, pensé en averiguar si tenías alergias."

"Aprecio eso."

"¿Y bien?"

"No tengo ninguna."

"¿Preferencias?"

"Odio los sándwiches de mantequilla de maní, tengan jalea o no. Y tampoco soy tan fanático de la mortadela."

Lauren hizo un sonido de exasperación. "No soy una gran cocinera, pero puedo hacerlo un poco mejor que los sándwiches."

"Entonces estamos bien".

"Pero nada de vino, porque es jueves, y mínimo de grasa, porque estás envejeciendo."

"¡Oye!" Protestó Kyle. "¡Treinta y cuatro no es viejo!"

"Lento entonces, te estás volviendo lento", bromeó ella y él supo que estaba sonriendo como un idiota.

Él bajó la voz. "Pensé que te gustaba lento." Entonces se rió entre dientes, porque casi podía oírla sonrojarse. Era fácil imaginar cómo ese rubor se esparciría por sus mejillas y bajaría hasta sus pechos, y cuán brillantes se pondrían sus ojos. La imagen mental provocó una reacción que él debería haber anticipado.

Si hubiera algo de misericordia en este mundo, Cassie no se daría cuenta.

"Me gusta." La voz de Lauren era ronca de una manera que hizo que Kyle quisiera deshacerse de las siguientes ocho horas de su día y llegar a la parte buena. "¿Cómo es que te graduaste al mismo tiempo que Ty pero tienes dos años más?"

"Motivación."

"¿Motivación?"

"Ty quería salir de la universidad y lanzar su carrera. Él pasó por allí tan rápido que dejó las cabezas dando vueltas en Administración. Él cogió una carga completa de cursos y solicitó tener más. Como él lo superaba en todo, ellos estuvieron de acuerdo. Él hizo créditos de verano y nunca se detuvo a tomar un respiro." Kyle se encogió de hombros. "O a admirar la vista."

"¿Mientras que tu motivación era...?"

"Permanecer en la universidad el mayor tiempo posible. Yo pensaba que era la vida ideal. El cielo en la tierra. Yo cambié de carrera dos veces y estaba pensando en hacerlo por tercera vez, pero a Ty se le ocurrió la idea de F5F. No se llamaba así entonces, por supuesto."

"Y la idea te gustó lo suficiente como para cambiar tu motivación".

"¡Me encantó! En todo caso, sonaba más perfecto que la universidad." Kyle sonrió al recordarlo. "Ty no me creyó. Creo que él pensaba que yo no podía comprometerme con nada, lo cual no es descabellado dada la evidencia disponible."

"Pero eso no es cierto. Estás comprometido con F5F."

"Absolutamente. Pero eso es ahora. Entonces él tenía sus dudas, así que le dije que me graduaría al mismo tiempo que él. Después de eso, estuve haciendo la carga completa del curso más algunos extras, aunque no estaban tan felices de darme el permiso como a Ty, gracias a mi expediente académico."

"Pero lo hiciste".

"Por supuesto. Yo tenía la motivación adecuada."

"Y te comprometiste con algo por primera vez, que tenía que ser otra motivación. Sé cómo te gusta la primera vez para todo."

Kyle sonrió. "También estaba eso. Elige tinto o blanco para esta noche y te compraré un poco de vino." Ahí iba otra de sus preciosas reglas, pero a él no le importaba. Incluso podría tomar una copa con Lauren, solo para celebrar su compañía.

Realmente le gustaba hablar con ella. Estar con ella.

Porque podía ser él mismo. Ella sabía quién era él y le agradaba de todos modos.

¿Cómo no era eso seductor?

"Todavía queda algo de ese blanco. Estoy bien con eso. A menos que lo terminaras después de que me fui."

"¿Un miércoles? De ninguna manera."

Lauren se rió. "¿Por qué te preocupas tanto por los sándwiches?" preguntó ella, tomándolo por sorpresa. "Esos suenan como el tipo de sándwiches que se empacan en los almuerzos de los niños. ¿Es este el residuo de algún trauma infantil?"

Ella estaba demasiado cerca de la verdad como para que él se sintiera cómodo con esa suposición. Kyle se enderezó. "Solo comí muchos de ellos, eso es todo. Consumí mi asignación de por vida cuando tenía doce años."

"¿Y luego qué pasó?"

Kyle sonrió ante la sospecha en su voz. "Dejé de comerlos".

"No me estás contando ni el cinco por ciento de esta historia."

"No te voy a contar el cinco por ciento de ninguna historia. Es una política personal."

"Para que la gente no se acerque demasiado y empiece a tener conexiones emocionales contigo", dijo Lauren con tanta facilidad que él supo que a ella no le molestaba. "Es parte de tu plan mantener a todos a distancia."

A Kyle no le sorprendía que ella se diera cuenta, pero le sorprendió su reacción. A él le molestaba un poco que a ella no le importara, y eso era tan novedoso que él no tenía una réplica.

"Lo entiendo", continuó ella con facilidad. "Mensaje recibido. Todos los secretos son sagrados. Mantente alejado. Excluido. Los intrusos serán procesados. Quien crea que ningún hombre es una isla, no te ha conocido todavía."

"Oye, no soy tan malo."

"Compartes físicamente pero no emocionalmente. Tienes tus barreras y están rematadas con alambre de púas y vidrios rotos", dijo ella con facilidad, sorprendiéndolo un poco con su percepción. "Pero en realidad, no estoy tratando de cambiar nada sobre ti, Kyle. Lo físico me funciona bien. Una repetición de anoche es todo lo que quiero también."

Kyle se sentía rechazado de una manera que no le sentaba bien.

Aunque debería.

Él frunció el ceño, pero mantuvo la voz ligera. "Es genial que nos entendamos. ¿A las siete?"

"A las siete", estuvo de acuerdo ella. "Estaré allí."

Como él no estaba listo para que ella colgara, hizo la primera pregunta que salió de su boca. "¿Te gustan los juguetes?"

"¿Juguetes?" repitió ella, su confusión era clara.

"Juguetes sexuales. Vibradores, tapones, anillos, sujeciones, abrazaderas, ya sabes."

Hubo una pausa durante la cual él se preguntó si la había sorprendido.

"Sé lo que son los juguetes sexuales", reconoció ella y su voz era fría. "Tengo mis favoritos. ¿Tú qué tal?"

"Creo que tienen un papel. Pueden animar un poco las cosas. ¿Debería llevar algunos, solo por diversión?"

"No, gracias." dijo Lauren con mucha firmeza. Nos vemos a las siete. Luego terminó la llamada.

Kyle miró su teléfono. ¿Él había dicho algo mal? Si era así, no podía imaginar qué era.

Quizás alguien había entrado en su salón en ese momento. Eso era todo. Él guardó su teléfono y se dirigió hacia la pared de escalada, enganchando lo último de su arnés. "¿Quién va a llegar a la cima hoy?" preguntó él y los miembros de la clase vitorearon. Él levantó la voz más alto. "¿Quién me va a ganar hasta la cima?"

"Yo", dijo Cassie. "Tengo tu récord."

Kyle se burló en beneficio de la clase. "No lo creo. Muy bien, todos, revisemos dos veces nuestro equipo..."

ANIMAR UN POCO LAS COSAS.

Lauren se enfureció ante la misma sugerencia. Después de una noche, ella ya era aburrida para Kyle. Ella sabía que él no hacía las cosas en el largo plazo, pero seguramente él tenía más imaginación que eso.

Si ella no era lo suficientemente interesante para otra noche de sexo, entonces él podría simplemente terminarlo.

En lugar de aceptar que ella pudiera volver.

¿Qué había pasado con la honestidad?

Quizás la honestidad era la razón por la que él había sugerido juguetes en primer lugar.

Era suficiente para hacerla gruñir. Ella podría ser confiable. Ella podría ser conservadora. Ella podría ser la buena muchacha en la que todos confiaban, pero nunca se había considerado aburrida.

Aunque con esa lista de atributos, se preguntaba por qué.

Érase una vez, ella hizo un viaje impulsivo con un par de amigos, se hizo un tatuaje, se fue a volar en ala delta y, al parecer, agotó toda la impulsividad que le había sido asignada durante toda su vida.

No, ella había sido impulsiva la noche anterior. Llamar a Kyle fue el comienzo de un nuevo futuro, uno lleno de seguir sus instintos y su corazón, y no ser aburrida en absoluto.

Tiempo de un nuevo comienzo.

Lauren estaba revisando el libro de citas en el salón, dando golpecitos con su bolígrafo sin darse cuenta de que lo estaba haciendo, cuando su teléfono celular volvió a sonar. Había un teléfono fijo en el salón, por lo que esa llamada tenía que ser personal.

Una mirada demostró que era Ty.

"¿Hola?" Lauren sabía que no sonaba muy agradable, pero Ty tampoco estaba exactamente en su mejor forma encantadora.

"¿Por qué?" demandó él. "¿Por qué imaginaste que era una buena idea?"

"¿Imaginar qué fue una buena idea?" Lauren se apoyó en el mostrador, pensando que ese sería un mal momento para solicitar la ayuda de Ty para evitar que su mamá le buscara una cita. Ella se negaba a arrepentirse de nada de lo que había hecho o dicho.

"Contarle a mamá sobre Mark." Él apretaba los dientes de forma audible. "Ha llamado dos veces hoy, queriendo saber por qué no le conté sobre su aventura antes."

"Pensé que sería refrescante que todos supieran la verdad."

"¿Refrescante?" Ty hizo eco con escepticismo.

"En lugar de ser yo la alborotadora irracional o la mujer emocional, pensé que él podría ser el malo por un tiempo. Ya que él era, ya sabes, el tipo malo." Ella sabía que su tono era duro, pero estaba molesta. "Y la única forma en que eso podía suceder era que mamá escuchara la verdad."

Ty hizo un sonido exasperado. "Entiendo lo que quieres decir, y sé que mamá no deja ir las ideas fácilmente..."

"Como la idea que yo debería volver con Mark."

"Como esa. Es un ejemplo perfecto. Pero esto es mucha verdad ella manejarla."

"Pensé que la honestidad era la mejor política."

"¡Ahora suenas como Kyle!" exclamó Ty y Lauren parpadeó sorprendida. "A veces, sería mejor una versión modificada o abreviada de la verdad. Especialmente con mamá."

Lauren se mordió el labio. "Lo sé. Pero ella no lo dejaba estar. Perdí la paciencia con eso."

Hubo un latido de silencio. "¿Tú? ¿Perdiste la paciencia? ¿Llamé a alguien que no sea mi hermana Lauren por error?"

"Todos tenemos nuestros límites."

"No tú. Por lo general, eres tú quien da la vuelta a todo y lo vuelve a mejorar. ¿Qué está pasando?"

Confía en Ty para ver el meollo de las cosas. "Nada. ¿Por qué?"

"¿Has estado hablando con Kyle?"

Lauren hizo una mueca y decidió seguir el consejo de su hermano y compartir un poco menos de la verdad. "¿Por qué iba a hablar con Kyle?"

"No lo sé, pero él también está raro esta semana."

"Tal vez haya algo en el agua", sugirió Lauren, tratando de sonar casual. "O la fase de la luna." Ella sabía que en realidad no estaba respondiendo a su pregunta y esperaba que él no se diera cuenta.

Ty suspiró. "Quizás. De todos modos, le dije a mamá que no le hablé de Mark porque pensaba que era algo que tú podrías compartir o no, porque era muy personal."

"Suena bastante razonable."

"Excepto que ahora se pregunta por qué no le confiaste la historia completa."

"¡Porque ella es mi madre!"

"Sí, traté de sugerir eso pero ella se ofendió. Solo ten en cuenta que aún no ha terminado."

"No va a terminar con mamá hasta que yo tenga una cita para tu boda."

"Ella también mencionó eso."

"¿No puedo asistir sola?"

"Bien por mí. Te guardaré un baile."

"¿Puedes cancelar el servicio de emparejamiento de mamá?"

"No es fácil. ¿Por qué no invitas a Kyle? sugirió Ty y el corazón de Lauren dio un vuelco. Sin embargo, cuando él continuó, ella supo que era una sugerencia inocente. "Si solo quieres una cita, sin condiciones, él podría ser una buena opción. Lo invitarán de todos modos y ustedes podrían reunirse." Él se aclaró la garganta. "Aunque Kyle podría esperar tener sexo, no esperará más.".

Lauren no pudo pensar en nada que decir a eso. Al menos su hermano no sabía que ella estaba sonrojada. Si hubieran tenido esta conversación en persona, él habría adivinado la verdad de inmediato. "Um, supongo."

Ty evidentemente tomó su respuesta como una señal de que había dicho demasiado. "Fue sólo un pensamiento. Creo que es posible que no quieras tener una cita todavía, y Kyle es el único tipo que podría manejar la verdad."

"Oh, por eso lo mencionaste cuando dije que la honestidad era la mejor política", respondió Lauren, como si solo entonces entendiera su comentario anterior.

"Exactamente", dijo Ty. Y él conoce el asunto con Mark. Él incluso podría responder preguntas curiosas de la tía Maureen." Ty hizo una pausa. "Pero ten cuidado: Kyle definitivamente querría sexo entonces."

Lauren se rió. Ella no pudo evitarlo. "¿Para un servicio más allá del llamado del deber?"

"Algo como eso." Ty tenía una sonrisa en su voz de nuevo, para alivio de Lauren. "Siempre es una negociación con Kyle."

"No sería tu amigo si su corazón no estuviera en el lugar correcto."

"No sería mi amigo si no hubiera prometido mantenerse alejado de mis hermanas," respondió Ty a la ligera, confirmando lo que Kyle le había dicho a ella. "Sé quién es y cómo es." Lauren se rió entre dientes porque pensaba que era lo esperado. "¿Estás bien? ¿Quieres bajar a cenar a casa una noche? ¿Quizás durante el fin de semana? Es un caos ahora con las renovaciones, pero arreglaremos algo."

"No este fin de semana," dijo Lauren. "Iré a casa de la abuela Trixie el sábado."

"El domingo también estaría bien."

"No, voy a organizar un montón de cosas en el apartamento y ordenarlo. El teléfono fijo se va, por ejemplo, y quién sabe qué más. Es hora de empezar de nuevo."

"Buen plan."

"Eso es lo que pensé." Ella hizo una pausa. "Siento lo de mamá."

"Está bien. Siento haberte reprendido. Ella simplemente me tomó con la guardia baja."

"Entonces, si voy a volver a hablar con la verdad, ¿debería darte una advertencia justa?"

"Solo si se la estás dando a mamá." Ty vaciló un segundo. "Aunque no puedo pensar en nada más que puedas decirle que la sorprendería tanto."

Lauren reprimió una sonrisa, no queriendo ir allí, y terminó la llamada.

Una cita para la boda. Esa idea sacudiría el árbol de Kyle, y eso era suficiente para hacer que ella quisiera sugerirlo.

Pero primero, ella le mostraría que no era aburrida. Ella iba a tomar esa implicación como un desafío personal.

KATELYN PRÁCTICAMENTE FLOTABA en el salón de Lauren, radiante de buena salud y probablemente de mucho sexo. Ella se veía bronceada, relajada y muy feliz.

Serena y satisfecha era una descripción aún mejor.

Su radiante sonrisa complació a Lauren.

"Supongo que la luna de miel fue un éxito", dijo Lauren, señalando una silla con la cabeza. Ella estaba secando con secador el cabello de su última cita del día. "Mi hermanita", le explicó a su cliente, porque ella odiaba que los peluqueros hablaran con otra persona como si el cliente no estuviera allí o no pudiera escucharlos. "Ella ha venido a hacerme sentir una gran envidia de su luna de miel en Bali."

"Yo también estaría celosa", dijo Diana con una sonrisa.

"Fue increíble. Si alguna vez tienes la oportunidad de ir, aprovéchala ", dijo Katelyn, luego tomó asiento en la sala de espera. Ella también conocía el trabajo y dejó que Lauren le prestara toda su atención a su cliente. Katelyn hojeó un par de revistas mientras Lauren terminaba con Diana y reservaba su próxima cita. Marie estaba libre por el día. La tercera estilista, Ingrid, ya había terminado y había salido del salón. Lauren cerró la puerta detrás de Diana y vació el efectivo de la caja para ponerlo en la caja fuerte. Ella haría las cuentas por la mañana, cuando tuviera más tiempo.

"¿Quieres ayuda?" Preguntó Katelyn.

"¿Podrías barrer el cabello por mí? Solo empújalo en la esquina y terminaré por la mañana. Entonces podremos salir de aquí antes."

"Ooo, tienes prisa por contarme todos los detalles esenciales", bromeó Katelyn. "Eso es prometedor."

"Sé seria. Tengo prisa por escuchar sobre tu lujosa luna de miel."

Katelyn sonrió mientras agarraba la escoba. "¡Fue increíble! Fue muy amable de parte de los padres de Jared mimarnos con ese viaje. Yo no podía creer lo prístinas que eran las playas... ella se quedó paralizada en el acto de barrer. "Espera un minuto. Se supone que debo estar hablando contigo sobre el estado de tu vida personal."

"Y yo prefiero hablar de Bali". Lauren tintineó sus llaves. "Vamos."

"¿Vamos a tomar algo?"

Lauren negó con la cabeza. "No. Tengo que irme a casa, ducharme y cambiarme, hacer la compra y estar en un lugar a las siete. Hablaremos en el camino."

"¿En un lugar?" —Repitió Katelyn, su curiosidad era clara. "¿En algún lugar que no sea tu casa?"

"En algún lugar que no sea mi casa, en algún lugar," estuvo de acuerdo Lauren.

"¿En algún lugar que yo conozca?"

"No."

"¿Alguien que yo conozco?" Los ojos de Katelyn brillaban con curiosidad.

"No."

"Esto se pone mejor y mejor. ¿Qué vas a hacer en este misterioso lugar con alguien misterioso?"

"Hacer la cena."

Katelyn suspiró. "Esperaba algo más divertido que eso. ¿Por qué estás cocinando allí?

Lauren se detuvo en el acto de cerrar la puerta del salón y se encontró con la mirada fija de su hermana. "Porque estoy separada, no muerta, y esta noche lo voy a demostrar".

Katelyn la agarró por el hombro, sus rasgos se iluminaron. "¡Sí! ¡Estás teniendo sexo!" susurró Ella. "¡Impresionante!"

Lauren la señaló con un dedo. "No. Le. Cuentes. A. Mamá."

"Por supuesto que no." Sin embargo, los ojos de Katelyn brillaban y Lauren sabía que la historia saldría a la luz.

"O a Ty".

"Como si le dijera a él algo tan bueno."

Ya tengo bastantes problemas con Ty. No más verdad para mamá, y Ty también puede seguir una dieta de la verdad."

Katelyn asintió. "Okey." Se giraron como si fueran una y empezaron a caminar hacia el apartamento de Lauren. Lauren marcaba un paso rápido y Katelyn entrelazó sus brazos. "Cuéntame todo", instó ella. "¿Es amor? ¿Mark haciendo un lío te hizo posible seguir tu corazón?"

"¡No!" respondió Lauren. "No y no. Es sexo. Nada más."

"No tanto. Es sexo y cena."

"Porque los hombres necesitan sustento."

"Ah, mucho sexo. Sexo y sexo y sexo." Katelyn asintió con aprobación. "Aún mejor."

"¡Eres incorregible!"

"Acabo de sobrevivir a tres semanas de sexo sin parar, y lo recomiendo completamente." Katelyn esperó solo un momento. "¿Es buen sexo?"

"¿Estaría cocinando para el mal sexo?"

Katelyn se rió. "¿No hiciste eso ya?"

Lauren tocó a su irreverente hermana, que se limitó a reír de nuevo. "Sí, y por mucho tiempo. O peor aún, sin sexo."

"Ese es un trato pésimo. Entonces, ¿qué vas a hacer?"

"Algo que necesite cocinarse por un tiempo."

"Empieza la cena a fuego lento, sexo, comer, sexo". Katelyn la miró. "¿Postre?"

"Oh sí."

"¡Y más sexo!" gritó su hermana, asegurándose de que tres transeúntes que pasaban se giraran para mirarlas. "Me gusta. Puede que yo también tenga que ir a casa a cocinar."

"Ni siquiera me atormentes con una descripción de la fabulosa comida qué tú harías. No soy tan buen cocinera como tú."

"Podría ir a cocinar para ustedes dos tortolitos."

"Solo quieres verlo, así que no, no puedes." Lauren negó con la cabeza y trató de sonar severa mientras le recordaba a Katelyn la verdad. "No es una relación. Es sexo."

"¿Cuánto tiempo? ¿Con qué frecuencia?"

"Una vez esta semana," reconoció Lauren. Desconfiaba de la honestidad después de ver su poder en ese día. "Ahora esta noche. Quizás eso sea todo."

"Sabes, podrías obtener algo más que diversión."

"No sugieras que lo traiga como una cita para la boda de Ty."

Katelyn parecía horrorizada. "Idea tonta. ¿Quién sugirió eso?"

"Mamá." Al igual que Ty, algo así, pero si Lauren admitía eso, la verdad saldría a la luz. Ella no imaginaba ni por un momento que Katelyn y Ty eventualmente, es decir: pronto, no terminarían hablando de ella y comparando notas. Ty era demasiado bueno conectando puntos.

Katelyn negó con la cabeza con fuerza. "No, no, no. Faltan casi dos meses para la boda. El señor juguete masculino será historia antigua para entonces y terminarás teniendo una noche incómoda. En una boda. Con la tía Maureen tomando notas." Ella se estremeció violentamente. "Solo mamá podría pensar que esa idea tiene algún mérito." Ella suspiró y negó con la cabeza. Aunque ella tiene buenas intenciones, supongo. A veces pienso que su mundo se sacude cuando no todos tienen un final feliz."

"Tampoco hizo mucho por mi mundo", murmuró Lauren.

"Lo sé. Por eso es tan fabuloso." Katelyn prácticamente rebotaba junto a Lauren. "¡Tú! Teniendo sexo salvaje por diversión. Creo que es genial."

"¿Debería sentirme insultada de que parezcas sorprendida?"

"No eres exactamente la rebelde de la familia, ¿verdad? Mi hermana mayor responsable, el modelo de todo lo que debe ser una mujer." Katelyn negó con la cabeza. "Con toda honestidad, es un alivio que tengas algo de pasión en tu alma."

Lauren no supo qué responder a eso. ¿Todas sus hermanas pensaban que ella era tan aburrida? El comentario de Kyle sobre animar las cosas estaba cobrando mayor importancia en sus pensamientos. ¿Ella era predecible, incluso en la cama?

"No soy tan aburrida. Tengo un tatuaje", dijo y Katelyn se rió.

"Un pequeño sello de vagabundo." Ella sacudió su cabeza. "Oh Lauren, es adorable pero tan pequeño que cualquiera podría obviarlo.

Además, no está exactamente en un lugar donde puedas hacer alarde de él."

"Es una cosa privada."

"Es una versión cuidadosa y conservadora de algo rebelde. ¿Mamá sabe siquiera que lo tienes?

"Por supuesto que no."

"UH Huh. Mi hermana mayor, la eterna niña buena. Espera, déjame limpiar esa pequeña mancha en tu halo."

Lauren cambió de tema. "¿Qué quieres decir con que podría divertirme más con esta aventura?"

Katelyn sonrió en secreto. "Bueno, sé que querías formar una familia y Mark no."

"¿Entonces?"

"Usa tu juguete masculino como donante de esperma."

"¡Katelyn!"

"¿Qué? Conseguirías el bebé que deseas y también te divertirías. No te estás volviendo más joven, ¿sabes? Treinta y uno este año. Tic Tac."

"Gracias por el recordatorio." Los pensamientos de Lauren daban vueltas. "¿Qué pensaría mamá de eso? Ty me mataría por darle tal sorpresa."

"No tendría por qué ser una sorpresa." Katelyn arrugó la nariz. "Bueno, lo retiro. Supongo que lo sería, al menos al principio. Pero una vez que llegara el bebé, se olvidaría de todos los detalles."

"La tía Maureen se aseguraría de que nadie lo olvidara."

"Ni siquiera tendrías que decírselo."

"Eso sería irresponsable".

"No tienes que estar atada a la tradición y las convenciones, Lauren. Experimenta. Intenta algo nuevo."

Encontrarse con el amigo de su hermano para tener sexo era algo nuevo, pero Lauren no quería hablar más sobre Kyle. "No quiero criar a un niño sola. Al menos, todavía no quiero."

"¿Qué quieres?"

"Un poco de sexo. Quizás mucho sexo. Entonces descubriré lo que quiero después de eso."

"Lo suficientemente justo. Es un buen comienzo. ¿Qué vas a ponerte esta noche?

"No había llegado tan lejos."

"Sugiero lo menos posible", dijo Katelyn. "Deberías lucir más. Tienes una gran figura. Te ayudaré a elegir."

"Es solo una noche..."

"Y debes querer dejar una impresión duradera. Dale un recuerdo para mantenerlo caliente, o tal vez convencerlo de que te llame de nuevo."

"Bueno, seguro. Pero puedo vestirme sola."

Katelyn rechazó la discusión. "¿Qué vas a cocinar?"

"Ese plato de pollo y pimentón que no puedo estropear."

"Está delicioso, pero piensa en todos los ingredientes que tendrás que llevar contigo. Haz un salteado. Obtendremos una salsa preparada, General Tso o algo así, así que será fácil. Ahora tienen algunos buenos sin comida chatarra."

"¿Por qué suena como si hubieras hecho esto antes?"

"Porque yo lo he hecho. Yo solía cocinar en casa de Jared. Hay una habilidad especial para ser impresionante de la manera fácil y te lo mostraré." Ella asintió con determinación. "Primero hagamos las compras, así puedo prepararte un poco mientras te arreglas".

"¿En serio?"

"Por supuesto. Te ayudaré. Cualquier carne que elijas tendrá que ser cortada y yo soy más rápida en la cocina que tú." Ella se acercó a la acera y levantó una mano. "Deberíamos ir a ese nuevo supermercado orgánico. Está cerca."

"Buena elección. No podrás insistir en que compre crema batida enlatada para animar las cosas porque no la tendrán en almacenamiento."

Katelyn se rió cuando un taxi se detuvo. "Es cierto, pero es una gran idea. La crema batida es muy divertida y, con la lata, puedes rociarla en cualquier lugar que necesites lamer."

Lauren negó con la cabeza. "Azúcar refinado y conservantes. No sirve."

"Oh, ¿es un entusiasta de la dieta? Me agrada más a cada momento."

"No te hagas ideas. No es una relación."

"Si tú lo dices, Lauren, pero soy escéptica." Ella abrió la puerta del taxi. "No es casual".

¿Era por eso que Kyle quería animar las cosas? ¿Pensaba que ella estaba teniendo ideas a largo plazo?

Ella sonrió mientras subía al taxi con Katelyn, sabiendo que había una forma segura de deshacerse de las ideas preconcebidas de Kyle. Ella lo encendería esa noche, saltaría sobre sus huesos, lo dejaría con ganas de más y nunca lo volvería a llamar.

La última vez que estuvieran juntos sería algo para recordar para siempre. Lauren se aseguraría de ello.

Él nunca esperaría que ella lo hiciera al estilo Kyle.

CUATRO

Kyle estaba saliendo del agua cuando Theo entró tranquilamente en la sala de la piscina. Kyle había participado en una clase de Aquafit, tanto para monitorear a la nueva instructora que habían contratado como para el entrenamiento. Y, por supuesto, una vez que Cassie se burló de que él estuviera mirando a las mujeres de la clase, él supo que tenía que fingir estar interesado.

Incluso si estaba pensando en Lauren.

Había sido una buena clase y él felicitó a Yvonne, la nueva maestra, justo antes de ver a Theo. Kyle supuso que Theo iría a nadar. El personal ya estaba instalando las boyas de los carriles.

"¿Sigues trabajando en bajar la comida de tu mamá?" bromeó él a modo de saludo cuando se encontraron en el extremo poco profundo. Theo había regresado recientemente de un viaje a su hogar en el Reino Unido. Su voz profunda y su acento británico hacían que las cabezas de las mujeres giraran casi tanto como su buena apariencia. Era un poco más alto que Kyle, más o menos de la misma altura que Ty, y era negro. Kyle le dio un golpe en el estómago duro como una piedra. "¿Te estás ablandando?"

Theo sonrió y le devolvió el golpe. "Parece que eres tú quien se ablanda. ¿Es falta de competencia en mi ausencia? "

"En la piscina, definitivamente. Ty nada por la noche. Pensé que nunca volverías."

"Mi padre tiene una larga rehabilitación por delante."

"Pensé que tal vez eso era una estratagema", bromeó Kyle. "Que te habías enamorado locamente y te ibas a quedar en Inglaterra con tu único amor verdadero para siempre."

Theo resopló. "No hay posibilidad de que eso suceda." le observó a Kyle. "Eso sería como si tú te casaras."

Se rieron juntos de la improbabilidad de todo.

"Pero la boda de Ty es en otoño."

"Eso no es una sorpresa. El señor Tradicional ha estado marcando el tiempo hasta que llegó la señorita Indicada."

"Nunca hubiera apostado por Shannyn, pero están bien juntos."

"Bien, bien por ellos. Me alegro de que estén felices." Una sombra tocó la mirada de Theo y Kyle se dio cuenta de lo poco que sabía sobre la vida personal del otro hombre. Aunque habían sido amigos en la universidad, se habían conocido cuando ambos estaban en un equipo de polo, Theo siempre había sido reservado. Kyle tuvo la sensación de que Theo podría haber amado y perdido, pero eso era una locura, las mujeres prácticamente hacían fila para hablar con él. Él no tenía vicios o defectos ocultos, por lo que sabía Kyle, y él era rico. Incluso ahora, varias de las mujeres de la clase Aquafit continuaban holgazaneando, tratando de ocultar cómo se comían con los ojos a Theo.

"Ahora que has vuelto, ¿por qué no vienes al club mañana por la noche?" Kyle sabía que la energía del club sería reconstituyente para Theo, sin pensar en las hermosas mujeres. "Me vendría bien un poco de ayuda y Damon desaparecerá a las cinco, como todos los viernes."

"¿Aún no has descubierto adónde va?"

"No, pero ahora no va a venir al club de baile. Dice que no es lo suyo, pero huelo un secreto. ¿Sabes a dónde va?

Theo negó con la cabeza. "No tengo idea, pero has sentido curiosidad por un tiempo y eso generalmente significa que llegas al fondo de las cosas."

Kyle bajó la voz a un susurro conspirativo. "Es una mujer. Estoy seguro de ello."

"Estás seguro de que una mujer es la razón de casi todo."

"Es una teoría que se ha probado una y otra vez. Y él dijo que su razón era Natasha."

"¿Natasha?" Los ojos de Theo brillaron. "Podríamos seguirlo."

"Lo he pensado, pero he tenido que organizar todo en el club."

Theo asintió. "Está bien, trabajaré en el club mañana por la noche. Deja que Damon guarde su secreto. Debe ser importante para él."

"¡Pero yo quiero saber!" Se rieron juntos. "Me alegro de que hayas vuelto, Theo. Que tengas un buen chapuzón."

"Lo haré." Theo inspeccionó la piscina, que era de tamaño olímpico. "He echado de menos esta piscina algo feroz."

"Esta vuelta de nado suele ser bastante tranquila. Puede que tengas tu carril para ti solo."

"Eso sería ideal". Theo asintió y se acercó al borde de la piscina con determinación. Kyle se detuvo en la puerta de los vestuarios, sonriendo a las mujeres que observaban abiertamente a su compañero hacer una inmersión superficial perfecta en uno de los carriles de vuelta.

"¿Soltero?" le preguntó una en voz baja.

"Muy soltero", confirmó Kyle. "Ven al club mañana por la noche."

La segunda mujer se rió tontamente, dándole una mirada apreciativa. "¿Más de una forma de mojarse en F5F?"

Kyle sonrió. "Nunca lo dije yo", respondió él, muy consciente de que ella lo observaba mientras él se dirigía al vestuario de hombres. Lo curioso fue que él no miró hacia atrás y ni le dio una sonrisa arrogante.

Él simplemente no pensó en eso.

MARK MERODEABA al final de la manzana, mirando de forma encubierta la puerta del edificio donde solía vivir. Él no podía creer que Lauren no lo hubiera perdonado todavía. Ella era la que creía que el matrimonio era para siempre, después de todo.

Ella tenía eso en común con su jefe. Era realmente un mal momento para separarse, cuando él estaba en la fila para un ascenso y el señor Frederickson lo había invitado a él y a Lauren a la casa de la familia en los Hamptons. Mark sabía que podía cimentar ese ascenso con un juego de golf o dos y un poco de tiempo en el círculo íntimo, pero ni siquiera había podido hablar con Lauren al respecto.

Él había vuelto a llamar la madre de ella hoy, desesperado por una intervención, pero ella lo había regañado. Él se había quedado asombrado porque nunca antes había escuchado a Colleen alzar la voz. Sus palabras habían sido furiosas y tan rápidas que él no las había captado a todas, pero el video de seguridad y F5F se mencionaron varias veces. Mark concluyó que el hermano de Lauren había sido un factor que había contribuido a su situación actual.

Él sabía que podía convencer a Lauren de que había sido un solo error y que podía convencerla de que lo perdonara, si podía hablar con ella. Él tenía que darle una respuesta al señor Frederickson al día siguiente y se le acababa el tiempo.

Todo lo que quería eran diez minutos para discutir su caso con Lauren. Incluso si ella estaba decidida a separarse, ellos podrían fingir durante un fin de semana y asegurar su ascenso.

Y si él ganaba más dinero, podrían mudarse a una casa más grande, o tal vez comprar esa casita que ella quería. Tal vez podrían permanecer juntos y garantizar la seguridad de su trabajo, al menos por un tiempo más.

Mark estaba seguro de que diez minutos era todo lo que necesitaba.

Él vio a Lauren llegar a casa con su hermana, Katelyn, y un montón de comestibles. Él no quería hacer su petición con audiencia, así que esperó. Katelyn finalmente se fue con una bolsa más pequeña de comestibles y Mark se dirigió al vestíbulo tan pronto como ella se perdió de vista.

Ese portero bastardo lo rechazó y luego se quedó de guardia en la puerta.

Mark se retiró a la bodega de la esquina, compró un recipiente de leche que no necesitaba ni quería, y debatió las posibilidades de pasar a hurtadillas al portero de alguna manera.

Para su alivio, Lauren dejó el edificio antes de que a él se le ocurriera un plan. Ella se veía estupenda, con el pelo recogido y un lápiz labial rojo como nunca lo había usado. Ella llevaba sandalias de tacón alto y un vestido de verano de un rojo brillante. Mark nunca la había visto tan sexy. El señor Bernard le abrió la puerta de un taxi y ella le dio las gracias como siempre lo hacía.

Mark no podía perderse lo obvio. Su esposa se veía con otro hombre.

O estaba esperando encontrar uno.

De cualquier manera, eso podría arruinarlo todo.

Él le entregó la bolsa con la leche a un peatón que pasaba y luego hizo señas a un taxi, de espaldas al vigilante portero. "Sigue ese taxi", dijo él, sintiéndose como si estuviera citando una película.

Su taxi se dirigió al centro y luego giró hacia el oeste. ¿Cómo conocía ella a alguien en Hell's Kitchen? Mark no conocía a nadie allí. ¿Dónde había conocido ella al otro hombre?

¿Cuándo? Él se preguntó por primera vez si él había sido el único que estaba engañando. La idea le produjo una sensación extraña, como si el mundo no funcionara como él esperaba.

Era difícil imaginar a Lauren engañándolo, pero él nunca había visto ese vestido.

El taxi de Lauren se detuvo frente a una de las nuevas torres altas cerca del Javitz y ella salió después de pagar el pasaje. Ella caminó hacia el vestíbulo como si estuviera completamente familiarizado con él.

Eso no podía ser nada bueno.

Mark vio como Lauren tocaba el timbre, luego esperó hasta que ella continuó adentro y tuvo tiempo de tomar un ascensor. Cuando supo que ella tenía que estar fuera de la vista, se bajó del taxi.

"Espere aquí", le dijo al conductor. "Vuelvo enseguida".

Él se lanzó al vestíbulo y examinó los apellidos en el directorio. Él no estaba seguro de lo que estaba buscando, pero lo supo cuando lo encontró.

K. Stuyvesant.

¿No era ese uno de los socios de Tyler en F5F? Mark recordaba la lista de nombres de la época en que estaba tratando de venderles un edificio junto al actual. Había sido una estructura más grande y nueva. Él había estado seguro de que lo querrían. Él había llamado a F5F para obtener el nombre y el número de Tyler y había conocido a Lauren cuando estaba haciendo una de sus ofertas.

¿No era Kyle el socio que siempre estaba en el club los viernes por la noche? ¿El guapo que encantaba a todas las mujeres? ¿El que era lo suficientemente arrogante como para tener una foto de sí mismo pegada en una valla publicitaria en Times Square?

Mark pensó que sí.

De hecho, él sospechaba que no había sido Tyler quien se había asegurado de que Lauren supiera lo que Mark estaba haciendo en F5F: había sido este casanova.

Porque él tenía una agenda propia, alentar y consolar a la esposa de Mark.

Era astuto.

Eso destrozaría todo lo que Mark estaba tratando de lograr.

Había una buena forma de averiguarlo, sin que Lauren supiera lo que había hecho.

Si Mark tenía razón, entonces las cosas se pondrían interesantes en el club de F5F ese viernes por la noche.

———

KYLE MIRÓ el reloj todo el día.

A él no le gustaba estar nervioso, así que trató de calmar su preocupación. Él tenía la sensación de que había caído en algo antes, al mencionarle los juguetes sexuales a Lau. Él siempre había pensado que ella tenía una vena salvaje oculta y que él podría sacarla. Su apasionada demanda de la noche anterior había alentado esa idea.

Tal vez él la había presionado demasiado pronto.

Quizás él debería haber ido a casa de ella en vez. Entonces podría haber llegado tarde y marcharse temprano.

Quizás el problema era que Lauren estaría en su apartamento dos noches seguidas. Eso era suficiente para hacerlo temblar. Ella sabía que él no dejaba entrar a otras personas. Ella podría empezar a sacar conclusiones, conclusiones erróneas, sobre su futuro potencial.

Eso era todo. Lo atractivo de Lauren era su falta de expectativas, pero dos noches seguidas, dos cenas seguidas, harían que cualquier mujer pensara en lo que vendría después. Ella le hablaba como si entendiera sus límites, pero tal vez solo estaba diciendo lo que sabía que él quería escuchar.

Al menos, él estaría trabajando en el club de F5F el viernes por la noche, lo que le daba la razón perfecta para detener todo. No podría haber una tercera noche consecutiva.

La cena y el sexo de esa noche serían el final de esa cosa, sin importar lo que Lauren pensara que ella necesitara. Kyle sentía el borde de una pendiente resbaladiza (incluso él podría haber subido ya a la pendiente) y conocía sus propias limitaciones.

Él se aseguraría de que Lauren también las conociera.

De todos modos, él se escapó temprano, esquivando las protestas de Damon, y llegó a casa a tiempo para limpiar un poco. Su lugar estaba limpio, pero él lo hizo más limpio. Se duchó, se cambió y se preguntaba si el vino blanco que había abierto la noche anterior y había metido en la nevera estaría bien cuando sonó el timbre.

"La cena está servida," dijo Lauren, sonando alegre, y él la dejó entrar.

Él abrió la puerta y la esperó. Él estaba nervioso, como nunca lo había estado, y él lo tomó como una mala señal. Sus instintos le advertían que estaba cometiendo un error. Kyle estaba a medio camino listo para detener esta noche antes de que comenzara, pero luego Lauren salió del ascensor y todo pensamiento coherente lo abandonó.

Él siempre había pensado que ella era hermosa, pero esa noche, ella lo había subido un poco. Ella parecía una modelo. O una estrella de cine. Su lápiz labial estaba muy rojo y ella llevaba más maquillaje de ojos del que él le había visto antes. Ella llevaba el pelo recogido y el cuello se veía largo y cremoso. Por lo general, ella optaba por un look de mujer natural totalmente estadounidense, pero esa falda coqueta y tacones altísimos eran una bomba.

Por supuesto, él quería tocarla.

Ella sonrió y caminó hacia él, balanceando las caderas de una manera fascinante. Ella tocó su boca con las yemas de los dedos cuando llegó a su lado, sus ojos brillaban ante su evidente sorpresa. Ella había hecho eso antes y a él le gustaba mucho. Se sentía como un gesto posesivo, además de íntimo. Él se estremeció ante la suave caricia, luego ante el roce mínimo de sus labios sobre los suyos. Su perfume era tan seductor que él podría haberse ahogado en el aroma.

"Me alegra que te guste", susurró ella antes de pasar junto a él, dejándolo deslumbrado en una nube de ese maravilloso perfume. Él se giró para verla caminar hacia la cocina y quiso gruñir de satisfacción. Ella estaba en su casa y a él le gustaba.

Mucho.

Los tacones de Lauren hacían clic en la madera dura en lo que tenía que ser el sonido más seductor del planeta. Kyle cerró la puerta y la siguió, haciendo otra buena inspección mientras ella ponía sus compras en su refrigerador. "Podrías lucir un poco menos asombrado", dijo ella cuando se dio la vuelta.

"Te ves increíble", dijo él. "Aunque siempre eres hermosa." Él levantó las manos. "Este no es tu look habitual. Exige escrutinio y reconocimiento. Eso es todo."

Lauren se rió. "No, no es. Es más va-voom."

"Esa es la palabra que estaba buscando. Va-voom."

Ella giró, dándole una gran vista de sus piernas mientras su falda se arremolinaba más alto. "Nunca me había puesto este vestido antes. Lo compré por capricho y pensé que esta noche podría ser su última oportunidad. Si no me gusta, se va en la gran recogida de este fin de semana ".

"¿La gran recogida?"

"Voy a ordenar el apartamento, limpiar los armarios y purgar mi pasado. Me estoy deshaciendo de lo viejo y sigo adelante con lo nuevo." Había un brillo de determinación en sus ojos.

"Creo que deberías quedarte con ese vestido." Kyle asintió. "Definitivamente."

"¿Tú crees?"

"Oh sí." Él la miraba con admiración, porque la Lauren que él conocía podría haber necesitado que la tranquilizara. Él no estaba seguro de esa versión de ella, que era increíblemente emocionante.

¿Cuál era la verdadera Lauren?

¿Cuántos lados de ella podría haber?

Lauren se pavoneaba para él y sus ojos bailaban de esa manera que Kyle encontraba irresistible. "No sé. No es tan cómodo." Ella chasqueó los dedos. "¡Ya sé! Me lo quitaré." Antes de que Kyle pudiera responder, y mucho menos adivinar lo que ella iba a hacer, giró y abrió la cremallera de la espalda. Ella se quitó el vestido, arrojándolo sobre la parte posterior de uno de los taburetes de la barra con un arrojo arrogante que era completamente diferente a su habitual persona ordenada.

¿Qué había sacado a relucir ese lado de su naturaleza?

A Kyle no le importaba mucho. Él estaba cautivado.

Él no podía decidir si ella se veía más seductora con el vestido o sin él. Ella llevaba un corsé rojo con ligas y medias con una blusa de encaje. Era tan transparente que él no se había dado cuenta de que ella la tenía puesta.

Aquí no hay algodón blanco ligero.

Va-voom.

¿Ella se había vestido solo para él? La mera posibilidad envió una sacudida a través de él.

"Siéntete como en casa", logró decir él y ella se rió de nuevo, una risa gutural que le hizo a él cosas duras y espesas.

"Lo haré", murmuró ella, deslizando sus manos debajo de los lados de sus bragas y temblando mientras las empujaba hacia abajo y se las quitaba. Ella se las arrojó y él las atrapó, incapaz de evitar el hecho de que estaban húmedas y olían a su almizcle personal.

"No me has preguntado qué hay para cenar", dijo ella con una sonrisa.

"¿A quién le importa?" Kyle tragó cuando Lauren se paró frente a él. Ella alcanzó la parte delantera de sus jeans, su mirada bajó mientras lo acariciaba a través de la mezclilla. Ese perfume lo rodeaba en una nube de cielo, teñida con la magia de su esencia personal. Era la combinación perfecta para enviarlo a la luna.

"Te gusta esto", murmuró ella con aprobación.

"Sin quejas."

Ella encontró su mirada. "¿Porque es diferente? ¿O porque esto es lo que te gusta?

"Porque es inesperado y muy sexy,"

"Dijiste antes que sería bueno animar las cosas," susurró Lauren, estirándose para besar la comisura de su boca. Su toque fue demasiado breve, otra broma, y él cerró los ojos para saborear su propia reacción. Ella lo tocaba como una guitarra barata y a él le encantaba.

Él esperaba que ella no se detuviera.

Él moriría si ella se detuviera.

"¿Esto cuenta?" le preguntó ella y él se dio cuenta de que no le había respondido.

"Fue sólo un pensamiento. Realmente no sé lo que te gusta... "Kyle extendió la mano para abrazarla, pero Lauren lo agarró por las muñecas y puso sus manos detrás de su espalda.

"No tocar", dijo ella con severidad, tan severamente que él parpadeó. "Junta las manos y mantenlas detrás de la espalda", ordenó ella.

Kyle sonrió, luego se puso más duro. Era emocionante tener a Lauren desempeñando un papel diferente, y él no sabía qué esperar de ella. Él solo sabía que lo quería todo. Ella estaba cerca, su mirada fija en la de él, su sonrisa invitaba a besarlo, pero él obedeció su orden.

Él no podía esperar a ver lo que ella había planeado.

Una vez más, ella provocaba y confundía deliberadamente sus reacciones. Ella era Lauren pero no Lauren, la misma mujer pero actuando como si fuera diferente. Él siempre prefería la primera vez con cualquier mujer, porque es entonces cuando las impresiones son frescas y las sensaciones se maximizan. Con Lauren, eso se sentía como otra primera vez. Kyle no sabía qué pensar de eso.

Él solo quería más.

"Voy a reventar una costura si no te compadeces de mí", dijo él.

Ella rió. "Te voy a atormentar primero." Ella se pasó la punta de la lengua por el labio inferior y él miró con avidez, sabiendo que le estaban tomando el pelo y él lo amaba. Ella se movió de modo que sus pechos solo tocaron la parte delantera de su camisa, luego se movió de lado a lado con un toque rasante. Él casi podía sentir el encaje y ciertamente podía sentir el brote apretado de un pezón y luego el otro. Él cerró los ojos y tragó, decidido a seguir el juego. Ella le pasó los dientes por el lóbulo de la oreja, su respiración lo atormentaba, y él pensaba que podría perder el control. Él la sintió desabrocharle los jeans y tragó mientras mantenía sus manos juntas.

No era fácil. Él tenía tantas ganas de tocarla, pero él quería seguir sus reglas.

Luego jugarían con las suyas.

La perspectiva le hizo sonreír.

"Puedo adivinar lo que te gusta", ronroneó ella. Ella deslizó sus manos por debajo de sus jeans y pasó la mezclilla sobre sus caderas. "Si tienes suerte, te lo daré". Ella le bajó los jeans al suelo y se los quitó, sus dedos subieron y bajaron por sus piernas.

Sus calzoncillos fueron los siguientes y sus miradas se encontraron por un momento cuando Lauren lo soltó. Él estaba enorme y duro, más que listo para ella, queriendo más de lo que había querido algo a alguien en mucho tiempo. Lauren frunció los labios y sopló sobre su erección de modo que él gimió ante la provocación. Ella le quitó los calzoncillos con el mismo ocio metódico que sus jeans, luego se inclinó sobre él. Él la miró fijamente, deleitándose con la vista de ella, con el corazón latiendo con fuerza por la anticipación.

Él parpadeó sorprendido cuando ella deslizó sus manos alrededor de sus caderas y agarró su trasero. Ella le dirigió una mirada traviesa, sus ojos brillaban, luego se inclinó para llevárselo a la boca. La combinación de su toque seguro y suave, el calor aterciopelado de su boca y la sorpresa fue casi suficiente para hacer explotar a Kyle.

Él jadeó su nombre y echó la cabeza hacia atrás, apretando los puños. Él no quería desobedecerla, pero su boca era tan suave y cálida y sus movimientos eran malvados. Su caricia era tan buena. Su lengua se movió contra él y él sintió un escalofrío.

Por supuesto, él le había enseñado a hacer eso.

Él había olvidado que había hecho un buen trabajo.

"Has estado practicando", se las arregló para decir él y la sintió reír.

Kyle miró hacia abajo y vio esos labios rojos cerrados a su alrededor, una vista más ardiente que cualquier cosa que hubiera visto en mucho tiempo. Él ya estaba temblando por el esfuerzo de reprimirse. Él sabía que podía cogerla en ese mismo momento, con diez segundos de juegos previos, y Lau también tenía que ser consciente de ello.

Ella no se detuvo.

Ella lo provocaba, lenta y minuciosamente, acariciándolo hasta que sus caderas se mecieron y todo su cuerpo se tensó. Él agarró el borde del mostrador detrás de él, alternativamente cerrando los ojos en busca de fuerza y robando atisbos de ella. Su garganta estaba apretada. Su corazón estaba acelerado. Él estaba acalorado y temblando y no podría reprimirse por mucho más tiempo. Él gritó su nombre, un encantamiento y una súplica...

Y Lauren lo soltó, dejándolo jadeando. Ella se puso de pie, metiendo un dedo en el medio de su pecho.

"—A la cama" —ordenó ella, para su alivio. La orden envió un escalofrío a través de él, porque ella pudiera ser tan imperiosa. "Ahora."

"Te cogeré aquí".

"Harás lo que te digan", dijo ella con una sonrisa peligrosa que hizo que su pulso se acelerara. "O me iré a casa y te dejaré cocinar solo."

Kyle no se demoró, a pesar de que no le importaba la cena. Él se dirigió al dormitorio con Lauren justo detrás de él, el clic de esos tacones era suficiente para hacerlo gruñir. Ella tiró del dobladillo de su camiseta y él se la quitó. Él se giró para ayudarla con su lencería, pero ella señaló la cama. Él se sentó en el colchón y ella lo estiró sobre su espalda, luego guió sus manos hacia la cabecera. Era un diseño de Arts and Crafts, con barrotes como la barandilla de un porche.

"Espera aquí", ordenó ella y Kyle se alegró de cumplir. Ella estaba arrodillada a su lado, más hermosa de lo que él podía creer, esos tacones hacían que sus piernas se vieran geniales.

"Simplemente no me gobiernes", dijo él.

"No depende de ti." Ella arqueó una ceja. "Eres mi juguete esta vez".

El corazón de Kyle dio un salto. "Si lo haces, no duraré. Estás demasiado sexy."

"¿Y te gusta que te gobiernen?"

"¿Tú? ¿Así?" Kyle negó con la cabeza. "Acabarás conmigo."

Lauren sonrió y supo que acababa de nombrar su propio tormento. "Oh, sí, durarás", ronroneó. "Porque yo te lo digo."

"Pero," logró protestar antes de que ella se sentara a horcajadas sobre él, arrodillándose a ambos lados de su cabeza. Su olor lo inundó nuevamente y él se enfrentó a una vista que socavó su esfuerzo por darle lo que ella quería. Ni siquiera quería parpadear, por miedo a perderse un poco de lo fabulosa que se veía, pero cuando sintió sus talones contra sus brazos, tuvo que cerrar los ojos por un momento.

Si la decepcionaba, nunca se lo perdonaría.

Entonces Lauren se inclinó sobre él, ese encaje rozando su pecho, su dulce boca volviéndolo loco de nuevo, y Kyle gimió con la convicción de que estaba condenado a desobedecer a esta nueva y mandona Lauren.

Y pronto.

¿Lo castigaría ella por eso?

Él apenas podía esperar para averiguarlo.

LAUREN NUNCA HABÍA SIDO EXIGENTE en el dormitorio, pero era tan satisfactorio sacudir las expectativas de Kyle que ella se preguntó por qué nunca antes había intentado algo como eso. Sin duda, ella iba a hacerlo de nuevo.

Ella podía sentir la loca carrera del pulso de Kyle y escuchaba la tensión en su voz y, por supuesto, ella estaba muy de cerca y en persona con el mejor indicador de todos de la excitación de él. Ella se alegraba de poder afectarlo con tanta fuerza.

A ella le gustaba tanto la sensación de poder y control que ella sabía que tampoco iba a durar. Ella estaba tan mojada. Ella estaba tan emocionada.

"Me provocas", murmuró Kyle y ella lo sintió besar el interior de su muslo, justo donde terminaba la media. Ella movió las caderas y sintió que él se esforzaba por tocarla con la lengua. Cuando falló, él juró con una agitación tan inusual que ella sonrió. "Adelante, entonces", dijo él con voz ronca. "Ordénamelo, por favor."

"Debería hacerte rogar por ello", respondió ella, riendo cuando Kyle gimió.

"Si muero esta noche, será tu culpa".

"Entonces tal vez debería parar".

Él atrapó la parte superior de su media con los dientes, rozando la parte interior de su muslo mientras lo hacía, luego le dio un pequeño tirón al elástico y dejó que se moviera hacia atrás. "No puedo pensar en una mejor manera de hacerlo", murmuró él, su aliento le hacía cosquillas. "Adelante, haz lo que quieras conmigo. Soy todo tuyo."

"No sé. Tal vez debería empezar la cena." Lauren abrió los muslos y se inclinó sobre él, saltando un poco cuando la punta de su lengua la tocó.

Por supuesto, su puntería era perfecta. Ella saltó y se apartó, lo que provocó que él gimiera.

"Eres una provocadora", murmuró Kyle.

"Pensé que lo debía probar."

"Eres demasiado buena para que esta sea la primera vez."

"Quizás soy natural."

"Yo tendría que estar de acuerdo con eso".

Ella se giró para mirarlo y el resplandor azul de sus ojos hizo que su corazón se acelerara. "Adelante", desafió él, luego tomó una respiración reconfortante. "Trabájalo."

Lauren se inclinó sobre él y lo tomó en su boca de nuevo. Kyle saltó un poco y luego ella lo sintió retorcerse de placer. Se sentía bien poder excitarlo tanto, y Lauren se sentía fuerte y femenina. Ella se inclinó sobre él, invitando a su caricia, y él se apresuró a cerrar la boca sobre ella. Él la provocó a su vez, haciendo que su presión arterial se disparara.

Sería caliente, rápido y trascendental.

Ella quería todo lo que él tenía, sin reprimirse.

Ella lo llevaba más alto, alternando deliberadamente sus gestos. Ella le hacía saber que ella estaba a cargo. Ella lo empujaba más alto, luego lo soltaba, luego lo hacía una y otra vez. Ella podía oler su transpiración y saborear que él estaba cerca del clímax. Ella se sentía atrevida y audaz, una seductora que exigía placer en sus propios términos. Ella se sentía vigorizada, su mente chisporroteaba y su cuerpo ardía, más despierta y viva de lo que había estado en años.

Ella podía sentir, hasta los dedos de los pies, cada matiz de su reacción alto y claro. Era embriagador. Era perfecto. Era exactamente lo que ella había querido cuando lo había llamado la noche anterior.

Y mucho más.

Ella recordó la afirmación de hacía mucho tiempo de Kyle de que quería vivir toda su vida intentando todo y con todos por primera vez. Eso era lo que había querido decir él. Esa erala experiencia máxima y ahora ella también la quería.

Sus movimientos se habían vuelto frenéticos, aunque él todavía estaba agarrado a la cabecera. Lauren estaba tan emocionada que estaba temblando y no estaba segura de poder ocuparse de él por mucho más tiempo. Y ella no quería venirse así. Ella lo elevó más y Kyle gimió cuando ella se alejó de él. "¡No pares!"

Lauren no tenía intención de detenerse. Ella giró, se sentó a horcajadas sobre él y le puso un condón. Ella lo tomó dentro de ella, bajándose tan lentamente que su gemido se convirtió en un gemido de satisfacción. Él estaba vibrando debajo de ella y sus brazos se flexionaban mientras él luchaba por seguir su orden.

Ella sonrió, todavía moviéndose lentamente sobre él. "Estás muy bien", reconoció ella con voz ronca. "¿Es hora de una recompensa?"

"Definitivamente", dijo Kyle con los dientes apretados. Él le dio una mirada de fuego azul, una que hizo que su propio corazón se acelerara.

"Entonces cógelo", susurró. "Coge lo que quieras. Cógelo ahora."

Kyle no vaciló. Entonces agarró las caderas de Lauren y la hizo rodar hacia sobre su espalda, enterrándose profundamente dentro de ella. Él se echó hacia atrás para mirarla a los ojos, pero ella sonrió y asintió, agarrando sus hombros y clavándole las uñas una vez más.

"Más rápido", susurró ella. "Más duro y más profundo."

"Mujer peligrosa", gruñó él, pero claramente no tenía ningún problema con eso. Él se secó la boca y luego le agarró el pelo con una mano. Sus dedos se sentían divinos contra su cabeza y su agarre posesivo la hizo mecer las caderas contra él.

"Hazme tuya", desafió ella en un susurro, besando su oreja. "Reclámame y lléname".

"Solo si me lo das todo". Kyle penetró profundo y luego lo hizo de nuevo. Se frotaba contra ella, moviendo las caderas para que Lauren fuera la que gimiera en rendición. Ella arqueó la espalda y cerró los ojos mientras él la agarraba por las caderas, montándola, atormentándola y llevándola más alto. Ella no pudo soportarlo. No pudo aguantar más.

Ella gritó cuando se corrió, lo que nunca había hecho antes. Su liberación parecía durar para siempre y fue tan poderosa que la dejó temblando. Justo después de que comenzara su orgasmo, Kyle siguió su ejemplo, rugiendo mientras llegaba al clímax.

Se derrumbaron juntos, jadeando y temblando.

"Eso les dará a los vecinos algo en qué pensar", logró decir ella.

Se rieron juntos.

Kyle rodó sobre su espalda y cerró los ojos. "Y aquí estaba convencido de que te gustaba ir despacio."

"A veces me gusta."

Él le dirigió una mirada hirviente que era toda satisfacción. "¿Eres realmente Lauren McKay o tienes una hermana gemela?"

"No me vengas con eso. Nos querrás a los dos a la vez."

"No, una a la vez. Comparar y contrastar." Él sonrió y perezosamente pasó un mechón suelto de su cabello alrededor de su dedo. Él le dio un tirón, su mirada era tan caliente que a Lauren se le secó la boca. "Bésame", exigió él. "Bésame como la traviesa Lauren."

"¿Comparar y contrastar?"

"No hay mejor momento para empezar", fue todo lo que Kyle logró decir antes de que Lauren hiciera precisamente eso.

CINCO

yle le quitó la ropa interior a Lauren de camino a la ducha y la combinación de jabón, agua caliente y besos ardientes lo tuvieron listo para otra ronda en un tiempo récord. Lo hicieron la segunda vez en la ducha, donde él la tomó contra la pared con el agua chorreando sobre ellos.

Ella era una sirena, una sirena enviada para tentarlo con sus encantos. Su cabello caía húmedo sobre sus hombros y su piel estaba resbaladiza por el agua. Ella incluso se movía de manera diferente en la ducha, lánguida y lenta, como si fuera otra mujer más.

Otra seductora.

Kyle estaba cautivado.

Lau usó su camisa de mezclilla para preparar la cena. Ella iba descalza, con el pelo recogido en una cola de caballo, ella parecía tener dieciocho años y era dulce, excepto por las bragas de encaje rojo que Kyle sabía que se había puesto de nuevo. Saber que las usaba era como un secreto travieso, uno que lo tentaba a convertirlo en una tercera vez.

Kyle se sentía bien, a pesar de que había mil maneras en las que esa noche estaba rompiendo sus reglas.

Quizás a pesar de eso. No era solo un gran sexo, pero él no quería pensar demasiado en ello, en caso de que terminara demasiado pronto.

Kyle decidió simplemente disfrutar.

Él le sirvió una copa de vino a cada uno y los ojos de Lauren se abrieron con sorpresa. "Me lo he ganado", reconoció él y tocó su copa con el de ella. "Aquí están las sorpresas, las seducciones y el ejercicio aeróbico inesperado."

Lauren se rió y bebió su trago. Ella no le permitió ayudar, al igual que él no la había dejado ayudar la noche anterior, así que él se complació y la observó. El vino estaba fresco y un poco ácido, el refrigerio perfecto después de su entusiasta relación sexual. La comida se preparó rápidamente y ella lo sirvió con gracia.

"Yo también habría hecho rollitos de primavera congelados", dijo ella con una sonrisa maliciosa. "Pero pensé que serían demasiada consideración para ti."

"Tú eres la única consideración que quiero esta noche."

"Le dices eso a todas las mujeres que te saltan sobre los huesos."

"No, no a todas." Ellos comieron y compararon la técnica del otro con los palillos, luego él la saludó con su copa. "Esto es realmente bueno. Gracias."

"Probablemente no debería decirte que fue fácil".

Él sacudió la cabeza. "Guarda tus secretos".

"Podría haber adivinado que dirías eso".

Él sonrió porque ella se burlaba de él y se preguntó si la velada podría ser más perfecta.

Quizás si lo volvieran a hacer...

"¿Eso es lo que es?" Lau preguntó después de haber comido algunos bocados. "¿La novedad?"

Kyle no lo siguió. "¿La novedad de...?"

"Diferentes mujeres. Diferentes poses. Diferentes fuentes de placer." Ella le dio una mirada atenta. "Dijiste una vez que querías probar todo una vez, para que cada experiencia fuera la primera vez."

"Que es cuando es más potente, porque es un descubrimiento", coincidió él, recordando muy bien esa conversación.

"Entonces, es por eso que te gustó tanto esta noche. Porque yo podría haber sido otra mujer."

Kyle miró en su dirección, adivinando lo que ella quería oír, y su corazón se hundió. Ellos se dirigían a territorio familiar demasiado pronto.

¿Podría él cambiar el curso de la conversación?

"Claro", asintió él a la ligera.

"Entonces, una mujer con un gran vestuario y un gusto por los juegos de rol podría mantener su interés por más tiempo, ya que cada vez se sentiría como la primera vez de alguna manera." Lauren comió un bocado. "Al menos un rato."

"Supongo. Quizás deberíamos hablar de otra cosa", sugirió él. "Como dónde has estado escondiendo esa lencería."

Ella agitó sus palillos hacia él y negó con la cabeza. "No. No puedes tomar las decisiones en esto. Esta noche, yo estoy a cargo, ¿recuerdas?"

"¿Cómo podría olvidarlo?" Kyle habló a la ligera, pero estaba bastante seguro de adónde ella iba con eso. No le gustaba ni un poco.

Él debería haber anticipado que Lauren lo sorprendería.

"El caso es que si siempre es la primera vez, entonces no hay intimidad real. No puede haberla, porque no hay tiempo para que se desarrolle."

"No entiendo."

"No, no podrías", cedió ella fácilmente, sin cobrar nada por sus palabras. "Solo tendrás que confiar en mí que hay algo muy satisfactorio en ser capaz de complacer físicamente a alguien que amas, saber qué es lo que enloquece a esa persona, controlar su liberación o provocarla de la manera correcta." Lauren se encogió de hombros. "De alguna manera te acerca más, a tu propio pequeño refugio del mundo, donde entienden cómo tranquilizarse el uno al otro con el tacto y sin decir una palabra." Ella miró hacia arriba y se encontró con su mirada. "Tener ese tipo de santuario y ese tipo de intimidad en el corazón de tu relación y tu vida debe ser muy poderoso."

La sola idea aterrorizó a Kyle.

Él trató de ocultarlo. "Y lo sabes porque..."

"Mi abuela me habló de eso una vez. Y Mark y yo lo tuvimos por un tiempo, al principio." Ella parecía pensativa. "Tengo que pensar que si nuestro matrimonio hubiera continuado y nuestra conexión se hubiera profundizado, habría sido tan asombroso como dijo la abuela Trixie."

Kyle estaba fascinado. "¿Pero ahora?"

Lauren se encogió de hombros. "Todavía puedo esperar encontrarlo." Ella miró a Kyle y sonrió, leyendo claramente su reacción. "Y entonces infundo miedo en el corazón del señor Una Vez Es Suficiente", bromeó ella. "¿Es por eso que siempre es la primera vez, porque así nunca eres vulnerable?"

"No soy vulnerable", protestó él, preguntándose si había algo de verdad en sus palabras.

"No, porque nadie puede lastimarte mientras permaneces solo en tu isla. No te preocupas lo suficiente por nadie como para que te rompan el corazón." Ella tomó un sorbo de su vino, mirándolo todo el tiempo, y él esperaba que sus pensamientos estuvieran ocultos. Ella dejó su copa. "Pero aquí está la cuestión, Kyle. ¿Qué pasa si evitar que te lastimen alguna vez significa que realmente no estás viviendo en absoluto?"

"¿Me estás tomando el pelo? Vivo todos los días al máximo... "

"Físicamente, tal vez. Emocionalmente, tu mundo debe ser muy pequeño."

Su insinuación era provocativa. "¿En realidad?"

"De verdad. Piensa en una obra de teatro. Tienes el rol o los roles principales. Los protagonistas. Ellos conducen la historia. Ellos se relacionan con otros personajes y tienen motivación y objetivos, y la mayoría de las líneas. Sin ellos, no hay una obra de teatro porque no hay una historia."

"Okey." Kyle apuñaló su cena con sus palillos, sintiéndose más molesto de lo que era típico para él. Él sentía que un maravilloso interludio se estaba haciendo trizas ante sus ojos.

No le gustaba ni un poco.

Él sabía que no debería importarle y eso simplemente lo molestaba aún más.

La cena era el error, decidió él. La cena significaba conversación y eso destrozaba la euforia. No más cenas en pareja después del sexo.

Le dio cierta satisfacción establecer una nueva regla.

"Entonces, tal vez en esta obra tengas un personaje secundario", continuó Lauren. "Simplemente caminas por el escenario. No tienes líneas. Podría ser un alivio cómico. Puede que tengas un disfraz o una acción en particular, pero simplemente apareces y desapareces. Tal vez lo hagas unas cuantas veces."

"Pero si ese actor no aparecía y sacaban el papel de la obra, no haría una diferencia sustancial", concluyó Kyle, tratando de ocultar que estaba insultado. "Si eso es una analogía, te estás olvidando de F5F."

"No, no lo olvido. Pero, ¿cuánto tiempo durará ese legado, incluso si lo es?" Lauren negó con la cabeza. "No creo que mi salón sea un legado ni siquiera mi gran contribución a Manhattan. Es parte de lo que soy, pero no todo."

Kyle hizo una mueca. "¿Es esta una conversación sobre bebés?"

Lauren se rió. "¡No! Ese es un legado que la gente puede dejar, sin duda, pero no es el único." Ella lo examinó, sus ojos brillaban. "Aunque mi hermana sugirió que podría usarte como donante de esperma no oficial."

Kyle la fulminó con la mirada. "¿Y eso es gracioso?" preguntó él, verdaderamente indignado. "¿Planear crear un niño sin darle a ese niño una familia o incluso dos padres en quienes confiar?"

Lauren se puso seria mientras lo miraba. "Parece que toqué un nervio."

"No el que podrías pensar", replicó él. "La gente es demasiado casual con este tipo de cosas. No es una broma." Él se señaló a sí mismo. "Conozco mis limitaciones. Ni siquiera imagines que esto sería una buena idea."

"Le dije a Katelyn que estaba equivocada, más o menos por la misma razón", dijo Lauren pensativa. "No esperaba que estuvieras de acuerdo con tanta vehemencia."

"¿Por qué no?"

"Pensé que citarías tu propio desinterés por la responsabilidad, no cualquier preocupación por el futuro del niño."

"Solo tiene sentido pensar en el niño", argumentó él. "No estoy tan ensimismado".

"Y hay suficientes niños jodidos en el mundo sin que tú agregues más", dijo ella, haciéndose eco de sus palabras de la noche anterior. "No me di cuenta de que era un manifiesto."

Kyle tomó un respiro para calmarse. Él prácticamente había perdido el apetito, así como su estado de ánimo eufórico. "¿Cómo tu hermana supo siquiera de mí? ¿O sobre esto?

"Ella supuso que estaba teniendo sexo. En realidad, el vestido fue idea suya. Yo lo había metido en la parte de atrás del armario y me olvidé de él."

Lauren frunció el ceño. "Creo que lo compré cuando estaba de compras con Katelyn, de hecho. Ella dijo que se veía increíble en mí, pero que nunca me sentí bien usándolo."

"Hasta esta noche."

Ella sonrió. "Sí, resultó ser una buena elección."

"¿Te lo quedas?"

"Probablemente no."

Kyle no estaba acostumbrado a que sus cumplidos fueran tan fácilmente descartados. "¿Debería esperar que Ty no se oponga a que yo rompa mi promesa?"

Lauren negó con la cabeza. "Katelyn no sabe tu nombre. Ella solo sabe que he tenido sexo caliente por capricho y he vuelto por más." Ella le sonrió por encima del borde de su copa. "El secreto de tu identidad está a salvo conmigo." Ella tomó un sorbo, luego recordó algo que casi la hizo reír. "En realidad, Ty sugirió que debería pedirte que fueras mi cita para su boda. Sabes que él solo haría eso si no tuviera ni idea de esto."

"Eso es seguro."

"E incluso me advirtió que podrías querer sexo a cambio de una cita falsa."

A Kyle no le parecía tan divertido como a Lauren obviamente. Él se preparó para una invitación que parecía inevitable, pero Lauren terminó su cena.

"¿Me vas a preguntar?" preguntó él finalmente. "¿O debería preguntarte?"

"Oh, no voy a ir allí. Katelyn tenía razón."

Kyle sabía que se mostraba su incomprensión.

"Mi madre también sugirió que debería pedirle a quien fuera que fuera mi cita para la boda..."

"¿Tu madre sabe de nosotros?" Kyle se sentía muy lejos de su área.

Lau, por el contrario, parecía completamente a gusto. "No, ella sabe que estoy saliendo con alguien, porque anoche yo estaba fuera cuando ella llamó y ella quería saber por qué. Larga historia. Pero el caso es que Katelyn dijo que sería un error invitarte a la boda, ya que faltan dos meses para el día feliz y lo que estamos haciendo aquí habrá seguido su curso, lo que significa que sería incómodo." Lauren asintió. "Ella tiene toda la razón".

"¿Cómo es eso?" Preguntó Kyle, dejando su plato a un lado. "Hace doce años tuvimos algo que terminó, y las cosas no parecen ser incómodas."

Bueno, no lo habían sido antes de sentarse a cenar. Él todavía pensaba que podía salvar la noche y llevar la conversación a un territorio más seguro.

Territorio familiar.

En ese momento, él incluso agradecería la charla sobre el compromiso. Al menos él sabía cómo era eso. Esta conversación era desconcertante. Él no tenía idea de adónde conduciría.

"No aquí, en tu apartamento, después de que hemos tenido sexo de nuevo y yo estoy usando tu camisa", acordó Lauren. "Si nos hubiéramos conocido en cualquier otro lugar de la nada, habría sido un desafío."

"No lo creo." Kyle se levantó y llevó su plato al fregadero. A él no le gustaba la sugerencia de que Lauren encontrándose con él en cualquier otro lugar una prueba.

"¿Qué hay de ese día en F5F?" Su tono ya no era juguetón y Kyle sabía exactamente a qué día se refería ella. Él se volvió para mirarla. "Actuaste como si fuéramos extraños", dijo ella y él escuchó la acusación en su tono.

Entonces, eso había dolido.

"Se lo había prometido a Ty". Sonaba como una excusa incluso cuando él lo decía.

Sus cejas se levantaron. "Dijiste eso anoche. Pero ya sabes, eso no fue muy honesto."

Kyle se sentía agitado. Ella tenía razón y él estaba equivocado y no le gustaba la vista. Toda la noche, que él había pensado que era demasiado perfecta para salir mal, estaba completamente jodida.

"Yo estaba equivocado", admitió él. "Cometí un error. Yo debería haber dicho algo entonces. Lo siento."

Ella bebió un sorbo de vino, como si no importara, y eso molestó aún más a Kyle.

"Tal vez deberíamos ir a la boda juntos", se encontró diciendo él mismo.

"¿Porque no quieres contar con encontrar una cita en el último minuto?"

"Porque los dos iremos. Tiene sentido en cierto modo."

"Y realmente no tiene sentido en otro". Lauren terminó su vino. Te diré una cosa: hablemos treinta días antes de la boda. Ahí es cuando las confirmaciones tienen que ser entregadas. Si ninguno de los dos tiene una cita, podemos acordar ir juntos entonces. Sin presión, sin expectativas. ¿Trato?"

"¿Porque vas a estar buscando algo mejor hasta entonces?" La idea le molestaba mucho, pero Kyle no quería ser el que hiciera un reclamo posesivo.

"Podría ocurrir." Lauren enjuagó los platos y los apiló junto al fregadero. Kyle intervino y lavó las ollas, sus movimientos rápidos por la frustración. "No necesitas estar insultado", dijo ella, leyéndolo una vez más. "Tú quieres lo que quieres y yo quiero lo que quiero. Como dijiste, no puedes darme lo que quiero."

"Compromiso emocional", dijo él entre dientes, más que dispuesto a desafiarla para variar. "¿Por qué querrías eso? ¿Porque funcionó tan bien la última vez?"

Lauren hizo una mueca y Kyle se sintió mal por provocarla, al menos hasta que ella apoyó una cadera contra la encimera y dio todo lo que pudo. "Yo amaba a Mark. Lo amaba con todo en mí. No me avergüenzo de eso. Me arriesgué y actué de acuerdo con ese amor. Me sentí estúpida cuando descubrí lo que él estaba haciendo, pero ahora pienso que no es estúpido ser optimista. No es estúpido esperar lo mejor e intentar conseguirlo. Cogí el anillo de latón y, aunque fallé, o calculé mal, o me enamoré del tipo equivocado, solo intentarlo me convierte en una persona más fuerte. ¿No es eso lo que le dices a la gente cuando hacen entrenamiento físico?"

"Claro, pero no es lo mismo".

"Es exactamente lo mismo", insistió ella. "Mi corazón está herido y siempre tendrá una cicatriz, pero es más grande de lo que era antes de amar a Mark. La curación lo hará más fuerte. Aún mejor, esta transición me ha dado una nueva oportunidad, la oportunidad de reinventarme como una persona mejor y más audaz." Su mirada era desafiante. "Nadie me puede quitar eso."

Ella se giró para empacar sus cosas y Kyle miró, pensando que había algo despectivo en su lenguaje corporal. Todo eso iba mal y él no tenía ni idea de cómo solucionarlo.

Esa era una nueva experiencia y esta vez, no le gustó nada la novedad.

"Me recordaste lo que era estar viva, Kyle. Por eso te llamé ayer y cumpliste, tal como yo sabía que lo harías." Ella le dio un beso en la mejilla, un beso demasiado casto para su preferencia. "Gracias. Espero que encuentres lo que buscas, sea lo que sea."

"Parece que te vas", dijo él, un poco desorientado.

"Me voy." Ella le sonrió, pero había resignación en sus ojos.

Él había lanzado esa misma sonrisa a través de un apartamento o habitación de hotel mil veces, siempre en su camino hacia la puerta.

Todo lo que habían estado haciendo había terminado.

Para bien.

"Dormiré bien", concluyó ella en voz baja. "Gracias por eso también."

Kyle se encontró a punto de protestar, con una invitación para que ella regresara en sus labios. Él se tragó esas palabras, sabiendo que ella tenía exactamente la razón, pero sintiendo de todos modos un arrepentimiento desconocido.

Él se recordó a sí mismo que sabía que sería así.

No, él había asumido que él sería el que pondría fin, que él tendría el control, que él no sería él quien fuera abandonado.

Otro primera vez no deseada.

Lauren empacó sus cosas en silencio, luego lo despidió desde la puerta. "Cuídate."

"Sí. Me alegro de haber podido ayudar ", dijo Kyle a la puerta que se cerraba. Cuando ya no pudo oír sus pasos en el pasillo, cuando el ascensor había entrado y salido, él tragó lo último de su vino. Tenía un sabor amargo y le revolvió las entrañas.

No era tan agrio como la copa más grande que tomó a continuación.

¿Qué le pasaba? Él tenía exactamente lo que había insistido que quería.

Pero la insatisfacción dentro de él crecía con cada momento que pasaba esa noche. Su apartamento parecía vacío, desalmado, olvidable.

Su vida también.

Incluso él sabía que esa perspectiva era una muy mala señal.

Él solo tenía que superarlo. Ejercicio. Volver a la rutina. Seducir a otra mujer. Volver a su ritmo y olvidarse de Lauren.

De nuevo.

No había sido fácil doce años atrás, y Kyle tenía la sensación de que iba a ser aún más difícil esta vez.

Al menos él no había sido el próximo imbécil en romperle el corazón.

Es curioso cómo eso no se sentía como un gran triunfo.

***

LAUREN SE SENTÍA INCREÍBLE.

Ella se sentía fuerte y segura de una manera que no había experimentado en años. Al tomar el control de su encuentro con Kyle, sentía como si hubiera tomado el control de su vida nuevamente. Quizás ella debería haberse hecho cargo de Mark. Tal vez no ella debería haber dejado que su relación se convirtiera en una rutina.

Quizás el deseo de Mark por otras mujeres era en parte culpa suya. Tal vez ella debería haber apreciado lo que tenía y haberse esforzado más por mantenerlo.

La comprensión la sacudió un poco, pero también alimentó su determinación de comportarse de manera diferente. Ella comenzó a limpiar tan pronto como llegó a casa, fortalecida por sus pocas horas con Kyle. Ella era decisiva como no lo había sido en un tiempo, y estaba llena de un nuevo propósito.

Tal vez ella le pediría a Mark que fuera con ella a la boda de Ty.

Tal vez ella debería comprobar que no había nada que salvar de su matrimonio. Lo que le había dicho a Kyle era cierto. Ella había amado a Mark con todo su corazón. Que ella hubiera invertido tanto emocionalmente como lo hizo significaba que ella debería estar segura de su decisión antes de seguir adelante.

Era demasiado tarde para llamarlo y al día siguiente era viernes.

¿Mark todavía salía con sus amigos? Lauren realmente no quería saberlo. Ella lo llamaría el fin de semana y se reuniría para tomar un café la semana siguiente.

Sería justo y ella sabía que era lo que él le había estado pidiendo que hiciera. Ella no había querido encontrarse con él mientras se sentía vulnerable, pero en ese momento, la visión de Lauren de sus propias necesidades y deseos era muy clara.

Ella podría agradecerle a Kyle por eso.

Y ella supuso que lo había hecho. Lauren sonrió mientras colgaba el vestido rojo en su armario, pensando que se había ganado el derecho a quedarse.

Lo primero que limpió fue la cocina, porque había pensado que sería más fácil. En poco tiempo, tuvo una pila de jarrones de cristal, fuentes elegantes y jarras que habían sido regalos de boda y que nunca había usado. Ella tampoco lo haría nunca. Ella pensó que probablemente tenía algunas de las cajas originales en su depósito y las buscaría al día siguiente.

Los platos eran fáciles. Ella tenía el juego que había comprado cuando se mudó y todavía le gustaba. Había demasiados recipientes de plástico para almacenar. Ella había adquirido el hábito de guardar los envases de yogur y otros recipientes de la compra, porque parecían útiles, y ahora la colección se estaba derramando de los armarios. Ella llenó cuatro bolsas para reciclar. Ella sabía que estaba evitando el cajón de los utensilios, no porque fuera caótico, sino porque no había una buena manera de hacerlo menos caótico.

Ella debería detenerse en algún lugar este fin de semana y comprar una de esas bandejas que hacían compartimentos en los armarios.

Lauren miró el reloj, debatió el mérito de irse a la cama, luego abrió el cajón de los utensilios solo para evaluar qué tan mal estaba.

El abrebotellas de Santa Cruz estaba encima de todo.

Ella lo sacó del cajón con una reverencia que nadie podría haber esperado y lo dejó solo en el mostrador. Era obvio que lo había guardado como recuerdo.

El recuerdo la perseguía. La estaba presionando, insistiendo en que lo recordara.

Lauren decidió que también podía permitírselo y luego desecharlo.

Ella se preparó una taza de té descafeinado y se sentó a la mesa con el té y el abrebotellas.

Ese día.

LAUREN SE HABÍA IDO a California para las vacaciones de primavera por capricho. No era propio de ella ser impulsiva, pero incluso a los dieciocho años, estaba harta de que todos estuvieran seguros de que sabían lo que ella haría antes que ella lo supiera. Cuando ella se enteró de que Mandy y Grace se iban a Santa Cruz, prácticamente suplicó que la invitaran.

El precio fue un tatuaje. Mandy y Grace iban a hacerse su primer tatuaje y Lauren tuvo que acceder a hacerse el suyo también. Mandy y Grace eran populares y bonitas, y ella deseaba tanto ser como ellas que estuvo de acuerdo.

Ella ni siquiera se había imaginado lo doloroso que sería.

Ella se había dado cuenta el primer día de sus vacaciones de que nunca sería como Mandy y Grace. Su capacidad para retener el alcohol no era lo suficientemente impresionante. A ella no le gustaba lo suficiente el riesgo y ella no se reía tan fuerte. Los muchachos se sentían atraídos por Mandy y Grace — de hecho, salían del bosque sólo para estar cerca de ellas — y en su mayoría ignoraban a Lauren. Ella se había negado a unirse al *club de una milla de altura* haciendo un rapidito en el baño del avión, lo que solo le había ganado su desdén.

Al segundo día, ella supo que las vacaciones habían sido un gran error. Ella se había emborrachado mucho la noche anterior, a pesar de que la habían llamado una cita barata, y había salido a la playa codo con codo con un muchacho. Ni siquiera había podido lograr eso bien, porque le había llegado la regla y una vez que él adivinó la verdad, se escapó. Ella no recordaba su nombre y era casi seguro que él no recordaba el de ella.

Ella tenía arena donde no creía que debería haber arena, tenía una resaca rabiosa, tenía calambres y su tatuaje le dolía tanto que ella temía que estuviera infectado. Mandy y Grace estaban durmiendo demasiado para echarle un vistazo, y Lauren estaba bastante segura de que se reirían de su preocupación.

Ella realmente era aburrida y predecible.

Ella sabía que debía comer algo. Caminó penosamente hasta el bar de la playa, porque era barato y estaba cerca. Ella había estado pensando que tenía que haber una forma de volver a casa temprano, incluso con un vuelo con descuento.

Entonces Kyle se volvió para mirarla.

Él sonrió y le hizo señas.

"¿Dónde están tus amigas?" preguntó él, y ella negó con la cabeza. Por supuesto, él solo estaba interesado en Mandy y Grace, pero el recordatorio no hizo nada por el estado de ánimo de Lauren.

"Todavía dormidas."

"No es de extrañar. ¿Cómo está tu cabeza?

"¿Nos viste anoche?"

Él sonrió. "Nadie se perdía la risa de tus amigas."

"Bueno, si estás interesado en ellas, haz fila". Lauren podría haberse dado la vuelta, pero él la detuvo con la yema de un dedo en su antebrazo.

"¿Hacer fila para qué? Me alegro de verte a solas."

"No me jodas", dijo ella con rara impaciencia. Ella no solía decir palabrotas, pero se sentía bien. "Estoy cansada y adolorida y tengo resaca". Ella encontró su mirada desafiante. "Tengo mi periodo."

Él levantó las manos en señal de rendición, pero no se fue. "Me considero advertido".

"He gastado mucho dinero en unas vacaciones que no son divertidas, y además voy a tener un gran problema cuando llegue a casa porque no me quedé allí estudiando."

"Un momento de rebeldía entonces".

"Bastante".

"¿Y el primero?"

Lauren se frotó la frente, porque se sentía como una perdedora. "Nunca he hecho esto antes. No es de extrañar que sea una mierda."

Él se rió, lo que hizo que su bronceado se arrugara alrededor de sus ojos y sus ojos brillaran. "No es un hecho que apestes en algo la primera vez que lo pruebas."

"Quizás no para ti."

"Quizás simplemente no te preparaste correctamente."

"¿Prepararse? ¿Para las vacaciones?"

"Bueno, seguro. Las vacaciones necesitan pensarse tanto como cualquier otra cosa. Tienes que estar lista para divertirte, no para fruncir el ceño a todos los demás que se divierten porque tú no lo haces." Él frunció el ceño y miró alrededor de la barra, tan obviamente tratando de hacerla reír que casi lo hizo.

En cambio, ella respiró hondo y trató de aliviar su ceño fruncido.

"Mejor", dijo él y le dio una botella de agua sin abrir. Bebe eso para la resaca. La cura más simple y mejor. No tengo ningún consejo para las cosas de mujeres."

"Eso es reconfortante". Él sonrió cuando Lauren abrió la botella y tomó un largo trago. Ayudó un poco. "Gracias. ¿Vives tú aquí?"

"Solía hacerlo. Ahora, yo también estoy medio de vacaciones."

"¿Por qué solo medio?"

Él hizo una mueca. "Mi mamá se va a casar. De nuevo. Escapar a la playa parece mucho más divertido."

Ella sonrió, preguntándose cómo era ver a tu mamá casarse con alguien que no fuera tu papá. Ella no supo qué decir.

"Entonces, ¿qué te duele?"

"Mi tatuaje."

Sus cejas se levantaron, una indicación de que otra persona pensaba que ella era aburrida y predecible. "¿Otro primero?"

"Sí."

"¿Puedo verlo?"

Ella lo fulminó con la mirada.

"Si duele porque está infectado, estará hinchado y enrojecido. Supongo que está ubicado en un lugar que no se puede verificar fácilmente."

"Estarías en lo cierto. No estoy segura de querer mostrártelo."

Sus ojos azules brillaron. "Ahora tengo muchas ganas de verlo. ¿Es atrevido?

Su expectativa era obviamente que no podría serlo.

Lauren se giró, queriendo sorprenderlo, y levantó el dobladillo de su camisa. Ella llevaba un traje de baño de una pieza con la espalda recortada, pero no era tan bajo, y una camisa holgada por encima. Ella tuvo que bajarse el traje de baño para revelar su nuevo sello de vagabundo. Ese era el punto: nadie iba a poder ver su tatuaje.

Ella casi podía sentir su sorpresa.

"Es acebo." Él parecía incrédulo.

"Sí, es acebo", estuvo de acuerdo ella, sabiendo que sonaba irritable.

"Menos mal que no es muérdago."

Lauren jadeó y se sonrojó. Mandy había estado hablando de la acción por la puerta trasera, en el vuelo y Lauren no podía imaginarse haciendo eso. O queriendo hacerlo. Ella se giró para enfrentar al galán con horror.

Por supuesto, él estaba sonriendo. "Podrías haberle estado diciendo al mundo que te besara el trasero."

Ella se rió a pesar de sí misma y su sonrisa se ensanchó. "Eso es mejor." Él le dio un tirón al dobladillo de su camisa. "No está infectado, solo es nuevo. ¿No te advirtieron que duele más si pones tinta donde no hay mucha carne sobre el hueso? "

"Quizás. No lo recuerdo. Estaba borracha."

"Las tiendas de tatuajes y alcohol son una mala combinación."

"No lo sé".

"Estás llena de sorpresas", dijo él. "No te preguntaré cómo conseguiste arena en el adhesivo de la envoltura del tatuaje." Lauren sintió que le ardían las mejillas. "¿Quieres una cerveza? ¿O un tequila?

"No. Un tatuaje es suficiente, gracias."

"Yo tampoco creo en curar la resaca con bebida." Él se inclinó hacia ella. "Voy a comer unos tacos de pescado y una botella de agua, solo para no tener que ir a casa a almorzar. ¿Quieres unirte a mí?"

"¿Por qué?"

"Porque prefiero sentarme con una muchacha bonita que comer solo." Él levantó una ceja en silenciosa pregunta.

"No soy tan bonita."

Créeme, lo eres. Gruñona, pero es entrañable por su novedad."

Lauren no estaba segura de si creerle o no. "¿Cuáles son exactamente tus expectativas?"

"Que tal vez me hables mientras comemos, y tal vez te deshagas de esa actitud irritante también. Estoy siendo un antiguo lugareño amigable ahora, con el espíritu de asegurarme de que te diviertas un poco antes de ir a casa."

Lauren se volvió a ruborizar. "¿Qué tipo de diversión?"

"Cualquier tipo de diversión que funcione para ti. Mira, me muero de hambre. ¿Sí o no?"

"Okey. Gracias." Ella lo siguió hasta una mesa. "Lo siento. Realmente no estoy en mi juego."

"Mira el lado positivo. No tienes adónde ir más que arriba." La forma en que él lo dijo, como si estuviera seguro de que su estado de ánimo pasaría, como si él estuviera deseando que llegara, hizo que Lauren sonriese más de lo que lo había hecho hasta ahora.

Él la miró asombrado por un momento. "Ahora estoy en problemas", murmuró él, en voz baja con aprobación, luego extendió la mano y le tocó la mejilla con la yema del dedo. Su admiración era tan clara que Lauren se sonrojó. "Entonces, ¿me vas a decir por qué el acebo?"

"Porque mi cumpleaños es en Navidad. Mi abuela me llama su pequeña baya de acebo."

"Eso es dulce." Él hizo una mueca. A menos que tu nombre sea realmente Acebo o Baya. Eso, en cambio, sería muy triste."

"No, es Lauren".

Él fingió alivio y ella se rió. "Kyle", dijo él ofreciendo su mano. Su agarre era cálido y firme, y su mirada era directa. "¿De verdad quieres rebelarte o buscas divertirte?"

"¿Son mutuamente excluyentes? Pensé que iban juntos."

"Me divierto más cuando hago algo por primera vez."

"Eso no está funcionando para mí".

"No hasta ahora. ¿Cuánto tiempo llevas probándolo?

"Un día."

"Con el interés de defender mi perspectiva, déjame intentar arreglar eso."

Ella lo miró con sospecha. "Estás siendo muy amable conmigo. ¿Por qué?"

Él se inclinó sobre la mesa. "Apesta estar de vacaciones con gente con la que no tienes nada en común. Estuve allí y lo hice, pero alguien intervino y salvó mi viaje. Déjame intentar salvar tus vacaciones, luego podrás pagarlas y un día hacer lo mismo por otra persona. ¿Trato?"

"Trato," estuvo de acuerdo Lauren. "Me gusta eso."

"Es todo ese acto de bondad al azar". Él sonrió de nuevo y se veía malvado. "No te ofendas cuando admito que te elegí porque creo que eres linda."

"No me ofendo." Lauren no estaba segura de si él la estaba felicitando o no. ¿Qué quería él realmente? "Define linda."

"Bonito, pero más que eso", dijo él de inmediato. "Todo sobre ti no está en la superficie. Tienes secretos, o profundidades ocultas, o algo por el estilo. Tengo curiosidad por ti, porque eso es totalmente diferente a como soy yo."

"¿Cómo es eso?"

"Me refiero a la honestidad, a poner todo sobre la mesa." Él se puso serio y le sostuvo la mirada con firmeza. "Nunca acepto nada que no se me ofrezca. Nunca prometo nada que no pueda cumplir. Y nunca hago planes para el futuro." Él arqueó una ceja y Lauren asintió entendiendo.

"Entiendo." Entonces, él no estaba coqueteando con ella, no realmente. En cierto modo, eso era tranquilizador y, de otro modo, molesto. Ella se sentía segura en presencia de Kyle, lo que le gustaba, y su confesión sonaba a verdad. A ella le gustaba poder relajarse con él y disfrutar de su compañía, sin pensar en insinuaciones sexuales.

Bueno, ella lo pensaría, pero él claramente no lo hacía.

Quizás eso era más fácil.

Él señaló el océano, donde había un par de personas en ala delta. "¿Hiciste eso antes?"

"¡Nunca!"

"¿Quieres hacerlo?"

Lauren se volvió y miró. "Es como volar".

"Lo es." Llegaron los tacos y Kyle agradeció al dueño. "Es bastante impresionante, y la primera vez es la mejor de todas."

"¿Por qué?"

• • •

PORQUE LA PRIMERA vez es cuando la experiencia es completamente nueva. La impresión es más fuerte por la novedad. Después de eso, son solo variaciones sobre un tema."

"COMO EL SEXO", dijo ella, solo para sacudir su imagen de buena muchacha.

"SÍ Y NO", dijo él sin perder el ritmo. "La primera vez que tienes relaciones sexuales con una persona específica es siempre cuando es más potente. Pero el sexo en sí mismo es como un nuevo descubrimiento con cada pareja."

LAUREN ENTENDIÓ que había sido advertida. "Voy a discutir eso", dijo ella, sintiéndose más audaz que de costumbre. "Siempre es más o menos lo mismo e incluso si la primera vez no fue tan increíble."

KYLE DEJÓ SU TACO. "Entonces no lo estás haciendo bien."

"NO HE TEN DO muchas oportunidades de hacer mucho", dijo ella. "Como que comienza y luego se acaba."

ÉL SE LLEVÓ una mano a la frente, como si fuera a necesitar sales aromáticas. "Solo dame un momento para llorar por la injusticia que te han infligido mis semejantes."

LAUREN SE FIÓ. "LO SUPERARÁS."

. . .

ÉL LE DEDICÓ una mirada muy triste. "¿Pero tú lo harás? Esa es la verdadera pregunta."

UN POCO preocupada por la dirección de la conversación, Lauren señaló los planeadores. "¿Cuánto cuesta?"

"¿QUIERES PROBARLO?"

"QUIERO." Lauren hizo una mueca. "Pero cosas de mujeres."

KYLE LEVANTÓ UNA MANO. "Prometo solemnemente caminar detrás de ti, cuidar tu espalda y proporcionar distracciones o toallas adicionales si hay un incidente."

"SUENA COMO una oferta que no puedo rechazar. ¿Cuánto?"

"MI REGALO", dijo él. "Hoy es oficialmente tu día de suerte".

"¿POR QUÉ TE CONOCÍ?"

"EXACTAMENTE." Su confianza era contagiosa y Lauren se sintió mejor.

MANDY Y GRACE entraron en el bar de la playa y sus ojos se abrieron cuando vieron con quién estaba sentada Lauren. Ella las saludó con la mano, porque no podía ignorarlas, y Kyle miró por encima del hombro. Él debió haberles dado algún tipo de mirada porque ambas se dirigían hacia la mesa pero al mismo tiempo eligieron cambiar de rumbo y sentarse en otro lugar.

KYLE PARECÍA satisfecho cuando se volvió hacia ella y Lauren no pudo evitar sonreír. "Supongo que es mi día de suerte", dijo ella. Gracias, Kyle. Me gustaría intentar eso."

SUS MIRADAS se encontraron por un momento caliente, uno que envió un escalofrío a través de Lauren, y ella se preguntó cuántas otras cosas probaría por primera vez con su nuevo amigo.

LAUREN GIRÓ el abrebotellas en su mano, considerando si eso debería quedarse o desaparecer. Ella podía saborear la lima de nuevo y sentir la arena entre los dedos de los pies, el dolor de su nuevo tatuaje y el calor que la sonrisa de Kyle enviaba por sus venas.

ÉL LE HABÍA ABIERTO los ojos a tantas cosas, entonces y ahora.

ELLA NO QUERÍA OLVIDAR ESO, ni a él.

ELLA VOLVIÓ A GUARDAR el abrebotellas en el cajón y sonrió al darse cuenta de que probablemente lo guardaría para siempre.

Por supuesto, Damon dejó F5F el viernes por la noche a las cinco en punto.

"De nuevo con la salida temprano", señaló Kyle desde la recepción. Él estaba esperando allí, específicamente para hacerle pasar un mal rato a su compañero. Él estaba un poco adolorido por todas partes, lo cual no era una sorpresa dado lo duro que se había ejercitado a lo largo del día, pero eso no había mejorado su estado de ánimo ni un poco.

De hecho, él estaba extrañamente molesto con todo, y eso lo ponía aún más irritable.

Él no llamaría a Lauren.

"No soy nada si no predecible", asintió Damon fácilmente. "¿Nos vemos mañana?"

"No hasta la tarde."

"Mi muchacho quiere ir de fiesta todo el tiempo", dijo Cassie mientras salía de la parte de atrás, balanceando su bolso sobre su hombro.

"¿Tú también?" Preguntó Kyle con sorpresa.

"Theo dijo que te ayudaría en el club esta noche", dijo ella fácilmente. "Pensé que yo podría fingir tener una vida real durante unas horas."

"F5F es la vida real", insistió Kyle.

"Bueno, sólo un pequeño rincón."

"Un muy buen rincón", dijo Theo, uniéndose a ellos en la recepción, luego bostezó.

"¿Sigues luchando contra el desfase horario?" Preguntó Kyle.

El otro hombre se encogió de hombros. "Progreso lento y constante." Él sonrió y chocó con hombros con Kyle. "Quizás estemos envejeciendo."

"Dios nos libre." Kyle se aclaró la garganta. "La música, cuando mueren las voces suaves, vibra en la memoria; los olores, cuando las dulces violetas enferman, viven en el sentido en que se avivan. Las hojas de rosa, cuando la rosa está muerta, se amontonan para el lecho del amado; y así, tus pensamientos, cuando te hayas ido, el amor mismo se adormecerá."

Todos lo miraron durante un largo y silencioso momento mientras Kyle se preguntaba por qué ese poema en particular había saltado a sus pensamientos. Él sintió un rubor en la nuca y se ocupó de comprobar las reservaciones para las clases.

"¿No es eso de un poema?" Preguntó Cassie.

Ty caminaba hacia el ascensor con Shannyn a su lado. Ellos estaban tomados de la mano. "Percy Bysshe Shelley, 1792-1822." Ella le dio a Kyle una mirada. "Mírate, reconociendo el poder del amor. ¿Nunca cesarán las maravillas?

"Suena inusual", dijo Cassie, examinando a Kyle. "¿Te sientes bien?"

"Él ha estado de mal humor hoy", dijo Damon, levantando su bolso de mensajero.

"Tal vez tenga su período", bromeó Cassie y todos se rieron. Ty saludó con la mano y se subió al ascensor para subir a su ático.

"Si estoy molesto, es porque sabía que me dejarían a mí el trabajo esta noche", dijo Kyle.

"El club es tu creación y tu trabajo favorito en todo el mundo", le recordó Cassie. "Mujeres hermosas. Baile. El zumbido de la energía sexual." Ella bostezó. "En serio, Kyle, es como una visita a tu tierra de fantasía personal. Deberíamos llamarlo *El lugar de Kyle*. Te lo dejamos a propósito, no queriendo traspasar tu paraíso."

Theo resopló.

"¿Y qué harías un viernes por la noche?" continuó Damon. "Probablemente hubieras venido al club de baile F5F."

"Como la polilla a la llama", coincidió Cassie. "Entonces, ¿por qué no nos dejas tener una noche libre mientras haces lo que haces tan bien?"

"Sigo pensando que es injusto", respondió Kyle, incluso cuando reconocía la verdad en las palabras. ¿Qué haría él un viernes libre por la noche?

Llamar a Lauren.

No, no, no. Él no iría por ese camino.

"¿Te sientes bien?" Bromeó Theo.

"Bien, sólo que he trabajado demasiado", respondió Kyle, deseando no haber citado ese poema. Él definitivamente estaba fuera de su juego.

Damon se despidió con la mano, luego se fue por el día. No cabía duda de que había un rebote de anticipación en su paso.

"Voy a averiguar quién es", murmuró Kyle. "La misteriosa Natasha."

"Esta noche no", dijo Theo. "Tenemos trabajo que hacer. Hice algunas llamadas y hay un elenco que viene aquí a las diez, aunque oficialmente no sabemos nada al respecto." Él nombró a un trío de actrices que actualmente estaban haciendo una película en la ciudad.

Kyle dio un silbido bajo. "Mírenlo, Señor Conexiones."

"Necesitamos tener la fiesta más caliente de la ciudad esta noche", dijo Theo. "La semana que viene, podemos seguir a Damon."

"¡Ustedes dos chismosos!" acusó Cassie. "Creo que es dulce que él tenga un compromiso con alguien en algún lugar."

"¿Y tú no tienes curiosidad?" Preguntó Kyle y ella se encogió de hombros, admitiéndolo. "Nuestro mejor DJ está aquí esta noche, así que es un buen comienzo", le dijo a Theo.

"¿Quieres que llame a un par de fotógrafos?" Preguntó Cassie. "Si este grupo aparece y se divierte, queremos aprovecharlo."

Theo la miró con dureza. "¿Puedes hacerlo sin decir a quién esperamos?"

"Seguro." Cassie sacó su teléfono. "Hay una fotógrafa que sería perfecta. Es muy discreta, hasta que pasa algo. Ella confía en mí."

"Entonces hazlo", dijo Theo.

"Pídele a Shannyn que también tome algunas fotos para Meesha", sugirió Kyle y Cassie asintió con la cabeza. "Ella está en casa de Ty, así que puede bajar por media hora más o menos."

"Necesitamos agregar algo de seguridad", continuó Theo. "Podría haber más de dónde viene esto, pero solo si no hay ningún problema esta noche. Quiero ganarme la confianza de mi contacto en esto."

"Que empiece el juego," estuvo de acuerdo Kyle. "Vamos a hacerlo." Ellos se inclinaron sobre el horario y comenzaron a llamar a personal adicional para trabajar en el club esa noche. Kyle, por ejemplo, estaba contento de tener un desafío para distraerlo de sus pensamientos.

Él tenía que sumergirse en el trabajo, y ese era exactamente el tipo de desafío para captar su interés.

EL CLUB ESTABA LLENO. Era una gran noche. Las mujeres eran hermosas, la música excelente y el lugar estaba lleno del zumbido que más le gustaba a Kyle. Tenían una fila desde la puerta y hasta el final de la cuadra, una que solo creció después de que llegaron las dos limusinas con las actrices y su séquito. Theo le dio a Kyle un pulgar hacia arriba cuando las personas hermosas atravesaron las puertas, tal como se esperaba. El zumbido en el club aumentó un poco cuando las famosas se deslizaron entre la multitud y el DJ subió la música de baile un poco más fuerte. Shannyn apareció y se deslizó entre la multitud con su cámara, desapareciendo entre la gente mientras tomaba fotografías.

Esto era lo que mejor hacía F5F.

Una actriz, la de ojos oscuros y cabello y piernas oscuras que se prolongaban para siempre, miró a Kyle y sonrió. Él le devolvió la sonrisa, sabiendo que se veía bien, y le dejó ver su agradecimiento. Ella llevaba un diminuto vestido de lentejuelas y tacones altísimos, una combinación que mostraba esas piernas con ventaja. Su sonrisa se volvió coqueta y ella se giró hacia la pista de baile, mirando hacia atrás para darle a Kyle una mirada para que se acercara.

Él había dado un paso hacia ella cuando un tipo habló detrás de él.

"¿K. Stuyvesant?"

"Lo busco en un minuto", asintió Kyle fácilmente, luego se dirigió a uno de los nuevos camareros. "Javier, hay algunas mujeres en la mesa cuarenta y dos que necesitan un trago."

"Entendido, jefe". Javier esbozó una sonrisa y varias mujeres se abanicaron mientras lo veían irse.

La actriz se rió e hizo una seña a Kyle mientras bailaba, ofreciéndole una invitación que él no iba a rechazar.

Incluso si no lo encontraba tan interesante como de costumbre.

"¿El K. Stuyvesant que vive en Hell's Kitchen?" preguntó el mismo hombre, y Kyle miró por encima del hombro.

"¿Quién pregunta?" Dijo él, dándose cuenta en el mismo momento de que era el ex de Lauren quien se enfrentaba a él. Ellos nunca se habían conocido, pero Kyle recordaba el video demasiado bien.

"Esto es para ti, niño bonito", gruñó Mark. "Por joder a mi esposa". Y lanzó un puñetazo.

La trayectoria era completamente predecible. Kyle se agachó y giró, agarrando el brazo de Mark y empujándolo hacia la barra con su propio impulso. Él podría haberlo hecho con suavidad, pero decidió no hacerlo. Los vasos tintinearon y los clientes jadearon mientras se alejaban. Él escuchó el aire salir de los pulmones de Mark cuando su pecho chocó con la barra.

"Siempre animen a la energía a continuar en la dirección establecida", le dijo Kyle a la pelirroja de ojos abiertos que había saltado del taburete cercano. "Es más fácil redireccionarla que detenerla."

"Lo recordaré", dijo ella y tomó un sorbo de su bebida. Sus amigos rieron.

Rafael, el mayor de los gorilas del club, se paró detrás de Kyle como una sombra, pero Mark se hundió contra la barra en la derrota.

"No hay peleas en F5F", ronroneó Kyle al oído de Mark. "No es lo que hacemos aquí".

"Sé lo que tú haces aquí".

"Y sé lo que tú has hecho aquí."

Los ojos del otro hombre brillaron. "¡Bastardo! ¡Y tenías que decírselo!"

"No tengo ninguna razón para guardar tus secretos."

El otro hombre gruñó.

"Quizás te gustaría irte ahora", sugirió Kyle.

"Sí", dijo Mark, sonando repentinamente humilde. "Sí, lo haría".

Tal vez él se había dado cuenta de que su pelea estaba atrayendo la atención.

Tal vez no.

Kyle dio un paso atrás y soltó a Mark, pero permaneció en guardia. Él pensó que un tipo que le mentiría a su esposa le mentiría a cualquiera y tenía razón. Mark se volvió y, de repente, le lanzó otro golpe. Kyle se agachó de nuevo, luego le dio un puñetazo a Mark mientras subía. Mark cayó sobre Kyle y lo agarró por la cintura, luchando por agarrarlo.

"No me obligues a hacer esto", murmuró Kyle, porque el golpe obvio era un golpe en la ingle. "Me dolerá tanto como a ti."

"¡Maldito!" Mark se apartó y luego levantó el pie para darle un rodillazo a Kyle en la ingle.

Nadie, pero nadie, nunca lastimaba las joyas.

Kyle pateó los pies de Mark desde debajo de él, enviándolo al suelo. En el camino hacia abajo, Mark echó sus brazos alrededor de las rodillas de Kyle. Cayeron juntos a la pista y rodaron hacia la pista de baile mientras Mark intentaba dar un puñetazo y Kyle intentaba controlarlo. La música se había detenido y los clientes estaban reunidos alrededor, varios de ellos tomando partido. La pareja se detuvo cuando la cabeza de Mark chocó con la base de una mesa y él cerró los ojos de dolor.

Él se quedó muy quieto y Kyle temió lo peor.

"¿Estás bien?" Kyle se inclinó sobre Mark y vislumbró el triunfo en los ojos del otro hombre antes de que ese hombre le clavara la palma de la mano en la nariz a Kyle. Hubo un crujido y un chorro de sangre, y Kyle había terminado de ser el buen tipo.

Él conectó tres golpes sólidos, ojo, mandíbula, tripa, luego levantó a Mark y lo lanzó a la barra. Era de hormigón y ni siquiera vibró, pero Mark se deslizó hacia abajo, aturdido. Kyle luchó contra su impulso de hacer más. Él estaba furioso y quería hacerle un daño grave a este perdedor.

En cambio, se levantó y le dio a Theo una mirada dura. Su compañero asintió y dio un paso adelante con dos de sus gorilas, Rafael y Kaseem. Kyle caminó hacia la habitación trasera, dejando a Mark desplomado en el suelo. La charla comenzó de inmediato y el DJ comenzó de nuevo la música.

Él se aseguraría de que su nariz no estuviera rota y se calmaría. Era vagamente consciente de que la actriz flotaba en su visión periférica, pero él estaba demasiado enojado para hablar con nadie.

Él vio a los gorilas obligando a Mark a ponerse de pie e ir hacia la puerta mientras Theo trataba de restablecer el estado de ánimo.

"¡Solo se lo dijiste a Lauren para que pudieras tenerla tú mismo!" Mark gritó detrás de Kyle, sus palabras se trasladaron a través de la música. Los clientes se quedaron sin aliento. "¡Lo arruinaste todo, bastardo!"

Eso fue más que suficiente.

Kyle se acercó al otro hombre y supuso que su enfado se mostraba porque Mark retrocedió. "Vamos a aclarar esto, Mark", dijo él, clavando un dedo en el pecho de Mark. "Tú fuiste quien arruinó tu matrimonio, no yo".

"Tú ayudaste."

"Tú eras el que estaba engañando, era solo cuestión de tiempo antes de que alguien lo viera."

"Fuiste tú..."

"Te lo hiciste a ti mismo", espetó Kyle. "¿Qué tan estúpido eres por deshacerte de tu matrimonio? ¿Qué tan estúpido eres por no haber apreciado lo que tenías? Él respiró hondo mientras Mark murmuraba. "¿Y qué tan estúpido eres por haber hecho eso aquí? ¡Es el único lugar de la ciudad donde te reconocerían como su marido!"

Los ojos del otro hombre brillaron. "Bastardo", murmuró.

"Quizás querías que te atraparan", dijo Kyle con los dientes apretados. "Quizás querías salir de tu matrimonio, pero no tuviste las pelotas para romperlo tú mismo."

Mark maldijo, llamando a Kyle con una variedad de nombres poco halagadores. "¡Estás durmiendo con ella!"

Kyle sonrió incluso mientras hervía a fuego lento. "Estás equivocado. La noche que estuvimos juntos, nadie durmió." Él les dio a los gorilas una mirada que era una orden y caminó hacia la habitación trasera de nuevo. Él ignoró los aplausos, porque estaba enojado.

"¡Te demandaré por golpearme!" gritó Mark.

Kyle giró en el umbral de la trastienda y se enfrentó a la multitud. "Vamos a tomar una lista de personas dispuestas a testificar sobre lo que vieron esta noche. Todos te vieron comenzar la pelea, Mark, así que no te sorprendas si los cargos terminan siendo presentados en tu contra."

Hubo una ovación de los clientes habituales de F5F.

"La línea comienza aquí", gritó Yolanda, la camarera. "¡Denme sus detalles de contacto!" Docenas de clientes avanzaron para responder por Kyle.

"Gracias a todos", dijo él antes de salir.

Theo alzó la voz. "¿Quién vino a bailar esta noche a F5F?" —preguntó él y varias mujeres fingieron desmayarse ante su acento. Él hizo girar a la actriz con las piernas largas sobre la pista de baile mientras el DJ seguía la señal y subía la música. El club estuvo saltando de nuevo en un santiamén, para alivio de Kyle. Él entró en la parte de atrás, cerrando la puerta detrás de él.

Él tenía sangre por toda la camisa y, peor aún, era la suya.

KYLE ESTABA SENTADO con una toalla llena de hielo en la nariz cuando Theo entró en la parte de atrás y lo examinó. Había pasado más de media hora desde la pelea y el club se balanceaba en su ritmo habitual.

"Dime que se evitó el desastre", dijo Kyle.

"Por poco. ¿Pero te estás tirando a la hermana de Ty? Theo hizo una mueca. "No puedo creer que incluso tú pudieras seguir tu pene hasta ese territorio prohibido."

"Gracias por su apoyo", dijo Kyle.

"Cassie tiene razón. Estás de mal humor", reflexionó el otro hombre. "¿Es amor?"

Kyle le dio una mirada que debería haberle advertido, pero Theo solo se rió.

"Cómo han caído los valientes", dijo él. "Estoy tan contento de haber venido esta noche y haber visto el espectáculo."

"No se lo digas a Ty".

"Demasiado tarde", dijo Theo cuando sonó el teléfono celular de Kyle. "Un alma servicial ya lo hizo."

"¿Tú?"

"Yo no. Probablemente no te diste cuenta de cuántas fotografías se estaban haciendo de ti en acción. Estoy seguro de que alguien también compartió la conversación."

"No Shannyn", protestó Kyle, pero él no estaba seguro.

Theo se encogió de hombros. Kyle admitió que la compañera de Tyler no tenía ninguna razón para defenderlo de nada. De hecho, ella podría estar del lado de la familia. Ella podría disfrutar arrojándolo a un pozo de fuego. Shannyn era un poco impredecible desde el punto de vista de Kyle.

La persona que llamaba era Ty. No tenía sentido eludir la llamada. Kyle hizo una mueca y respondió, no sorprendido en lo más mínimo de escuchar a su amigo rugir.

"¿Qué diablos estás haciendo?"

"Ooo, él maldijo", dijo Theo en voz baja, obviamente después de haber escuchado el saludo. Probablemente lo escucharon en la calle fuera del club. "Esto va a ser espectacular." Y se acomodó en una silla, su expresión descarada mientras escuchaba a escondidas descaradamente.

"Pareces haber comprado entradas para el espectáculo más grande del mundo," murmuró Kyle.

Theo no parecía arrepentido. "Creo que tal vez lo hice."

"¿Bien?" exigió Ty.

Por una vez en su vida, Kyle no tuvo una respuesta simplista para desviar la atención. Él se humedeció los labios. "¿Fue Shannyn quien te lo dijo?"

"No. Estoy sentado aquí mirando el progreso de Meesha en nuestras redes sociales y apareció el incidente.". El tono de Ty era sombrío. "Felicidades. Eres una estrella."

Kyle hizo una mueca. "Tengo hielo en la nariz."

"Al menos nos quitaste el foco de atención a Shannyn y a mí", murmuró Ty. "Veremos si eso dura."

Kyle sabía que una foto de Shannyn y Ty había sido la más popular en las redes sociales del club. Él no había podido averiguar dónde la habían tomado, ya que estaban vestidos de manera formal. "¿De dónde sacó Meesha esa, de todos modos?"

"¡No cambies de tema!" espetó Ty.

"Él me golpeó, ya sabes".

"Espero que tu belleza no se vea estropeada para siempre", dijo Theo.

"Te voy a romper más que la nariz si es verdad", respondió Ty.

"¡Ella me llamó!"

"¿Por qué te llamaría ella?" argumentó Ty. "Lauren es una persona racional."

Kyle puso los ojos en blanco. Incluso eso dolía. "Porque ella quería sexo sin complicaciones, por encargo, sin expectativas, y es una persona racional."

Theo se rió. Ty maldijo de nuevo.

"¿Crees que se está pellizcando el puente de la nariz?" Preguntó Theo.

"Probablemente", respondió Kyle, sintiéndose un poco mejor, luego habló con Ty. "No le mentí. No la engañé. No le prometí nada."

"Pero le diste lo que ella quería."

"Creo que esos detalles en particular no son asunto tuyo, hermano mayor", dijo Kyle. "Lauren es una adulta y puede tomar sus propias decisiones."

"Ella puede hacerlo, pero es mejor que ella tenga todos los hechos. Si le mientes..."

"Yo no miento", espetó Kyle. "Es una cuestión de principios. La honestidad es la mejor política."

"Ahora ya sé por qué ella me dijo esa línea", dijo Ty con irritación.

"No pude oír eso", dijo Theo.

"El volcán ha hecho erupción y ha vuelto a hervir a fuego lento", le dijo Kyle.

Theo puso cara de tristeza. "Entonces tendré que encontrar otro entretenimiento esta noche."

"Lo siento. Me temo que sí. ¿Qué hay de tus actrices?"

"Ellas están bailando. Creo que les gustó el espectáculo.". Theo se puso de pie y le dio una palmada en el hombro a Kyle. Déjame ver tu nariz. Su expresión cuando Kyle levantó el hielo no fue alentadora. De hecho, él dio un silbido bajo. "Los hematomas van a ser espectaculares."

"Estupendo."

"Se acabó, ¿verdad?" exigió Ty. "¿Hiciste lo que ella te pidió y se acabó?"

"¿Por qué no hablas con Lauren en lugar de conmigo?"

"Entonces no ha terminado", concluyó Ty.

"Se acabó. Pero si ella vuelve a llamarme, volverá a pasar."

"Podrías declinar".

"Pero no lo haré. Esta noche tienes tu ración de honestidad."

"Servicio de semental", murmuró Theo mientras movía tentativamente la nariz de Kyle hacia un lado. "Qué vida. Siempre disponible. Siempre en demanda." Él lo movió hacia el otro lado.

"¡Ay!"

Theo dio un paso atrás. "No está rota."

"Gracias, Doctor Theo". Kyle miró el teléfono. "¿Terminamos?" le preguntó a Ty.

"Por el momento", dijo Ty y Kyle perdió la paciencia.

"No, hemos terminado definitivamente con este tema. No soy tu hijo y lo que decida hacer tu hermana mayor no es de tu incumbencia."

"Gruñón, gruñón", bromeó Theo, pero Kyle continuó.

"Ve a elegir algunos azulejos para la renovación de tu baño o averigua qué color de bragas lleva Shannyn y déjanos en paz al resto."

"Es asunto mío porque rompiste tu promesa", dijo Ty en voz baja. "Y porque Lauren es vulnerable en este momento."

"¿No lo sé yo?" Kyle chasqueó los dedos. "¿Y sabes cómo lo sé? Porque yo hablé con Lauren. Inténtalo tú", aconsejó Kyle, luego terminó la llamada. Se guardó el teléfono en el bolsillo, sintiéndose aún más descontento que antes.

Entonces se dio cuenta de que Theo lo estaba observando de cerca. "Es amor. Vaya, vaya, vaya."

"No estoy enamorado." Incluso para Kyle, eso sonaba a mentira.

"Entonces, no lo olvides", cantó Theo. "Es solo una fase tonta..."

"¡Para!"

El otro hombre levantó las manos. "Tu secreto está a salvo conmigo", dijo, luego se dirigió hacia el club. "Pero realmente, Kyle, si vas a llevar tu corazón en la manga, no te sorprendas si todos lo notan latiendo a plena luz del día."

"Yo no estoy enamorado."

"Si tú lo dices." Theo cruzó la puerta y luego se inclinó hacia atrás. "Supongo que la mejor pregunta es si Lauren está enamorada."

"Ella no está enamorada. Es sexo. Simple y llanamente. Sin expectativas."

Theo asintió. "Entendido", dijo él con una presunción que hizo que Kyle quisiera lastimarlo. "Probablemente sea más fácil de esa manera", dijo él, luego guiñó un ojo y desapareció de nuevo.

Kyle se tocó la nariz. Estaba tierna pero no se sentía rota. Probablemente Theo tenía razón en eso. Por la mañana, su rostro estaría medio morado, que no era su aspecto favorito.

Sin lugar a dudas, el alboroto acababa de comenzar.

Pero, ¿qué más podría haber hecho? Él deseó que no hubiera sido Mark y ahora se preguntaba si el otro hombre estaría esperando fuera del club para continuar la pelea.

Kyle sabía que no había hecho nada malo. Le había dado a Lau lo que ella quería, ni más ni menos. Si no hubiera sido él, habría sido otra persona.

Tal vez le diría eso a Mark, si el otro hombre se atrevía a comenzar la pelea de nuevo. Kyle se había enfrentado a matones antes y, aunque había pasado un tiempo, no había olvidado lo que había aprendido veinte años antes.

Dejaría que Mark lo buscara. Él obtendría más de lo que esperaba.

Quizás algo de honestidad. Kyle dudaba que fuera bienvenida, pero la perspectiva de servirla le hizo sonreír.

Él hubiera sonreído más, pero dolía demasiado.

LAUREN TOMÓ el tren a Mamaroneck como lo hacía una vez al mes. Ese sábado en particular, tenía un montón de productos para el cabello en su bolso. La abuela Trixie había decidido que quería la ayuda profesional de Lauren.

A los ochenta y un años, Trixie quería cabello de sirena. Ella había visto fotos en Facebook de mujeres con cabellos plateados tocados con morado, verde y azul, y le encantaban. Lauren le había advertido a su abuela que sería un proceso largo, porque sabía que la abuela Trixie se cansaba más fácilmente que antes. Eso no era un impedimento, evidentemente.

Este sería el día.

Ayudar a las personas a convertirse en su visión de sí mismas era una de las cosas que más le gustaban a Lauren de lo que hacía. No se trataba simplemente de cortar el cabello o incluso de teñirlo. Ella tenía el poder de transformar a las personas y le gustaba cuando un cliente se sentaba más erguido después de una cita. Ella sentía que con las tijeras en la mano, tenía la capacidad de arreglar el mundo, una cabeza a la vez.

¿Quién sabía cuánto transformaría eso a la abuela Trixie?

Lauren quería averiguarlo.

El pueblo no había cambiado mucho a lo largo de los años y le resultaba familiar caminar desde la estación de tren hasta la casa de su abuela. La casa de Trixie siempre había sido un refugio para Lauren y un lugar para escapar de sus hermanos. Ella tenía un vínculo especial con esa abuela y tomar el tren a casa de Trixie había sido una de sus primeras aventuras en solitario cuando era adolescente. Ella había estado viniendo regularmente desde entonces. Ella no se perdía el hecho de que Trixie se estaba volviendo un poco más frágil y que confiaba en ella para que se ocupara de los pequeños problemas de mantenimiento en la casa o le diera consejos sobre cómo buscar a alguien que los hiciera. Lauren se alegraba de ayudar.

Ese sábado, había que arrancar algunas malas hierbas en el jardín, un grifo que goteaba que había que apretar y una bombilla para reemplazar en un dormitorio de invitados. Trixie había preparado el almuerzo, no porque fuera mejor cocinera que Lauren, sino porque se había acostumbrado mucho a que le trajeran las comidas preparadas de su supermercado local.

No fue hasta que se realizaron las reparaciones y comieron el almuerzo, que Trixie puso un brillo familiar en sus ojos. "Estaba hablando con tu madre anoche."

Lauren sonrió. "¿Se supone que debes buscarme una cita para la boda de Ty?"

Su abuela rechazó la sugerencia. "Si eso supone, no tomaré la tarea. Encontramos a las personas que necesitamos cuando llega el momento de encontrarlas, y nadie puede apresurarse." Ella miró a Lauren. "Quiero saber cómo estás".

"Bien. ¿Por qué?"

"Porque recientemente has tenido un shock, o te has visto obligada a reconocer públicamente algo que ha sabido por un tiempo pero que has mantenido en privado. Eso también es un shock." Trixie miró hacia la cafetera y Lauren se levantó para llenarla y encenderla. En el mundo de su abuela, cuando era el momento de hablar, era el momento del café instantáneo. "Gracias, querida. De cualquier manera, es posible que te sientas un poco decepcionada en este momento."

Lauren hizo el café y puso leche en el de su abuela, luego puso la taza frente a ella y se sentó de nuevo. "Estoy bien, pero gracias por preguntar."

"¿Y tienes un plan?"

"¿Un plan?"

"Siempre fuiste la niña más organizada. Siempre tenías un plan, sin importar lo que sucediera, lo que probablemente significaba que tenías una docena de planes, dependiendo de lo que sucediera para desencadenar la selección de un plan."

Lauren sonrió. "Culpable de los cargos." Ella pensó en llamar a Kyle, luego sugerirle que se encontraran por segunda vez, y reconoció su propia planificación habitual.

"¿Y el plan ahora?"

Ella se encogió de hombros. "Supongo que pensaré en salir y casarme de nuevo, y luego formar una familia."

"¿Podrías ser menos entusiasta?" Bromeó Trixie.

"Bueno, mi primer intento de matrimonio no salió tan bien."

"Y no por falta de esfuerzo por tu parte." Trixie dejó su taza. Y eso es lo que no puedo dejar de pensar, querida. Siempre estás intentando y siempre estás esforzándote. Tienes la distinción de ser la única niña que nunca decepcionó a Colleen."

"¿Qué hay de Ty?"

"Colleen estaba muy encantada con Giselle", dijo su abuela, refiriéndose a la azafata con la que Ty solo había salido una vez.

Lauren sonrió. "No soy la mayor, pero soy la niña mayor. Supongo que es natural que sea una triunfadora."

"¿Pero qué estás logrando? Colleen es mi hija y la quiero mucho, pero tiene ideas muy firmes sobre lo que debería hacer feliz a la gente. Esencialmente, cree que lo que la hace feliz a ella debería funcionar para todos los demás. El mundo, desafortunadamente, no es tan simple."

Lauren comenzó a distribuir sus productos químicos y herramientas. Ella escuchaba y no sabía qué decir.

"Estoy bastante segura de que las actividades de Mark no fueron una sorpresa para ti. Te falta la capacidad de tu madre para ignorar las señales de lo que no quieres saber."

"¿Eso es algo bueno?"

"Creo que sí. También creo que tenías un presentimiento de él, incluso antes de casarte con él," dijo Trixie y Lauren miró hacia arriba. Eres demasiado perspicaz para haber pasado por alto la forma en que vaga su mirada. Ciertamente yo no me lo perdí."

Lauren se volvió y se apoyó contra el mostrador. Era intrigante que ella no hubiera sido la única en preguntárselo. "¿No te sorprendió?"

"Por supuesto que no. No creo que lo estuvieras tú tampoco, pero eso no está ni aquí ni allá. Mi punto es simplemente que Colleen deseaba mucho que todas sus hijas se casaran y luego tuvieran familias porque esas decisiones le daban mucha alegría a ella. Y por eso me pregunto, dado lo triunfadora que eres, si te casaste con Mark más para hacer feliz a Colleen que para hacerte feliz a ti misma.". La mirada clara de su abuela se mantuvo firme mientras esperaba una respuesta.

Lauren abrió la boca y luego la volvió a cerrar.

Ella se sentía expuesta.

Pero por otro lado, ella se alegraba de que su abuela hubiera adivinado la verdad. La hacía sentirse menos sola. Menos que una isla, lo que parecía funcionar para Kyle pero no funcionaba tan bien para ella.

"Me lo he preguntado yo misma", admitió.

Trixie la estaba mirando con ojos brillantes. "Quizás esta sea una excelente oportunidad para pensar en lo que quieres y hacer lo que quieras en lugar de lo que crees que deberías hacer para hacer felices a otras personas." Ella sacudió su cabeza. "Siempre fuiste una muchacha tan buena, Lauren, pero necesitas encontrar tu propia felicidad a tu manera."

"¿Lo viste?"

Su abuela asintió con la cabeza, su mirada inquebrantable. "No puedes *arreglar* a Mark, Lauren, y mucho menos cambiarlo. Él es como es. No es el tipo de hombre que alguna vez le será fiel a una mujer. Si lo amas, como pensé que lo hacías, es posible que eso no te importe. Sin embargo, el hecho de que lo echaste indica que sí importaba y que tal vez, solo tal vez, no lo amabas tanto como todos suponían que lo amabas."

"Quizás eso sea algo bueno."

"Si no pudo hacerte feliz, es algo muy bueno", dijo Trixie con firmeza. "Encuentra a alguien que te haga feliz, querida. No me importa quién es ni qué hace, pero sé que serás más feliz con un compañero que estando sola."

"¿No es eso como las expectativas de mamá?" Lauren preguntó con una sonrisa.

"No, porque es una observación sobre ti, no sobre mí ni sobre nadie más. Hay personas que no necesitan a nadie, pero tú no eres uno de ellos."

Ella acababa de tener sexo con uno de ellos. Lauren lo tomó como una advertencia.

"Prosperas con la interacción social y el compañerismo, Lauren. Tal vez sea el momento de explorar nuevas opciones y oportunidades. Si amas lo que estás haciendo, es más probable que encuentres personas que contribuyan a tu felicidad."

Era una buena idea. Limpiar su apartamento fue solo el primer paso. Ella también necesitaba probar algunas cosas nuevas, más aventureras que seducir a Kyle, aunque ese había sido un buen primer paso. "No sueles dar tantos consejos."

"Tal vez debería haber hablado antes." Trixie palmeó la mano de Lauren. "No quiero verte herida, querida. Te amo demasiado para eso" Ella sonrió. "Pero me tranquiliza verte hoy. Hay un brillo en tus ojos que no había visto en mucho tiempo." Ella terminó su café. "A menos que me equivoque en mi suposición, estás teniendo mejor sexo".

"¡Abuela!"

"Oh, por el amor de Dios, todas las generaciones piensan que descubrieron el sexo y que es un gran secreto que tienen que ocultar a las personas mayores. ¿De dónde creen que vienen? Nadie cree esa tontería de que se encuentran bebés debajo de las hojas de la col." La abuela Trixie sonrió. "Si estás teniendo sexo y lo estás disfrutando, creo que es maravilloso."

Lauren se rió a pesar de sí misma. "Mamá no lo aprobaría."

"Pero ya no estamos hablando de Colleen. Estamos hablando de ti, querida, y de lo que te hace feliz. El sexo te hace feliz, así que lo apruebo." Ella hizo un gesto con la mano. "Asegúrate de tener mucho."

Lauren se rió de nuevo.

Su abuela la miró fijamente. "El mundo sería un lugar mucho más sereno si más personas tuvieran buen sexo. He estado convencida de ello durante mucho tiempo, el tiempo suficiente para que no puedas cambiar mi forma de pensar."

"¿Y qué hay de ti? ¿Estás teniendo buen sexo?

La abuela Trixie suspiró. "No desde que murió tu abuelo. Es mucho más complicado cuando eres mayor. Confía en mí y obtén tanto como puedas ahora. Pero hay un caballero encantador que parece estar en la tienda a la misma hora que yo muchos días. Él recomienda los rollos de col en la tienda de comestibles y sospecho que podríamos acordar compartir una comida de ellos algún día pronto." Ella pasó una mano por su cabello. "Solo quiero asegurarme de que él sepa en lo que se está metiendo", dijo ella en broma. "Empecemos. Tengo la edad suficiente para saber que es fácil dejar pasar la oportunidad."

Lauren asintió y sacó algunas fotos de su teléfono, mostrando a la abuela Trixie algunas opciones diferentes para colocar el color. Su abuela inmediatamente señaló un corte con muchas capas, una especie de corte sexy de duendecillo, y Lauren supo que sería perfecto.

———

EL SÁBADO POR LA NOCHE, Kyle estaba parado en su apartamento y miraba los colores que marcaban el cielo mientras el sol se ponía sobre Nueva Jersey. Ese cielo hacía que fuera demasiado fácil recordar una tarde en la playa de Santa Cruz, una tarde en la que la puesta de sol había sido aún más espectacular que esta.

Había sido un buen día y sería una noche perfecta, aunque él no lo había sabido de inmediato.

· · ·

EL SOL se estaba poniendo tan magníficamente como solo podía hacerlo en California, tiñendo el cielo de naranja y púrpura, y había un viento procedente del océano. Él estaba sentado en el bar de la playa con un trago de tequila. Él no había pedido dos, aunque esperaba que apareciera Lauren. Ella no había ido a la playa durante dos días y fue solo después de que estaba allí que él se preguntó si ella ya se habría ido de California.

Eso le preocupó.

Kyle sintió una oleada de alivio cuando ella entró en el bar, y sintió una sacudida cuando ella le sonrió.

Él parpadeó cuando vio que ella vestía un amplio vestido blanco. Eso la hacía lucir femenina y resaltaba su bronceado de una manera que le hacía preguntarse por qué su relación era platónica.

No era la primera vez que él se preguntaba eso en el transcurso de la semana, pero disfrutaba tanto de su compañía que no quería estropearla. Kyle sospechaba que su confianza en su presencia se debía a que no estaba coqueteando con ella, y no quería arriesgarse a perder eso.

Ella abandonó a sus supuestas amigas y se dirigió directamente hacia él, aparentemente tan aliviada como él.

"¡Hola!" Ella le dedicó una sonrisa alegre y robó la rodaja de limón junto a su copa, algo que se había convertido en un hábito. Sus ojos brillaron cuando ella la mordió y él supo que ella no se había perdido como él se estremecía.

"¿Cómo puedes hacer eso?"

"Fácilmente." Ella hablaba lentamente como si él fuera un tonto, como siempre lo hacía cuando se burlaba de él. "Lo tomo con una mano, así como así, luego muerdo..."

"No, quiero decir, ¿cómo puedes simplemente morder una lima? Son tan amargas."

Ella le dio una mirada irónica. "Me enseñaron a tomar lo agrio con lo dulce. ¿Realmente puedes vivir la vida solo con las cosas buenas?"

"No sé. Seguro que lo intentaré. Llámame dentro de treinta años y compararemos notas."

Ella rió. Ni siquiera habían intercambiado apellidos y él pensó que las posibilidades de que volvieran a verse eran tan pequeñas que no existían. Parecía que ella había llegado a la misma conclusión.

¿Le molestaba en absoluto?

Eso molestaba a Kyle.

"La lima es la mejor parte de beber tequila", dijo ella.

"De ninguna manera. Es la sal." Kyle lamió un poco de su vaso, luego terminó su tequila. Hizo una mueca, no porque se quemara por completo, sino porque eso siempre hacía que Lauren se riera de él. "¿Quieres uno?"

Ella negó con la cabeza y él también apartó el vaso. "Fui a bucear nuevamente hoy", dijo ella, y su sonrisa se volvió tímida de una manera muy interesante. Kyle no había podido evitar admirar cómo ella se veía en traje de neopreno y estaba bastante seguro de que ella lo había notado. "Gracias por llevarme la primera vez."

"No hay problema. Yo pensé que podría gustarte. Es un buen descanso del surf."

"Extrañé que estuvieras allí", admitió ella. "¿Cómo estuvo la boda?"

"Como siempre son".

Sus ojos se entrecerraron un poco mientras lo estudiaba. "¿Cómo es que tu mamá se casa con alguien que no sea tu papá?"

"Rutina", dijo Kyle. "Esta es la tercera vez."

Lauren no pareció creerle.

"Y eso no cuenta a los tipos intermedios, con los que no se casa."

"Pero tu papá..."

"Es exactamente lo mismo. Son iguales. Lo cual es un poco divertido, si lo piensas."

Ella parecía asombrada, lo que era un buen recordatorio de lo diferentes que tenían que ser sus expectativas. "No me suena gracioso."

"Pero así son las cosas". Incapaz de resistirse a tocarla, y queriendo cambiar de tema, Kyle presionó un dedo en la punta de su nariz, que todavía estaba un poco rosada. "Tendrás que mantenerte alejada del sol de nuevo mañana. ¿Qué es lo que quieres hacer?"

Ella se encogió de hombros. "Voy a ir al aeropuerto a primera hora. Nos vamos a casa mañana."

Kyle trató de ocultar su decepción, a pesar de que él mismo se dirigía de regreso al este en dos días. "¿Cómo lo olvidé?"

"Quizás te estabas divirtiendo". Ella lo desafió un poco, lo suficientemente segura como para presionarlo, pero todavía queriendo algo de tranquilidad. Él se preguntó cuántos corazones rompería ella en lo que quedaba del período universitario.

Muchos.

"Yo me estaba divirtiendo", dijo él. "¿Tú?"

Ella asintió. "Definitivamente."

"Entonces mi trabajo aquí está hecho." Él sacudió la cabeza, fingiendo estar consternado. "Y volverás al frío noreste, justo cuando tu tatuaje se esté curando y puedes lucirlo."

Ella le dio un golpe en el hombro. No te burles del acebo. Sé que es una tontería."

"No", dijo él, bajando la voz. "Es realmente lindo".

"¿Lindo? No quiero ser linda." Ella miró por encima del bar y a la playa, luego se acercó más a Kyle. Su brazo chocaba contra el de él mientras se apoyaba en la barra a su lado. Él podía oler su loción corporal, algo floral, y debajo de ella un aroma almizclado que era todo ella. Él contuvo el aliento, se despertó y luchó por ocultar su reacción. Se sentía como un abuso de confianza.

Ella lo miraba de cerca, su expresión seria. "¿Es por eso que no has venido a verme esta semana? ¿Porque soy linda, como un cachorro?"

Kyle negó con la cabeza. Él siempre había creído que la honestidad era la mejor política y no iba a mentirle a la muchacha más intrigante que había conocido en mucho tiempo. "No. Eres mucho más que linda. Eres hermosa y divertida e inteligente."

Ella frunció el ceño solo un poco. "Pero no entiendo…"

Él dejó caer un dedo sobre su boca para silenciarla, el calor se agitó dentro de él ante la suavidad de su labio. "Pensé que querías tener una especie de hermano mayor."

"Ya tengo un hermano mayor, gracias."

"No sabía eso. No quería asustarte."

"¿Por qué no?" Sus ojos estaban muy abiertos, un millón de tonos de verde, y el movimiento de su boca bajo su mano era electrizante. No había duda de que ella estaba consciente de él, no cuando él podía ver el calor en su expresión.

Era hora de un poco de honestidad.

"Porque entonces no habría posibilidad de esto", admitió Kyle, luego lentamente reemplazó la punta del dedo con la boca.

Lauren jadeó sorprendida, pero no conmocionada, luego su mano aterrizó en su hombro. Él saboreó el jugo de lima en sus labios, pero curiosamente parecía dulce en lugar de amargo. Él sintió sus dedos apretar su camisa y luego ella abrió la boca para él, invitando a su toque de una manera que era irresistible.

Una seductora inocente.

Y ella era toda suya.

Kyle inclinó su boca sobre la de ella, moviéndose lentamente porque todavía pensaba que ella podría alejarlo. Él profundizó su beso, sonriendo contra su boca cuando ella hizo un pequeño sonido incoherente de rendición y se acomodó en sus brazos.

Él se dio vuelta, todavía encaramado en el taburete de la barra, y ella se inclinó contra él, entrelazando sus brazos alrededor de su cuello y apoyando su vientre contra su erección. Entonces Kyle fue el que recobró el aliento, porque era perfecta y él la deseaba tanto. Ella se rió un poco, con un brillo de satisfacción muy femenino en sus ojos cuando se apartó para mirarlo.

"Te gusto."

"Oh, sí", murmuró Kyle. "¿Cómo no ibas a hacerlo?"

Ella sonrió entonces, lanzando una mirada sobre él que la hizo sonrojarse un poco cuando vio su efecto en él. "Me alegro", admitió ella con voz ronca. "Mira, tú, um, dijiste cuando nos conocimos que si el sexo no era divertido, debo estar haciéndolo mal".

"Creo que lo hice."

Sus ojos brillaron. Su sonrisa era bromista. Él esperó, dejando que ella hiciera la pregunta que él más deseaba escuchar. Ella respiró hondo y sus siguientes palabras salieron tan rápido que él supo que estaba siendo inusualmente impulsiva. "¿Quieres mostrarme cómo hacerlo bien?"

"Puedes apostar eso". Él entrelazó sus dedos y pagó el tequila, luego la llevó lejos de la barra.

"Pensé que ibas a decir que sería un placer para ti", dijo ella.

Kyle rió. "No, la cuestión es que me aseguraré de que sea para ti."

Ella se rió con él, tan llena de confianza y vivacidad que su corazón se apretó. Sería una noche, pero él la haría inolvidable.

KYLE HABÍA HECHO PRECISAMENTE ESO. El recuerdo lo había perseguido a intervalos a lo largo de los años, como una especie de piedra de toque de lo bueno que podía ser el sexo. Lento y dulce. Como si el resto del mundo hubiera desaparecido y el tiempo se hubiera detenido. Como si nunca tuvieran suficiente el uno del otro.

Él nunca había esperado tener una segunda noche años después, mucho menos una tercera, pero ahora que lo había hecho, no podía evitar sentir que lo había echado a perder y había dejado escapar algo realmente especial.

Pero eso era una locura. Los tigres no cambiaban sus rayas.

Kyle estaba bastante seguro de que le quedaba un poco de tequila. Él no había bebido nada en años, pero no le salía mal, y esa noche era lo único que quería.

Bueno, no es lo único, pero él podría tomar el tequila.

Lauren se había ido para siempre.

Kyle se recordó a sí mismo que era mejor así, luego fue a buscar el tequila.

SIETE

Ty llamó a Lauren bien temprano el domingo por la mañana.

Lauren pensaba que su hermano simplemente repetiría su invitación a cenar, pero era un día lluvioso y un clima perfecto para continuar con su plan de limpieza. Ella ya estaba trabajando en el armario. El vestido rojo estaba colgado en el baño, en la zona de indecisos.

Importaba que a Kyle le gustara, aunque no debería importar.

"¿Tomando el hábito de mamá?" preguntó ella a modo de respuesta. "Son las ocho en punto."

Ty se rió entre dientes. "Termina siendo una regla de la casa", reconoció fácilmente.

"No he cambiado de opinión sobre salir hoy. Gracias por la invitación, pero tengo mucho que hacer."

"No es por eso que estoy llamando".

Lauren frunció el ceño ante su tono serio. "¿Qué ocurre?"

"Quizás nada." Ty estaba siendo cauteloso, lo que nunca era una buena señal. "Solo quería ver si estabas bien."

"Bien. Estupenda. La abuela Trixie tiene el pelo de sirena y le queda genial. Alfred quedará deslumbrado o huirá, que es más o menos su plan."

"¿Alfred?"

"Un caballero encantador que está dando vueltas." Ty se rió entre dientes y Lauren escuchó a Shannyn decir algo en el fondo. "Obviamente tienes otras cosas que hacer. ¿Qué pasa?"

"Lo siento. No quiero entrometerme... "

Oh, eso no sonaba prometedor. "Pero lo harás." Lauren cruzó los brazos sobre el pecho. "Adelante. Escúpelo."

"Quizás ya lo sepas".

"No creo que lo sepa."

"Mark fue a F5F el viernes por la noche para pelear con Kyle."

"¡Oh no!" Lauren se sentó con fuerza. "¿Alguno de ellos resultó herido?"

"Sobre todo su orgullo. Escuché que Kyle recibió un puñetazo en la nariz."

"Dudo que Mark se haya marchado ileso."

"No. Pero lo que pasa es que acusó a Kyle de romper tu matrimonio para poder acostarse contigo."

"Ah."

"Y Kyle prácticamente admitió que se estaba acostando contigo, lo que significa que está rompiendo una promesa conmigo de dejar a mis hermanas en paz."

Lauren se erizó. "¿Y tú, como mi hermano mayor y policía de moralidad, me llamas para decirme que cese y desista de cualquier actividad íntima con Kyle?"

"Estás ofendida." Él sonaba desconcertado. Lauren escuchó a Shannyn decir "Te lo dije", lo que la hacía aún más su futura cuñada.

"Puedes apostar que estoy ofendida", respondió Lauren. "Con quien salgo, cuándo, dónde y por qué no es asunto tuyo, Tyler."

"Simplemente no quiero verte lastimada."

"Bueno, es un poco tarde para eso. En caso de que te perdieras el memo, mi esposo tuvo relaciones sexuales con otra persona fuera de los baños en F5F."

"No puedo creer que dejé que Kyle te contara eso. Debí haberlo adivinado..."

"¿Porque Kyle solo se ofrecería a ser portador de malas noticias si hubiéramos tenido intimidad? ¡Ty! Él estaba siendo un amigo."

"Lauren, solo es que sé cómo es Kyle..."

"Y yo también, muchas gracias. No tenías por qué insistir en que te hiciera una promesa sobre tus hermanas."

"Bien..."

"Y de todos modos no importa porque yo lo llamé."

"Eso es lo que él dijo. ¿Pero por qué?"

"¡Porque sé cómo es!" Lauren se dio cuenta de que Tyler estaba asombrado y sintió un poco de compasión por él. Después de todo, él estaba tratando de protegerla a ella y a sus hermanas. Su corazón estaba en el lugar correcto. Ella continuó en un tono más suave. "Tal vez no sepas todo sobre todos, Ty, y tal vez deberías ajustar tus suposiciones en consecuencia."

Hubo una larga pausa. "Está bien", dijo Ty, luego se aclaró la garganta. "Lo siento. Este no es mi problema y no debería haber intervenido. Sólo estaba..."

"Estabas siendo el hermano mayor que siempre has sido", dijo Lauren, luego suspiró. "La cosa es, Ty, que ya no soy una niña pequeña que necesita un campeón."

"Lo sé pero..."

"Está bien. Sé que tenías buenas intenciones. Pero no fue una relación, fue solo una aventura, y fue bueno para lo que era, y yo entré con los ojos bien abiertos. Kyle es un buen hombre y me alegré de tenerlo para poder llamarlo. Yo no me sentía ni muy fuerte ni atractiva, pero ahora lo estoy."

"Está bien", Ty no parecía del todo convencido, pero Lauren sabía que él se estaba retirando. "Supongo que también debería disculparme por decir que no tenías otros secretos que pudieran sorprender a mamá."

Lauren se rió. "Bueno, no la sorprendas con esta verdad."

"¿Yo? No. Tengo un repentino deseo de elegir accesorios de baño."

"Suena como un plan. ¿Cómo va la renovación?"

"Cuesta más de lo previsto y va a llevar más tiempo de lo esperado, pero Shannyn está loca por convertir la casa en una residencia unifamiliar nuevamente."

Lauren sonrió, porque eso era lo fundamental para Ty. "Deberías estar lo suficientemente ocupado siendo su campeón", se atrevió a sugerir ella y su hermano se rió.

"Tienes razón, por supuesto. Las he estado cuidando a todas durante tanto tiempo que es un hábito difícil de romper. Considéralo hecho ahora, pero siempre puedes llamarme si lo necesitas."

"Lo sé. Gracias, Ty."

"Hablando de eso, tengo un favor que pedirte."

"¿Y esta era tu forma de llevarlo a cabo?" bromeó Lauren.

"No." Ty se rió entre dientes. "Me sigo olvidando de preguntarte."

"Debe ser una bueno."

Él bajó la voz y ella supuso que Shannyn no debía oír eso. "¿Recuerdas esas cajas de libros que solías hacer? ¿Todavía haces eso?

Lauren sonrió ante el recordatorio de su pasatiempo abandonado. Ella había tomado un curso sobre cómo hacer libros a mano, lo que la había llevado a hacer cajas que parecían libros y tenían un tema. "No lo he hecho por un tiempo."

"¿Considerarías hacer uno para mí, para Shannyn?" Susurró él y ella tuvo que esforzarse para escucharlo. "Quiero sorprenderla con nuestro viaje de luna de miel de una manera especial, y todo lo que puedo pensar es una de esas increíbles cajas que solías hacer."

"¿A dónde vas de luna de miel?"

"La llevaré a París por dos semanas. Es una sorpresa."

"Tú eres su campeón."

"Ella siempre ha querido ir, evidentemente, y yo tampoco he estado nunca."

"Entonces, lo estás arreglando para ella."

"Exactamente." Ty vaciló. "¿Qué opinas? No quiero simplemente entregarle los billetes de avión o enviarle un itinerario por correo electrónico. Me gustaría hacerlo con estilo."

Lauren sonrió. "Tú haces todo con estilo. Estaré feliz de ayudar."

"Cualquier cosa que necesites, házmelo saber. Cueste lo que cueste, házmelo saber."

"Sobre todo es cuestión de tiempo, Ty".

"Entonces te pagaré por eso."

"Lo sé. Gracias, Ty. Este es justo el desafío que necesito en este momento."

"¡Bien!"

Después de que él colgó, Lauren tamborileó con los dedos sobre la encimera. Ella supuso que el hecho de que Mark hubiera estado lo suficientemente enojado como para iniciar una pelea podría significar que existía la posibilidad de que su matrimonio fuera reparado. Lo correcto sería llamarlo y hablarlo. Sin embargo, ella no podía descartar los comentarios de la abuela Trixie y sospechaba que su abuela tenía razón sobre la naturaleza de Mark.

Además, Lauren quería pasar el día tranquilo para arreglar el apartamento. Ella quería encontrar sus materiales de creación de libros ahora y empezar a pensar en esa caja de regalo para Ty.

Ella no quería llamar a Mark. Ella ni siquiera quería salvar su matrimonio, y eso la hacía sentir un poco malvada. El hecho era que Lauren estaba disfrutando de tener su apartamento y su vida para ella otra vez.

La abuela Trixie le había dicho que tomara las decisiones que la hicieran feliz, no las que se esperaban de ella. A Lauren se le ocurrió que solo lograba hacer eso con Kyle.

Ella siempre le pedía lo que quería a él.

Tal vez ese era su súper-poder, sacar a relucir sus verdades ocultas.

Ella se sirvió una taza de café y recordó esa primera noche mágica.

ELLOS NO PODRÍAN HABER IDO a la habitación del hotel que Lauren compartía con Mandy y Grace, pero ni siquiera había necesidad de hablar de eso. Kyle tenía su propia habitación de hotel, una de esas suites con cocina y sala de estar.

Y él tenía razón sobre el sexo.

Él se tomó su tiempo para probárselo.

Después del sexo más increíble que había tenido, Lauren tomó prestada la camisa de mezclilla que él había estado usando mientras ordenaba algo de comida.

Se sentaron en la pequeña mesa del comedor comiendo tempura y Lauren pensó que nada podría ser más perfecto. "¿Vas a decirme tu apellido ahora?" bromeó ella, su sonrisa se desvaneció cuando Kyle negó con la cabeza.

"No."

"¿Por qué no?"

"¿Por qué habría de hacerlo?"

Lauren sospechaba que ella parecía abatida, porque lo estaba.

Kyle hizo a un lado su cena y se inclinó sobre la mesa, sosteniendo su mirada con una intensidad que se había vuelto familiar. "No tiene sentido", dijo él suavemente.

"No veo por qué lo mantendrías en secreto..."

"Porque pensarás que esto es un comienzo, pero es un final."

"Quieres decir que todo lo que querías era sexo", dijo ella, devastada. Ella se habría levantado de la mesa, pero Kyle le cogió la mano.

"Porque todo en lo que creo es el ahora mismo."

"Pensé que eras diferente a los demás."

"Lo soy. Nunca te mentí."

"Pensé que esto era algo especial."

"Fue algo especial. Por eso hay que protegerlo ".

Ella lo miró con recelo. "¿Qué significa eso?"

"Significa que he estado viendo las relaciones desintegrarse toda mi vida, y decidí hace mucho tiempo que no iba a jugar ese juego. Quiero la mejor parte, siempre, y evitaré la parte de mierda."

"No sabes que va a haber una parte de mierda."

"Sí lo sé" Él habló con una resolución que Lauren pensó que era realmente triste.

"Tal vez sea auto-infligido", dijo ella. "Tal vez porque crees que terminará, lo hace."

Kyle negó con la cabeza. "No creo que importe cuáles sean las expectativas de nadie. Las relaciones siempre van de la misma manera, tarde o temprano." Él le sonrió. "Y yo evitaré esa parte, gracias de todos modos."

"Esto podría ser diferente", dijo ella, incapaz de detenerse a pesar de que adivinaba lo que él diría.

"Y si nos marchamos ahora mismo, podemos aferrarnos a esa creencia, aunque sé que no es verdad." Él limpió la mesa, sus gestos llenos de determinación. "Vete a casa, Lau, y enamórate de alguien que te merece."

"Pero..."

Kyle levantó una mano y ella guardó silencio. "No soy yo. Ambos lo sabemos. Esto fue divertido. Fue asombroso. Y esta noche es cuando termina." Él la miró con una sonrisa. "Siempre te recordaré así, con mi camiseta, luciendo tan increíble que me dejarás sin aliento." El corazón de Lauren se apretó con fuerza. Él podría haberla besado entonces, y podría haberla seducido de nuevo, pero Lauren no estaba interesada en el compromiso que ofrecía.

Ella se dio la vuelta y se quitó la camisa, arrojándola sobre la cama. Ella se vistió rápidamente y se habría ido, pero cuando se dio la vuelta, Kyle también estaba vestido.

"Te acompañaré de regreso a tu hotel", fue todo lo que dijo él.

Ella odiaba que él no fuera a discutir con ella, luego se enojó consigo misma por esperar que él hiciera algo diferente a lo que él había dicho que haría.

PERO ÉL SIEMPRE LO HACÍA.

Quizás la honestidad era menos aceptable de lo que la gente pensaba.

Ella prefería que Kyle hubiera sido sincero con ella sobre su futuro, a pesar de que no había sido fácil de escuchar en ese momento. Lo que realmente quería hacer esa mañana era volver a hablar con él y escuchar su versión de los hechos.

Quizás más que eso.

Antes de que ella pudiera cambiar de opinión, siguió el consejo de su abuela e hizo lo que la haría feliz, no lo responsable, ni lo que su madre hubiera esperado que hiciera.

Lauren llamó a Kyle.

LA NARIZ de Kyle dolía como el infierno. El hematoma era espectacular, sobre todo alrededor de un ojo. Él se había despertado con un púrpura floreciente el sábado por la mañana. Su nariz estaba hinchada y sensible. Él estaba tan sorprendido por su propia apariencia que se tomó el fin de semana libre y miró películas solo.

Él dio un salto cuando sonó su teléfono el domingo por la mañana y no pudo negar la oleada de placer cuando vio que era Lauren. Él no debía atender la llamada y lo sabía, pero no pudo resistirse. "Hola."

"Hola," respondió Lauren. "Escuché que fuiste herido en el cumplimiento del deber".

Él se sintió sonreír, solo porque ella lo había llamado. El sonido de su voz hacía que todo fuera mejor. "Defendiendo a otra damisela en apuros, ese soy yo."

"Yo no estoy en apuros."

"Oh, pero podrías haberlo estado, si lo hubieras escuchado."

"¿Debería sentirme halagada de que ustedes dos estuvieran peleando por mí?" Su tono era ligero y burlón, lo que lo hizo sonreír.

"Creo que en realidad estábamos peleando por mí."

Lauren se rió. "¡Tú crees que todo se trata de ti!"

"El problema de él era que yo me estaba acostando contigo, así que, en este caso, creo que se trataba de mí."

"¿Y lo confirmaste?"

Kyle hizo una contorsión, luego hizo una mueca porque le dolía. "No pude resistirme. Le dije que nadie durmió esa noche."

Lauren se rió de nuevo. "Bueno, será bueno para él pensar que él no es el foco de mi mundo, y mucho menos indispensable."

Kyle se detuvo ante eso, luego preguntó lo que más quería saber. "¿Crees que volverán a estar juntos?"

"No, en realidad no, pero yo debería hablar con él al respecto." Su tono era pensativo. "No puedo esquivarlo para siempre y si nos separamos, tendremos que hablar sobre el divorcio."

Kyle asintió, sintiendo que el silencio era dorado en ese momento.

Sin embargo, él no quería terminar la llamada.

Y Lauren se dio cuenta. "Entonces, ¿estás bien? No pareces muy hablador."

"Demasiado tiempo solo", admitió él. "Es bueno escuchar tu voz."

"No hago sexo por teléfono, sabes", bromeó ella.

"Tu podrías intentarlo. Por mí." Él se alegró cuando ella se rió de nuevo.

"Pero espera, pensé que te gustaba estar solo en tu isla. Soledad y tranquilidad."

"Me gusta o me gustaba", admitió Kyle. "Pero luego esta sirena comenzó a cantar desde las rocas y desafió mis suposiciones."

"¿Una sirena? ¿Cómo la sirena de un camión de bomberos?

"Como una sirena. Una mujer hermosa con una canción encantadora." Él se aclaró la garganta. "Camina en belleza, como la noche; de climas despejados y cielos estrellados; y todo lo mejor de lo oscuro y lo brillante, se encuentran en su aspecto y sus ojos. Así suave que esa tierna luz, que el cielo niega a los días llamativos."

Lauren no respondió y Kyle se preguntó si había dicho demasiado.

O tal vez Byron lo había hecho.

Él había pasado demasiado tiempo solo ese fin de semana.

Él cambió de tema rápidamente. "¿Cómo está tu abuela?"

"¡Estupenda!" Lauren respondió con un alivio tan obvio que Kyle supo que no debería haber citado el verso.

Lauren lo llamaba sobre sexo y solo sexo.

Él necesitaba recordar eso.

De hecho, la comprensión le hizo enderezarse, porque ella había llamado. Él había pensado el jueves por la noche que nunca volvería a saber de ella. Quizás Mark le había hecho un favor.

"Me gusta mucho el nuevo color de su cabello", dijo ella entusiasmada. "La hace parecer más joven y tan juguetona como ella es. Ella está viendo a un hombre en el mostrador de comestibles. Tuvimos un buen día."

"Bien."

"¿Y cómo están tus heridas de batalla?"

"¿Vas a ofrecer curarlas con tus lágrimas?" Él mantuvo su tono burlón.

Lauren se rió de nuevo. "No. Sin embargo, me siento un poco responsable."

"No lo hagas. Ya me curaré. Y siempre me han dicho que el púrpura es un buen color para mí."

"¿Los moretones ya se están poniendo verdes? Me encanta esa parte."

"No. Todavía tengo eso que esperar."

Su tono era travieso cuando continuó. "Tal vez debería pasar por ahí y tomar algunas fotos."

"No habrá evidencia fotográfica". Kyle se mantuvo firme.

"Pero cuando vayas a trabajar, alguien te tomará fotos."

"Me tomaré la semana libre."

"¿Así de mal? Tal vez debería ir a visitarte."

"Bueno, ya que no practicas sexo telefónico..." dijo Kyle, dejando que su voz se arrastrara sugestivamente.

Lauren se rió de nuevo, pero no dijo que no lo haría. Kyle se animó. "¿Cuál es tu situación de comestibles?"

"Apenas es miércoles y he estado aquí todo el fin de semana, en lugar de estar fuera de casa. Las cosas se están poniendo espantosas." Él suspiró, jugando por simpatía. "Puede que tenga que recurrir a las lentejas."

"Escuché que son muy buenas para ti."

"Pero no me gusta ser bueno. Es más divertido ser malo."

Ella rió de nuevo. "Debes estar harto de cocinar para ti mismo. Siempre lo hago cuando estoy solo en casa." Ella vaciló y él esperaba que pudiera obligarla a tomar la decisión que él quería que ella hiciera. "Si puedes soportar la idea de comida para llevar, te llevaré algo para cenar."

"Trato", dijo Kyle de inmediato.

"Ese fue un acuerdo rápido. Subiré la apuesta y amenazaré con llevar comida china, tal vez incluso Szechuan con todas las deliciosas cosas fritas."

"De acuerdo."

"¿No te preocupa tu ingesta de grasas?"

"Planeo quemar cada caloría antes de que te vayas." Allí. Él lo había dicho.

Lauren se rió, pero Kyle pudo escuchar que ella estaba complacida. "Supongo que eso significa que no hay otras lesiones de las que deba ser advertida", dijo ella. "¿No más heridas críticas?"

Este día estaba cambiando a lo grande.

"Sólo mi nariz", dijo Kyle. "Suerte para ti."

"¿Suerte para mí o para ti?" se burló ella, dejándolo sonriendo mientras terminaba la llamada. Él se dirigió a la habitación para limpiarse y se vio en el espejo. Él parecía emocionado. Lleno de anticipación, a pesar de sus magulladuras.

Aunque esa sería la tercera vez que ella estaría dentro de su apartamento.

Kyle se puso serio. Bueno. Sus muros cuidadosamente construidos se estaban derrumbando rápidamente. Había llegado el momento de salvar la situación antes de que fuera demasiado tarde. Él sabía que no era bueno para Lauren. Él sabía que no podía decirle que no. Él la deseaba una y otra y otra vez, y cada vez que ella le preguntaba, él aceptaba lo que ella quisiera.

Entonces, el truco para asegurarse de que él no fuera el próximo imbécil en romperle el corazón era asegurarse de que ella dejara de pedirle algo.

No era la perspectiva más feliz, pero Kyle iba a hacer lo correcto. Él apoyó las manos en las caderas y miró alrededor de su apartamento. Lau era conservadora. Ella se había mostrado reacia a la sugerencia de que usaran juguetes sexuales.

Lo que significaba que Kyle sabía exactamente cómo desalentar su interés en tener más sexo con él.

ERA bueno que Lauren supiera que el sexo era lo único que Kyle quería de ella, o de cualquier mujer.

Sería demasiado fácil esperar más, a pesar de lo que él había dicho. Ella debería saberlo mejor. Después de todo, ella había cometido ese error una vez antes.

Ella se recordó a sí misma esa reunión de hace mucho tiempo en F5F, cuando el club había abierto, y la forma en que él se había apartado, como si fueran extraños. Esa relación no tenía futuro, aunque fuera muy divertida. Iba a terminar incluso más rápido que su matrimonio con Mark y exactamente por la misma razón.

No. Cuando Lauren se enamorara de nuevo, sería de un hombre que la apreciara para siempre y ni siquiera mirara a otra mujer.

Suponiendo que existiera tal hombre.

Ella se preocuparía por eso después de que Kyle la hiciera sentir viva una vez más.

A pesar de que había jugado con sus expectativas el jueves por la noche, ella no iba a abrirse camino a través de todas las posibilidades solo para seguir viéndolo. (Aunque ella consideró esa posibilidad por un minuto).

Esa noche, Lauren sería ella misma y nadie más, y si Kyle no quería eso, bueno, que así fuera. Sus caminos podrían separarse de nuevo.

Ella llevaba vaqueros y una camisa lisa. Su lencería era práctica de algodón blanco, sin volantes, ni provocación. Sin maquillaje y con el pelo recogido en una cola de caballo. Ella no era una sirena de ninguna manera. Lauren sonrió mientras se ponía las botas y el anorak, reconociendo que tal vez no terminaría teniendo sexo con él en absoluto.

Eso estaba bien. Rompería el hechizo.

Ella cambió de opinión acerca de la comida y pidió del nuevo lugar tailandés que tenía la intención de probar. El menú estaba más en línea con lo que Kyle solía comer y ella misma estaba lista para un cambio. Su orden tardó un poco más en prepararse, pero olía divina cuando ella la recogió.

Todavía estaba lloviendo a cántaros y ella había corrido desde su edificio hasta el restaurante, pero una vez que tuvo la comida, tomó un taxi. Era demasiado manejar la bolsa de comida para llevar y su paraguas, y para cuando caminara hasta la casa de Kyle, la cena estaría fría. La ciudad era gris y las calles resbaladizas, las nubes colgaban bajas sobre su cabeza. También hacía un poco de frío.

Kyle le abrió a Lauren de inmediato. En el ascensor, ella admitió lo emocionada que estaba de volver a verlo. No se podía negar que su corazón latía un poco más rápido, que ella se sentía enrojecida, que había una calidez bienvenida en su interior en anticipación de lo que probablemente harían.

Ella podría haber vuelto a tener dieciocho años.

Pero ella no era tan inocente.

Lauren sonrió, reconociendo el efecto de Kyle en ella. Sus reglas sobre permitir que la gente visitara su apartamento debían ser más laxas de lo que él había indicado, dado que esa era su tercera visita en menos de una semana. Se estaba convirtiendo en un hábito, uno que ella no quería romper, pero sabía, por el bien de su corazón, que esa debería ser su última visita.

AL TOQUE DE LAUREN, la puerta del apartamento de Kyle se abrió silenciosamente y ella contuvo el aliento ante la vista. El apartamento estaba a la sombra, iluminado sólo por el resplandor de docenas de velas parpadeantes. La lluvia golpeaba contra las ventanas y el agua salpicaba el cristal, oscureciendo la vista.

Era romántico y seductor, una cueva privada para la seducción. Una cosa era segura: Kyle no era sutil al dejar claras sus intenciones.

Lauren amaba eso.

Ella entró en el apartamento, encantada con sus preparativos.

La puerta se cerró de golpe y ella sintió la presencia de Kyle detrás de ella justo antes de escuchar el cerrojo cerrar la casa. Ella iba a comentar sobre las velas, pero de repente le cubrieron los ojos con un trozo de tela y en su lugar ella jadeó. Kyle le vendó los ojos rápidamente, la giró en su lugar y luego le quitó la bolsa de comida de las manos.

"No te muevas", susurró él y el abanico de su aliento contra su oído la hizo temblar.

Los labios de Lauren se separaron mientras él se alejaba. Ella no podía oír bien sus pasos, pero sentía su ausencia. El golpeteo de la lluvia parecía más fuerte y ella podía oler las velas. Ella respiró hondo su esencia de vainilla justo cuando Kyle regresaba. "¿Animando las cosas?" preguntó ella, su voz un poco sin aliento.

"Pensé que podríamos probar algo diferente", murmuró él, levantando su barbilla con la punta de un dedo.

"No quieres que te vea la nariz", acusó ella.

"¡Quieta!" le ordenó él, sus labios rozaron los de ella con tanta ligereza que ella se quedó hormigueando y hambrienta de más. Entonces él la besó con más determinación, sus manos enmarcando su rostro de una manera posesiva y protectora. Lauren se sintió abierta a él y a su caricia. Parecía que sus sentidos aumentaban cuando ella no podía ver.

Su beso se volvió juguetón tan pronto como ella le respondió, un poco esquivo, como si quisiera burlarse de ella. Ella lo alcanzó, pero él la agarró por las muñecas, una en cada mano, y le impidió tocarlo.

"Manos entrelazadas a la espalda", le ordenó él, instándola a adoptar la postura. "Esta noche, eres el objeto del deseo."

"¿El deseo de cualquiera?" preguntó ella porque no pudo resistir.

"Sólo mío."

"Pero..."

Su boca rozó con brusquedad la de ella. "Shh. No seas traviesa todavía."

"¿Por qué?"

"Porque tendré que azotarte ahora, por supuesto, en lugar de más tarde." Él hizo una pausa cuando ella se enderezó un poco y ella casi podía sentirlo estudiándola. Su voz se volvió sedosa. "¿Te gustaría eso?"

"No lo sé."

"Hay una primera vez para todo", murmuró él y Lauren se estremeció de anticipación.

"Supongo que sí". A ella se le hizo un nudo en la garganta, pero mantuvo la pose según las instrucciones. Sus sentidos estaban alerta, esperando a Kyle, sin saber qué haría, pero queriendo más.

Ella se dio cuenta de que confiaba en él por completo.

El roce de sus dedos a lo largo de su mandíbula la dejó temblando de necesidad y ella sintió que sus pezones se hinchaban. Él desató su bufanda, deslizándola fuera de su cuello para que la seda fluyera sobre su piel. Lauren no sabía adónde había ido. Quizás la había colgado. Quizás la había tirado al suelo. A ella realmente no le importaba. Él le bajó la cremallera del anorak, se lo pasó por los hombros y su peso cayó hasta amontonarse en sus muñecas.

"Déjalo caer", murmuró él contra sus labios.

Lauren hizo lo que le indicaron, juntando las manos con fuerza de nuevo una vez que la chaqueta cayó al suelo. Los labios de Kyle continuaron mordiendo los de ella, atormentándola con esos besos ligeros. Ella se estaba derritiendo, un latido de necesidad crecía dentro de ella.

El calor de sus manos aterrizó en la parte delantera de su camisa, sus dedos rozaron su piel. Él desabrochó cada botón tranquilamente, dejando un rastro de besos por su garganta y pecho. Lauren echó la cabeza hacia atrás, rindiéndose a su caricia. Él se la pasó por los hombros para que se deslizara hasta sus muñecas.

"—Déjala caer" —ordenó de nuevo él y ella soltó las manos el tiempo suficiente para que se le cayera la camisa. Ella se había remangado antes y, aunque las había desenrollado para ponerse el anorak, los puños no estaban abrochados. Ella escuchó la camisa caer sobre su chaqueta, apilada contra la parte de atrás de sus piernas. El aire estaba frío en su piel y los labios de Kyle estaban calientes.

Se sentía como si ellos estuvieran solos en el mundo. Los sonidos de la ciudad eran lejanos y silenciosos. Sobre todo, ella escuchaba la lluvia, el chisporroteo de las velas, el ritmo constante de la respiración de Kyle. Era embriagador tener toda su atención así. Una mano fuerte ahuecó su pecho, su pulgar acariciando el pezón a través de su sostén.

"Te gusta esto", susurró él contra su piel, luego pellizcó su tenso pezón.

"Me gusta," admitió Lauren, al escuchar que su voz era ronca.

Él desabrochó la parte delantera de su sostén y se lo colocó sobre los hombros también, dejando al descubierto sus pechos. De nuevo, ella lo sintió mirar y sus pezones se endurecieron aún más. Ella dejó caer el sujetador al suelo también, luego juntó las manos de nuevo. El cabello de Kyle rozó su piel, advirtiéndole justo antes de que él tomara su pezón con la boca. Lauren jadeó y él le levantó el pecho con una mano y sujetó su espalda con la otra.

Cuando ella ronroneó de placer, él la succionó con mayor fuerza. Ella se arqueó hacia atrás, dejándolo soportar su peso. Ella sentía sus dientes rozar su pezón y su lengua acariciarlo y se retorció un poco en su abrazo. Ella ya estaba mojada, caliente y hambrienta de él, y ella sabía que él lo sabía. Él la atormentó hasta que ella pensó que podría venirse, allí mismo en el vestíbulo, luego levantó la cabeza. Su pezón se sentía frío y se apretó aún más. Kyle la estabilizó sobre sus pies y desabrochó la parte superior de sus jeans.

Su pulgar presionó su ombligo, la presión y el calor de su mano se extendieron por su vientre, lo que hizo que Lauren se sintiera delicada y atesorada. Ella contuvo el aliento y saboreó su toque mientras él le bajaba los jeans y deslizaba los dedos por debajo del encaje de sus bragas. Ella se escuchó a sí misma gemir cuando él tocó el calor húmedo de ella y dio un pequeño paso hacia un lado para darle mayor acceso.

"A ti también te gusta esto", reflexionó él. Lauren logró asentir antes de que él le bajara las bragas. Él la hizo retroceder contra la pared, ahuecó su trasero en sus manos para levantarla hasta los dedos de los pies, luego cerró la boca sobre ella. Ella saltó, sobresaltada, pero Kyle la mantuvo cautiva con una mano, su lengua volviéndola loca, incluso mientras la ayudaba a quitarse los zapatos, los jeans y las bragas. Ella ni siquiera había salido del vestíbulo y ya estaba desnuda y completamente esclavizada.

Era celestial.

Ella abrió más los muslos mientras él se deleitaba con ella y ella se escuchó a sí misma gemir de placer.

"Malvada Lau", murmuró él contra ella, luego mordió su clítoris con los dientes y envió una oleada de fuego a través de sus venas. "Parece que tendré que darte una lección esta noche."

"Por favor, hazlo", se las arregló para decir ella y lo escuchó reír antes de que su boca se cerrara sobre ella de nuevo. Él era tan bueno en eso. Lauren deseaba que él se la comiera todos los días. Quizás dos o tres veces. Tener los ojos vendados parecía hacerlo aún mejor.

Ella estiró el dedo del pie, buscándolo, y sonrió cuando sintió la cadera de Kyle debajo de la planta de su pie. Ella deslizó su pie por la parte delantera de sus jeans y su sonrisa se ensanchó cuando sintió la cremallera y su erección tirando la mezclilla detrás de ella.

"A ti también te gusta esto", susurró ella, luego deslizó la punta del pie hacia arriba y hacia abajo lentamente hasta que sintió que él se estremecía. Él gimió contra ella y Lauren se rió, y le gustaba lo bien que podían volverse locos el uno al otro.

"Qué mal te portas esta noche", murmuró él, su voz baja y oscura de una manera que la hizo temblar. Creo que es hora de un pequeño castigo.

Lauren pensó que era un castigo suficiente ser objeto de burlas con tanto placer, pero Kyle claramente tenía otras ideas. Él la echó sobre su hombro y la llevó a alguna parte. Ella se sintió girar en el aire y se acercó a él, olvidándose de mantener las manos entrelazadas.

"Muy traviesa", agregó él justo antes de dejarla en el suelo y que ella sintiera el cuero frío contra su vientre. Había una alfombra bajo sus pies y ella supuso que la había inclinado sobre uno de los sillones del club. Ella sintió su pie entre sus tobillos, empujando sus piernas separándolas. "Separa los pies", ordenó él. "No los muevas o te ataré".

"¿Qué?"

"¡Silencio!" Él le estiró las manos hacia adelante, sobre la silla, de modo que ella agarrara la parte delantera de cada brazo. "De puntillas", dijo él, poniendo su mano en la parte baja de su espalda. "Arquea la espalda para que tu trasero esté en el aire". Su voz se endureció. "No te muevas".

Lauren abrió la boca para protestar, luego jadeó en voz alta cuando su mano chocó con la parte inferior de su trasero con un golpe. Él acarició el mismo lugar mientras ella aún estaba asombrada por el aguijón del golpe, deslizando el peso de su mano sobre el punto de impacto en una lenta caricia. Su mano se deslizó entre sus piernas y acarició su humedad, la presión de su dedo sobre su clítoris confundió su reacción.

Ella estaba más que excitada.

Ella sintió como si a todas las terminaciones nerviosas le hubieran llamado la atención. Su piel estaba hormigueando. Su vagina estaba ardiendo. Ella estaba acalorada y agitada y lista para más.

"Otra vez", susurró ella, y Kyle se rió entre dientes.

"Eres mala, chica mala", murmuró e incluso sus palabras la emocionaron.

El segundo azote y la caricia subsiguiente hicieron que Lauren frotara su vientre contra el suave cuero. Esta vez, Kyle trazó un dedo alrededor de su tatuaje. El tercero la hizo arquear la espalda, desesperada por más. El cuarto la hizo gemir bajo y profundo, un sonido que ella nunca había hecho antes, y que hizo que Kyle maldijera en voz baja.

"No te muevas", amenazó él de nuevo. "O te ataré donde te quiero."

Si no le hubieran vendado los ojos, Lauren habría corrido, solo para ver qué haría él.

Tan pronto como tuvo ese pensamiento, se dio cuenta de que sus manos no estaban atadas. Ella sería desafiante. Eso lo sorprendería. Kyle se había alejado y ella escuchó el cierre de sus jeans. Lauren aprovechó el momento para quitarse la venda de los ojos y luego correr.

Ella no podía ir muy lejos y no había posibilidad de escapar, incluso si hubiera querido escapar, pero le gustaba desafiar las expectativas de Kyle. Él maldijo cuando ella huyó hacia el dormitorio. Ella lo escuchó tropezar y miró hacia atrás para ver que todavía tenía una pierna en sus jeans.

Él corrió tras ella con una velocidad satisfactoria. En cierto modo, ella quería detenerse y mirar. Él era tan hermoso, sus ojos brillaban y su sonrisa era un problema. En cambio, ella corrió. Él la arrinconó en el dormitorio y la agarró, arrojándola sobre la cama mientras se quitaba la camiseta. Ella rodó sobre el colchón, pero él saltó alrededor de la cama y se encontró con ella en ese lado.

Él estaba listo para su desafío, aparentemente, porque tenía un trozo de tela. Él le ató las muñecas antes de que ella pudiera liberarse. Él tiró de sus muñecas por encima de su cabeza y ató la tela a la esquina de la cabecera. Lauren se sentía estirada y cautiva, además de expuesta.

Pero ni de cerca indefensa.

El nudo no estaba muy apretado. Kyle sonrió y la observó mientras luchaba contra sus ataduras. Él cogió un condón, claramente sin darse cuenta de que el nudo se estaba aflojando. Lauren tiró de sus manos libres con un gesto brusco y rodó por el colchón. Ella se rió de su sorpresa, luego volvió corriendo a la sala de estar. Kyle rugió tras ella, agarrándola por la cintura y cayendo al suelo, luego atrapándola debajo de él.

"Eres muy traviesa", dijo él, con los ojos brillantes.

"Te gusta de esa manera".

"Culpable de los cargos." Él la miró con una sonrisa. "¿Y a ti?"

"Sí." Ella lo observó por un momento. "Tienes razón. El púrpura es un buen color para ti."

Él gruñó y se sentó, arrojándola sobre su rodilla para tres azotes rápidos más en su trasero. Lauren se agitó en su agarre porque parecía ser de esperarse, y se sorprendió al descubrir cuánto disfrutaba él de su disciplina. Era la forma en que sus dedos se movían contra ella, mezclando el castigo con el placer. El contraste la emocionaba aún más y se preguntó cuánto durarían ambos. Ella movió las caderas, retorciéndose contra la mano de Kyle, deseando mucho más que sus dedos dentro de ella.

"Debería hacerte suplicar por ello", murmuró él.

"Debería hacerte pagar por esto", respondió ella y él se rió.

"Adelante", desafió él, y Lauren no necesitó una segunda invitación. Ella se movió rápidamente, girando para poder tomarlo en su boca de nuevo. Kyle gimió de una manera muy satisfactoria, demostrando que tampoco era inmune al poder de su juego. Ella logró solo unas pocas chupadas largas y lentas antes de que él soltara una maldición y la levantara de nuevo.

Esta vez él la echó sobre su hombro y la mantuvo atrapada contra su pecho mientras la llevaba de regreso al dormitorio. Él se apoyó contra ella mientras se ponía el condón. Ella se retorcía contra él, presionando sus caderas contra su hombro, y se sintió muy complacida cuando él murmuró una maldición. Él la dejó caer sobre la cama, luego se movió rápidamente para capturarla bajo su peso. Era exactamente donde Lauren quería estar, y ella le sonrió con satisfacción cuando él se enterró dentro de ella de un solo golpe.

Suspiraron al unísono.

Ella movió sus caderas. "Hechos el uno para el otro."

"Un ajuste perfecto", asintió Kyle fácilmente. El corazón de Lauren dio un pequeño salto, pero probablemente él le decía eso a todas.

La comprensión podría haberle quitado algo de calor al momento, pero él se inclinó para capturar sus labios con los suyos, provocándola con un beso completo que la dejó pensando en una sola cosa.

Kyle.

Él se preparó sobre ella. "Entonces, ¿no te importa que te sujeten?"

"Hace un poco sexy. Tal vez porque no estaba demasiado apretado."

Él dio una caricia larga y lenta, y ella supo que no era una coincidencia que su longitud se frotara contra su clítoris. "¿Porque podía escapar y lo sabías?"

"Quizás."

"¿Y las nalgadas?"

"Inesperado. Tentador ". Lauren sonrió. "No es realmente un castigo."

"Quizás lo estoy haciendo mal".

"Quizás deberíamos intentarlo de nuevo".

Entonces él se movió más profundamente dentro de ella y ella jadeó ante la sensación.

Eso era todo lo que importaba.

Ese momento.

Ese sentimiento.

Esa dulce unión.

Ella envolvió sus piernas alrededor de la cintura de Kyle, deseando todo lo que él pudiera dar y más. Esa sería la última vez. Ella lo sabía en su corazón y en su alma, y estaba decidida a saborear cada instante de su velada juntos. Ella respiró hondo el aroma de su piel y arqueó la espalda para que sus senos se frotaran contra su pecho. Le encantaba lo duro y fuerte que era él, lo gentil que podía ser, cómo sabía exactamente cómo enviarla a la luna.

Entonces Kyle hizo exactamente eso, sincronizando perfectamente, y Lauren se atrevió a desear, por un momento, algo que nunca podría ser.

UNA VEZ MÁS, Lau lo sorprendía.

Kyle estaba empezando a preguntarse si alguna vez sería capaz de anticipar lo que ella haría en absoluto. A ella le había gustado su sorpresa más de lo que él esperaba. Lo habían vuelto a hacer en la ducha, un hábito al que él podría acostumbrarse, luego ella reclamó esa vieja camisa de mezclilla e investigaron la comida para llevar. Se había enfriado un poco, pero la calentaron en el microondas antes de sentarse a comer a la luz de las velas.

La luz dorada la hacía lucir misteriosa y hermosa. Kyle podría haberla mirado toda la noche. Él estaba persiguiendo un fideo con sus palillos, preguntándose cómo conseguiría que ella dejara de llamar y sabiendo que no quería forzarla, cuando ella dejó sus propios palillos.

"Entonces, ¿quién se queda con la camisa?" preguntó ella.

Kyle miró hacia arriba. "¿Qué camisa?"

"Esta camisa. Obviamente no lo has estado usando y a mí me gusta. ¿Me la puedo llevar a casa?

Él se sentó, sorprendido e infeliz con la sugerencia. "¿Por qué no puede quedarse aquí?"

"Porque esto es todo, Kyle. Tú lo sabes y yo lo sé. Tres veces es mucho más de lo que esperaba cuando te llamé el miércoles pasado, pero ahora es el momento de seguir adelante."

"Y tú vas a llevarte mi camisa." Él se las arregló para sonar ofendido, pero la idea de no tenerla cerca le molestaba más de lo que sabía que debería.

"Un recuerdo de tres encuentros perfectos."

"Cuatro", corrigió.

"Cuatro", estuvo de acuerdo ella. "Por supuesto." Ella se puso de pie y empezó a recoger los platos.

"No tienes que hacer eso".

"Pareces molesto", dijo ella. "Pensé que te dejaría meditar solo. ¿No es eso lo que hicieron los poetas románticos del siglo XIX?

Kyle ignoró eso. "No estoy molesto".

"No has agotado tu almacén de juegos, así que quieres seguir jugando." Lauren negó con la cabeza. "Pero eso es todo, Kyle. Si necesitas refrescar las cosas conmigo para hacerlo nuevo jugando juegos, entonces también se acabó para ti. Sé que te gusta la variedad de mujeres y he disfrutado estas noches. Pero, en última instancia, necesito más que una conexión física."

"Yo sé eso."

Ella hizo una pausa para mirarlo. "Lo sabías desde el principio, pero me dejaste venir aquí."

Él se encogió de hombros. "Por supuesto. Sé que necesitas algo que no puedo darte. Me alegro de haber ayudado en el ínterin."

"No te ves feliz."

"Bueno, lo soy." Él forzó una sonrisa y se puso de pie, quitándole los platos vacíos de las manos. "Quédate con la camisa si quieres. ¿Quieres que te llame un taxi?"

Ella lo miró fijamente y él tuvo que apartar la mirada de la vulnerabilidad en su mirada. Ella lo estaba poniendo del revés. ¿Qué esperaba ella? ¿Que ella pudiera decir que se iba y que él prometería ser alguien que nunca podría ser? Él casi rompe un plato en el borde del fregadero en su agitación. Él seseaba que ella simplemente se fuera.

Él también deseaba que ella se quedara.

Ella tenía talento para enredarlo por dentro, eso era seguro.

Él comenzó a apilar las cajas de comida para llevar vacías.

"Puedo conseguir mi propio taxi, gracias", dijo ella con frialdad, luego salió de la cocina. Ella no lo necesitaba y Kyle lo sabía. Él se alegraba de que ella lo supiera.

Más o menos.

Él vio cómo ella recogía su ropa y sacudía la cabeza cuando cerraba la puerta del baño con un resuelto clic. Ella no iba a volver a llamarlo. Él había tenido éxito en su misión. Él debería alegrarse. Él apagó las velas salvajemente, odiando que se fueran a despedir así.

Él estaba haciendo lo correcto.

La estaba protegiendo de la forma en que era él.

Entonces, ¿por qué se sentía tan idiota?

Eso no era nada comparado con cómo se sintió después de que Lauren se fuera. Ella le había dado un beso en la mejilla, le había dicho "gracias de nuevo" como si fuera un extraño que le había abierto la puerta y había salido por la puerta con la barbilla en alto.

Ella se había ido cuando él descubrió la camisa de mezclilla, abandonada en el piso del baño.

La recogió, inhaló su aroma y la volvió a colgar en el armario. Él pensó en ella usándola esa primera vez en Santa Cruz, y nuevamente la semana pasada, y se alegró de que no se la hubiera llevado. Él se dio la vuelta, impaciente consigo mismo.

Era hora de empezar a ejercitarse.

OCHO

El lunes, Marie llegó tarde al salón. Lauren no estaba de humor para afrontar ningún desafío. Ella había pasado una noche inquieta, dudando de su decisión de olvidar a Kyle.

Ella se había despertado tarde y sudada, su mente estaba llena de un sueño muy caliente sobre Kyle. Que ella todavía soñara con él la irritaba como pocas cosas podrían haberlo hecho. Ella sentía irracionalmente que era culpa de Kyle que ella se hubiera quedado dormida y atravesó el apartamento para prepararse. Ella corrió a la tienda, odiando abrir tarde, solo para descubrir que Marie había desaparecido y su primer cliente estaba esperando afuera bajo la lluvia.

No era propio de Marie ni venir a trabajar ni llamar. Lauren llamó a su teléfono celular un par de veces cuando tuvo la oportunidad. Todas las llamadas iban directamente al buzón de voz, pero Lauren solo dejó un mensaje la primera vez. Ella esperaba que Marie no estuviera enferma. Ella hojeó el libro de citas una vez que terminó su primera cita y descubrió cómo podría acomodar las reservas de Marie para la mañana.

Afortunadamente, los lunes por la mañana no estaban tan ocupados. Ellas tenían algunos clientes habituales a los que les gustaba ir cuando el salón estaba tranquilo, pero el tráfico de peatones era casi inexistente.

Lauren estaba lavando con champú al cliente de Marie y charlando un poco cuando una mujer muy elegante entró en el salón y miró a su alrededor con curiosidad. "Ya voy a atenderte ", dijo Lauren.

"No hay problema. Solo miraré alrededor."

Lauren y el cliente intercambiaron una mirada de sospecha mutua. "Ve", dijo la mujer moviendo los labios y Lauren le envolvió el cabello en una toalla antes de hacerlo. Ella se secó las manos mientras caminaba hacia el frente del salón. "¿Puedo ayudarte?" preguntó, esperando que la mujer quisiera una cita. Ella tenía veintitantos años y estaba vestida toda de negro, una elección que mostraba el fabuloso trabajo del tinte en su cabello. Lauren contó una docena de colores, todos mezclados de manera experta. Ella se preguntó quién lo había hecho. "Aunque parece que ya tienes un excelente estilista", dijo.

La mujer más joven sonrió. "Gracias. ¿Podrías ponerme en contacto con el dueño del salón?"

"Si tienes una queja, házmelo saber. Yo soy la dueña."

"¡Hola!" Ella le ofreció la mano. "Soy Ashley Golden."

"Hola. Lauren McKay ".

"De hecho, estoy interesada en comprar tu salón. La ubicación es excelente y el espacio es bueno. Con un poco de redecoración y un nuevo nombre, creo que realmente podría ser genial."

Lauren se tragó una respuesta porque pensaba que ya se había estremecido. "No estoy interesado en vender, pero gracias."

"¡Oh!" Ashley hizo un puchero. "Bueno, tal vez deberíamos hablar de precios y eso hará que cambies de opinión." Fue entonces cuando Lauren notó que la ropa de Ashley era cara y que su bolso no era una imitación de Louis Vuitton, sino real. Los peluqueros rara vez eran ricos y ella se dio cuenta de que Ashley contaba con eso. Ella se preguntó quién estaba financiando sus ambiciones.

"Quizás no," respondió Lauren con una sonrisa.

Ashley rebuscó en su bolso y luego le ofreció una tarjeta. "Este es mi celular. Llámame si quieres hablar, aunque si esperas demasiado, es posible que ya haya comprado otro salón."

"Lo tendré en mente." Lauren aceptó la tarjeta y esperó hasta que Ashley se fue. Luego cerró la puerta, porque no había citas durante una hora, y arrojó la tarjeta de Ashley en el cajón de la recepción que era un lugar para todo lo que parecía importante pero que nadie quería.

Ella se volvió hacia su cliente. "Hoy te voy a dar un acondicionador profundo complementario, como agradecimiento por tu paciencia", dijo con una sonrisa al cliente en la parte de atrás. "Tenemos este nuevo que hace que tu cabello se sienta increíble..."

ERA el día de la sesión de fotos de Damon, aunque Kyle no estaba realmente de humor para el marketing. A él le gustaba ser positivo y optimista cuando participaba en tales proyectos, pero ese lunes en particular, se mostraba inusualmente sombrío.

El mundo podía irse al infierno, en lo que a él respectaba, lo que no era exactamente un estado de ánimo propicio para capturar la toma persuasiva perfecta.

Él había decidido no tomarse la semana libre, principalmente por la sesión de fotos, pero una vez que llegó a F5F, se preguntó si esa había sido una mala elección. Él se mantuvo alejado de la habitación que Shannyn estaba usando, no queriendo manchar los procedimientos con su mal humor. Él fue solo cuando Cassie lo llamó, claramente pensando que él había olvidado la fecha y la hora.

Ella ni siquiera lo molestaba por su nariz.

Su estado de ánimo letal debía ser obvio.

Damon se veía fantástico. Él había estado trabajando duro, concentrándose en dónde construía su masa. Su físico siempre había sido impresionante, pero él lo había ajustado a la perfección con la ayuda de Kyle. Él se había bronceado un poco para que su piel aceitunada fuera de un marrón intenso. Encerado y aceitado para que su piel brillara, se veía genial. El gran tatuaje tribal en su hombro parecía peligroso y misterioso, al igual que Damon. El estilista le había dado un toque de delineador de ojos, lo que le daba ese perfecto aspecto inquietante.

Cassie le sonrió a Kyle cuando entró. "Me lo podría comer con una cuchara", confesó ella. Damon negó con la cabeza divertido y Cassie habló con el estilista. "¿Podemos soltar un poco de cabello sobre su frente? Creo que debería verse un poco despeinado."

"Y su traje de baño debe deslizarse un poco más abajo", contribuyó Meesha. Ella estaba revoloteando como una mariposa maníaca, vestida con su característico rosa, y Kyle supuso que ella estaba demasiado emocionada para quedarse quieta. Ella señaló su propio ojo con la yema del dedo, fingió asombro y luego le sonrió.

Kyle sonrió, sabiendo que ella no sería la única que se burlaría de él. "Insignia de honor", dijo él y Meesha se rió.

"¿Es así como lo llaman?" preguntó ella, sin esperar una respuesta.

"Bájale ese traje de baño", le dijo Kyle al estilista que ya se lo había bajado un poco.

Damon le dio una mirada reprimida. "Esto va a ser público."

"Lo sé, pero a las mujeres les gusta ver la zona V." Kyle le guiñó un ojo porque se esperaba de él.

El estilista sonrió y bajó aún más los calzoncillos negros de Damon en sus caderas.

"Me siento como un hombre-puta", gruñó Damon.

"Solo caramelos para la vista", dijo Cassie.

"De la más alta calidad", estuvo de acuerdo Meesha. "Tu ranking entre los miembros se va a disparar, hermosa bestia."

La parte de atrás del cuello de Damon se enrojeció levemente.

"Ve si puedes quitarme del número uno", desafió Kyle.

"Ty ya lo hizo", le informó Meesha. "Esa foto está derritiendo pantallas en todo Manhattan".

"¿La de Ty y Shannyn?" Preguntó Kyle y ella asintió. "¿Dónde la obtuviste?"

"Tengo espías por todas partes", dijo Meesha, luego se rió como un villano malvado. Y no es solo esa. Hay una serie, si realmente te molestas en mirar."

"¿Dónde las conseguiste?" Preguntó Kyle.

Aidan las hizo cuando llevó a Shannyn a la boda de la hermana de Tyler. Es una foto increíble. Posiblemente la foto más perfecta. Cosas de romance de cuento de hadas. La forma en que él la está balanceando y con un esmoquin. La forma en que ella se ríe de él y ese beso. Mmm hmm hmm." Ella movió con la cabeza con satisfacción. "Es épica."

"Estupendo."

Meesha se giró y metió un dedo en el pecho de Kyle. "Quiero más. Tu misión, si decides aceptarla, es conseguirme más fotos de la boda."

"¿Yo? No tengo cámara... "

"Tienes un teléfono y tienes buen ojo." Ella arqueó una ceja. "Y hay más."

"Por supuesto que lo hay. Solo desearía que no fueras tan tímida al preguntar.", bromeó Kyle y ella lo golpeó de nuevo.

"Necesito que sean una de las tres primeras parejas destacadas. Quiero decir, él es un socio. Eso es lo bueno. Tengo a Thom y Annika para comenzar, luego a Kendra y Cameron, pero Ty todavía no está convencido de presentarlo a él y Shannyn en tercer lugar"

"¿Qué dice ella?"

"Eso depende de él".

"¿Que dijo él?"

"No." Meesha negó con la cabeza. "Necesito que alguien acepte el desafío de hacerlo cambiar de opinión y tú eres el siguiente candidato más obvio. ¿Bien?"

"Está bien." Chocaron los puños cuando Cassie negó con la cabeza.

Shannyn chasqueó los dedos a Damon. "Quiero que me mires", dijo ella con severidad. "No intentar escuchar lo que sea que estén planeando. Dame toda tu atención, Señor Abdominales duros como roca. Trabájalo. Sedúceme. Muéstrame todo lo que tienes.". Meesha subió la música del equipo de sonido cuando Shannyn empezó a hacer fotos.

Sin embargo, no estaba bien y todos tenían que saberlo.

"Un apretón de bíceps", dijo Kyle con ánimo. "Todo apretado. Todo hinchado."

"Esto es tan hinchado como puede estar", murmuró Damon.

La foto todavía se sentía demasiado artificial. Shannyn estaba haciendo clic, pero Kyle sabía que estaba apagado. Damon no exudaba emoción y eso es lo que necesitaban.

"Ponle un poco de corazón", dijo Kyle.

Damon puso los ojos en blanco. "¡Lo hago!"

"No, no lo haces", murmuró Cassie.

"No poso frente al espejo todo el tiempo, como un niño", se quejó Damon.

"¡Dame más!" Dijo Shannyn.

Kyle decidió provocar a Damon en su lugar. Piensa en lo que pensará Natasha el viernes por la noche cuando te vea a veinte pisos de altura en Times Square de esta manera. Puede que te quiera más de una vez a la semana."

Damon lo fulminó con la mirada. "Ella no es de tu incumbencia", comenzó él, pero Shannyn estaba haciendo clic como loca. Meesha se estaba llevando las yemas de los dedos a los labios, con los ojos muy abiertos.

"¡Eso es! ¡Eso es! Quédate quieto." Shannyn estaba presionando el botón del obturador de la cámara para que tomara una serie de fotografías. "Ahora dame más. Quiero esa mirada. Quiero esa intensidad. Vamos, Damon, dame todo lo que tienes."

Damon volvió esa mirada hacia Shannyn y Meesha fingió desmayarse.

Cassie se acercó a Kyle. "Es un don que tienes." Ella mantuvo la voz baja, obviamente dejando que Shannyn trabajara sin distracciones.

"Una especie de magia", asintió Kyle fácilmente.

"Entonces, tal vez deberíamos registrar las nuevas inscripciones basadas en la valla publicitaria a la vista", continuó ella a la ligera. "Ver si más gente quiere sudar o ponerse duro en F5F."

Kyle sonrió. "Será el cartel de 'ten suerte' lo que los traerá a las puertas en masa."

"Meesha quiere ese ayer, pero Ty aún no está a bordo."

"¿Qué pasa si usan sus anillos de boda?" Sugirió Kyle. "Podríamos plantearlo de modo que el rostro de Shannyn esté oculto o en silueta. Si ella estuviera de espaldas a la cámara y la mano en el hombro de él... "

"Su mano izquierda, con el diamante", reflexionó Cassie con un asentimiento, su mirada de inteligencia decía brillante.

"Y la mano izquierda de él en la espalda de ella sosteniéndola contra él".

"Una mano grande que se extiende por esa pequeña cintura y con un anillo de bodas." asintió Cassie. "También podríamos recortar la cara de Ty, si así lo prefiriera él, pero me encantaría que él también estuviera mirando hacia afuera."

"¿Por qué no? Con ese nuevo tatuaje, ninguno de sus compañeros del trabajo diurno se dará cuenta de que es él." Kyle no había podido creer que Ty se hubiera hecho un tatuaje, pero él lo había visto con sus propios ojos y había verificado que era real.

Cassie sonrió, luciendo un poco melancólica. "Señor Finanzas a la vista."

Kyle hizo una broma, no estaba seguro de poder consolar a Cassie ese día. Si ella todavía suspiraba por Ty, tenía que saber que la causa estaba perdida. Si aún no se había dado cuenta de eso, no iba a ser él quien le diera la gran noticia. "De todos modos, su gente nunca llega tan al norte como Times Square."

"Tienes razón. Lo pasan directamente a Connecticut." Cassie asintió y lució más como de costumbre, para alivio de Kyle. "Hablaré con Shannyn sobre tu idea con los anillos cuando termine aquí."

"¿Y tú y Theo?"

Ella sacudió su cabeza. "No he pensado tan lejos todavía."

"Pero lo harás. Se te ocurrirá algo increíble."

"Tú eres el que tiene esta idea para Ty y Shannyn. Espero que él lo haga."

Dile a Shannyn que fue idea tuya.

Ella se giró para mirarle. "¿No quieres el crédito?"

"Creo que una mujer debería tener la idea de los anillos de boda."

Cassie sonrió lentamente, la comprensión se reflejó en sus ojos. "Lo que significa que no fue idea tuya en primer lugar."

"No."

Ella se giró para mirarlo. "¿Con cuántas mujeres hablas sobre el marketing de F5F?"

"Fue solo una", admitió Kyle, sintiéndose como si estuviera en la mira.

"Una podría ser demasiado. Estamos en un mercado realmente competitivo, Kyle, y sé que lo sabes... "

"Fue Lau. La hermana de Ty. Hablábamos del club y ella propuso esa solución. Ella conoce a Ty mejor que cualquiera de nosotros, y por eso creo que es una buena idea."

Cassie lo miró fijamente durante demasiado tiempo. "Dime que no estás acostándote la hermana de Ty."

"¿No te enteraste de que su ex vino al club el viernes por la noche?"

"Lo supe, pero supuse que él estaba lleno de mierda." Ella extendió la mano y le tocó la nariz con la yema de un dedo.

Kyle hizo una mueca y dio un paso atrás. "Déjala."

Pero Cassie se inclinó más cerca. "¿Estás acostándote con su hermana?"

"Lo hice, porque ella lo pidió, pero se acabó." Kyle miró a su compañera. "¿Satisfecha?"

"Ni de cera", dijo Cassie. "Pero supongo que no me dirás más."

"Estarías en lo cierto", estuvo de acuerdo él, luego asintió con la cabeza hacia el reloj. "Tengo una clase que dar."

"Por supuesto." Cassie sonrió pero Kyle sentía que ella lo observaba todo el camino fuera de la habitación. Damon probablemente también lo estaba mirando, y no tenía ninguna duda de que Meesha estaba prestando atención. Su nueva diosa de las redes sociales se parecía demasiado a Kyle para perderse nada de lo que pasaba en el club. Él caminó hacia la sala de levantamiento de pesas, queriendo atravesar algo con el puño y sabiendo que tenía que dejar atrás esta sensación de haber sido rechazado.

No volver a ver a Lauren era exactamente lo que él quería, se recordó a sí mismo.

Sería mejor que se acostumbrara pronto.

MARIE APARECIÓ en el salón a la hora del almuerzo. Lauren estaba segura de que la otra mujer estaba enferma cuando la vio, porque había sombras debajo de sus ojos y su piel estaba pálida. "¿Estás segura de que deberías estar fuera de la cama?" preguntó ella y Marie forzó una sonrisa.

"Hay que hacer algunas cosas", dijo ella enigmáticamente. Ella se sentó en una de las sillas de la sala de espera, aterrizó pesadamente y se pasó la mano por la frente. "Si vomito de nuevo hoy, perderé la cabeza."

Lauren no hizo la broma obvia. Marie no parecía que apreciara el humor. "¿Tienes gripe? ¿Necesita ver a un médico?"

"He visto a un médico", dijo Marie con gravedad. "Esto no va a desaparecer en nueve meses. Bueno, siete más." Ella le dio a Lauren una mirada significativa.

Oh.

Lauren acercó otra silla. Ella sabía, por supuesto, que Marie estaba soltera. Nunca habían sido amigas, pero eran amistosas. Lauren siempre pensó que a Marie le gustaba mantener su vida privada en privado, lo cual era bastante justo.

"¿Quieres hablar de eso?"

"Ambos sabemos cómo sucede", dijo Marie con un fantasma de su humor habitual.

"Malditos asientos de inodoro," dijo Lauren solo para hacerla sonreír.

Marie lo hizo.

Luego hizo una mueca. "Mira, hay algo que tengo que decirte y no estoy deseando que llegue, así que déjame hacerlo, ¿de acuerdo?"

"Okey." Lauren se sentó y esperó, asumiendo que Marie iba a renunciar. Ella era responsable y probablemente estaba preocupada por dejar a Lauren con un montón de trabajo. Ingrid probablemente podría trabajar más turnos y Lauren podría encontrar otro estilista de medio tiempo para tomar la silla. Ya ella estaba planeando la mejor manera de gestionar el cambio antes de que Marie hablara.

Marie se aclaró la garganta y mantuvo la mirada fija en el suelo. "Nunca dije que lamentaba que hubieras roto con Mark, porque en realidad no lo sentía", admitió ella apresuradamente. "Siempre pensé que él era atractivo, y en realidad..." Ella se movió nerviosamente. "Y de hecho, me había acostado con él durante unos seis meses cuando ustedes dos se separaron."

Lauren pensó que debía haber oído mal.

Pero Marie se retorcía y parecía avergonzada, y supo que no lo había hecho.

Un peso frío aterrizó en el estómago de Lauren.

"De vez en cuando, algo casual", continuó Marie como si eso lo arreglara. "Pero cuando lo echaste, pensé que él y yo podríamos tener un futuro. Entonces, él se quedó en mi casa durante dos semanas." Ella echó un vistazo a Lauren, que no pudo ocultar completamente su sorpresa.

No una mujer sino dos.

¿Cuántas otras había?

Ella se preguntó si Marie sabía sobre la rubia, aunque dudaba que a la rubia le importara Marie.

"Hasta que me enteré de que estaba embarazada.". Marie soltó un suspiro tembloroso. "Luego él se fue".

"¡Ah!" Ese parecía ser un comentario seguro para hacer.

"Mark quiere que interrumpa el embarazo." Cuando Lauren no dijo nada, Marie continuó. "Dice que interferirá con su carrera."

Al menos él era consistente en no querer tener hijos.

"Creo que he escuchado ese punto antes", murmuró Lauren.

"Pero yo quiero este bebé, y quiero estar con él con este bebé." Marie la miró esperanzada.

"¿Y?" Lauren invitó.

"Y me preguntaba si podrías hablar con él al respecto, tal vez convencerlo de que haga lo correcto".

Lauren se rió. Ella no pudo evitarlo. Ella no creía que la situación de Marie fuera divertida en absoluto, y estaba más que un poco horrorizada por el comportamiento de Mark, pero la sugerencia de que ella podía convencer a su ex-marido de cualquier cosa, sobre todo porque no se hablaban, era absurda.

La idea de que ella lo alentaría a comprometerse con otra mujer cuando él no había podido mantener un compromiso con ella era una locura.

No era una risa feliz. Era más agridulce.

Quizás ella se estaba riendo de sí misma por haber sido tan ciega como para creer durante tres años que su matrimonio tenía algún mérito.

Reír era mejor que llorar.

"¡No es gracioso!" Marie se enfureció. "Si alguna vez hubieras estado embarazada, lo sabrías..."

Lauren la interrumpió. "Lo que es gracioso es que te acostaste con

Mark y concebiste a su hijo mientras yo todavía estaba casada con él, y que quieres que te arregle este lío." Ella se puso de pie. "Creo que hemos terminado aquí, ¿no es así?"

"¡No! Necesito tu ayuda."

"No lo estás entendiendo".

Marie pareció sobresaltarse. "Pero siempre haces lo responsable".

"Lo que tú estás preguntando no sería responsable, ni mucho menos."

Marie le agarró la mano. "¿No quieres arreglar las cosas para el bebé de Mark?"

Lauren se sacudió su toque, un poco molesta. "No. De hecho, he terminado de arreglar las cosas. En cambio, estoy siendo honesta y me estoy divirtiendo." Ella apoyó las manos en las caderas. "Entonces, aquí está esto honesto para ti, Marie: te creaste tus propios problemas. Tuviste una aventura con un hombre casado y no usaste anticonceptivos ni lo obligaste a hacerlo. Depende de ti encontrar una solución. También depende de ti si continúas trabajando aquí o no." Ella tocó su muñeca. "Mi próxima cita vendrá en cualquier segundo. Será mejor que le prepare el color."

"¡Pero tienes que ayudarme!"

Lauren se volvió hacia la otra mujer. "No, no tengo que hacerlo."

"¡No tengo a nadie más!"

"Tienes una hermana en Yonkers."

"Ella nunca me ayudará..."

"¿Pero la ex esposa de tu amante lo hará?" Lauren negó con la cabeza. "Lo siento, Marie. En este caso, creo que la sangre será más espesa que el agua. Déjame saber lo que decides sobre tu silla. Creo que sería mejor si la dejaras, pero no te forzaré a tomar esa decisión." Las campanas sonaron en la puerta y Lauren le sonrió a la Señora Ambrose, a pesar de que tenía muchas ganas de romper a llorar.

Ella había decidido una cosa: no había posibilidad de que llamara a Mark ahora. El abogado de divorcios podría llamarlo.

"Justo iba a mezclar tu color", le dijo ella a su cliente, ignorando los sollozos de Marie. "¿Te gustaría el tono más claro hoy de nuevo, o quieres volver al comprobado y verdadero?"

"Oh, tenías razón sobre el color más claro, Lauren. Me siento diez años más joven..."

EN OPINIÓN DE CASSIE, era tanto bueno como malo que hubieran contratado a Shannyn en el F5F. Por un lado, nunca habían tenido tantas fotos increíbles para sus materiales de marketing: solo una a la semana habría justificado el salario de Shannyn, pero ella entregaba cientos. Por otro lado, sin embargo, no había ninguna posibilidad de que Ty se olvidara de Shannyn o se diera cuenta de que lo suyo era solo una aventura cuando Shannyn vivía en el edificio. Ellos estaban juntos todas las noches y también se reunían a menudo para almorzar.

Había algo fascinante en lo enamorados que estaban el uno del otro, y algo atractivo en el calor sexual entre ellos. Parecía hacer más calor cada día. Cassie originalmente se había dicho a sí misma que Ty no quería hacer la sesión de fotos para la valla publicitaria porque sabía tan bien como ella que el romance estaba condenado a enfriarse. Sin embargo, con cada día y semana que pasaba, ella se encontraba buscando algún fragmento de evidencia de que su amor podría no durar para siempre. La boda estaba reservada, pero ella todavía esperaba que las cosas terminaran.

El anillo era enorme e imposible de no ver. Eso, y la relación de Ty con Shannyn, se documentaban con cariño en los nuevos hilos de las redes sociales que Meesha estaba cultivando. Los miembros estaban totalmente enamorados de uno de los socios. Que eso hubiera sucedido en el club era solo la cereza del pastel proverbial.

Ambos habían cambiado de manera sutil. Shannyn había florecido —no había mejor palabra para eso— en la relación. Ella era más franca de lo que había sido cuando había ido a tomar las fotos para la revista de exalumnos y más segura de lo que había estado durante su presentación. Ella parecía reír con más facilidad. Y no era de extrañar. Si alguna vez hubo un hombre decidido a hacer delirantemente feliz a una mujer, ese era Ty.

Ty parecía arraigado de una manera que Cassie no podía definir del todo. Él estaba más decidido pero más sereno, y la pequeña sonrisa que curvaba sus labios al ver a Shannyn podría haber sido utilizada como un arma letal. Cassie tenía una idea bastante clara de que la luminosa sonrisa de Shannyn era de satisfacción sexual y ella podría haber usado algo de eso ella misma. Ella fulminó con la mirada la enorme pantalla fuera de las oficinas que mostraba las últimas relaciones ficticias de los miembros, odiando que ya no estuviera asociada con Ty.

"Ríndete", le aconsejó Jax con su habitual tono franco. Ella pasó a grandes zancadas junto a Cassie, tan emocionada que debía haber tenido una clase de kickboxing. Su largo cabello castaño estaba recogido en un moño desordenado y ella tenía ese brillo de invencibilidad en sus ojos. "Tienes que seguir adelante."

"No hay nada que diga que va a durar", argumentó Cassie, sabiendo que sonaba débil.

Jax se detuvo en el umbral de la oficina y marchó de regreso hacia Cassie, su intensidad obligó a Cassie a encontrar su mirada. "El auto ha salido de la isla de Manhattan en repetidas ocasiones." La tendencia de Ty a proteger su auto era motivo frecuente de burla en el club.

"Lo sé pero-"

"Él pasó un fin de semana estacionado afuera en el norte de Massachusetts, desprotegido de los elementos."

Cassie abrió la boca para discutir, pero Jax continuó con despiadada precisión.

"Ha sido cargado con muebles recogidos en la acera. Ha tenido un gato dentro. El gato vive en el ático de Ty, al igual que Shannyn, y están renovando su casa en Brooklyn con una meticulosa atención a los detalles."

Cassie se las arregló para respirar antes de que Jax le tocara el hombro con un dedo.

"La boda está reservada y probablemente pagada. Este hombre ya no está en el mercado y, conociendo a Tyler, seguirá así para siempre." Jax golpeó con el dedo el hombro de Cassie. "Necesitas una nueva obsesión."

"Él no era una obsesión", protestó y Jax solo levantó las cejas.

"Ríndete", dijo ella y se volvió hacia la oficina. Ella saludó a alguien y Cassie miró para ver al hombre en cuestión, cruzando el vestíbulo a grandes zancadas. Él estaba silbando.

Cassie pudo haber ido a hablar con él, pero Shannyn salió de la tienda con su cámara. Ella se encendió cuando lo vio y la mirada que Ty le dio podría haber dejado una marca de quemaduras. Incluso sin estar en la línea de fuego, Cassie se estremeció, solo por la proximidad. Se apresuraron el uno hacia el otro, como salidos de una película.

"Cinco horas enteras desde el almuerzo", murmuró Cassie.

Shannyn se abalanzó sobre Ty en medio del vestíbulo. Él la agarró por la cintura con su brazo libre, levantándola del suelo mientras se besaban.

En opinión de Cassie, tardaron muchísimo en hacerlo.

"Manténgalo legal", le dijo Kyle a Ty mientras cruzaba el vestíbulo desde el muro de escalada, dirigiéndose hacia las oficinas. 'Consigan una habitación."

Entonces, él todavía estaba de mal humor. Cassie nunca había visto nada parecido. Por lo general, Kyle era el rayo de sol en F5F.

Ty se echó a reír y luego acompañó a Shannyn hacia el ascensor que llegaba a los apartamentos de la torre. Tenían sus cabezas juntas, tan perdidas el uno en el otro que a Cassie le dolía. Jax tenía razón, pero ella no podía soportarlo. Cassie acercó la cámara de seguridad en esa parte del vestíbulo en el escritorio más cercano y vio los números iluminarse mientras el ascensor ascendía.

"¿Qué pasa?" Preguntó Kyle, acercándose a ella. "¿Crees que se olvidó de dónde vive?"

"Creo que lo volverán a hacer."

"¿Hacer qué?

Cassie señaló. El ascensor se detuvo, con el número 8 y el número 9 encendidos en la pantalla. "El octavo piso es el punto ideal."

"¿Pasa algo con el ascensor?" Preguntó Kyle. "Podemos conseguir que alguien lo arregle, especialmente si Ty y Shannyn están atascados..."

"No están atascados. Él lo detuvo ".

Kyle la miró. "No."

"Oh sí. Lo hacen al menos una vez a la semana."

"En el ascensor." Kyle sonrió. "Ese es mi hombre." Cassie le negó con la cabeza, luego chasqueó los dedos. "Oye, podemos verificar la cámara de seguridad en el ascensor para asegurarnos de que estén bien."

"Eres un chismoso," acusó Cassie. "Pero no funcionará."

"¿Por qué no?" Kyle estaba haciendo tap en la computadora. "No puedes esconder a dos personas en un ascensor tan pequeño."

Cassie esperó, para nada sorprendida cuando Kyle frunció el ceño a la pantalla.

"¿Algo mal?" preguntó ella dulcemente.

"Dice que está fuera de servicio."

"UH Huh. Y la pieza que necesita está pendiente con una espera de dos meses."

"Qué extraña e inusual coincidencia", señaló Kyle mientras se enderezaba. "¿Crees que él compró todo el suministro de la costa este?"

"Es Ty. Probablemente compró todos en el continente. Él es así de minucioso." Cassie ni siquiera podía imaginarse tener un amante tan completo. Era materia de sueños.

El ascensor empezó a ascender de nuevo.

"Seis minutos", señaló ella, mirando su reloj. "Fueron rápidos hoy."

Kyle estaba escribiendo de nuevo, y Cassie miró a su alrededor en la pantalla de la cámara de seguridad. Era de la cámara al final del pasillo en el piso dieciséis, donde se encontraba el ático de Ty.

Ty salió del ascensor, luciendo muy satisfecho. Su camisa estaba un poco desabrochada en la parte delantera y él tenía a Shannyn por encima del hombro. Ella pateaba sus piernas, como si estuviera muy satisfecha con su situación. Él todavía llevaba su maletín, su mano libre detrás de las rodillas de Shannyn para mantenerla firme. Había algo blanco colgando del bolsillo de su chaqueta.

"¿Eso es encaje?" Preguntó Kyle, entrecerrando los ojos a la pantalla.

"Bragas", supuso Cassie y Kyle se rió a carcajadas.

Ty le guiñó un ojo a la cámara y levantó el pulgar sin soltar nada, luego se detuvo frente a la puerta de su apartamento. Shannyn se deslizó por su pecho, luciendo como si sus piernas no pudieran sostenerla. Ella envolvió sus brazos alrededor del cuello de Ty y él la agarró por la cintura. Cassie vio la expresión de éxtasis de Shannyn por primera vez. La pareja se besó lánguidamente, luego Ty abrió la puerta y entraron en su apartamento.

"Son como visones", dijo ella, escuchando el anhelo en su propia voz. "No los volveremos a ver en toda la noche."

"Estás celosa", bromeó Kyle.

"Puedes apostar tu trasero a que lo estoy". Cassie iba a dejarlo ahí, pero tuvo un pensamiento. Ella se volvió hacia Kyle, cuya expresión era demasiado inocente. "¿Por qué no lo estás tú?"

"Oh, lo estoy", dijo Kyle suavemente, pero los ojos de Cassie se entrecerraron.

"No lo creo." Ella cruzó los brazos sobre el pecho. "Theo dijo que la actriz prácticamente se tiró encima de ti el viernes pero no la cogiste."

"Estaba herido".

"Eso nunca te detuvo antes. ¿No querías hacerlo mejor?"

"Simplemente no estaba de humor", dijo Kyle, sonando molesto.

"No pensé que fuera una variable."

"¡Ella no era mi tipo!" dijo él, extendiendo una mano.

Cassie hizo tictac en sus dedos. "Mujer. Vibrante. Bonita. Joven. Interesado." Ella encontró su mirada. "¿Qué le faltaba exactamente?"

Kyle se mordió visiblemente la lengua y luego desvió la mirada. "No lo sé. Simplemente no lo sentí. Tal vez parezca más joven en la pantalla grande." Él se encogió de hombros y se alejó, regresando al gimnasio. Cassie lo vio irse preguntándose quién, exactamente, había atraído su atención tan a fondo.

¿La hermana de Ty?

Quizás la dedicación a la intensidad sexual fuera de familia.

Lástima que Ty no tuviera hermanos varones.

LA FURIA de Lauren tardó varias horas en desarrollarse.

La confesión de Marie la había sorprendido y consternado, luego horrorizado e indignado. No fue hasta que Marie dejó el salón y sus clientes terminaron el día que Lauren comenzó a enojarse.

Cuando cerró la tienda, ella estaba lívida.

¿Cómo se atreve?

Una cosa era tener un matrimonio apático, pero otra muy distinta era que Mark tuviera sexo por ahí.

Una cosa era que él tuviera sexo rápido un viernes por la noche cuando había estado bebiendo con los amigos, y no una cosa pequeña, pero otra muy distinta era tener una aventura durante seis meses con una mujer que trabajaba en su salón.

Otra era que él se hubiese mudado con Marie durante dos semanas y hubiera seguido llamando y pidiendo perdón a Lauren.

¿Él había estado llamando a su madre, pidiéndole que interviniera, mientras estaba sentado en la cama de Marie en calzoncillos?

Lauren se detuvo en la bodega en la esquina de su cuadra para comprar pasta para la cena y podría haber estrellado la caja contra la pared. Tal como estaba, ella la dejó caer en su canasta con tanta fuerza que escuchó el crujido de los espaguetis. Que así sea. Ella cogió un tarro de salsa, porque no estaba de humor para cocinar nada más complicado que eso, y se dirigió a la sección de frutas y verduras.

Una ensalada. Ella arrancaba la lechuga con ganas y cortaba en dados muy, muy pequeños todos los demás vegetales. Con un cuchillo grande. Ella también iba a necesitar vino. Mucho vino.

¿Cómo se atreve?

Ella irrumpió al final del pasillo y casi chocó con el hombre en cuestión.

¡Lauren! ¡Hola! Quizás podríamos hablar." Mark iba vestido con traje y corbata, como siempre iba a trabajar, y llevaba una botella de agua. Él nunca compraba agua. Siempre decía que la del grifo era lo suficientemente buena... y él ya no vivía en esa cuadra.

Lo que significaba que él estaba al acecho.

Esperándola.

Y chocando con ella ahí, a esa hora, donde ella siempre se detenía a esa misma hora en su camino a casa desde el trabajo, no era una coincidencia.

¿Cómo se atreve?

Ella lo miró a los ojos y él dio un paso atrás, aparentemente notando que ella no estaba de muy buen humor. Paolo miró desde detrás de la caja, su expresión evaluativa. "¿Qué estás haciendo aquí, Mark?" preguntó ella, tan dulcemente como pudo, lo cual no fue muy dulce en absoluto.

"Yo, um, esperaba verte. Tal vez podríamos cenar juntos y hablar." Él miró su canasta. "Espaguetis. Mi favorito."

"Ya no vives aquí", dijo Lauren y pasó junto a él.

"Pero tenemos que hablar. Podríamos hacer eso durante la cena."

Lauren se detuvo en su camino hacia la caja, se volvió y se encontró con su mirada de nuevo. "Pero eso solo podría suceder si te dejo entrar al apartamento, y eso nunca volverá a suceder." Ella no bajó la voz y algunos otros clientes estaban mirando en su dirección. Lauren ni siquiera los miró, pero Mark lo hizo.

"Realmente no lo dices en serio. Quiero decir, ¡estamos casados! Podemos solucionarlo." Él le dio su sonrisa más atractiva y ella se sorprendió de que la vista no tuviera ningún efecto sobre ella. Ella había sido una tonta por ese hombre, con su encanto fácil y su clásica buena apariencia, pero en ese momento, ella no sentía nada por él.

Ella se dio cuenta de que su enfado se debía a que se sentía estúpida de nuevo.

Estúpida por confiar en su marido.

"Ese fue un truco lindo", dijo él en un tono confidencial, claramente tratando de encantarla. Ella estaba un poco asombrada de lo mal que lo estaba haciendo. "Cambiando las cerraduras y enviando todas mis cosas a Nueva Jersey, pero ya sabes, si te hizo sentir mejor, podemos olvidarnos de eso."

Ella lo miró sin comprender. "¿New Jersey?"

"Mis cosas del apartamento", aclaró él. "Fue a ese sucio almacén al otro lado de Nueva Jersey. ¡Qué barrio más duro! Me sorprende que incluso supieras de un lugar así. Vamos a llamarlo berrinche y volver a la normalidad."

Lauren sacó su teléfono y tomó nota.

"¿Qué estás haciendo?"

"Asegurándome de recordar comprarle al Señor Bernard un excelente regalo de Navidad. Él fue quien orquestó la eliminación de tus cosas. No tenía ni idea de adónde ibas."

Los rasgos de Mark se oscurecieron. "Nunca le agradé..."

"Yo considere su participación como una bendición. Yo hubiera enviado tus cosas a Australia. Al fondo del mar."

El tipo que escogía un pimiento verde resopló, como si no debería haber estado escuchando pero no pudiera evitarlo.

"Jaja", dijo Mark, su confianza intacta. "Vamos, Lauren. Vamos a solucionarlo. Sabes que realmente no quieres separarte. ¿Qué pensaría tu familia? ¿Tu abuela Trixie?"

Lauren se enfureció de que él intentara semejante estratagema. Ella misma eligió un pimiento verde. "En realidad, ella está bien con todo lo que me hace feliz y deshacerse de ti funciona." Ella sonrió alegremente. "Así que no te preocupes." Ella pasó a Mark para conseguir un poco de aderezo.

César.

Ajo extra.

Ella podía respirar fuego.

"¡Lauren! Podemos solucionarlo si me das una oportunidad."

"Resolverlo," repitió Lauren, luego se volvió hacia él de nuevo. "¿Sería eso con o sin tu amante y su bebé? Porque no creo que el apartamento sea lo suficientemente grande para cuatro." Ella fingió sorpresa. "Oh espera. También está la muchacha rubia que necesita que le retoquen las raíces." Se llevó una mano a los labios. "¿Cuatro adultos y un bebé en un dormitorio? Dios, eso está abarrotado, incluso para los estándares de Manhattan."

El tipo de los pimientos verdes se rió. Varios de los otros compradores se acercaron más para escuchar. Dos estaban mirando abiertamente. Lauren tomó la botella de aderezo para ensaladas.

Mark la siguió. "Lauren," apeló él. "No entiendes..."

"Desafortunadamente, lo entiendo." Ella le dedicó una mirada. "A menos que haya más mujeres de las que todavía no conozco." Ella le dio unas palmaditas en el brazo y su voz era dura. "Vas a necesitar alquilar un piso completo para albergar tu harén. Menos mal que estás en el negocio inmobiliario. Deberías poder encontrar un buen trato."

"¡Lauren! ¡Tienes que escucharme! "

"¿Tengo que escucharte? ¿Por qué?"

"¡Porque el señor Frederickson nos invitó a su casa en los Hamptons el fin de semana pasado! Dije una excusa, pero podemos ir este fin de semana. Eso es, Lauren. Esta es la oportunidad que estaba esperando. Tenemos que ir y hacer de pareja y luego obtendré mi ascenso." Se pasó una mano por el pelo. "Estoy seguro de que podría hablar con él mañana..."

Lauren se congeló en sus pasos. Ella se giró para mirar al hombre al que una vez creyó amar, harta de ser cortés. Mark podría haber hecho otros argumentos que podrían haber suavizado su reacción, pero que él solo estaba interesado en el matrimonio por las apariencias, para que él pudiera conseguir un ascenso, era la peor confesión posible que él pudiera haber hecho.

Lauren mantuvo la voz baja cuando habló, razón por la cual su elección de palabras sorprendió visiblemente a Mark. "Y piensas seriamente que después de que estuviste con una mujer fuera del baño en el club que tiene mi hermano y que yo he visto el video de seguridad de ese acto tierno, y después de que estuviste con una mujer que trabaja para mí, repetidamente durante período de seis meses, mientras supuestamente todavía estábamos felizmente casados, y luego te mudaste con ella durante dos semanas después de que yo te eché y la abandonaste cuando descubriste que estaba embarazada de tu hijo, ¿que yo querría hacer cualquier cosa por ti?" La bodega estaba completamente en silencio mientras todos escuchaban. "¿De verdad te imaginas que estoy despierta por las noches, preocupándome por tu carrera?"

Mark había palidecido.

Lauren avanzó hacia él. "¿De verdad crees que me importa un carajo adónde vas o qué haces o si el Señor Frederickson te asciende o si te mueres de hambre en una cuneta mañana?" Ella le dio un golpe en el pecho y él dio un paso atrás, levantando las manos.

"Solo pensé..."

"No, no piensas, no con tu cerebro de todos modos." Hubo un gorjeo de risas en la tienda y Mark se ruborizó. "Entiende esto, Mark. Lo único que quiero de ti es una dirección donde se puedan entregar los papeles del divorcio. Espero sinceramente que elijas firmarlos, de inmediato, porque no estoy de humor para aguantar más de tu mierda. Desperdiciaste cinco años de mi vida. No puedo recuperarlos, pero puedo deshacerme de ti para siempre, y ese es mi plan."

"¡Lauren!" susurró él.

Ella ignoró su súplica y fue a la caja. Paolo le sonreía como si estuviera orgulloso de ella. Lauren no sabía si lloraría o no. Ella estaba temblando mientras desempacaba su canasta, pero Paolo comenzó a aplaudir.

"Bravo, bella", dijo él con baja aprobación. "Bravo."

Lentamente, los otros clientes de la tienda también empezaron a aplaudir. Lauren sintió que un rubor subía por su rostro a medida que aumentaba el volumen de los aplausos.

Mark maldijo y se lanzó fuera de la tienda, cerrando la puerta detrás de él.

Lauren exhaló temblorosamente una vez que él se fue y se encontró agarrando el mostrador para estabilizarse. Ella acababa de montar una escena y no se arrepentía.

La honestidad era algo poderoso.

Ella se sentía mucho mejor.

Paolo hizo una seña a su nieto. El muchacho tenía unos quince años y solía ayudar en la tienda. "Llevarás los comestibles de la señora a su edificio", dijo él, luego le guiñó un ojo. "El señor Bernard se asegurará de que no vuelvas a tener problemas, bella."

Lauren sonrió y le dio las gracias, sabiendo que era verdad. Ella esperaba tener un par de dólares para darle una propina al muchacho, pero estaba contenta de tener compañía hasta que regresara al edificio.

No había ni rastro de Mark en la calle ni en el vestíbulo. Para cuando entró en el ascensor, dudaba que tuviera noticias de él pronto.

Era un tremendo alivio.

INGRID YA ESTABA ESPERANDO FUERA del salón cuando Lauren llegó el martes por la mañana. Lauren había estado ordenando ropa la noche anterior, además de reorganizar el apartamento. Había sido realmente satisfactorio deshacerse de la idea de Mark de cómo debería verse ella y cómo debería ser su hogar, y afirmar su propia visión.

Ella también iba a cortarse el pelo.

"Lo siento. Dormí un poco ", dijo ella, apresurándose para abrir la puerta.

"No hay problema." Ingrid era más joven que Lauren, una rubia llamativa que vestía dramáticamente en blanco y negro. Desde que había llegado a trabajar en el salón, había hecho un progreso constante en su manga completa de tatuajes, una composición fascinante que cubría su brazo izquierdo en tonos de gris desde los dedos hasta el hombro. Su brazo derecho tenía sólo tres o cuatro tatuajes hasta ahora, pero Lauren sabía que Ingrid tenía un plan. "Pensaba que Marie ya estaría aquí."

"No estoy segura de si Marie volverá".

"¿De verdad? ¿No te está pagando a tiempo?"

"Ella se estaba acostando con mi ex y está embarazada."

Ingrid se sentó con fuerza en la sala de espera. "No jodas".

"No jodo".

"Entonces, ¿la echaste?"

"No, pero me negué a animarlo a él a hacer 'lo correcto'." Lauren puso los ojos en blanco e Ingrid se echó a reír.

"¿Ella realmente pensó que lo harías?"

"Aparentemente."

Ingrid rió y rió. "Mi mamá diría que se necesitan de todo tipo de gente para hacer un mundo."

"Supongo que sí. ¿Crees que tendrás tiempo hoy para cortarme el pelo? "

Ingrid se puso seria. "Ah, ¿es hora de quitarle un cuarto de pulgada a los extremos?"

"No, lo quiero corto."

La otra mujer se enderezó con interés. "¿Qué tan corto?"

"No lo sé. Quiero un nuevo look. ¿Qué opinas?"

"¿Honestamente? Siempre me he preguntado por qué lo llevabas tan largo. Quiero decir, es un cabello maravilloso y saludable, maravilloso, pero tienes tan buenos huesos. Es casi como si te estuvieras escondiendo un poco detrás de él."

No era detrás del pelo que ella se escondía. Era el look conservador que prefería Mark. Lauren se dio cuenta tan pronto como escuchó las palabras y supo que era hora de cambiarlo un poco. "Entonces adelante y córtalo como mejor te parezca."

"¿En serio?" Los ojos de Ingrid se iluminaron con anticipación.

"En serio. Enséñame tus estilo."

"Puede que lo odies".

"Puede que me encante." Lauren se encogió de hombros. "Y si lo odio, lo dejaré crecer de nuevo".

"Aquí vamos. Hagámoslo ahora antes de que cambies de opinión.". Ingrid hizo girar su silla e invitó a Lauren a tomar asiento con un gesto.

"No voy a cambiar de opinión". Lauren agarró un delantal. "¿Conoces alguna buena organización benéfica por aquí? Me pregunto qué hacer con todas las cosas de las que quiero deshacerme."

"¿Qué tienes?" Ingrid preguntó y Lauren le dijo. Ella asintió. "Bueno, no está por aquí, pero en Queens, hay un lugar al que voy los lunes. Intentan ayudar a las mujeres a empezar de nuevo después de relaciones abusivas o simplemente de malas decisiones."

"Me gusta el sonido de eso."

Ingrid se paró detrás de Lauren y ahuecó su cabello en sus manos como si estuviera cortado.

"Más corto," dijo Lauren.

"¡Sí!" sonrió Ingrid y mojó el cabello de Lauren antes de empezar a cortar. "Ese lugar vende lo que no pueden usar, pero les gusta conseguir buena ropa, para que las mujeres puedan ir a las entrevistas de trabajo luciendo lo mejor posible."

"Tengo un montón de cosas que serían perfectas para eso. No creo que me haya puesto ninguna de esas cosas más de una vez."

"Excelente. También venden muebles básicos baratos a las mujeres para que puedan montar sus propias casas, pero luego venden el resto."

"¿Por qué vas allí?"

Ingrid sonrió. "Lunes de cambio de imagen. Hago cortes de pelo. Mi amiga Sherry es maquilladora y ella también va. A veces viene otra amiga nuestra a hacer uñas. Donamos nuestro tiempo y también llevamos suministros. Es bastante sorprendente ver el cambio en las personas y aumenta su confianza antes de una entrevista de trabajo. También nos divertimos."

"Eso suena maravilloso", dijo Lauren, y le gustó la idea de que su nuevo comienzo ayudara a otras mujeres a crear sus propios comienzos. "Ojalá tuviera un auto. Llevaría todo allí."

Ingrid hizo una pausa y se encontró con la mirada de Lauren en el espejo. "Sherry tiene un auto y salimos en auto. Podríamos llevarnos tus cosas el próximo lunes."

"Tengo una idea mejor", dijo Lauren. "¿Necesitas otro par de tijeras? Podría cerrar la tienda por el día y podría ir a ayudar."

"Es una buena idea", asintió Ingrid. "Siempre hay personas que necesitan más cortes de pelo de los que yo puedo hacer. Verás, es muy divertido. Ahora, cierra los ojos. Tengo un plan y quiero sorprenderte."

HABÍAN PASADO varias semanas antes de que Lauren fuera otra vez a Times Square. Ella se sorprendió y decepcionó al ver que la valla publicitaria de Kyle había sido retirada. Ella se había propuesto evitar el recordatorio visual de él, pero ese día, después de escuchar de Mark que había aceptado un trabajo en Chicago, había estado planeando darse un capricho con un vistazo.

Pero Kyle se había ido.

Estaban terminando la instalación de una valla publicitaria diferente en el mismo lugar. *Ponte duro en F5F.* Ella sabía que el muchacho de cabello oscuro y ojos oscuros era otro de los socios de Ty, Damon. Un hombre amable. Tranquila y un poco intensa era su impresión. Las mujeres se detenían para echar un buen vistazo a la valla publicitaria y se comentaban entre sí, pero la imagen no hacía nada por Lauren.

Ella sacó su teléfono y navegó hasta el número de Kyle.

Brillaba en la pantalla, tentándola a presionar *Llamar*, llenando su mente de recuerdos y su cuerpo de deseo.

Ella se humedeció los labios, deseando.

Pero Lauren había estado allí y lo había hecho. Era hora de mirar hacia adelante en lugar de hacia atrás. Ella no podía llamar a Kyle cada vez que quería sentirse viva, tenía que encontrar una manera de curarse por sí misma.

Ella no volvería a ser tonta.

Ahora ella iba a cometer errores nuevos y diferentes, en lugar de repetir los anteriores. Mark se había ido. Marie había dejado su silla y se había mudado con su hermana. El salón estaba cerrado los lunes, para que Lauren hiciera cambios de imagen con Ingrid y Sherry.

Su nuevo futuro había comenzado.

Con un movimiento del pulgar, Lauren borró a Kyle de su libreta de direcciones. Ella tenía el corazón en la garganta cuando dejó caer el teléfono en su bolsillo y parpadeó para contener las lágrimas inesperadas.

Se había terminado.

Había terminado antes de que comenzara.

Ella lo sabía desde el principio, pero todavía se sentía como si hubiera perdido algo precioso. No, él le había dado algo precioso para ayudarla a encontrarse de nuevo.

Tal vez ella debería haber tomado su camisa de mezclilla.

NUEVE

Una ola de calor y humedad azotó Manhattan a fines de julio y, semanas después, no había cedido. Las calles hervían a fuego lento, los peatones se derretían y los bares al aire libre estaban llenos hasta el tope. El contingente habitual de turistas de verano parecía más numeroso este verano en particular, su número hacía que las calles estuvieran más congestionadas y se aseguraba de que los ánimos se debilitaran rápidamente.

Lo único bueno de todo era que el mal humor de Kyle era menos notorio de lo que podría haber sido de otra manera.

No había una sola mujer en toda la ciudad a la que él quisiera seducir, excepto a la que no lo quería.

En un mejor momento, él podría apreciar la ironía de eso.

Su apartamento ya no era un santuario privado. Se sentía vacío, atormentado por sus recuerdos de Lauren. Había pasado tanto tiempo en su máquina de ejercicios que podría haber dado la vuelta a la tierra, si hubiera estado en el océano en lugar de en su comedor. Él echaba de menos a Lauren. Nadie más serviría, y ella no era para él. Él no podía pensar en una solución, especialmente porque esta vez era aún más difícil de olvidar.

Él sabía muy bien que estaba contando los días hasta la noche en que podría llamarla para hablar de la boda de Ty. Él esperaría hasta treinta días antes del evento, tal como ella había sugerido.

Kyle pensaba que necesitaría cada minuto para averiguar qué decir.

O cómo convencerla.

Él no pensaría en ella saliendo con otra persona.

Justo cuando pensaba que no podía soportarlo más, llegó su familia.

Kyle no tenía idea de que iban a llegar a la ciudad hasta que entraron en el vestíbulo de F5F. Él había bajado a la recepción para esperar su cita de entrenamiento personal de las 3:30. Timothy siempre llegaba tarde a su cita y Kyle a medio camino pensó que el otro hombre estaba tratando de evadir las citas que había reservado y pagado. Siempre que él se encontraba con Timothy en el vestíbulo, llegaban más rápido a la sala de pesas y perdían menos de la hora reservada. Kyle sabía que Timothy estaría más motivado una vez que viera los resultados, pero acortar cada sesión no ayudaría a que eso sucediera pronto.

Sonia estaba en el mostrador de recepción, luciendo tan elegante y hermosa como siempre, pero antes de que Kyle pudiera pensar en recuperar su habitual encanto, él vio al pequeño grupo que llegaba. Desfilando hacia el escritorio estaba la mamá de Kyle, su hermano, su cuñada y sus dos hijos.

Kyle se quedó mirando, incrédulo porque hubieran viajado juntos por todo el país cuando Gwendolyn estaba tan obviamente embarazada. Todos llevaban camisetas de Yo AMO NUEVA YORK y coronas de espuma de la Estatua de la Libertad. Sonreían como locos y Sonia pareció desconcertarse al verlos.

Eso era bastante justo, en opinión de Kyle.

Cuando vieron a Kyle, gritaron su nombre al unísono. Inmediatamente formaron una línea y asumieron poses de personas de calcomanías, inclinando la cabeza, extendiendo los dedos y congelados en su posición.

"Nunca me dejarán olvidar eso, ¿verdad?" Preguntó Kyle. Le guiñó un ojo a Sonia, que parecía desconcertada y con razón. "Me burlé de las calcomanías de gente en la parte trasera de su minivan cuando los visité el año pasado."

"¡Oh!" Dijo Sonia, luego sonrió cortésmente.

Ella probablemente todavía pensaba que la locura corría en su familia, o al menos la excentricidad, pero Kyle no podía estar en desacuerdo, ya que era bastante cierto.

Hubo abrazos y besos por todos lados, así como exclamaciones de sorpresa. Kyle no creía que ninguno de ellos hubiera cambiado mucho desde su visita a San Diego la Navidad anterior, excepto que el Hijo Uno era unos diez centímetros más alto y su voz estaba empezando a volverse grave.

La mamá de Kyle se veía tan dramática y dinámica como siempre. Florence llevaba el pelo plateado muy corto y vestía, como de costumbre, de negro. Su medio hermano, Dave, todavía le recordaba a Clark Kent con sus lentes de nerd, aunque no había nada de nerd en la complexión de Dave. Él era un poco más bajo que Kyle pero igual de en forma. Kyle sabía que había un parecido entre ellos, pero pocas personas pensaban que eran parientes, dado el cabello y los ojos oscuros de Dave.

La esposa de Dave, Gwendolyn, estaba tan linda como siempre. Era una pelirroja diminuta que parecía delicada pero más dura de lo que la gente esperaba. Dado su tamaño, su panza parecía lista para abrumarla, o volcarla, y ella parecía estar cansada. Kyle sacó una silla de detrás del escritorio para ella y le dio una botella de agua fría. Ella se hundió en la silla con una sonrisa de agradecimiento.

El Hijo Uno, Jason, era el hijo de Gwendolyn de su primer matrimonio. Ella había enviudado después de que su esposo fuera muerto en acción. Dave lo había conocido, ambos estaban en la Marina, y se habían desarrollado cosas entre él y Gwendolyn. Kyle siempre había pensado que Jason se mantenía un poco alejado de Dave. El niño solo tenía cuatro años cuando su padre murió, así que obviamente lo recordaba. Kyle ni siquiera podía imaginarse navegando por ese campo minado emocional, pero Dave parecía estar bien. Gwendolyn claramente lo adoraba, su hijo Noah seguía a Jason tal como Dave había seguido a Kyle, y ahora había una niña en camino.

Jason era un niño serio, muy alto y delgado, con el cabello rojo de su madre, muchas pecas y lentes que siempre se le resbalaban por la nariz. El niño era un genio de las matemáticas. Noah era más bajo y fornido, pero Kyle sabía que adelgazaría en la adolescencia cuando alcanzara su altura. Él se parecía a Dave a esa edad y Kyle esperaba que siguiera haciéndolo.

"Mi hermano, Dave", le dijo Kyle a Sonia. Su esposa, Gwendolyn. Mi mamá, Florence, y los hijos, Uno y Dos."

Gwendolyn se palmeó el bulto. "No te olvides del Hijo Tres."

"¿Ya la has nombrado?"

Dave y Gwendolyn intercambiaron una mirada. "Sigue siendo un secreto", susurró Gwendolyn. "Por suerte."

Kyle no conocía los detalles de la larga brecha entre embarazos, pero sí sabía que Gwendolyn era un par de años mayor que Dave. Él hizo un gesto. "Esta es Sonia, una de nuestras fabulosas recepcionistas."

"¿Más de una recepcionista?" Preguntó Dave. Él miró alrededor del vestíbulo y parecía impresionado. Kyle siempre iba de visita a California y su hermano no había visto F5F desde los primeros días. "No me di cuenta de que el club era tan grande."

"Lujoso", asintió la madre de Kyle con ojo crítico. "Excelente propiedad inmobiliaria".

"Somos tres en recepción, por las largas horas que está abierto el club", explicó Sonia. "Yo estoy aquí durante los días en la semana. Raylene está aquí durante las noches en la semana y Christa está aquí los sábados y domingos."

"¿A qué te dedicas?" preguntó el Hijo Uno. Ese niño tenía preguntas para sus preguntas. La primera vez que Kyle conoció a Jason, "¿por qué?" había sido la única palabra que había dicho, al menos una vez cada diez segundos. Casi había vuelto loco a Kyle y él le había dicho a Dave que el hijo de Gwendolyn era un anuncio ambulante de vasectomías.

Dave y Gwendolyn habían pensado que era una broma.

Kyle se alegró de que el vocabulario de Jason se hubiera trasladado a preguntas que eran más fáciles de responder.

"Contestar el teléfono, responder preguntas, inscribir nuevos miembros, inscribir a personas en clases y sesiones privadas, ayudar en la tienda." Sonia sonrió a los niños y se encogió de hombros. "Es ocupado."

"Suena aburrido", respondió Jason.

"¡No! Nunca me aburro. No tengo tiempo. Y también puedo usar las instalaciones del club", confió Sonia, luego se inclinó sobre el escritorio. "No me digas que tu nombre es Hijo Uno".

Él sacudió la cabeza. "Es Jason, pero al tío Kyle no le gustan los niños."

"Eso no es cierto", dijo la mamá de Kyle.

"Definitivamente es cierto", dijo Kyle.

"Alguien cambiará de opinión", murmuró Gwendolyn.

Jason puso los ojos en blanco ante el comentario de su madre. "Ella dice que podemos ser amigos después de los dieciocho."

"Entonces él puede llevarte por mal camino con la conciencia tranquila", dijo Dave.

"Mi conciencia siempre está limpia", dijo Kyle y su hermano se rió. "Además, no creo que el Hijo Uno necesite ideas".

"¡Escuché eso!" gritó Jason.

"¿Qué están haciendo ustedes aquí?" Preguntó Kyle.

"¿No podemos venir a visitarte?" Preguntó Gwendolyn.

"Nunca había sucedido antes. Y dado tu embarazo, estoy sorprendido,"

"Conocí a un hombre", dijo la mamá de Kyle.

Eso no le explicaba nada a Kyle. "Entonces, ¿por qué estás tan lejos de California?"

"Porque lo conocí en línea, querido, y cuando decidimos conocernos en persona, Dave y Gwendolyn insistieron en venir. ¿No es muy dulce?"

"¿Fue dulce?" Le preguntó Kyle a su hermano.

Dave hizo una mueca. "Condujimos porque no es una gran idea que Gwendolyn vuele. Elegiría 'doloroso' como adjetivo antes de 'dulce'."

"Soy una encantadora compañera de viaje", insistió su madre. "Cinco de mis siete maridos han dicho lo mismo."

"¿Siete?" Susurró Sonia.

"Sin contar las relaciones más casuales", dijo Kyle. "El total tiene que superar una docena".

"Bueno, desde que tú naciste, al menos. Tengo una libido saludable", dijo su madre, sonando a la defensiva. "Kyle llegó a sus inclinaciones honestamente."

Sonia reprimió una sonrisa y giró ligeramente en su silla para contestar el teléfono que sonaba.

Kyle se dio cuenta de una manera horrible. "Espera un minuto. ¿Quieres decir que tu nuevo hombre vive aquí?

Su madre le sonrió. "¡Así es! Y si todo va bien, me mudaré al este. ¿No será maravilloso, Kyle? ¡Podremos vernos todo el tiempo!"

"Maravilloso", asintió Kyle sin entusiasmo.

Dave no fue de ayuda. "Tu turno", murmuró, luego le dio a Kyle dos pulgares hacia arriba detrás de la espalda de su madre. Gwendolyn le dio un manotazo en el hombro y Kyle lo señaló con el dedo, imitando una pistola. Dave solo sonrió.

Florence se volvió y miró entre ellos, luego miró a Dave. Me extrañarás terriblemente. Verás."

"Por supuesto", coincidió Dave, todo inocencia.

El Hijo Dos estaba tirando de la camisa de Kyle. "Encontramos una calcomanía para ti, tío Kyle. Podemos agregarla a la camioneta cuando nos visites."

Kyle miró la pegatina de un hombre sonriente. Estaba levantando dos mancuernas por encima de su cabeza como si no pesaran nada. "Es un incentivo para quedarse en casa", dijo él. "Me han reducido a una calcomanía de hombre."

"¿Por qué dice Rocky debajo?" Preguntó el Hijo Dos.

"Porque se supone que es un tipo de una película, un tipo que se llamaba Rocky Horror", explicó Dave.

"Ese es un nombre estúpido", dijo Uno. "Incluso más tonto que Hijo Uno e Hijo Dos."

"¿Cómo consiguió ese nombre estúpido?" preguntó el Hijo Dos.

"Su creador se lo dio", dijo Kyle. "Fue creado por un científico loco del espacio exterior."

"¡Genial!" dijeron los muchachos al unísono. "¿Podemos ver la película?"

"Pueden verla con su tío Kyle cuando cumplan dieciocho", dijo Gwendolyn.

"Oh, es ese tipo de película", dijo el Hijo Uno sabiamente. Su hermano menor lo miró sin comprender.

"¿Qué sabes de ese tipo de películas?" Preguntó Kyle, justo cuando Cassie hacía su entrada. Él no se dio cuenta de que ella había estado en la tienda hasta que salió de ella, vestida con su traje de yoga negro favorito. Eso dejaba poco a la imaginación y él volvió a notar que Cassie estaba en una forma increíble. Su cabello rubio estaba recogido en una cola de caballo que se balanceaba mientras ella se acercaba.

La mandíbula de Dave cayó cuando ella se acercó. Él se subió las gafas para ver mejor.

El Hijo Uno también estaba echando un vistazo.

Gwendolyn se acercó con la yema de un dedo y empujó la boca de Dave para cerrarla. "No babees en este piso de piedra", dijo ella en voz baja. "Alguien se resbalará y se lastimará." Kyle no estaba seguro de a quién estaba advirtiendo, exactamente, pero Sonia sonrió.

"Uno de mis socios, Cassie Wilson", dijo Kyle. Los ojos de su madre se iluminaron y ella se disculpó y se fue, dirigiéndose a la tienda con un propósito. Siempre había una tarjeta de crédito que debía derretirse, a la vista de su madre. Kyle agitó la pegatina a Cassie. "Te encantará esto. Los niños lo eligieron para que sea yo en la parte trasera de su camioneta."

"Sólo cuando esté de visita", dijo Dos.

Cassie echó un vistazo y se rió. Luego rompió a cantar, entonando una melodía familiar como si hubiera nacido para estar en Broadway. A Kyle siempre le había impresionado su voz. "Una vida tan extenuante, no puedo entender", cantó ella en una más que decente imitación de Tim Curry. "Cuando en solo siete días..."

"¡Puedo hacerte un hombreeee!" Kyle cantó junto con ella, luego los dos se rieron tontamente.

Los hijos parecían en blanco, mientras Gwendolyn y Dave intercambiaban una mirada. "¿Hay cosas que no me hayas dicho sobre tu hermano?" Preguntó Gwendolyn.

"Nada que yo sepa", respondió Dave. "Por el honor de los exploradores."

"Así es como Cassie y yo nos conocimos", explicó Kyle.

"Él estaba en una cita", dijo Cassie. "Yo me estaba divirtiendo."

"Tanta diversión que terminamos en el escenario cantando y mi cita se fue sin mí."

"T-t-t-tócame", cantó Cassie y luego sonrió con malicia. "Eso es lo pasó."

Kyle se rió de nuevo. "Realmente no puedo culparla en retrospectiva, pero fue divertido."

"Vieron esa película juntos", acusó el Hijo Uno. "la que no tenemos permitido ver".

"Y fuimos a verla nuevamente todos los viernes por la noche durante todo un semestre", dijo Kyle. "Fue una maravilla."

Sonia le preguntó a Cassie sobre algunos registros de clientes y ella se alejó.

Kyle examinó a la familia que tenía delante. "Entonces, ¿cuáles son los grandes planes? ¿Por cuánto tiempo se quedan? ¿Dónde se estás hospedando?"

"Un hotel de una cadena en el centro de la ciudad", dijo Dave y lo nombró. "Cuesta la tierra, y la habitación es aproximadamente del tamaño de nuestro cobertizo. Nos quedaremos todo el fin de semana y luego regresaremos a casa."

"Suponiendo que los niños no se maten entre ellos para entonces", dijo Gwendolyn en voz baja.

"Es un viaje largo para un paseo corto. ¿No crees que mamá podría haberlo comprobado por su cuenta?

Dave le dirigió una mirada atenta y Kyle comprendió. Su hermano quería hablar de algo.

Entonces Dave sonrió. "No estábamos seguros de verte en Navidad, dada tu alergia a los bebés recién nacidos."

"Incluso al embarazo", dijo Kyle, señalando la parte interna de su brazo. "Mira. Una colmena." Gwendolyn se rió de él.

"¿Quieres que nos veamos para cenar más tarde?" Dave le preguntó a Kyle.

"Me muero por comer comida japonesa", contribuyó Gwendolyn. "Incluso si estás trabajando, ¿puedes recomendar un buen lugar?" Los hijos hicieron ruidos de arcadas hasta que su mamá los hizo callar.

Kyle no podía imaginarse atrapado en una camioneta con ellos por todo el país, y mucho menos pasar cada hora del día con ellos. Dave tenía razón sobre la Navidad. No había forma de que él quisiera visitar su casa muy bonita y muy pequeña, con dos hijos y un nuevo bebé en la residencia.

De todos modos, Kyle reconoció el brillo en los ojos de su hermano de un hombre que no había tenido relaciones sexuales en mucho tiempo.

Dave y Gwendolyn se merecían un regalo después de lo que tenía que haber sido un viaje desde el infierno.

Sin pensar que su madre también había sido parte de la aventura.

Ellos debían pasar una noche juntos en la gran ciudad, sin los hijos, y Kyle podría hacer eso por ellos. "Te diré una cosa", dijo él, tomando una de las tarjetas F5F por impulso y escribiendo el nombre de un gran restaurante japonés en la parte de atrás. Costaba una bomba, pero todo siempre era perfecto y las mujeres siempre quedaban impresionadas tanto por el servicio como por la comida. Si Dave no tenía suerte después de eso, no sería culpa de Kyle. "Te haré una reserva para este lugar. Es uno de mis favoritos y siempre está lleno." Sacó su teléfono para reservar de inmediato, esperando que no fuera demasiado tarde.

"¿Es caro?" Preguntó Gwendolyn, leyendo la dirección mientras llamaba. Evidentemente, ella ya había aprendido un poco sobre los vecindarios de Nueva York.

Alguien respondió a la llamada, evitándole la necesidad de responder. "¿Qué tal a las siete?" le sugirió a Dave y Gwendolyn, quienes asintieron al unísono. Kyle reservó una mesa para dos, mencionó la que más le gustaba y escuchó la sonrisa en la voz de la mujer del restaurante. Él también dio su número de tarjeta de crédito para la factura.

"¡No pagarás!" protestó Dave, pero Kyle le indicó que se fuera y luego terminó la llamada.

"Lo haré."

"Pero olvidaste algo", dijo Gwendolyn, sosteniendo sus manos sobre las cabezas de los dos brotes.

"¿Qué pasa con nosotros?" demandó el Hijo Uno. "¿También tenemos que comer pescado crudo?"

Los dos muchachos agregaron vómitos simulados a sus sonidos de arcadas y Kyle no pudo soportarlo. Su hermano debió haber notado su reacción.

"¡Hey miren!" Dave dijo y los muchachos se giraron para mirar en la dirección que él señalaba. "Una pared de escalada bajo techo. ¿Cuán genial es eso?"

"¡Guau!" dijo el Hijo Dos. El Hijo Uno parecía menos impresionado, pero entonces a él le habría emocionado una computadora poderosa con una pantalla grande.

"Pueden ir a mirar, dijo Kyle. "Thom no les permitirá subir en la pared sin el equipo y el permiso de los padres."

Al asentimiento de Gwendolyn, corrieron hacia la pared. Thom no tenía clase durante unos minutos, y Kyle miró para asegurarse de que veía a los muchachos. Él saludó con la mano y Thom reconoció el gesto con un asentimiento. Thom era corpulento y voluminoso, y ambos muchachos disminuyeron la velocidad cuando se él volvió para mirarlos. Fiel a su estilo, el Hijo Uno comenzó con las preguntas y Thom se puso en cuclillas para responderlas.

"Esta noche puede ser tu noche de cita", le dijo Kyle a Gwendolyn. "Yo invito. Tiene que costarles una fortuna visitar esta ciudad como una familia de cinco, y por mucho que les agradezco que hayan reforzado la economía local", él movió la punta de la corona de espuma de Dave", creo que se lo merecen" Él bajó la voz a un tono confidencial. "Palabra para los sabios: no usen la corona para cenar. No es ese tipo de lugar."

"Pero los niños..." dijo Gwendolyn. Dave desvió la cara e hizo una pequeña mueca.

"Pueden venir a mi casa," Kyle se estremeció por dentro incluso mientras decía las palabras, pero sabía que había muy poco que pudieran destruir.

Él había dejado entrar a Lauren, tres veces, y había sobrevivido. Seguramente eso no podría ser mucho peor.

"¿Sabes cómo alimentar a los niños?" Preguntó Dave.

"¿Qué tan difícil puede ser? Comeremos hamburguesas o algo así ", dijo Kyle. "Pizza. ¿Qué comen de todos modos?"

Hamburguesas. Pizza", dijo Gwendolyn encogiéndose de hombros. "Casi cualquier cosa basura, a pesar de mis mejores esfuerzos," Ella le dio a Kyle una mirada. "¿Está seguro?"

"Mamá puede ayudar. Ella ha hecho lo de los niños antes."

"¡Cierto!" La preocupación de Gwendolyn se desvaneció. "Eso sería maravilloso, Kyle". Ella se estiró y tomó la mano de Dave. "¡Gracias!"

Dave le dio a Kyle una mirada dura. "¿No te importa si llegamos tarde?"

Kyle asintió entendiendo. "No hay problema." Él bajó la voz a una súplica cuando los niños regresaron rugiendo por el vestíbulo. "Solo regresa. Por favor."

"Sería más fácil si se quedaran a pasar la noche", negoció Dave.

Kyle suspiró. Simplemente no pudo resistir la esperanza en sus expresiones. "Está bien."

"¡Sí!" Dave apretó el puño. "Eres oficialmente mi hermano favorito."

"¡Soy tu único hermano!" Kyle levantó una mano. "Pero mañana a las siete, tengo que ir a trabajar.

"¿Puedes dejarlos en el hotel?"

Más tiempo en la cama. Kyle entendía exactamente lo que estaba pensando su hermano. "Probablemente. O tal vez mamá pueda."

"Eso funcionará", dijo Gwendolyn con verdadero placer. Ella se puso de pie y besó la mejilla de Kyle mientras los niños regresaban corriendo. "Eres oficialmente mi cuñado favorito."

Kyle rió.

"¿Por qué?" demandó el Hijo Uno. "¿Qué ha hecho?"

Esta noche se quedarás en casa del tío Kyle.

"¡Sí!" gritó el Hijo Uno y chocó los cinco con su hermano. "¡Fiesta de pijamas en casa del tío Kyle!" Él tenía una mirada en sus ojos que estaba empezando a resultarle familiar. "Quizás podríamos ver algunas películas.".

Kyle malinterpretó deliberadamente. "Estoy seguro de que hay una película para niños en el cable. Dejaremos que la abuela elija."

Los chicos gimieron al unísono. "Aladdin, otra vez."

Para alivio de Kyle, Timothy cruzó corriendo el vestíbulo en ese momento, como si prefiriera estar en cualquier otro lugar. "Lo siento, llegué tarde", dijo él, sin sonar en absoluto arrepentido.

Kyle chasqueó los dedos. "TicTac. Ya pasaron quince minutos y pagaste por ellos, Timothy. Tendremos que trabajar más duro en los cuarenta y cinco restantes. Nos vemos en la sala de pesas, pronto." Timothy se apresuró al vestuario mientras Cassie se volvía hacia Kyle.

"Ooo, me gusta cuando eres mandón", dijo ella, fingiendo temblar.

Kyle se salvó de la necesidad de responder porque su mamá llamó desde la tienda. "¿Kyle? ¿Puedo obtener un descuento familiar? "

"¡Seguro!" gritó Kyle.

"No quiero saber qué está comprando", murmuró Dave y Kyle asintió con la cabeza.

"Mamá con ropa de yoga sería demasiada información para mí."

Dave asintió.

"Lo averiguaré", dijo Gwendolyn, luego le dio a su esposo una mirada feroz. "Tal vez yo también aproveche ese descuento familiar." Se detuvo a medio camino de la tienda como si se le hubiera ocurrido una idea y se volvió hacia Kyle. "¿Tu casa? ¿Alguna mala influencia? ¿Contenido inadecuado? "

"Limpio como un silbato", dijo él, levantando las manos. "Un verdadero Disneyland."

"Probablemente tengas diferentes atracciones", dijo Dave en voz baja.

Kyle se rió y luego le dio un abrazo a su hermano. "Tengo que dar esa sesión privada. Pasaré por el hotel a las seis para recoger a mamá y los niños. Eso le dará a Gwendolyn un poco de tiempo para arreglarse."

"Trato. Y oye, necesito hablar contigo."

"¿Algo grave?"

"Más o menos."

"¿Puedes resumirlo en treinta segundos?"

"Puedes apostarlo." Dave bajó la voz. "Tengo la sensación de que me desplegarán el próximo año. No hay nada oficial... "

Kyle se puso serio. "Pero solías ganar mucho dinero apostando por tus presentimientos sobre lo que iba a suceder."

La sonrisa de Dave fue rápida. "Sí, lo recuerdo. Mira, Josh murió en acción y Jason lo recuerda. Él y yo realmente no hemos conectado, pero creo que él confía en mí más de lo que se da cuenta. Y él no tiene un hermano mayor al que seguir, así que si el hombre de su vida desaparece como lo hizo mi padre... "

Kyle le dio a su hermano un abrazo rápido. "Lo tengo." Su garganta estaba apretada. "Pero no vayas a hacer tonterías."

"No tienes que ser un idiota, Kyle. Solo tienes que tener mala suerte."

"Bueno, tienes eso cosido", dijo Kyle alegremente. "Muéstrame un tipo más afortunado".

"Exactamente." Gwendolyn salió de la tienda y Dave le sonrió, pero bajó la voz. "No le digas nada a Gwendolyn. Es solo un presentimiento, y ella ya lo ha pasado bastante mal con este embarazo ".

"¿Estarás aquí para el parto?"

"Absolutamente."

"Entendido", dijo Kyle, luego hizo una broma para aligerar el estado de ánimo. "Pero no puedes dejarme solo con mamá. Ten piedad por tu alma."

Dave sonrió y le señaló con un dedo. "Mamá se va a mudar a Nueva York", bromeó, casi cantando las palabras. Gwendolyn se acercó al oído y se echó a reír.

"Y mi vida habrá terminado. Espero que Kenneth sea un idiota."

Se rieron juntos, luego Kyle fue a encontrarse con Timothy en la sala de pesas.

Él necesitaba hacerse amigo de un niño. No tenía idea de por dónde empezar, pero Dave contaba con él, y esa era una de las pocas cosas que le importaban a Kyle.

De alguna manera, tenía que conectarse con el pequeño rarito.

SU MADRE LO ABANDONÓ.

Kyle no podía creerlo. Él llegó al hotel y Florence estaba en el vestíbulo, esperando, pero vestida con un glamuroso traje negro que tenía que ser poco práctico para atender a los niños.

"Un poco demasiado vestida para una noche con las ratas de la alfombra, ¿no te parece, mamá?" Preguntó Kyle cuando la besó en la mejilla.

Su madre se rió y se pavoneó un poco. "Kenneth me va a llevar a cenar y al teatro."

"¿Qué?"

"Él consiguió entradas para ese musical que yo quería ver."

"¡Mamá! No puedo cuidarlos yo solo..."

"Por supuesto que puedes, querido. Eres un adulto y ellos no son un problema."

"¿Estamos hablando de los mismos niños?"

Su madre se volvió severa. "Tú sugeriste algo agradable, Kyle, así que no rescindas tu oferta ahora. Te verás como un idiota."

"Verme como un idiota podría funcionar para mí en esta situación."

"Bueno, no me funciona a mí."

"Pero, estaba planeando tener tu ayuda esta noche."

Ella sonrió. "Pero en cambio, yo también voy a tener una buena velada. Vendré a medianoche y te salvaré."

"No lo harás. No, a menos que Kenneth sea un completo fracaso."

Su madre se encogió de hombros y sonrió en secreto. "Míralo de esta manera. Será bueno para ti. Te mostrará cómo vive la otra mitad."

"Puede que nunca vuelva a tener sexo", murmuró ella mientras los niños salían corriendo del ascensor con sus mochilas. Ellos saltaron a su alrededor, acribillándolo con preguntas en su entusiasmo. Dave saludó desde el interior del ascensor, claramente con la intención de dejarlos y regresar a la habitación. Frunció el ceño cuando vio a Florence.

"No digas nada", le siseó ella a Kyle. "Tendremos taxis separados afuera."

Kyle se sorprendió. "¿Ni siquiera les dijiste a Dave y Gwendolyn?"

"Lo que no saben no les hará daño." Su madre agarró las manos de los niños, manteniendo uno a cada lado de ella, y salió del vestíbulo. Kyle se quedó mirándola, preguntándose cómo exactamente todo se había ido a la mierda antes de que él pudiera detenerlo, luego su madre le lanzó una mirada por encima del hombro.

¿Cuántas noches más de citas tendrían Dave y Gwendolyn en el futuro previsible? Y el despliegue no era una broma. Él no podía cancelar esta noche.

Tal vez los niños colapsarían de agotamiento tan pronto como comieran.

Quizás era cierto que ninguna buena acción quedaba impune.

SI KYLE HUBIERA SIDO el tipo de persona que imaginara el purgatorio, eso se habría parecido mucho a su velada, que había comenzado apenas cuarenta minutos antes. Jason y Noah tenían más energía que un barril de monos, además parecían pensar que estar en casa de Kyle les daba licencia para hacer cualquier cosa.

Ellos habían luchado en la sala de estar, derribando la única mesa que había allí y la superficie de piedra se partió. Ellos anunciaron que la televisión no era lo suficientemente grande y que él era una especie de perdedor por no tener ni un sofá ni un perro. Noah ya se había caído del taburete de la barra y Kyle pensaba que él podría averiguar cómo era la sala de emergencias un jueves por la noche al azar, pero (hasta ahora) se había librado de esa aventura. Él se negó a dejarlos jugar en su teléfono, escondió el control remoto de la televisión y comenzaba a preguntarse si podrían atravesar las ventanas que iban del piso al techo. Noah acababa de dejar caer un vaso entero de jugo de uva sobre la alfombra color crema cuando Kyle explotó.

"¡Siéntense! ¡Ahora!" rugió Kyle. "¡Silencio!"

Ellos se sentaron, con los ojos muy abiertos porque finalmente él había perdido los estribos. Él los miró, sabiendo que nunca sobreviviría esa noche solo.

Él necesitaba ayuda. De lo contrario, los asesinaría a los dos en una hora y no sentiría ningún remordimiento. El congelador de su refrigerador no era lo suficientemente grande para esconder los cuerpos.

Solo había una persona a la que él podía pedirle ayuda.

De acuerdo, era una excusa para hablar con ella una semana antes, pero él iba a usarlo.

Él marcó el número de Lauren antes de que pudiera repensar su elección, rezando para que ella respondiera.

"Mira lo que trajo el gato," dijo Lauren, su voz baja lo tranquilizó como poco más podía hacer.

"Lo sé. Necesito ponerme a tu merced y pedirte un favor."

"Interesante", dijo ella, fingiendo estar tranquila, pero él escuchó que ella estaba intrigada. "¿Qué hay para mí en eso?"

"Todo lo que quieras."

Él escuchó la sonrisa en su voz cuando ella respondió. "Debe ser un gran favor el que quieres."

"Lo que pasa es que cometí el error estratégico de tratar de ser amable." Los niños lo miraban en silencio, y Kyle esperaba que no adivinaran cuánto disfrutaba él hablando con Lauren.

"¿Amable? ¿Tú?" Lauren se rió entre dientes. "Tengo entendido que no eres amable. Tú me lo dijiste."

"Sí, bueno, me equivoqué y decidí intentarlo."

"¿Y?"

"Muy mala idea. Lo que me hizo pensar en ti para una intervención, dado que eres alguien que entiende lo amable y sus repercusiones."

Lauren se rió. "Define amable. Tal vez la palabra signifique algo diferente de lo que creo."

"Muy divertido. ¿Recuerdas la primera vez que nos conocimos?"

Su voz se volvió más tranquila. "Por supuesto."

"¿Alguna vez pagaste por adelantado ese ahorro de vacaciones?"

"No. ¿Por qué?" Lauren sonaba adecuadamente cautelosa.

"Porque esta noche es la oportunidad que estabas esperando."

"Yo no diría que lo estaba esperando, exactamente..."

"Solo escúchame. Mi hermano y su esposa están en la ciudad con sus hijos, y me ofrecí a cuidar de los monstruos para que ellos pudieran tener una cita nocturna."

"No somos monstruos", protestó Noah. "¡Somos niños!"

"Guau. Eso es bueno."

"Él incluso pagó la cena de mamá y Dave", declaró Jason al lado del teléfono, luego nombró el restaurante.

"Muy bien," dijo Lauren.

"¿Alguien te invitó a esta conversación?" Kyle le preguntó a Jason, incluso mientras Lauren se reía. "¿Hay alguna razón por la que crees que alguien está interesado en lo que tienes que decir?"

"Es una mujer", respondió Jason. "Puedo escuchar su voz. Obviamente, quieres impresionarla. Yo solo ayudé."

"Creo que puedo lograr impresionar a las mujeres sin tu ayuda, gracias de todos modos". Kyle les dio la espalda a los dos niños.

"¡Vamos a tener una fiesta de pijamas!" cantó Noah y comenzó una pelea de almohadas.

"¡Oye! ¡Dije silencio!"

Ambos niños dejaron caer sus armas y Kyle resistió el impulso de enderezar los cojines de las sillas del club.

"A continuación, te conseguirán citas." Al menos, Lauren se estaba riendo mucho a sus expensas.

"Ni siquiera pienses eso, y mucho menos lo digas en voz alta."

"¿Qué edad tienen?"

El cabecilla aquí tiene once y medio. El Hijo Dos tiene seis años."

"Apuesto a que ese fletán a la parrilla tuyo fue un gran éxito."

"He pedido hamburguesas. Pensé que sería más saludable que la pizza." Kyle respiró hondo, sintiéndose mejor solo por hablar con un adulto. "No había forma de que pudiera cocinar con el caos que ha estallado aquí."

"¿Tú cocinas?" Preguntó Jason, algo así como interés en sus ojos.

"No es una mala elección," dijo Lauren mientras Kyle asentía a su sobrino. "¿A domicilio?"

"Sí, y obviamente se desviaron hacia Maine porque saben que estoy desesperado."

"Los niños tienen hambre."

"La comida los distraerá durante siete u ocho segundos.". Sonó el timbre de la puerta. "Espera, ya están aquí." Él respondió, les dejó entrar y luego volvió a su conversación con Lauren.

"¡Es la caballería!" dijo ella e hizo un sonido de trompeta.

Kyle rió. "Bastante."

"A continuación, dirás que soy tu amuleto de la suerte.'

Algo cálido comenzó a brillar dentro de Kyle. "Quizás lo eres."

"Entonces, la conclusión aquí es que quieres que vaya y te ayude, ¿verdad?"

"Me encantaría, pero tal vez deberías salvarte ahora y huir hacia Birmania."

Ella se rió levemente. "Son niños. No puede ser tan malo. ¿Cuál es tu gran plan para la noche?"

"¿Películas?" Kyle escuchó su propia incertidumbre.

"Ni siquiera tienes un plan, ¿verdad?" Su tono era divertido, no criticando.

"Se suponía que mi mamá iba a ayudar. En cambio, ella tuvo una cita. Hay un rumor de que llegará a medianoche... "

"Pero no vas a apostar por eso."

Kyle suspiró. "Ella está enamorada, de nuevo, y se divertirá."

"Entonces, no tienes ningún plan y no quieres llamar a ninguno de ellos y arruinar su velada en la Gran Manzana."

"Bastante".

"Parece que eres amable, Kyle, aunque trates de ocultarlo."

"No dejes que se corra la voz."

Ella se rió de nuevo. "¿Qué te hizo suponer que yo sabría más sobre niños que tú?"

"Es una probabilidad estadística. No creo que nadie en el planeta sepa menos que yo sobre niños.".

"Fuiste uno, una vez"

"He bloqueado la memoria. Ahora recuerdo por qué. Espera." Kyle puso su mano sobre el teléfono ante el sonido repetido del agua corriendo. "¡Deja de tirar de la cadena del inodoro! Espera. ¿Por qué estás tirando el inodoro una y otra vez?"

Lauren se reía con más fuerza cuando él volvió con ella, aunque se sentía muy agitado. "Entonces, todo lo que tenemos que negociar son mis condiciones."

"¿Tienes idea de en qué te estás metiendo?"

"Prácticamente, sí".

Él suspiró. "Entonces esto debe ser por lástima."

"Bastante, sí. ¿Qué opinas?"

"Que sería completamente asombroso y que estaría en deuda contigo para siempre", dijo Kyle y lo decía en serio.

"Me gusta cómo suena eso," ronroneó Lauren. "Te haré saber mi precio una vez que sepa lo malo que es."

"Suena justo."

"Te veré en media hora." Ella terminó la llamada y Kyle sonrió al teléfono por un minuto antes de guardarlo.

"¿Esa es tu novia?" preguntó Noah, luego hizo una mueca.

"Es mi amiga, y si alguno de ustedes es malo con ella, la hace llorar, la lastima o derramar algo sobre ella, los mataré con mis propias manos. ¿Entendido?"

"Sí, tío Kyle", dijeron al unísono.

"Ella es tu novia", dijo Jason, luciendo tan sabio que Kyle quiso golpearlo. Él fingió un beso y los dos estaban tan ocupados haciendo ruidos de besos que Kyle no podía oírse pensar.

"Está bien, Jason, ayúdame a limpiar este jugo y no pises el vidrio roto. Mejor aún, los dos siéntense allí y miren. No empiecen a comer hasta que yo diga que pueden."

"Es mandón", se quejó Noah.

"Será mejor que lo creas", murmuró Kyle, convencido de que nada podría inducirlo a reproducirse voluntariamente.

DIEZ

Era divertido escuchar a Kyle cuando no estaba completamente seguro y en control, a pesar de que Lauren podía simpatizar. La primera vez que había cuidado a su sobrino, Ethan, ella estaba aterrorizada de que algo saliera mal, y él solo tenía dos meses. Esos sobrinos suyos sonaban como un problema, tal vez el mismo tipo de problema que había sido Kyle cuando era más joven.

Aun así, ella admiraba que él se hubiera ofrecido a llevarse a los niños para que su hermano y su esposa pudieran pasar una noche a solas. Era un gesto dulce y ella quería ayudar.

Tampoco le dolía que Kyle la hubiera llamado. Ella estaba más que contenta de volver a verlo, independientemente de los términos, y le daba una dulce punzada de placer que él hubiera pensado en ella cuando necesitaba ayuda.

Ella no lo iba a defraudar.

Lauren tampoco iba a ser predecible. Ella sabía muy bien que él esperaba que ella quisiera sexo a cambio de ayudarlo, porque ese habría sido su precio. Habría sido fácil aceptar esos términos, pero esa era una oportunidad demasiado buena como para perderla.

En su lugar, ella iba a exigirle que respondiera una pregunta.

Y sería buena.

Lauren revisó sus alacenas a la velocidad del rayo, reuniendo los ingredientes para las galletas con chispas de chocolate. Probablemente Kyle no tenía ningún equipo para hornear (ella apostaría a que él no comía azúcar), así que empacó una bolsa con todo lo que necesitaba. Ella agregó una bolsa de palomitas de maíz, empacó algunos elementos esenciales en caso de que se quedara a pasar la noche y luego se fue.

El Señor Bernard le abrió la puerta y se ofreció a conseguirle un taxi, pero Lauren necesitaba detenerse en la bodega de la esquina. Ella no recordaba si había una cerca de la casa de Kyle. Ella necesitaba mantequilla, huevos y leche, luego pensó en que los niños se quedarían a pasar la noche. Ella agregó bagels, queso crema y un montón de plátanos. Tenían unas bolsitas de café recién molido y ella tomó una por impulso. Si ella estaba allí hasta la mañana, necesitaría su taza de café de la mañana, pero tampoco podía contar con que Kyle tomara cafeína.

Era una suerte que no estuvieran saliendo. La línea dura de Kyle sobre la nutrición habría sido demasiado para ella. Ella necesitaba su chocolate, cafeína y vino como necesitaba aire para respirar.

Quizás él podría ser descarriado.

La idea hizo sonreír a Lauren mientras intentaba tomar un taxi, y esa sonrisa podría haber sido la razón por la que el taxista cruzó cuatro carriles de tráfico para detenerse frente a ella.

Ella estaba en el edificio de Kyle a los veinticinco minutos de su grito de ayuda. El taxista le llevó las compras al vestíbulo y ella le dio una buena propina antes de llamar al apartamento de Kyle. "Servicio de búsqueda y rescate", dijo ella cuando él respondió y lo escuchó reír.

"¡Justo a tiempo! Sube."

Él se encontró con ella en el ascensor y la examinó con una intensidad que la hizo sonrojar. La puerta de su apartamento estaba abierta al final del pasillo y Lauren miró en esa dirección para ver que había dos niños parados allí. A ella le sorprendió que se parecieran tanto a Kyle. Uno era un pelirrojo larguirucho —o más bien como una zanahoria— con gafas y el más bajito, más fornido, tenía el pelo oscuro.

"Eres un ángel de misericordia", dijo él y tomó sus bolsas. "Te debo mucho."

"Lo sé", bromeó ella. "Tengo la intención de cobrarte."

Sus miradas se cruzaron y se sostuvieron por un momento eléctrico, el tiempo suficiente para que Lauren se diera cuenta de que su suposición había sido correcta y se preguntara si estaba cometiendo un error al dejar de tener más sexo con Kyle.

"Te ves genial", dijo él, su voz baja y ronca. Su mirada vagó sobre ella como si tuviera hambre de verla. "Te cortaste el pelo."

"Parte del plan de nuevo comienzo". Lauren lo atravesó con los dedos. "Todavía me sorprende que sea corto, después de tantos años de tenerlo largo."

"Me gusta", dijo él, y ella pudo decir por el brillo en sus ojos que lo decía en serio. "Te conviene."

"Pensé que te gustaba largo."

"Me gustaba, pero me gusta más así." Él sonrió. "Tal vez creo que eres increíblemente sexy sin importar cómo te corten el pelo."

"Probablemente estés pensando que los halagos te llevarán a todas partes."

"Vale la pena intentarlo."

"Un nuevo corte de pelo no me convierte en una mujer diferente a la que seducir."

Él sonrió. "Debemos asegurarnos".

Lauren se rió y negó con la cabeza. Ella habría pasado a su lado hacia su apartamento, pero él la agarró del brazo. Su agarre era suave pero firme, y su toque hizo que su boca se secara. ¿Podría ella pasar esta noche sin dejar que él la sedujera?

¿Sin seducirlo a él?

Kyle se aclaró la garganta. Lauren se dio cuenta de que estaba incómodo, lo cual era inusual. "Entonces, um, ¿tú y Mark resolvieron las cosas?"

"¿Crees que estaría aquí si lo hubiésemos hecho?"

Su sonrisa fue rápida y llena de alivio. "En realidad no, pero tienes una forma de desafiar mis expectativas."

Lauren se inclinó hacia él, tanto para susurrarle como para oler su piel. Mmm. Él olía tan delicioso como siempre y ella reprimió un escalofrío. "La rubia era solo la punta del iceberg", confesó ella. "Él estaba teniendo una aventura con la mujer que trabaja en mi salón, Marie."

Kyle pareció asombrado. "Me estás tomando el pelo."

"No. Además, ella se quedó embarazada y pensó que yo lo convencería de que hiciera lo correcto."

Kyle pareció quedarse sin palabras. Él miró por el pasillo por un momento, luego de nuevo a ella. "Eso es increíble."

"Sí. Así que tuvimos esta gran pelea en la bodega de la esquina, donde le dije exactamente lo que pensaba de él frente a varias docenas de personas, y de repente encontró un trabajo en Chicago."

Los ojos de Kyle se iluminaron. "¿Es por eso que te ves tan feliz?"

Lauren se rió. "Creo que podría ser. Es un mundo completamente nuevo."

"Bien por ti." Su mirada se cruzó con la de ella de nuevo y Lauren se encontró imaginando mil posibilidades, la mayoría de las cuales eran imposibles con Kyle.

Ella realmente sabía cómo elegirlas.

Entonces, una puerta se cerró de golpe en el pasillo. Lauren se sorprendió al ver que los niños le habían cerrado la puerta a Kyle.

"Estoy aprendiendo rápido", dijo él con gravedad. "Mis llaves están en mi bolsillo trasero." Él se volvió y le dio una mirada, invitándola a buscarlas.

Y tal vez a tomar un poco más.

Lauren extendió la mano y le dio una caricia en el trasero mientras recuperaba las llaves, solo porque era divertido. Kyle giró y capturó sus labios en un beso dulce y caliente, uno que la tomó por sorpresa e hizo que su corazón se acelerara. Ella estaba sin aliento cuando él levantó la cabeza y le gustó cómo sonreía con satisfacción. Su voz era lo suficientemente baja como para hacer que su sangre vibrara. "En serio, estoy muy contento de verte."

"Se nota."

Kyle miró entre la puerta de su apartamento y el ascensor. Su tono se volvió melancólico. "Tal vez deberíamos huir y dejarlos aquí."

"Eso sería irresponsable, y lo sabes". Lauren continuó por el pasillo y metió la llave en la puerta.

"No lo sé. No hay mucho en lo que puedan meterse ", dijo Kyle, luego Lauren abrió la puerta justo cuando se demostraba que él estaba equivocado.

"¡Globos!" gritó el niño más joven desde el dormitorio. "El tío Kyle tiene globos. ¡Mira!" El sonido de pies corriendo resonó en el apartamento cuando el niño mayor obviamente corrió a ver.

"¿Globos?" Kyle pareció desconcertado. Lauren se encogió de hombros. Se llevaron las compras a la cocina. Estaba poniendo la leche en el frigorífico cuando reaparecieron los niños.

"Son difíciles de hacer explotar", se quejó el niño mayor. "No creo que sean muy buenos globos".

Él se volvió para ver que habían encontrado el suministro de condones de Kyle.

"Tú explótalo, tío Kyle", dijo el niño, empujándolo hacia él.

"Tienen paquetes divertidos", dijo el niño más joven, abriendo algunos.

"No son globos", dijo Kyle con creciente impaciencia. "No se supone que puedas hacerlos explotar. ¡Y no es necesario que los saquen todos de sus paquetes! "

"Entonces, ¿qué son?" El mayor rompió uno, como si fuera una especie de honda. Eso inspiró al más joven, que hizo lo mismo, y comenzaron una batalla. Lauren fingió estar absorta en poner cosas en el refrigerador para que Kyle no pudiera ver su sonrisa.

"¡No son globos!" insistió Kyle, juntándolos a todos y retirándose al dormitorio. Cuando regresó, cerró la puerta y, visiblemente, respiró hondo.

Verlo fuera de control en persona era incluso más interesante que escucharlo por teléfono. Sus ojos estaban echando chispas y su cabello estaba despeinado. Él parecía mucho más impredecible, y Lauren lo encontró un poco demasiado interesante.

"Obviamente estás en tu elemento con los niños", dijo ella y él soltó un pequeño gruñido de exasperación.

"Pensé que llamarte podría salvarles la vida." Él miró a los niños con el ceño fruncido, que no se sentían intimidados en lo más mínimo. "Ahora no estoy convencido."

"Serás completamente diferente cuando tengas el tuyo propio."

"Nunca", dijo él con vehemencia. "Este intervalo será la suma de mi vida con los niños".

"Él dijo que no eres su novia", dijo el niño mayor. "¿Es esa la razón?"

"No, no es esa la razón. Solo somos amigos", dijo ella a la ligera, sin perderse el alivio de Kyle. "Soy Lauren", le dijo, luego le ofreció la mano. "Pensé que podríamos hacer galletas con chispas de chocolate."

El menor se olvidó de los globos y se acercó corriendo a ella. Él abrazó sus rodillas. "Sí, por favor", dijo contra sus piernas.

"Soy Jason", dijo el mayor, estrechándole la mano solemnemente. "Ese es Noah."

"Bueno, hola. Espero que a ambos les guste ayudar en la cocina."

"Si no eres su novia, ¿por qué estás aquí?"

"Porque los amigos hacen cosas el uno por el otro." Lauren levantó su mirada hacia la de Kyle. "Salimos juntos y vemos películas a veces."

"¿Películas de Disney?" Hubo una mueca en esa pregunta.

"Películas como estas." Lauren metió la mano en su bolso y le ofreció un par de DVD. Eran películas de acción de la colección de Mark que ella pensaba que eran adecuadas para niños. Las había sacado de la caja de cosas destinadas a irse. "Sé que Kyle no tiene Netflix, así que pensé que lo haríamos a la vieja escuela."

Jason los estudió y puso uno encima, aparentemente con poder de veto sobre las opciones de películas. "¿Dónde están las galletas?" preguntó él, mirando su bolsa de suministros.

"Las vamos a hacer juntos."

"Pero nosotros solo las compramos en la tienda."

"Son mucho mejores cuando las haces frescas." Lauren había guardado la leche en el refrigerador y estaba organizando su equipo para hornear en la encimera. Noah se aferró al borde del mostrador, mirando. "Mi abuela y yo siempre las hacíamos juntas, y son las mejores. Ahora te voy a enseñar." Le dio a Jason la receta, adivinando que él querría leer el plan primero.

Se calmaron mucho, sobre todo una vez que ella les dio tareas como medir la harina. Kyle también estaba en la cocina y mantenía algún tipo de orden. Él también hizo un excelente agarre cuando una taza medidora de vidrio cayó del mostrador. No pasó mucho tiempo hasta que se enfriaron las galletas en el mostrador.

Kyle fregó mientras Lauren organizaba el desorden, luego sacó las palomitas de maíz. Ella usó una olla para prepararlas en la estufa, tal como lo hacía su abuela, y los niños estaban fascinados de que ella no lo hiciera en el microondas.

Luego, todos se sentaron frente al televisor con bocadillos para ver a un héroe de acción salvar el mundo. Era divertido y fácil, y cuando Kyle se acercó a través del espacio entre los dos sillones para tomar su mano, Lauren le sonrió. Él le besó las yemas de los dedos y articuló las palabras "gracias", lo que la hizo brillar por dentro. Sin embargo, apartó la mano de la de él, conociendo sus límites.

"No es su novia", murmuró Jason con desprecio desde su posición en el suelo. "Sí como no."

LAUREN HABÍA SALVADO la noche y su cordura. Kyle estaba profundamente agradecido. A medianoche, su madre no apareció, pero él realmente no esperaba que lo hiciera. La segunda película había terminado, los niños dormían en la alfombra en pijama y Lauren dormitaba en la otra silla. Él miró por la ventana y trató de no pensar demasiado en cómo cambiaría su vida con su madre en los alrededores.

Ella estaría todo el tiempo.

Kyle se estremeció.

Él apagó la televisión, luego tomó a Lauren y la llevó al dormitorio. Ella murmuró algo incoherente y se acurrucó contra él con satisfacción. Él la dejó en la cama y luego le quitó los zapatos. Sacó un par de mantas del armario y regresó con los niños, tapándolos y dejándolos sobre esa gruesa alfombra. Él supuso que no los mataría, él había dormido en muchos pisos durante su vida.

Quizás él debería conseguir un sofá.

Tal vez no. Aparecerían más a menudo si fuera cómodo.

Dios nos libre.

Él apagó las luces y regresó al dormitorio, empujando la puerta para que estuviera parcialmente abierta. Él quería escuchar a los niños, pero también tener un poco de privacidad. Era imposible imaginar que Dave y Gwendolyn vivieran así todos los días.

Y que habían elegido hacerlo.

El mundo estaba lleno de misterios.

Kyle comenzó a quitarle los jeans a Lauren y ella se movió, dándole una sonrisa soñolienta.

"¿Está bien si me quedo?"

"Nunca esperé nada más."

"Probablemente esperabas más."

Dio un suspiro teatral. "La honestidad exige que admita que lo estaba esperando."

Lauren sonrió y pareció despertarse un poco. Ella se apoyó en el codo y miró hacia la puerta. "Pero el público no funciona para mí."

"Está eso. ¿Quieres un cheque?

Ella rió un poco. "No. Dijiste que yo podía nombrar mi precio, así que lo haré." "Supuse..."

"Y supusiste mal." Ahora había un brillo intrigante en sus ojos, si no un desafío. Ella se puso de pie y se quitó los jeans y la camisa. Ella fue al armario y tomó la camisa de mezclilla, luego se quitó la lencería. La camisa lo privaba de la vista, pero él seguía mirando de todos modos. ¿Qué estaba haciendo ella? Lauren dejó el sostén y las bragas encima de su otra ropa y volvió a la cama, vestida solo con su camisa. Kyle no quería admitir cuánto le gustaba eso. Ella se sentó allí, abrazándose las rodillas, con expresión expectante. "Quiero que respondas una pregunta en vez de eso."

Kyle se sorprendió. "¿Una pregunta? ¿Cuándo podrías tener sexo increíble?"

Lauren se rió levemente y asintió. "Sabía que te sorprenderías."

"Más vale que sea una muy buena pregunta", dijo él, desnudándose mientras luchaba contra su decepción. Una pregunta. Él esperaba que no fuera la habitualmente temida sobre hacer un futuro juntos. Él siempre sabía la respuesta a esa, pero no quería tener esa conversación con Lauren.

"¿Por qué tantas mujeres?" preguntó ella y él se volvió para mirarla.

"¿Discúlpame?"

"¿Por qué te acuestas con tantas mujeres, una tras otra?"

Kyle parpadeó. "¿Por qué no?"

"No." Lauren negó con la cabeza. "No es una respuesta simplista. Quiero la verdad. ¿Cuál es el atractivo?"

"Me gustan las mujeres." Kyle escuchó la pregunta en su propia respuesta y supo que Lauren también lo había hecho. "Y me gusta el sexo. Es sencillo."

"No, no creo que sea tan simple. A mi modo de ver, hay seis posibilidades", dijo ella.

"Seis", repitió Kyle fascinado, y se sentó en la cama para mirarla.

Lauren las contó con los dedos. "La primera posibilidad es que te guste la variedad y la única forma de tener la experiencia de miles de mujeres es tener miles de mujeres."

"Buen punto. Me gusta la variedad."

Ella sacudió su cabeza. "Pero me parece que si ese fuera tu objetivo, tendrías una especie de lista y estarías completando las omisiones en este punto. Quizás una hoja de cálculo. Una misión para probar a cada tipo de mujer al menos una vez."

"¡Qué misión!" Kyle fingió desmayarse ante la idea y cayó sobre la cama.

"Esto no es una broma", dijo Lauren con severidad. "Tengo muchas ganas de saber y me prometiste lo que quisiera."

"Okey. No es broma." Él se sentó y la escuchó. Él estuvo más cerca de ella que cuando fingió desmayarse, lo cual había sido parte de su plan.

"¿Las mujeres que eliges siempre son diferentes? ¿O son de cierto tipo?"

"Hay un ideal", en el espíritu de honestidad que caracterizaba su relación, Kyle tenía que admitirlo. "Me gustan las variaciones sobre el tema."

"Entonces, no son todas las mujeres las que encuentras atractivas, sino las mujeres que coinciden con tu ideal femenino, lo que se reduce a los atributos físicos, supongo." Ella le dio una mirada.

"Esto es mucho más que una pregunta."

"Todas las preguntas subordinadas persiguen la mejor respuesta. Creo que están permitidas."

"No me di cuenta de que tú estabas haciendo las reglas."

"Es a mí a quien se le debe todo lo que quiere", respondió ella con una sonrisa.

Kyle consideró la pregunta. "Está bien, las mujeres que elijo tienen muchas similitudes físicas, pero luego, me encuentro con la mayoría de ellas en F5F. Allí hay mucha gente en forma. La mujer alta y delgada con curvas en los lugares correctos es bastante frecuente."

"¿Pero la atracción inicial es física?"

Kyle estaba impaciente. "¿No es toda la atracción inicial, física?"

"Las personas que creen en el amor a primera vista dirían eso."

"No creo en eso", dijo él, con demasiada vehemencia.

Lauren no pareció darse cuenta. "¿Por qué no estoy sorprendida?" dijo ella suavemente. "Está bien, no creo que la variedad en sí misma sea un objetivo. Tendrías una lista con elementos como "No he tenido una rubia con gafas y senos grandes", y tú no la tienes. ¿A menos que no me lo hayas contado? Ella le lanzó una mirada interrogante.

Kyle negó con la cabeza, sintiéndose descontento. "Sin lista, mucho menos una hoja de cálculo."

Ella levantó dos dedos. "Opción dos: tienes miedo al rechazo. Entonces, eliges a alguien, tienes relaciones sexuales y luego sales de la relación primero, para asegurarte de que no eres tú quien es abandonado."

"Incorrecto", dijo Kyle rotundamente. "No salgo de la relación porque no hay relación. Hay sexo. Y lo termino porque la mujer inevitablemente quiere una relación y yo no. No tengo miedo al rechazo."

"El hecho de que te adelantes no significa que no tengas miedo."

"No tengo miedo. ¿Quién me rechazaría? Él sacudió la cabeza rotundamente cuando Lauren sonrió. "Yo tengo el problema opuesto. Confía en mí en eso. ¿Cuál es la tercera?

"Miedo a quedar atrapado."

"¿Y eso que significa?"

"Que no quieres que te engañen para hacer algo o perpetuar algo por la duración o incluso por un período de tiempo. Tal vez sea en realidad una necesidad de control. Deseas elegir activamente a tu compañera cada vez, no estar vinculado a una compañera predeterminada."

"Todo es mejor la primera vez", dijo Kyle.

"Y la gente cambia. Entonces, cuando dos personas se comprometen, es para bien o para mal, se casen o no. Alguien podría aumentar de peso o perderlo. Ambos envejecerán. Cualquiera puede tener un cambio de actitud, como amargarse o desanimarse. Al mantener un solo encuentro con cualquier mujer, se elimina todo eso."

"¿Y se supone que debo arrepentirme de eso?"

"Bueno, también te pierdes la intimidad real, pero ya hablamos de eso antes." Ella arqueó las cejas. "¿Miedo a quedar atrapado?"

"No, porque no hay vínculos permanentes, no realmente. Mark acaba de demostrarlo."

"Touché", dijo ella a la ligera, justo cuando él pensaba que podría haberlo hecho. "¿Y la otra cara? ¿Necesitas control?"

"No. Puedo seguir la corriente tan bien como cualquiera."

"—Entonces, vamos al número cuatro. Tal vez sea la intimidad lo que temes."

"No le tengo miedo a nada."

"¿De verdad? ¿Es por eso que guardas todos tus secretos encerrados con tanta fuerza?"

"Eso es afición por la privacidad. Es diferente."

"Tal vez, pero es posible que lo superes de todos modos".

"¿Qué quieres decir?"

Ella señaló la sala de estar. "Invitados de la noche a la mañana. ¿No es la primera vez?"

"Sí", admitió Kyle.

"Y yo también, volviendo por cuarta vez y pasando la noche. Creo que tu isla ha sido invadida, Kyle."

Él cruzó los brazos sobre el pecho. "¿Cuál es la cinco?"

"¿No me vas a contestar sobre la intimidad?"

"Si se trata de opciones múltiples, puedo ver todas las opciones antes de elegir."

"Lo suficientemente justo. Número cinco. Tal vez tu gusto por la honestidad no funcione bien a largo plazo y lo sabes. Tal vez sucedió algo antes para convencerte de eso y todo esto es una reacción."

"¿Cómo podría ser un problema la honestidad?"

Lauren sonrió e hizo comillas al aire. "¿Este vestido me hace ver gorda?"

Kyle rió. "Está bien, a veces la honestidad puede hacer que un hombre se meta en una mierda profunda."

"Entonces, tal vez conociste a una mujer, o una secuencia de ellas, que se cansó de tu honestidad con el tiempo."

"Me gusta la número cinco. Tiene potencial como teoría. Desafortunadamente, eso nunca me pasó a mí." Kyle sostuvo su mirada. "Nadie me echa nada en cara. Vamos. Dame la número seis."

Lauren suspiró. "Es el dolorosamente predecible."

"Puedo soportarlo."

"Todavía no has conocido a la mujer adecuada."

El silencio flotaba entre ellos, llenando la habitación con su expectativa.

Kyle tomó aliento y eligió una oportunidad. "O quizás la número siete." La conocí, pero sé que no puedo hacerla feliz. Tal vez ella es la mujer ideal y los demás son solo pálidos ecos de su esplendor."

"Sustitutas".

"Quiénes pueden ser felices durante unas horas seguidas, que es mejor que nada"

Lauren tragó. "¿Pero cómo sabes que no puedes hacerla feliz?" ¿Has probado?"

"No, en realidad no. Solo sé quién soy y qué soy y cómo soy. Eso no encaja con quién es ella, lo que quiere y cómo es."

"Tal vez no sepas tanto de ella como crees."

Kyle hizo una mueca porque eso estaba empezando a sonar como la conversación que él no quería tener. "Tal vez yo lo sepa mejor que ella misma."

"Quizás sí," estuvo de acuerdo Lauren. "Entonces, ¿algo te hizo como eres o naciste así?"

"¿Genética o medio ambiente?"

"Algo como eso."

Kyle vaciló. Nunca le había confesado esa verdad a nadie, pero era la verdad y Lauren la estaba pidiendo. Él sentía que podía decirle cualquier cosa y no ser juzgado, ni ser encontrado falto, y él quería compartir eso con ella.

Él se metió en la cama y se sentó a su lado, recostándose contra la cabecera.

"No me lo vas a decir", supuso ella.

"Te lo voy a decir", respondió él y vio su sorpresa. "Un secreto solo para ti."

"Ooo, me siento especial", bromeó ella y él sonrió brevemente.

"Se suponía que mi mamá vendría a la medianoche para ayudar con los niños. Es más de la una de la madrugada. Notarás que ni apareció ni llamó."

Lauren se enderezó alarmada. "¿Crees que algo anda mal?"

"No. Creo que ella se está divirtiendo y se olvidó. O recordó su promesa y decidió no cumplirla. Es lo que ella hace. Esta noche tenía una cita con un hombre que conoció por internet."

¡Kyle! ¡Le pudo haber pasado algo!"

"No fue así, pero te lo demostraré." Él cogió su teléfono y llamó. Su mamá no respondió hasta el quinto timbre.

"¡Kyle!" exclamó ella tan fuerte que Lauren debió haberla escuchado. "¿No me digas que ya es medianoche?"

"Sabes que es más tarde, mamá."

"Pero recién estamos comenzando. Vamos a ir a bailar... "

"Está bien, mamá. No esperaba que aparecieras. Mi amiga, sin embargo, estaba preocupada por ti, así que quería informarme."

"¿Tu amiga? ¡No me digas, Kyle, que finalmente me vas a convertir en abuela!"

"Eres abuela, mamá", dijo Kyle con cansancio.

"Oh, tengo que irme, Kyle. Te contaré todo sobre nuestra velada por la mañana." Su voz vaciló. "¿A menos que haya algo mal?" El tono de su voz prácticamente le advirtió que dijera que no.

"Por supuesto que no. Ve a divertirte, mamá. Probablemente te veré mañana."

Él colgó y volvió a colocar el teléfono en el cargador.

"Entonces, ¿estás diciendo que fuiste criado por alguien que no hacía compromisos, y por eso tú no lo hiciste?"

"Estoy diciendo que mi madre se ha casado siete veces con innumerables relaciones de "amor verdadero" en el medio. Nos mudábamos todo el tiempo cuando yo era niño. Todo el tiempo. Cada maldito año. A veces más a menudo que eso. No había nadie con quien pudiera contar, hasta que nació Dave."

"Oh."

"Si ella se hubiera quedado y hubiera tenido todos los amantes que quería, podríamos haber tenido algo de estabilidad en nuestras vidas. En cambio, siempre era el amor verdadero y los planes para el matrimonio, y llegaba el tiempo para que nos mudáramos y comenzaremos de nuevo. Era un infierno. Era ridículo. Ella nunca será feliz con un hombre durante más de sesenta días, por lo que todo el asunto del romance es obviamente una mentira. No existe el compromiso o las promesas cumplidas, y no voy a perpetuar una mentira. Ciertamente, nunca voy a traer más niños a este mundo."

"Estás muy decidido sobre esto," señaló Lauren. "Podrías simplemente no tener hijos."

"Simplemente no podría mentirme a mí mismo, y mentirle a quien sea que esté, y enfrentar el hecho de que me parezco mucho a ella."

"¿Qué hay de tu papá?"

"En realidad él es peor." Kyle se atrevió a encontrar su mirada. "Nadie me va a interesar durante todo el tiempo, así que he elaborado mi estrategia en consecuencia. No voy a joder a ningún niño."

"Tiene sentido", admitió ella. Él tuvo un latido de corazón para sentirse aliviado de que ella no intentara disuadirlo de su vista antes de que su mirada directa chocara con la suya. "Entonces, ¿qué estoy haciendo exactamente aquí?"

Atrapado.

Kyle exhaló lentamente. "No lo sé", admitió él. "No, lo sé. No puedo resistirme a ti. En parte es que no intentas cambiarme."

"No creo que la gente realmente cambie."

"No, yo tampoco. El hecho es que todavía estoy interesado en ti y han pasado años desde que nos conocimos." Él sostuvo su mirada. "Pero no vayas pensando que podemos hacer algo con eso. No esperes más de mí. Lo joderé, Lau. Así soy yo y no quiero decepcionarte."

Ella asintió y, para su alivio, no lloró. "Amigos con beneficios, entonces."

"Algo como eso. Si tú quieres." Cuando quieras, pensó él, pero se lo guardó para sí mismo.

"No ves muchas películas para mujeres, ¿verdad?"

"No. ¿Por qué?"

"Porque cada uno de los amigos con beneficios termina con una boda."

Lauren se dio la vuelta. "Pero creo que en la vida real, a menudo termina de otra manera".

"¿Cómo es eso?"

"Con los amigos que ya no se hablan. Alguien va a tener expectativas. Así es como es la gente." Ella suspiró, incluso cuando Kyle reconocía que su lógica encajaba perfectamente con la de él. "Mantengamos las cosas simples y seamos amigos sin beneficios."

Él estaba decepcionado pero no sorprendido. "¿Pero esta noche?"

"No. Nunca más. Yo escogí la pregunta y tú la respondiste mejor de lo que hubiera esperado."

"Amigos sin beneficios, entonces", concluyó él, sintiéndose derrotado.

"Aparte de ser amigos." Ella le sonrió por encima del hombro. "Me respondieron mi pregunta, por lo que pagaste el precio."

"Cuando quieras", dijo él, sintiéndose irritable de nuevo, y apagó las luces. Lauren se había hundido en la cama y él la alcanzó, tirándola contra su costado. Ella se resistió, solo un poco. "Tienes frío. Estoy siendo caballeroso y no es mi mejor truco, así que ten cuidado y sigue el juego."

"No te hagas ninguna idea."

"Demasiado tarde. Ya las tengo. Por suerte para ti, no creo en los ataques furtivos."

"E hiciste una promesa."

"Eso también."

Lauren se rió entre dientes y se acomodó contra él para que estuvieran juntos, luego se retorcieron de una manera que definitivamente despertó su interés. Kyle sintió una curiosa mezcla de entusiasmo y satisfacción. Él podía oler su piel y su cabello y le gustaba el calor de su cuerpo contra el suyo. Él la abrazó, sintiéndose protector con ella. Él sentía deseo, ciertamente, pero también afecto.

No habría sexo y eso no era tan terrible como podría haber pensado él.

¿Era así la intimidad de la que hablaba ella? No era tan emocionante como el primer encuentro, porque había menos riesgo. Pero él tenía un buen zumbido en las venas, uno que estaría bien sentir todos los días y noches de su vida.

Pero, ¿dónde decía que duraría tanto? Probablemente era solo otra fase, un paso hacia el desvanecimiento del interés que él creía inevitable.

La verdad era que en ese momento, Kyle no quería pensar demasiado en eso. Él solo había deseado a Lauren, pero ahora que ella estaba en su cama, estaba satisfecho con solo abrazarla mientras dormía.

Quizás él estaba envejeciendo.

"Pero aquí está la cosa, Kyle", murmuró Lauren suavemente cuando él pensaba que ella se estaba quedando dormida. "¿Qué pasa después?"

"¿Qué quieres decir?"

"Quiero decir que ningún hombre es realmente una isla. ¿Qué pasa cuando envejeces? ¿No vas a terminar solo y vacío?"

Era un poco espeluznante que sus pensamientos hubieran seguido una trayectoria similar.

"No necesariamente", dijo él, a la vez conmovido y molesto de que ella sintiera preocupación por él.

Ella se giró para mirarlo en la oscuridad. "Odio ser yo quien te lo diga, pero uno de estos días, no será tan fácil para ti echar un polvo."

"El punto es que me rechazaron por primera vez en mucho tiempo."

"Todo el mundo envejece, Kyle, incluso tú."

"Puede que yo no. No todo el mundo lo hace."

"¿Cómo es eso?"

Él pensaba en Josh y en la posibilidad de que se desplegaran a Dave. "Yo podría morir joven".

"No tú." Lauren estaba segura de eso, lo que lo intrigó, pero luego se acurrucó contra él. "Yo reconsideraría ese plan de vida si fuera tú. Suena solitario, y lo digo como amiga", fue lo último que dijo antes de quedarse dormida.

Por el contrario, Kyle estaba completamente despierto. Él sostuvo a Lauren cerca y escuchó su respiración, y se preguntó si la gente realmente podría cambiar.

Él supuso que era una cuestión de motivación.

LAUREN SE DESPERTÓ con un sonido rítmico que no pudo identificar. Aunque había una abolladura en la almohada junto a la suya, ella estaba sola en la cama de Kyle.

Usando nada más que su camisa.

Ella se levantó y se asomó a la sala principal. Kyle estaba usando la máquina de ejercicios, lo que explicaba el ruido, y él tenía sus auriculares puestos. Él observaba la ciudad mientras hacía ejercicio. Ella admiró la vista de sus músculos flexionándose durante más tiempo del que sabía que debería. Los dos niños todavía estaban dormidos, Jason estaba tendido en mantas sobre la alfombra y Noah estaba acurrucado en el sillón favorito de Kyle como un cachorro. Alguien los había arropado a los dos, probablemente recientemente, y eso la hizo sonreír.

Para alguien a quien le preocupaba arruinar la vida de los niños, Kyle parecía ser una persona natural.

A ella le gustaba que él hubiera cumplido su palabra y no le hubiera lanzado un ataque furtivo. Por otro lado, ella lo veía ejercitase y se preguntaba si era una idiota por rechazar el placer que él podía ofrecerle.

Impaciente consigo misma, Lauren se lavó y se vistió. No fue hasta que el olor a café recién hecho llenó el apartamento que Kyle se dio cuenta de que ella estaba despierta. Había encontrado una cafetera en un armario, todavía en la caja.

Kyle miró por encima del hombro, sonrió y dejó de ejercitarse. Cuando él llegó a la cocina con los músculos hinchados, el espacio le pareció mucho más pequeño a Lauren. Había un destello de sudor en su piel y verlo, el calor de él, la hizo muy consciente de lo que no habían hecho la noche anterior.

"Buenos días", dijo él mientras se quitaba los auriculares. "Creo que todavía te debo lo de anoche".

"¿No te acuerdas?"

"Sí, pero no parece equilibrado. Te concederé otro deseo."

"Eso suena peligroso", bromeó ella.

"Todo lo que quieras." Él la miró a los ojos, esos ojos azules ardía. "Cualquier cosa."

"Déjame adivinar. Tienes una sugerencia."

"Estaba pensando en sexo en la ducha después de deshacerme de las ratas de la alfombra."

"Pensé que tenías una clase que dar."

"La tengo. ¿Qué tal una cita de boda?

Lauren arrugó la nariz. "Ty me advirtió que querría una bonificación si me cubría."

Kyle se rió con facilidad, pero sus ojos brillaron.

Ella vio de inmediato cómo sería. Ella no tendría la capacidad de resistirse a él después de una noche de toda su atención. Ella caería fuerte, o más fuerte de lo que ya había caído, y estaría devastada cuando él se alejara.

Él se iría. Él le había advertido cientos de veces.

Amigos sin beneficios, tenía que ser.

"Dijimos que hablaríamos de eso dentro de treinta días", le recordó a ella.

Lauren se encogió de hombros y miró su café. "Creo que voy a ir sola."

"¿Sola?"

"Sin una cita. Solterona. Seguro que has oído hablar de eso."

"Sí, pero pensé que no querías que tus parientes te arreglaran una cita."

"Quizás ellos tomarían mejores decisiones que yo." Ella sonrió y mantuvo su tono ligero. "Es una noche. ¿Qué tan malo puede ser? Incluso podría divertirme."

"Pero..."

"Dicen que mucha gente conoce a sus futuros cónyuges en las bodas. Creo que sería mejor no tener una cita."

"Ya veo," dijo Kyle y Lauren miró hacia atrás al cambio en su tono. ¿Él estaba decepcionado? No podría estarlo. Ella lo estaba liberando. Él podía recoger a quien quisiera y tener una primera vez con alguien más esa noche. Él la miró con ojos brillantes, pero Lauren habló antes que él.

"Entonces, he estado pensando", dijo ella.

"¿Cuándo? Solo nos fuimos a dormir hace cinco horas."

"Esta mañana. Dijiste que Dave era la única persona con la que podías contar."

La mirada de reojo de Kyle fue cautelosa. "Cierto." Él llenó un vaso con leche de la nevera y se lo bebió, mirándola.

"Y probablemente cuentes contigo."

Kyle asintió.

"Dejaste que tu isla fuera invadida por sus hijos. ¿Qué pasa si dejas la isla para mezclarte con el resto del mundo?"

"No soy tan recluso".

"Pero eres reservado, como prefieres decir. No te acercas. Podrías hacer que este viaje a la Gran Manzana sea un recuerdo para Dave, su esposa e hijos para siempre."

"Tienen planes."

"¿Van a ver la ciudad real? ¿Encontrar las gemas ocultas? ¿Aprender por qué te encanta estar aquí? "

Kyle frunció el ceño.

Lauren se acercó a él. "Siempre te preocupas por ser una influencia negativa para los niños. ¿Qué hay de elegir ser positivo?"

Kyle la miró fijamente y parecía que iba a decir algo, pero de repente ya no estaban solos.

ONCE

"¿Qué hay para desayunar?" Preguntó Jason, apareciendo al otro lado del mostrador. Él se subió a uno de los taburetes.

"Bagels tostados y plátanos", dijo Lauren. "Leche."

"¿Tú vas a hacer los bagels?"

Lauren se rió de que él parecía pensar que ella podía cocinar cualquier cosa. "No. No sé cómo."

"No imagines que hay mantequilla de maní para tu bagel", dijo Kyle.

"No quiero volver a comer mantequilla de maní nunca más", dijo Jason con gravedad. "He comido lo suficiente durante toda mi vida."

Lauren parpadeó porque eso le sonaba familiar. Kyle se detuvo en el acto de dirigirse a la ducha y miró hacia atrás. "¿Cuándo te cansaste de la mantequilla de maní?" preguntó en voz baja.

Demasiado silenciosamente.

Jason se encogió de hombros pero bajó la mirada. "Cuando comí demasiado. Duh."

Kyle se giró y regresó a la cocina, apoyándose en la encimera junto a Jason. Había un destello de intención en sus ojos. "Pero Gwendolyn prepara todos esos almuerzos creativos y saludables. Cosas de lonchera. ¿Cambias tu almuerzo por sándwiches de mantequilla de maní?"

Jason le dio una mirada oscura. "No por elección."

"¿Con qué frecuencia?"

"Todos los días."

Kyle se pasó una mano por el pelo, claramente exasperado. "¿En serio? ¿Todos los días?"

"Todos los días." Jason se miró las manos, luciendo mucho más pequeño que antes.

Lauren no entendía, pero estaba claro que Kyle sí. Él se sentó en el otro taburete de la barra. "¿Le has dicho a Dave que te están intimidando?"

Los ojos de Lauren se abrieron con sorpresa, pero ella se mantuvo al margen, solo escuchando mientras tomaba un sorbo de café.

Jason hizo un sonido como si la idea fuera demasiado tonta para contemplarla. "¡No!"

"¿Por qué no?"

"Porque él no lo entendería".

"Te sorprenderías."

"De ninguna manera. El gana todo a la primera", dijo Jason con frustración. "Él gana todos los partidos. Acierta cada tiro. Es el mejor en todos los deportes, ¡incluso si nunca lo ha jugado antes! Una vez me llevó a su club de boxeo, pero lo odié. Me lastimé la mano. Si le dijera, pensaría que soy un perdedor" Él suspiró y se subió las gafas. "A lo mejor si soy."

El corazón de Lauren se desgarró un poco.

"Pero me lo estás diciendo a mí", señaló Kyle.

"Bueno, porque tú arruinas las cosas, tío Kyle." Jason habló como si eso fuera evidente.

Kyle pareció tan sorprendido que Lauren tuvo que contener la risa.

Jason continuó sin notar ninguna de sus reacciones. "La abuela siempre está enojada contigo por no casarte o tener hijos o conseguir un trabajo de verdad, y arruinas las cosas todo el tiempo. Como, te caíste de la patineta la Navidad pasada porque estabas mirando a esa mujer."

"Lo hice a propósito", protestó Kyle. "Para hacerte reír."

"Por favor, no soy tan tonto". La mirada de reojo de Jason fue de lástima. Luego frunció el ceño. "Realmente no elegí decírtelo, no exactamente, pero está bien que lo haya hecho porque creo que sabes lo que es ser un perdedor."

Kyle levantó la mirada para encontrarse con la de Lauren y ella no se atrevió a decir una palabra.

Sin embargo, ella vio en sus ojos que él sí lo sabía.

Que interesante. Jason había adivinado algo sobre Kyle que ella nunca hubiera imaginado que fuera cierto. Ella pensó en la confesión de Kyle de la noche anterior y se preguntó sobre el impacto de todos esas mudanzas en un niño.

Como resultado, ella no estaba realmente sorprendida de que Kyle se inclinara más hacia Jason y le diera un codazo. "Tienes razón. Cuando yo tenía once años, me parecía mucho a ti, pero sin el color zanahorias. Flaco, escuálido. Gafas también."

"No jodas. ¿Por qué no tienes anteojos ahora?"

"Me operaron los ojos para no necesitarlas más."

"¡Genial!"

"Pero antes de eso, estaba ese punk que me robaba el almuerzo todos los días, así que hay algo más que tenemos en común."

Jason miró hacia arriba.

Kyle hizo una mueca. "Él me daba un puñetazo en el estómago para conseguirlo y luego me dejaba con sus sándwiches de mantequilla de maní." Él se estremeció de horror fingido. O mortadela. Nunca pude decidir qué era peor."

Ajá.

"Mi mamá hacía estos sándwiches increíbles, y este idiota quería mi almuerzo en lugar del suyo".

"Y como era más grande, simplemente lo tomaba", dijo Jason. Lauren casi podía ver el vínculo que se formaba entre ellos dos.

"Así es", estuvo de acuerdo Kyle. "Hasta que me cansé de eso."

El interés iluminó los ojos de Jason. "¿Qué hiciste?"

"Empecé a hacer ejercicio, para ser más fuerte."

Jason negó con la cabeza. "No va a funcionar."

"¿Tu punk es más alto que tú?"

Jason asintió.

"¿Más grande que tú?"

Él asintió de nuevo, abatido.

"Entonces, no se puede ganar por la fuerza." Kyle tocó a Jason en la frente. "Apuesto a que eres más inteligente que él".

"Ella," corrigió Jason y Kyle se veía tan horrorizado que Lauren se tapó la boca con la mano para evitar reírse a carcajadas.

"¿Estás siendo intimidado por una niña?"

"Mia es popular, bonita y grande..."

El pobre niño parecía tan oprimido que Lauren no supo qué decir.

Kyle lo dijo. "Y te gusta que te preste atención."

Jason se sonrojó. "Sin embargo, odio la mantequilla de maní. Puede que me gustara si tuviera que elegirlo"

"¿Practicas algún deporte?"

"Estoy en el club de ajedrez."

"Eso no es un deporte."

"¡Es lo que puedo hacer! No puedo lanzar canastas así de fácil. No como Dave."

Kyle inspeccionó la cocina y Lauren supo que estaba haciendo un plan. "Está bien, come. Vas a pasar la mañana con el señor. Lee, y te advertiré ahora que no es fácil de convencer."

"¿Quién es el señor Lee?"

"Él enseña artes marciales en F5F algunas mañanas, incluidos los viernes, así que ya sabemos que su sincronización es excelente. Creo que tal vez el jujitsu sea adecuado para ti, pero el señor Lee te ayudará a encontrar un buen ajuste" Él miró el reloj. "Tengo una sesión a las siete, así que ponte en marcha. Dejaremos a Noah en el hotel y nos dirigiremos al club."

Jason se puso de pie con los ojos muy abiertos. "¿Me llevarás a trabajar contigo?"

"Es una oferta por tiempo limitado", dijo Kyle, quitándose la camiseta húmeda en el umbral del baño. "Para cuando me duche y coma, tienes que estar listo para irte. Hay algo de queso en la nevera. Es bueno para los bagels."

"Prefiero comer galletas".

"Bueno, no tienes suerte", dijo Kyle con firmeza. "Las galletas se han trasladado a la merienda. Come un desayuno nutritivo esta mañana porque tienes trabajo que hacer." Él cerró la puerta del baño y Lauren oyó correr el agua.

Para alguien que decía que no sabía nada sobre niños, Kyle estaba aprendiendo rápido. Jason rodeó el mostrador y puso un panecillo en la tostadora, luego miró en el refrigerador. Él sacó el queso y luego preparó platos para los bagels. Noah bostezó y se estiró, luego se dirigió a la cocina con el pelo erizado. Era tan adorable que Lauren quiso levantarlo y darle un apretón. En cambio, le dio un vaso de leche.

Cuando Kyle salió del dormitorio, vestido y listo para irse, se veía decidido de una manera nueva. "¿Por qué no dejas tus cosas aquí?" le sugirió a Lauren. "Las empacaré todas y las llevaré a tu casa esta noche."

Era una buena oferta, pero Lauren conocía sus límites. Si Kyle hacía algo bueno por ella y él iba a su casa, ella podía adivinar qué pasaría después.

Amigos, se recordó ella a sí misma en silencio. Y solo amigos. Sin beneficios.

"Pero es viernes", señaló ella, sin dejar de empacar su bolso. "Estarás trabajando esta noche en el club." Ella metió la última bandeja para galletas y cargó la bolsa. "Gracias, pero no hay problema. Lo tengo."

"Entonces déjame buscarte un taxi".

"Ya llamé uno." Lauren agarró su chaqueta y se dirigió hacia la puerta.

"Bueno, gracias por ayudar", dijo Kyle, siguiéndola.

"¡No hay problema!"

"Y gracias por el desafío", dijo él con una sonrisa que casi derritió su resistencia.

Sus miradas se cruzaron y se sostuvieron, el corazón le dio un vuelco y ella le dio la espalda. Kyle era el pasado, no el futuro.

"Diviértete con el señor Lee esta mañana", le dijo ella a Jason, quien asintió. Encantado de conocerlos a los dos. Adiós, Kyle." Ella salió por la puerta con el corazón acelerado como si acabara de hacer un gran escape y siguió adelante.

Mantener la distancia era la mejor manera de ser solo amiga de Kyle.

Incluso si era mucho menos emocionante de esa manera.

A KYLE no le gustaba que Lauren se hubiera ido.

Le disgustaba aún más que ella lo hubiera rechazado. Esa era la primera y no era deseada.

Eso molestaba a Kyle.

Mucho.

Lo que lo quemaba particularmente era que no tenía una buena razón para contactarla de nuevo. Había, pensó él, un número limitado de veces que un hombre podía arrojarse a la merced de una mujer.

A él no le gustaba la conciencia de que no importaba lo que él hiciera o dijera, Lauren asumiría que él solo quería más sexo.

Él quería.

Pero esa mañana en particular, él se dio cuenta de que quería más que eso. Eso era nuevo y problemático, ya que esa inclinación solo podía causar problemas.

Kyle llegó al hotel con los niños a tiempo y sin lastimar a ninguno de ellos. Aparentemente, Lauren era una influencia tranquilizadora porque una pelea de comida estalló tan pronto como ella salió de su apartamento. Él evitó la tentación de perder a cualquiera de ellos deliberadamente en el ajetreo matutino de Manhattan, aunque Jason casi le da un infarto en el metro cuando se inclinó para atarse los cordones de los zapatos y desapareció entre la multitud de viajeros.

Después de eso, Kyle los abrazó a ambos, con la parte de atrás de la camisa de un niño agarrada en cada mano.

Jason quería saber sobre los túneles del metro, adónde iban y cuántos pasajes secretos había. Él habló de un libro llamado Neverwhere, pero Kyle estaba demasiado concentrado en su misión, llevarlos al hotel a tiempo, para pensarlo mucho.

Encontraron a Florence en el vestíbulo del hotel, con aspecto sombrío y tomando café. Ella se despertó para besar a los niños y preguntar por su noche, sin disculparse con Kyle, y él pudo decir por el fuego lento en sus ojos que ella tenía algo que decir.

"¿Crees que parezco una matrona?" Florence preguntó cuando los niños se distrajeron. Había veneno en su tono y Kyle supuso que Kenneth había cometido un paso en falso potencialmente fatal.

"¿No, por qué?"

"Eso es lo que dijo él", se enfureció ella. Que él esperaba a alguien menos matrona. Tengo sesenta y dos años, Kyle. Matrona está a una buena década, si es que llego allí."

"Entonces, Kenneth no valió la pena el viaje."

"Oh, valió la pena conducir. Lo pasamos muy bien, aunque no hubo chispa. Él tiene setenta años —agregó ella con amargura. "No tenía por qué tratarme como a una amiga de su madre."

"Voy a adivinar que tienes un plan de venganza."

"¡Por supuesto que sí! Saldremos de nuevo esta noche. Seré devastadora. Él me querrá como a nadie y le diré que no me gustan los viejos." Ella terminó su café y tiró la taza hacia el contenedor de basura más cercano, anotando una canasta desde cinco metros de distancia. Ella miró a Kyle con ojos brillantes. "Debes conocer a un estilista que patee traseros."

Ajá. Una conexión.

Era una débil, pero Kyle lo aceptaría.

"¿Por qué no vas a ver a Lauren?" Él le dio a su madre la dirección y el número del salón.

Su madre estudió la dirección. "¿La misma Lauren que hizo galletas para los niños?" adivinó, habiendo escuchado esa historia.

"La mismísima."

La mirada de Florence se iluminó. "Oh ya veo."

"No, no lo ves. Ella es solo una amiga."

Florence se rió.

"Ella es la hermana de uno de mis socios", insistió Kyle y se refugió en una verdad parcial. "Ella está fuera de los límites."

"Apuesto a que eso la hace interesante", reflexionó su madre.

Kyle retiró su teléfono. "Olvídalo entonces. Ve a buscar un estilista en el Upper East Side."

"No, no, no", dijo su mamá. "He decidido. Voy a seguir tu consejo y ver a Lauren."

"Es posible que ella no pueda encajar contigo. Es viernes."

Florence sonrió. "Puedo ser persuasiva."

"Dile que es mi regalo."

"¡Kyle!"

Kyle se salvó de la demostración de afecto de su madre porque Dave salió del ascensor. Él podía oler la satisfacción de su hermano a quince metros de distancia, lo que le recordó que la noche anterior había sido célibe para él.

Florence salió a la calle para una mejor recepción en su teléfono celular.

"Lo siento", dijo Dave cuando logró cruzar el vestíbulo abarrotado. Había mucha gente tratando de registrarse y un montón de equipaje se estaba acumulando en la estación de botones. "Los ascensores estaban realmente atascados." Dave alborotó el cabello de Noah. "¿pasaron un buen rato?"

"El mejor", coincidió ese niño.

"El tío Kyle me va a llevar a F5F hoy", dijo Jason con orgullo.

Kyle asintió ante la mirada inquisitiva de su hermano. "Sí, el señor Lee está ahí esta mañana, y pensé que Jason podría aprender algunos movimientos nuevos. Empecé con el judo cuando tenía más o menos su edad. Puede que le gusten las artes marciales. No está de más tener una prueba gratuita." Jason le dio una mirada de gratitud por no revelar la verdad sobre Mia.

"Nada es gratis", dijo Dave con una sonrisa.

"Bueno, esta va por mí. ¿Qué planes tienes hoy?

"Íbamos al Edificio Empire State", dijo Dave. "Pero ahora, si Jason va contigo..."

Lauren tenía razón. Nada lo volvía más loco que la gente que venía a la ciudad que él amaba y luego veía solo las trampas para turistas.

Él decidió en ese momento que iba a tomar su desafío y hacer que su visita fuera increíble.

"¿Te importa el Edificio Empire State?" le preguntó él a Jason que se encogió de hombros.

"Mamá quiere hacer algo de *Sleepless in Seattle*."

"Probablemente te lo puedes perder."

Jason asintió.

Kyle se volvió hacia Dave. "Conoce a tu nuevo director de gira. Tengo algunas ideas para mostrarte la ciudad real, pero tendré que pedir algunos favores para que funcione. Es verano y las cosas se han reservado temprano. Ven al club al mediodía y finalizaremos el plan."

"Estaremos allí", coincidió Dave. "Gracias. Odio todas estas cosas turísticas y cuesta una bomba."

"Déjame ver qué puedo hacer." Kyle se inclinó para susurrarle a su hermano. "Mantén tus dedos cruzados. Puede que haya otra fiesta de pijamas esta noche."

"Te debo mucho", murmuró Dave.

"No, no es así", respondió Kyle de la misma manera. "Puede que mamá no se mude al este. Estoy acumulando créditos mientras puedo."

La cara de Dave cayó. "Oh no."

"Oh sí. Kenneth dijo que ella se veía como una matrona."

Dave negó con la cabeza. "Es hombre muerto".

"Oh, ella lo hará sufrir primero."

"Espera un minuto", dijo Dave. "¿No estuvo mamá contigo y los niños anoche?"

Kyle negó con la cabeza. "En vez de eso, ella salió con Kenneth". Sin esperar la respuesta de su hermano, Kyle miró la hora, vio que tenían quince minutos para llegar al club y llamó a Jason. "¡Muévete! Vamos a llegar tarde."

"Es tan mandón", se quejó Jason, pero siguió el ritmo de Kyle, su anticipación clara. Cuando volvieron a estar en el metro, se asomó al oscuro túnel. "¿Alguna vez has entrado en los túneles del metro?"

"¿Quieres decir, ilegalmente?"

"Bueno sí. En una aventura."

"Me niego a responder con el argumento de que podría incriminarme."

"¡Tú lo has hecho! ¡Lo sabía! ¿Podemos ir?"

Kyle se agachó para mirar a Jason a los ojos. "Me parece muy poco probable que tu madre o Dave firmen un formulario de consentimiento de los padres para que hagas algo ilegal, y no te llevaré a ningún lado sin ese formulario."

El rostro de Jason decayó.

"Te diré algo", dijo Kyle. "Vuelve y visítame cuando tengas dieciocho años." Él se detuvo por un momento. "En realidad, tengo una idea mejor".

Jason soltó un grito justo cuando el tren entraba en la estación.

PARECÍA que los amigos enviaban a sus madres a las peluquerías de los amigos.

Lauren no habría tenido ninguna duda de la identidad de Florence cuando esa mujer entró en la tienda, incluso si Florence no hubiera llamado primero. Lauren podía ver a Kyle en los llamativos ojos azules y la mirada directa de la mujer mayor. Evidentemente, Kyle había ganado su entusiasmo y confianza por la parte de su madre, porque Florence miró a Lauren a los ojos y cerró la distancia entre ellas con la mano extendida. "Tú debes ser Lauren, la amiga de Kyle. Soy Florence."

El cabello de Florence estaba bellamente cortado, mil tonos de plata, con un estilo elegante y práctico. Lauren pensaba que ya se adaptaba a la naturaleza de la mujer mayor, al igual que su ropa. Florence vestía de blanco y negro, incluso sus pantalones capris negros lograban parecer casuales para los negocios. No había lujos ni detalles adicionales. Ella llevaba un mínimo de maquillaje, solo lápiz labial rosa pálido que hacía que sus ojos se vieran más azules. Ella era delgada y alta, aunque no tan alta como Kyle.

"Chispa" habría sido la palabra que Lauren elegiría para describir su estilo. Florence parecía una mujer en la que se podía confiar para tomar decisiones rápidamente.

Lauren estaba un poco sorprendida, habiendo esperado más estilo romántico por lo que había oído de la madre de Kyle. Quizás ella estaba loca al pensar que una mujer que se había casado tantas veces debía haberlo hecho por amor.

Quizás Florence se había casado por una ventaja.

"Hola y bienvenida." Lauren hizo girar su silla a modo de invitación. "Siéntate y cuénteme más sobre su emergencia capilar."

"No creo que sea una emergencia", dijo Florence. En realidad, es posible que no tengas que hacer nada. Solo quería otra opinión."

"¿Sobre qué?"

"Tuve una cita a ciegas anoche. Debería haber ido bien." Florence negó con la cabeza. "Vine de California para esta cita y tenía expectativas."

Lauren pensó en la alegre confesión de Florence a la una de la mañana de que ella y Kenneth iban a bailar y se preguntó qué había esperado exactamente la mujer mayor.

"¿Y te decepcionó?" preguntó ella con tacto.

"Oh, lo pasamos bien, pero no hubo chispa, al menos no de su parte. Él era el perfecto caballero, lo cual es, como estoy segura de que sabes, un poco aburrido."

"Bueno, a veces la gente no hace clic..."

"No." La mirada de Florence en el espejo se volvió acerada. "él dijo que yo me veía como una matrona."

"Oh." Lauren había aprendido hacía mucho tiempo que había ciertos adjetivos que llevaban a sus clientes a una rabia incoherente, y matrona estaba en la lista para el grupo demográfico de más de cincuenta años. "Bueno, las palabras no significan lo mismo para todos."

La pregunta de Florence fue tajante. "¿Crees que parezco una matrona?" Ella arqueó una ceja. "Sé honesta conmigo, Lauren. Es un rasgo que valoro."

Lauren frunció los labios. Su inclinación era decir algo tranquilizador que era mayormente cierto, pero si Florence quería honestidad, la obtendría. "Tienes un estilo muy elegante. Es tradicional y sensato. Ciertamente, hay personas que asociarían una apariencia tan controlada con una mujer mayor."

"He trabajado durante cuarenta años en el sector inmobiliario", respondió Florence. "Si una mujer no se ve como una mujer de negocios, será aplastada bajo los talones de sus compañeros de trabajo masculinos."

"Me doy cuenta de eso," dijo Lauren. "Pero estabas en una cita, con un hombre que probablemente era tu contemporáneo"

"Ocho años mayor".

"Entonces, él podría haber interpretado tu atuendo casual de negocios como un indicio de que eres más práctica que romántica. Tu primer encuentro podría haberle parecido más una entrevista que una cita."

Florence consideró eso.

Lauren esperaba que la otra mujer le dijera que estaba equivocada, pero eso no fue lo que hizo Florence.

Ella asintió. "Tengo entendido que él vive cómodamente, si no es rico. Él podría haber pensado que yo parecía una mercenaria."

"Las primeras impresiones pueden ser poderosas si se conectan con las expectativas.".

Florence asintió y miró su reflejo. "¿Qué sugieres?"

Lauren sonrió. "Bueno, ¿fue una entrevista?"

Florence se rió. "Fue una primera cita, que es una especie de entrevista, pero no busco su dinero. Yo tengo mi propio dinero. Estoy buscando a alguien con quien compartir buenos momentos."

Lauren notó que Florence no hizo ninguna afirmación romántica sobre buscar el amor o su alma gemela, o incluso una pareja. "Entonces tal vez deberías lucir un poco más divertida."

"¿Divertida?"

"Divertida. Caprichosa. Incluso romántica. Podrías señalar tus expectativas con tu apariencia. ¿Sigues trabajando?

"Por supuesto."

"Está bien, así es como luces para el trabajo, pero ¿qué pasa con el juego? Queremos que este aspecto empresarial siga siendo una opción, pero también que te brinde la opción de suavizar tu apariencia cuando no estés de servicio."

Florence parecía intrigada. "¿Cómo diablos harías eso?"

Lauren pasó los dedos por el cabello de Florence. "Tienes un gran corte. Pero tu cabello está un poco ondulado. ¿Tienes que luchar contra el rizo para que este corte funcione?"

"Todos los días", dijo Florence con gravedad. "Especialmente cuando está húmedo."

"¿Qué pasa si no peleas contra eso el fin de semana? ¿Qué pasa si le quitamos un poco de peso y lo animamos a que se rice? Es posible que no desees agregar color, pero eso es algo más en lo que pensar."

"¡No puedo tener azul o morado en mi cabello!"

"No, lo entiendo. Sin embargo, tu cabello era rubio antes de volverse gris, ¿verdad? ¿Como el de Kyle? preguntó Lauren y Florence asintió. "Lo veo en tus cejas y todavía un poco aquí en la parte inferior. Entonces, pensarías en llevar un poco de rubio al gris, haciéndolo más dorado plateado. Eso suavizaría el gris." Ella estaba jugando con el cabello mientras hablaba. "Podemos probar el corte hoy y puedes volver si te gusta la idea del color, o pedirle a tu estilista en casa que lo haga."

"Siempre dice que exijo demasiado con este estilo", admitió Florence. "Dice que estoy luchando contra la inclinación de mi cabello".

"Bueno, estoy de acuerdo". Lauren tomó una revista y la hojeó hasta que encontró la imagen del color que tenía en mente. "Por supuesto, esta modelo tiene catorce años, pero se pueden ver todos los tonos de oro en el cabello."

"Como el oro blanco", dijo Florence. "En el sol."

Fue un comentario que tomó a Lauren por sorpresa. "Exactamente. Y podrías extender esa alegría a tu guardarropa, con blusas transparentes o con volantes. Quizás un vestido suelto. Unas piezas que coordinen con lo que tienes, pero que puedes usar para el ocio y no para el trabajo. No tienes que volverte completamente bohemia, solo agrega un toque."

"No sabría por dónde empezar." Florence se enderezó. Pero tengo otra cita con él esta noche. Me gustaría demostrarle que está equivocado."

"Tengo un amigo que es comprador personal en uno de los grandes almacenes. Si lo deseas, puedo ver si Joy puede tomarte bajo su protección esta tarde. Sus precios son bastante razonables, creo, especialmente si consideras el tiempo que ahorras."

"Es una idea estupenda. Utilizo un comprador personal en casa exactamente por esa razón."

"Déjame tomarte un par de fotos y la llamaré. Crucemos los dedos para que no esté reservada esta tarde."

"Dile también lo que vas a hacer con mi cabello", dijo Florence. "Si tienes tiempo hoy, me encantaría que también hicieras el color."

Parecía que Florence era tan decisiva como Lauren había esperado.

Lauren consultó con Ingrid y el libro de citas, y confirmó que tenía tiempo. Luego llamó a Joy, envió las fotos de Florence y compartió su idea. Joy estaba claramente emocionada. Florence, por supuesto, tenía una nota en su teléfono con todas sus tallas, y Lauren también le tomó una foto para Joy. Florence incluso le dio a Joy el número de su comprador personal en California, que conocía todo su guardarropa.

"Estos son los mejores desafíos", dijo Joy cuando Lauren volvió a hablar con ella. "¿Son sus ojos azules?"

"Increíblemente azules," dijo Lauren, sonriéndole a Florence.

"Tendré todo a las tres, si está bien eso."

Estaba bien y Lauren le agradeció a su amiga.

Entonces tuvo una idea. "No nos hemos visto en años, Joy. ¿Alguna posibilidad de tomar un café juntas después de hacer su magia con Florence?

"Te daré una mejor. Me deben una noche de mujeres. Daniel puede cuidar de Megan. ¿Por qué no vamos a cenar y nos ponemos al día?

"¡Suena genial!"

Lauren se volvió hacia Florence, tan emocionada como siempre por hacer una transformación. Ella decidió hacer el color primero y comenzaba a elegir los colores individuales cuando Florence se cambió a una bata.

KYLE TUVO UN DÍA AJETREADO. Él aceptó el desafío de Lauren con ganas de vengarse.

La sorpresa era que se lo pasaba genial haciéndolo.

Él le acomodó a Jason en una clase personal en F5F con el señor Lee, que era genial con los niños. Él regresó a la oficina y negoció con Cassie y Theo el fin de semana libre.

"¿Quién es la afortunada?" Cassie preguntó en broma.

"Nadie", dijo Kyle. "Mi hermano y su esposa están en la ciudad, junto con mi mamá, y quiero mostrarles lo mejor de la ciudad, no solo las trampas para turistas. No he tomado vacaciones desde Navidad. Sé que aviso con poco tiempo, pero no sabía que iban a venir."

"El club no será el mismo esta noche", bromeó Cassie.

"Me encargaré", dijo Theo con suavidad. "Damon probablemente tiene un compromiso esta noche..."

"Todos los viernes", dijo Kyle.

"Pero él puede tomar un par de tus clases mañana o el domingo." Theo se sentó y pidió el horario, luego asintió. "Creo que podemos manejarlo, Kyle. No tengo tantas obligaciones, así que ve y diviértete."

"¡Gracias!" Kyle reclamó una oficina vacía e hizo una lista de sus diez mejores cosas para hacer en Manhattan. Era agosto. Era el mismo día en que quería comenzar su gira de invitados, lo que significaba que necesitaba pedir favores. Todo lo excelente se habría reservado meses antes.

Primero era la mujer del Museo Americano de Historia Natural, porque él necesitaba un favor para esa misma noche. Él no tenía el número de Vicky, él tenía muy pocos números, pero recordaba el nombre de todas las personas que había conocido. Fue fácil ponerse en contacto con ella y ella se alegró de saber de él, lo cual era una buena señal.

Ella estaba aún más entusiasmada con que él invitara a sus sobrinos a la fiesta de pijamas en el museo que se celebraba cada dos meses, incluida esa misma noche.

"Deberías saber, Kyle, que me casé en abril."

Kyle no supo qué decir. Él no iba a ser responsable de tentar a nadie a romper sus votos, pero pensaba que pagaría en su moneda habitual.

Él también estaba un poco sorprendido por su reacción. Él no podía sentirse aliviado de no necesitar seducir a Vicky, ¿verdad? Ella era bonita y muy divertida en la cama. Sin embargo, ciertamente él sintió algo muy parecido al alivio.

Y también decepción, porque sabía que a los niños les encantaría la aventura.

"Ya veo", dijo él, pensando que su idea era imposible. "Sé que estas fiestas de pijamas se agotan con meses de anticipación..."

"Lo hacen, pero puedo meter tres más. Te haré un trato", dijo Vicki. "Mi esposo y yo hemos estado hablando de obtener un pase de un día para probar Flatiron 5 Fitness."

"Puedo darte un descuento", dijo Kyle, con la plena intención de pagar sus pases él mismo.

"¡Trato!" Dijo Vicky. "Mi esposo estará muy emocionado. Tu club luce genial cuando aparece en las noticias."

"Es genial. Te va a encantar."

Después de eso, fue fácil. Kyle usó el cebo de las sesiones en F5F para endulzar el trato cuando el dinero no era suficiente. De hecho, él se unió al museo del tránsito, porque Crystal no podía llevarlos al recorrido de la estación cerrada del metro del ayuntamiento de ninguna otra manera. A Jason le encantaría visitar una estación abandonada.

Para cuando Dave y Gwendolyn aparecieron en F5F con el Hijo Dos, Kyle tenía todo el fin de semana planeado. Él envió a la familia a la gira detrás del escenario en el teatro de Disney mientras terminaba su día. Él tenía entradas para el espectáculo esa noche para Dave y Gwendolyn, pero él y los niños estarían acampando en el museo.

"Como la película", dijo Jason con entusiasmo.

"Como en la película", estuvo de acuerdo Kyle. "Dormir con los dinosaurios. Si, ya sabes, duermes." Él se sentía como Papá Noel y lo estaba disfrutando. Era bueno hacer algo por Dave y sus hijos, y Kyle tenía la sensación de que su isla no estaría tan aislada en el futuro. A él le gustó estar haciendo algo positivo por sus sobrinos y pudo ver que esto rápidamente podría volverse adictivo.

Él nunca lo habría intentado sin el desafío de Lauren y de alguna manera tenía que encontrar una manera de contárselo y agradecerle.

"KYLE DIJO QUE ERES AMIGA SUYA", dijo Florence cuando se sentó en la silla.

"Sí."

"¿Lo conoces desde hace mucho tiempo?"

"Sí, bastante tiempo."

"Entonces, ¿no eres una de sus conquistas?"

Lauren sonrió. "Kyle es encantador. Se podría decir que todo el mundo es una de sus conquistas."

"Me refiero a conquistas sexuales", dijo Florence y Lauren no respondió. "Si han sido amigos durante años, eso es diferente." Ella se inclinó hacia adelante. "Tal vez tú me puedes decir. ¿Por qué él no se va a casar? Debe haber tenido una gran oportunidad. Yo me había casado tres veces cuando tenía su edad, y eso ni siquiera cuenta las relaciones extra conyugales."

"Quizás él aún no ha conocido a la persona adecuada", dijo Lauren con cautela. Ella estaba pensando en las diversas confesiones de Kyle y se preguntó cuánta verdad podría soportar su madre.

Incluso con una breve relación, ella pensaba que Florence podía necesitar cualquier cantidad de honestidad.

Y no había nada en riesgo. Kyle había dicho que él pagaría la cuenta, y Lauren no imaginaba que Florence diera una generosa propina.

"¡Disparates!" respondió esa mujer. "Hay docenas de personas adecuadas para todos. ¡Soy una prueba viviente de eso!" Ella hizo una pausa y, por primera vez, pareció insegura. "¿Él es gay? Tú me lo puedes decir."

Lauren se alegró de no tener nada afilado en las manos, porque no podía detener su risa. "Kyle no es gay", logró decir finalmente. "Es el hombre heterosexual con más entusiasmo que conozco."

"Podría ser una compensación".

"No," dijo Lauren, todavía sonriendo. "No y no y no". ¿Cómo podía su madre siquiera imaginarse que era una posibilidad?

"Kenneth dijo que podría ser", murmuró Florence. "No lo creo, pero dijo que las madres a menudo se equivocan con sus hijos, especialmente las madres de carácter fuerte".

Estaba claro que Kenneth había encontrado más de un nervio.

Lauren se preguntó si los dos terminarían juntos después de todo.

"Entonces, ¿por qué no se casa?" Florence exigió de nuevo. "Quiero más nietos y no me voy a hacer más joven."

Lauren dejó la última botella de tinte. Ella pensó en la verdad y en la afición de Kyle por la honestidad y vio la oportunidad de tal vez hacer una pequeña diferencia en su vida. Ella no se hacía ilusiones de volver a saber de él, por lo que lo único en riesgo era su tendencia a cumplir con las expectativas de la gente y no decir nada para desafiar sus puntos de vista.

Quizás era hora de superar eso.

Ella tomó una respiración reconfortante. "Tal vez puedas tomarte el mérito de eso."

"¿Disculpa?"

"¿Cuántas veces has estado casada? ¿Y cuántas relaciones has tenido? No estoy juzgando y no estoy interesada en el número real, pero sé que ha habido muchos. Kyle dijo una vez que sus padres le habían enseñado que no existía el compromiso, así que eso hace que los votos matrimoniales sean una mentira. Son promesas que no se cumplirán. Él no tolera las mentiras o las promesas incumplidas, por lo que nunca se casará. En realidad, es bastante simple."

Florence pareció asombrada y luego pareció molesta. "¿No se cumple el compromiso o la promesa? ¿Cómo él pudo pensar tal cosa...?"

Lauren la interrumpió rotundamente. Prometiste venir anoche a medianoche para ayudar con los niños. No viniste y no llamaste."

"¡Hablé con Kyle a la una!"

"Porque yo estaba preocupada por ti e insistí en que te llamara para asegurarse de que estabas bien." Lauren levantó un dedo. "Pero Kyle sabía que no aparecerías y sabía que no llamarías. Él tenía plena confianza en que te cuidarías, te complacerías y te olvidarías de todo lo demás". Ella indicó la parte trasera del salón. "Es hora del champú".

"Estás enojada", señaló Florence.

"No entiendo lo que pasó anoche. Es absurdo dejar a la gente colgando. Me enseñaron a llamar siempre y a cumplir siempre las promesas."

"Ese es solo un incidente".

"Él también me dijo una vez que no tenía a nadie en quien confiar hasta que nació su hermano menor. ¿Qué tan triste es eso? ¿Un niño de cinco años que solo podía confiar en un bebé para mantener la fe? "Lauren sacó una bata de plástico con impaciencia, luego la abrochó sobre Florence. "Me sorprende que él tenga amigos, dada esa experiencia." Ella inclinó a Florence hacia atrás. "Tú eres su madre. Tienes que reconocer al menos cierta responsabilidad en la formación de esas expectativas."

"Su padre tampoco es un ángel."

Lauren se rió un poco en voz baja. "Eso he oído."

"Pero tú eres su amiga", dijo Florence con una mirada penetrante. "¿Cómo es eso?"

"Solo suerte, supongo. Yo no cambiaría a Kyle por nada del mundo. Es un hombre maravilloso, generoso, amable y de principios. Pero realmente no es justo que esperes que él cumpla con sus expectativas, dado el pasado." Ella forzó una sonrisa. "Y eso es suficiente sobre Kyle. Terminemos con este color para que puedas encontrarte con Joy a tiempo."

Ella había dicho más que suficiente, estaba claro, ya que Florence guardó silencio después de eso. Lauren casi podía escuchar a la otra mujer pensando. Por un lado, ella se sentía audaz y fuera de lugar. Por otro lado, se alegraba de haber hablado.

Se sentía bien decir la verdad en lugar de decir lo que la gente esperaba oír o lo que ella debería decir.

Lauren estaba bastante segura de que Kyle estaría de acuerdo con eso.

DOCE

Florence entró en F5F justo cuando Kyle se estaba preparando para terminar por ese día, y él se detuvo en seco para mirarla. "Guau, mamá", fue todo lo que él pudo decir y ella giró en su lugar, claramente orgullosa de su nueva apariencia.

Su cabello era dorado y plateado, y el color suavizaba su apariencia habitual tanto como el inesperado rizo de su cabello. Su cabello se veía suelto y esponjoso, suave como nunca antes. El corte invitaba a un toque. Ella siempre se mantenía erguida, pero se veía ligera de pies, llena de felicidad en su apariencia. Ella todavía usaba sus pantalones capris negros, pero sus sandalias eran nuevas, turquesas y de tiras en lugar de prácticas. En lugar de una camiseta, llevaba una blusa en turquesa que era transparente y ondulada. En lugar de sus habituales pendientes sencillos, ella tenía unos nuevos de plata con cristales que brillaban.

"Lauren es increíble," anunció ella, luego fue a besar a Kyle en la mejilla. Ella incluso había cambiado de perfume. Éste era floral y romántico. Sus ojos brillaban de placer. "¡Ella hace magia!"

"Te ves genial. Eres tú, pero más juguetona." asintió él. "Te conviene."

"¡Lo sé! ¡Esa es la mejor parte! Me llevó con una amiga suya que es una compradora personal, a quien puse en contacto con mi comprador en California. Juntas eligieron algunas combinaciones nuevas para mí. Joy es maravillosa, pero fue idea de Lauren lo qué había que cambiar. Me encanta." Florence extendió una mano, admirando el brazalete de plata en su muñeca, y Kyle supuso que también era nuevo. "Adelante, dime que parezco una matrona." Sus ojos brillaron. "Te reto a que lo digas y lo digas en serio."

Kyle rió. "No lo haría, porque tú no lo eres." Él tomó el codo de su madre, divertido de haber salido por la puerta un viernes por la noche antes que Damon, por una vez. "Vamos. Vamos a llegar tarde."

"Deberías casarte con esa muchacha", dijo su madre, para sorpresa de Kyle.

Él la miró y ella asintió.

Lauren, no Joy. Ella te entiende, Kyle, y esa es la base de toda buena relación."

"Ella ya está casada".

Florence se detuvo en seco. "¡Ella no puede estar casada!"

"Ella lo echó hace un par de meses, por engañarla."

"Bueno, entonces ella está en el mercado de nuevo."

"¡Mamá! Lauren es demasiado inteligente para involucrarse conmigo." Kyle mantuvo su tono ligero. "Es parte de lo que me gusta de ella."

"Bueno, entonces, ella no es tan inteligente como", respondió su madre. "Ella está enamorada de ti, independientemente de lo que ambos crean, y que seas amigo de una mujer tan hermosa me dice que estás más involucrado emocionalmente de lo que te gustaría que yo pensara."

Kyle habló con firmeza. "Mamá, no me voy a casar."

"Eso me dijo Lauren. Incluso me dijo por qué."

"¿Qué?" Él se detuvo para mirar a su mamá.

Ella asintió sabiamente. "Ella es una buena persona, Kyle. No dejes que se escape, o te arrepentirás de la pérdida por el resto de tu vida."

Kyle negó con la cabeza y continuó hacia la calle. "No voy a aceptar tus consejos maritales, mamá."

"Deberías", dijo ella con severidad. "Ella tiene razón en que aprendiste de mí tu aversión al compromiso, pero espero que también hayas aprendido algo más de mí."

"¿Cómo qué?" Preguntó Kyle con cautela.

Los ojos de su madre brillaron. "Como el poder de elegir. Siempre te dije que podrías hacer cualquier cosa si te lo proponías."

"Es verdad." Era cierto y abría una tentadora posibilidad. "Lauren cree en la eternidad", se encontró diciendo Kyle mientras alcanzaba a su madre. "Yo no."

"¿Y quién dice que no puedes aprender?" desafió su mamá.

"Solo la defraudaré."

"Ya la estás decepcionando si ni siquiera lo intentas."

"Realmente no estás en posición de dar consejos aquí, mamá."

"Lo sé. Puede que no confíes en mí, Kyle, y eso no es una locura, porque no soy muy digna de confianza en asuntos personales. Primero pienso en mí misma, siempre lo he hecho" Ella sacudió su cabeza. "Le rompí el corazón a tu padre, Kyle, porque tenía mucho miedo de que él rompiera el mío. No me gusta ser vulnerable, así que lo arreglé."

Kyle la miró fijamente, porque no conocía este detalle.

"Es cierto." Florence le sostuvo la mirada con firmeza. "Pensé que yo había ganado, pero al final, me di cuenta de que había cometido un terrible error. Todavía lo amo. Podría haber sido para siempre, si yo hubiera tenido el valor de arriesgarme. Fue algo tonto y estúpido."

"Podrías decírselo".

"¿Con una de sus amiguitas escuchando?" Ella sacudió su cabeza. "No. De todos modos, es demasiado tarde." Florence miró a Kyle. Sé más inteligente que yo, Kyle. Eso incluso podría hacerte feliz." Ella se acercó y le dio unas palmaditas en la mejilla. "Sigo creyendo que puedes hacer cualquier cosa, con la motivación adecuada. ¿Lo es Lauren?

Kyle asintió, sabiendo que lo era.

"Entonces sabes qué hacer".

Florence sonrió y salió de F5F con su propósito habitual.

"Tú solo quieres nietos," le gritó Kyle y ella se rió justo antes de salir del vestíbulo.

"¡Culpable de los cargos!" respondió ella y luego se fue, dejando a su hijo mayor con mucho en qué pensar.

ERA maravilloso tener una noche de mujeres.

La mejor parte era que Lauren y Joy continuaron donde lo habían dejado.

Lauren se sentía bien cuando llegó a casa, y no era solo por el vino, la buena comida y la buena conversación. Ella se sentía inspirada. Potente y al mando de su universo. Ella fue directamente a su mesa de trabajo y revisó su progreso en el libro desplegable para Ty.

Una combinación de creación de libros, origami, escultura y fantasía, lo que Ty llamaba los libros desplegables de Lauren eran recuerdos y libros desplegables personalizados. Algunos de los primeros contenían regalos, pero luego se convirtieron en regalos en sí mismos. Cada uno parecía un libro de tapa dura y era del mismo tamaño. Ella los diseñaba para que pudieran guardarse en una estantería. Ella construía una portada, usando las mismas técnicas que para las encuadernaciones, pero la portada contenía una caja en lugar de páginas de papel. Y cuando se abría la portada, comenzaba la magia.

El primero que ella hizo fue una tarjeta de cumpleaños para Paige. La tapa que se abría sacaba de la caja un recorte de un pastel de cumpleaños escalonado. Las velas estaban "encendidas" con llamas de película de color naranja claro. Se movían en el aire, haciéndolo parecer más real. Esa tenía un microchip de una tarjeta única que había puesto música. Paige estaba encantada.

El segundo fue una tarjeta del Día de la Madre. Abrir el libro había provocado una explosión de flores de origami para crear un ramo enorme. Cada flor había sido doblada en papel japonés de doble cara y estaban colocadas juntas para que el ramo fuera más grande de lo que parecía posible. Lauren había hecho todas las flores de una combinación brillante y coordinada de rosados, malvas y azules. Ella había ensartado cuentas blancas en filamentos para que parecieran azucenas, y los racimos de cuentas rebotaron un poco una vez que se abrió la tarjeta. El toque final había sido una abeja peluda que parecía real, su alambre de soporte escondido entre las flores del papel. Ella estaba bastante segura de que su madre se lo había mostrado a todo el mundo en el área metropolitana de Nueva York.

Quizás en la costa este.

Fue entonces cuando Lauren decidió que no haría duplicados de ninguno de los libros plegables. Ella podría haber vendido treinta como los de su madre en uno o dos días, pero ella quería que cada libro fuera único.

No pasó mucho tiempo antes de que comenzara a experimentar con libros de recuerdos. El primero de ellos conmemoró el nacimiento de la hija y primera bebé de su amiga. El libro era de color rosa pálido, por supuesto, ya que el bebé era una niña, con encaje de ojales en los bordes del lomo. La tapa interior del libro incluía el anuncio del nacimiento. Las ventanas emergentes incluían una foto del bebé enmarcada junto con un pequeño ramo de flores, algunos globos de papel y una pancarta con el nombre y el peso del bebé. Había un espacio para que Joy agregara un mechón de cabello de la bebé Megan, y Lauren había puesto una copia de las huellas de la bebé en la base del interior de la caja. Ella se la había dado a Joy en la primera Navidad de Megan y Joy acababa de decirle que todavía tenía un lugar de honor en la habitación de Megan.

A pesar de que ella había tenido muchas ideas, Lauren no había hecho muchos más libros plegables después del de Megan, porque ella había conocido a Mark y la vida se había vuelto ocupada. Eso tomaba mucho tiempo y eran trabajos de amor, ya que el detalle era lo que los hacía mágicos para ella.

Ella se alegraba de que Ty le hubiera pedido que hiciera uno. Había puesto muchas ideas en práctica y estaba orgullosa del resultado. Lauren hizo un último toque final al libro para Shannyn y esperaba que se convirtiera en un recuerdo del día de la boda de Shannyn y Ty.

Ella asistiría sola a esa boda y a su madre no le agradaría la noticia. Pero Lauren ya no era la hija obediente.

Ella era quien seguía su propio camino para encontrar su propia verdad.

Lauren preparó una taza de té y regresó a su nueva área de trabajo. La conversación con Joy le había hecho pensar en usar sus libros plegables como una especie de terapia.

Ella debía hacer uno para conmemorar su matrimonio.

Para capturar lo mejor, para siempre.

Ella recordaría la decepción y lo malo. Ella nunca olvidaría ese día en el bar de vinos con Kyle, y las imágenes del video habían quedado grabadas en su memoria para siempre. Pero había cosas buenas.

El día de su boda, por ejemplo.

Sus anillos estaban en el plato de su tocador en el dormitorio, descartados después de esa discusión con Kyle. Ella realmente no sabía qué hacer con ellos y, a menudo, extrañaba su familiar peso en su mano. Justo este día, por ejemplo, ella se había movido para quitárselos antes de ponerle el color a Florence y descubrió una vez más que no estaban en su dedo. Ella había tenido ese pulso de miedo por haberlos perdido, luego recordó. Sucedía rápido, pero le arrancaba el corazón cada vez.

Necesitaban un hogar.

Ella tenía la invitación y algunas fotos, por supuesto. ¿Qué había sido lo mejor del día de su boda? Su sentido de optimismo y logro. Orgullo y felicidad. También había habido dudas, pero Lauren no estaba interesada en explorar eso todavía. Ella quería revivir esa emoción de dar un paso hacia su futuro con el hombre que amaba. La promesa de todo.

Ella comenzó a sacar papeles de su colección, armando un collage en el medio de su mesa de trabajo. Era tarde pero no le importaba; ella estaba encendida con la necesidad de crear. Cuando sonó su teléfono, el sonido la sobresaltó. El teléfono fijo se había ido.

Sonó de nuevo.

¡Su celular! Ella lo sacó de su bolso, esperando plenamente que fuera su madre de nuevo.

Pero era Kyle.

Lauren sonrió mientras respondía.

"Eres peligrosa", dijo él, su voz tan baja y sedosa que el sonido le puso la piel de gallina.

"¿Yo? De ninguna manera."

"Oh sí. Eres especialmente peligrosa porque actúas como si no fueras ningún tipo de amenaza, luego sales a esas rocas y empiezas a cantar, y la resistencia es inútil."

Lauren se rió. "Tú y tus sirenas".

"Sólo hay una verdadera sirena", dijo él y ella sintió que se sonrojaba un poco.

"¿No me digas que, después de todo, te sentiste tentado a dejar tu isla?"

"Te llamo desde lo más profundo del corazón del Museo Americano de Historia Natural", admitió él. "Donde estoy encerrado, hasta mañana por la mañana, con un centenar de niños. Están todos en un estallido de azúcar y las luces están apagadas."

"Guau. ¿Cómo te quedaste atrapado ahí?"

Él suspiró. "Vine voluntariamente. Incluso pagué por ello."

"Voy a adivinar que no estás de fiesta solo."

"No. A los niños les encanta, y Dave probablemente se esté asegurando de que Gwendolyn también esté muy feliz."

"Qué cosa tan bonita hiciste."

"Imagínate. Incluso yo puedo aprender a ser amable."

"Creo que eres amable, pero lo escondes muy bien."

Entonces él se rió entre dientes. "Se necesita uno para conocer al otro. Gracias por el cambio de imagen de mi mamá hoy. Ella está encantada." Él suspiró de nuevo. "Aunque lo siento por Kenneth."

"¿Su cita? Sí, ella parecía decidida a darle una lección."

Kyle se rió y Lauren sonrió. "Matrona fue un golpe bajo. Si él sabe algo sobre mujeres, tiene que darse cuenta de que es un territorio peligroso."

"Yo también pensé lo mismo." Hubo un momento de delicioso silencio y Lauren se encontró jugando con su cabello, sonriendo y esperando el sonido de la voz de Kyle nuevamente. Ella estaba grave. Ella tenía que asegurarse de que él no se diera cuenta. "Entonces, ¿qué sigue en la gira Personalizada por Manhattan de Kyle?"

"Clase de trapecio por la mañana."

"¡Vamos!"

"No estoy bromeando. Siempre pensé que sonaba genial y podría ayudar con la falta de confianza de Jason en los deportes. Luego, el tour de degustación de pizzas por Nueva York."

Lauren se rió. Pasarás hambre. Es posible que no tengan una sin carbohidratos o grasas."

"Puedo comer pizza en ocasiones especiales." Él hizo una pausa. "Deberías venir con nosotros, si no me crees."

"El salón abre mañana", dijo Lauren, un poco sorprendida. "Los sábados están ocupados, especialmente desde que Marie se fue."

"Por supuesto. ¿Alguna posibilidad de que te unas a nosotros para el crucero por el puerto al atardecer?

"En realidad, no creo que sea una elección inteligente."

"¿Por qué no?"

"Suena romántico".

"Y mi madre cree que yo debería casarme contigo."

Los ojos de Lauren se agrandaron. "¿Desde cuándo sigues sus consejos?"

"Nunca lo hice. Estoy pensando en probar otra cosa por primera vez."

La boca de Lauren se secó. "Pero, ya sabes, yo estoy casada. Técnicamente."

"Lo recuerdo, Lau", dijo él, su voz era sensual. "¿Qué está pasando con eso, de todos modos?"

"Abogados."

"¿Y estarás teniendo citas de nuevo, buscando el para siempre?"

Lauren se sorprendió por su pregunta. Su tono era casual, pero él estaba más interesado de lo que ella esperaba. "No hasta Navidad. Me estoy tomando un tiempo para mí."

"Buen plan."

Hubo otra pausa cargada, luego Lauren se aclaró la garganta. "¿Cómo estás haciendo que esta súper gira suceda con tan poco tiempo de anticipación? Por lo general, todo está reservado en esta época del año."

"Pedí favores. Eso es todo."

"Y trabajarás por las noches para arreglar las deudas durante algunas semanas", dijo ella antes de pensarlo mejor.

Si Kyle estaba sorprendido o insultado, lo ocultó bien. "En realidad no. Pensé en eso, por supuesto, pero no ha funcionado de esa manera." Él dio un elaborado suspiro y solo el sonido la hizo sonreír. "Quizás tengas razón. Tal vez me estoy volviendo demasiado mayor para echar un polvo fácilmente. Todos quieren dinero."

Ella rió. Ella no podía evitarlo. "¿Y acabas de encontrar eso en los árboles?"

"¡No! Pero ya sabes, yo solo tomo vacaciones de F5F para ir a casa de Dave en Navidad. Siguen pagándome por trabajar mientras estoy allí, y Ty me ha dado algunos buenos consejos de inversión de forma gratuita. Se acumula de manera constante, por lo que no está de más gastar mucho dinero este mes, dándoles unas vacaciones inolvidables. Tú tenías razón. Gracias."

Había algo en su voz que llamó la atención de Lauren. "Es más que eso, ¿no?"

Kyle no respondió de inmediato y cuando lo hizo, sus palabras fueron incluso más suaves que antes. "Dave tiene la sensación de que lo desplegará en el nuevo año," confesó él en un susurro. "El primer marido de Gwendolyn murió en acción. Creo que él quería que Gwendolyn y los niños establecieran una mejor conexión conmigo, por si acaso."

Por si acaso.

Lauren parpadeó para contener las lágrimas. "Él los protege, ¿no?"

"Sí", asintió Kyle. "Entiendo que eso sucede cuando amas a alguien."

"No me vengas con eso", respondió Lauren en un susurro caliente. "Sabes exactamente cómo es amar a alguien. ¿Quién crees que le enseñó a Dave a ser un padre y compañero tan amoroso? ¿Quién crees que le enseñó a proteger a quienes más le importan?"

Ella lo escuchó aclararse la garganta y se preguntó si él también estaba parpadeando para contener las lágrimas.

"Él es mi hermano, Lau."

"Lo sé. Cuidas de él de la misma manera que Ty nos cuida a mí ya mis hermanas. Es muy dulce."

"¿Dulce?" repitió indignado.

"Dulce", insistió con una sonrisa. "Es la combinación perfecta que un hombre sea fuerte y dulce también."

"Ahora, solo estás tratando de salirte con la tuya conmigo, cantando esas canciones de seducción de las sirenas. Voy a tener que pensar seriamente en los peligros de dejar mi isla en el futuro."

Lauren se rió.

"Pero puedes bajar a tierra, cuando quieras", la invitó él y ella se puso seria.

"Gracias, pero no", dijo ella, su sonrisa se desvaneció. "Me alegro de que te estés divirtiendo con los niños, Kyle. Van a recordar este viaje toda su vida."

"Si. Ese es el plan." Su tono era tan cálido que ella podía escuchar la sonrisa en su voz. Ella deseó poder verlo, luego cerró los ojos y se lo imaginó, apoyado contra una pared cubierta de jeroglíficos en el museo a oscuras. Su cabello estaría despeinado y habría un destello de problema en sus ojos. Él estaría concentrado en el teléfono, en ella y sin darse cuenta de que todas las mujeres lo miraban bien.

Hasta que él terminara la llamada y mirara hacia arriba y una de ellos sonriera.

Entonces él se olvidaría de ella.

La garganta de Lauren se apretó. "Yo debería irme. Ya es tarde. Pero gracias por llamar."

"Y gracias por hoy", dijo Kyle. "Duerme bien."

Él se había ido y Lauren se quedó mirando su teléfono, incapaz de evitar imaginar la escena que se estaba desarrollando en el museo. Habría otra mujer, si no en ese mismo momento o esa noche, en algún momento de la próxima semana o el próximo mes. Kyle era como era, y él era honesto al respecto.

No era solo a su hermano a quien estaba protegiendo. Él también la estaba protegiendo a ella, recordándole constantemente su verdad.

Entonces, ¿por qué seguía llamándola? Él era cortés. Daba las gracias. Probablemente este era el final.

Y ahora ambos seguirían adelante.

Era lo último que ella quería, incluso si era lo más inteligente que podía hacer. Contra todas las expectativas y todas las advertencias, Lauren se había enamorado de Kyle. Quizás ella siempre lo había amado. Ella sospechaba que siempre lo haría. Pero Kyle no creía en la eternidad y ella no había logrado convencerlo.

Ser amigos no se acercaba a lo que ella quería, pero ella no iba a cometer el mismo error dos veces. Ni siquiera era el caso de que Kyle fuera como Mark: era ese momento en F5F cuando Kyle fingió que ellos eran extraños lo que ella no podía olvidar.

Ella se daría hasta Navidad para arrepentirse de eso, y luego comenzaría su búsqueda de alguien nuevo.

Incluso si no podía evitar pensar que un futuro sin esperanzas de ver a Kyle no sonaba muy atractivo en absoluto.

PERO ESE NO FUE EL final de Kyle.

Evidentemente, él se había tomado su decisión de ser amigos más en serio de lo que esperaba Lauren. Él la llamaba cada dos o tres días, solo para hablar. Él la hacía reír. Él escuchaba sus preocupaciones sobre el salón y la boda y le hacía sugerencias sorprendentemente útiles.

Ella comenzó a confiar en él, al escuchar su voz a intervalos regulares.

Y era maravilloso.

El fin de semana del Día del Trabajo, Shannyn y Ty organizaron una barbacoa para mostrar la cocina renovada de la casa de Brooklyn. Lauren tomó el tren a Mamaroneck, luego sacó el viejo Buick de la abuela Trixie del garaje. Ella llevó a su abuela y a Alfred a Brooklyn, disfrutando de cómo los dos conversaban juntos en el camino.

Él era un buen caballero y obviamente una buena compañía para Trixie.

La cocina era preciosa. Lauren se había enterado por su hermana Paige, cuyo esposo, Derek, estaba haciendo parte de la construcción. Ella pudo ver dónde había terminado la cocina antes de que una habitación trasera se fusionara con el espacio. Las paredes estaban cubiertas con hermosos azulejos azules y blancos que ella supo que habían sido un regalo del hermano de Shannyn, Aidan. La pared trasera de la casa se había abierto a un nuevo patio trasero que se extendía a lo ancho de la casa. Derek acababa de terminar una pérgola sobre el patio. El garaje en la parte de atrás del lote era nuevo y adecuado para el amado Porshe de Ty.

Shannyn y Ty se estaban asegurando de que todos tuvieran una bebida y algo de comer, por lo que Paige llevó a Lauren al piso de arriba para darle una visita guiada. El segundo piso estaba destruido, pero Paige conocía el plan y probablemente estaba más emocionada que Shannyn y Ty. La casa todavía tenía una pared al pie de las escaleras: Paige explicó que Derek la había dejado para manejar mejor el polvo. Había agujeros en las paredes para nuevos cables y tuberías, pero Lauren podía imaginar fácilmente el resultado. La casa tenía esa envidiable mezcla de encanto del viejo mundo y comodidades modernas.

Le sorprendió el audaz uso del color por parte de Shannyn en las habitaciones del piso principal, pero le gustaron mucho. Ella nunca se hubiera imaginado a Ty en una casa como esa, pero él parecía más feliz de lo que ella nunca lo había visto. Ella también vio su nuevo tatuaje por primera vez, un par de peces que formaban un círculo juntos, uno nadando hacia arriba y el otro nadando hacia abajo. Uno estaba pálido y el otro oscuro, y parecían pintados en la parte superior del brazo.

Shannyn tenía un enorme gato Maine Coon que había estado viviendo con ellos en la casa de Ty, pero lo habían llevado a Brooklyn para la fiesta. Él se había refugiado en la sala de estar, ya sea por todos los extraños en la casa o por los cambios. Él se sentó en el respaldo del sofá, alternativamente mirando los gorriones en los arbustos fuera de la ventana y la multitud ruidosa en la cocina. Sus dudas eran obvias.

"Su nombre es Fitzwilliam", le dijo Shannyn, luego le ofreció una copa de vino. "Él no está convencido de que todo esto esté bien, aunque ya tiene a Ty envuelto en sus pequeñas patas." Ella puso los ojos en blanco. "Esa bestia está comiendo como la realeza en estos días."

Fitzwilliam maulló, haciendo más ruido del que Lauren hubiera creído posible.

"No es hora de comer, Fitzwilliam", le informó el hermano de Shannyn. "Tendrás que esperar, amigo." Él le dirigió una sonrisa a Lauren y le ofreció la mano. "Soy Aidan, la ayuda barata".

"No si se tiene en cuenta lo que comes", bromeó Shannyn y se rieron juntos.

"Lauren," dijo ella, estrechándole la mano. Ella había oído hablar del tranquilo hermano de Shannyn y le agradó de inmediato.

"Ven a conocer a mamá", dijo Aidan. Anoche la traje del puerto de Harte. Lauren lo siguió y conoció a la madre de Shannyn, Francis. Si ella no hubiera sabido que Shannyn y Aidan habían sido adoptados, podría haberlo adivinado cuando vio a los tres Hawke juntos. Francis era alta y delgada, una pelirroja de pelo corto, ojos marrones y pecas que parecía mucho más joven de lo que tenía que ser. Aidan era alto y larguirucho, además de un poco desaliñado. Él tenía el pelo color arena, ojos color avellana y un hoyuelo que no cesaba. Shannyn era menuda con cabello oscuro y ojos azules. Lo único que todos tenían en común era su tendencia a reír y su afecto abierto entre ellos.

El cabello de Aidan era un poco largo y ondulado. Él era guapo y Lauren estaba ansiosa por cortarle el pelo para mostrar esos buenos huesos con ventaja. Ella tenía que pensar que él se sorprendería al ver la diferencia.

Lauren también conoció a la mejor amiga de Shannyn de la universidad, Kirsten, una rubia esbelta que era profesora de matemáticas. Su esposo Lukas cargaba a su hija recién nacida, que tenía solo una semana y era muy preciosa. Ella tenía el cabello oscuro y los ojos oscuros de su padre, pero Lauren podía ver a Kirsten en la forma de su boca. Ella se sintió honrada de tener la oportunidad de cargarla, con los padres acercándose protectoramente.

"Su nombre es Abigail", confió Kirsten. "Shannyn es su madrina."

"Qué lindo," dijo Lauren.

"Es lo correcto", dijo Kirsten con voz ronca, y Lauren se preguntó por qué sería así. La bebé se movió y ella se la entregó de nuevo a Kirsten, quien le preguntó a Shannyn si podía amamantar en la sala de estar. Theo y Cassie llegaron con una enorme cesta de regalos de inauguración. Con Theo llamándose a ellos mismos la delegación oficial de F5F, Lauren sabía que Kyle estaba trabajando. Ella se negó a sentirse decepcionada por no verlo.

La cocina se estaba volviendo ruidosa y llena de gente, así que Lauren se aseguró de que la abuela Trixie tuviera una taza de café y una silla, luego salió al patio. Su padre estaba allí, colocando luces de colores en la glorieta de madera.

"Déjame ayudar", ofreció ella y él le entregó la escalera, asumiendo el papel de supervisor.

"Las escaleras son para piernas más jóvenes que las mías", dijo él con una sonrisa. "Creo que el próximo gancho debería estar ahí."

Lauren vio que había ganchos en la madera a intervalos. Eran difíciles de ver desde el patio porque eran del mismo color que la madera. Ella enganchó la siguiente linterna sobre el siguiente gancho, luego continuó hasta donde pudo alcanzar mientras su padre sostenía la escalera. Ellos terminaron esa cadena de luces y la última que quedaba, luego brindaron mientras se sentaban a la sombra.

"¿Cómo estás?" preguntó su papá en voz baja.

Lauren no se sorprendió por su pregunta. Era su naturaleza decir muy poco, pero deslizar un poco de aliento cuando tenía un momento a solas con alguno de sus hijos. "Estoy bien. Avanzando."

"Bien. ¿Te va a molestar la boda?

"No, no lo creo."

"No hay flashbacks traumáticos", bromeó ella suavemente.

"No. Ty y Shannyn están muy felices. No haría nada para ensombrecer su día."

Su padre asintió y tomó un sorbo de su bebida. "Me preguntaba cuánto tiempo tomaría, ya sabes."

Lauren miró hacia arriba con sorpresa. "¿Para qué mi matrimonio termine?"

Él asintió solemnemente. "Lo supe ese día. Algo no estaba bien. No podría haberte dicho por qué en ese entonces, pero yo lo sabía."

"¿Qué hay de Ty y Shannyn?"

"Oh, ellos estarán bien. Ya sabes, Ty nunca ha hecho nada para satisfacer las expectativas de los demás. Él espera y trabaja hasta que consigue algo exactamente correcto, luego exuda esta satisfacción que es inconfundible."

Lauren se rió. "Eso es exactamente."

"Él siempre ha sido así. Qué niño tan desconcertante era." Su padre negó con la cabeza. "Y Shannyn está rebosante de alegría. Creo que son buenos el uno para el otro y que se harán felices."

"¿Y no pensaste eso de Mark y de mí?"

"Yo no lo conocía muy bien. Sin embargo, te conozco a ti y tú estabas nerviosa."

"Todas las novias están nerviosas, ¿no?"

"No, tú estabas esperando a que cayera el otro zapato. Tú esperabas que algo saliera muy mal y no era el servicio de bodas en sí." Él sacudió la cabeza. "Casi me rompió el corazón. Pero luego, pasaron los años y pensé que tal vez estaba equivocado."

"No, yo estaba equivocada". Lauren giró su vaso en la marca húmeda que había dejado en la mesa. "¿Por qué no me lo dijiste?"

Su padre negó con la cabeza con determinación. "Es lo más difícil del mundo, Lauren, dejar que sus hijos cometan un error. Creo que todos los padres tienen ese impulso de levantar a sus hijos y evitar que sufran cualquier tipo de daño, y evitar que se caigan o fallen. Pero él si lo hace, evitará que aprendan algo en esta vida. Entonces, tienes que retroceder. Tienes que dejarlos tropezar o incluso caer, incluso si casi te mata." Él sonrió y le ofreció la mano. "Lo mejor que puedes hacer es estar allí para ayudarlos a ponerse de pie."

Lauren abrazó a su padre y él le devolvió el abrazo. Ella lo sintió plantar un beso en su cabeza y su voz estaba ronca cuando habló.

"Solo avísame si hay algo que necesites."

"Está bien. Gracias papá."

Se enderezaron después de unos minutos y cada uno tomó un sorbo reconstituyente de su bebida. "Y ahora", dijo su padre. "Tenemos que pensar en organizar una intervención."

"¿Para qué?"

"Tu mamá está decidida a cambiar la opinión de Shannyn acerca de caminar sola por el pasillo. Ella piensa que no está bien, pero el padre de Shannyn se ha ido y es el día de su boda."

"¿Ella no quiere que su mamá camine con ella?"

Su papá sonrió. "Shannyn dice que ella no es una posesión para regalar."

Lauren también sonrió. "¿Qué dice Ty?"

"Lo mismo que Francis: lo que Shannyn quiera porque es su día." Su papá sonrió. "El secreto de un buen matrimonio, es esa perspectiva. Le enseñé bien."

"¡Papá!" protestó Lauren, porque sabía que él no lo decía en serio.

"En serio, tenemos que disuadir a tu mamá de alguna manera."

"Yo podría atraer su fuego," dijo Lauren. "He decidido venir a la boda sin una cita".

Su padre hizo una mueca. "¿Estás segura de que puedes enfrentarte a ella en eso?"

"Ella no va a cambiar de opinión, y realmente no puede discutir con eso. Después de todo, todavía estoy técnicamente casada y nadie quiere que Mark venga a la boda."

"Correcto." Su papá la saludó con su bebida. Te respaldaré. Entremos y hagamos algo por el equipo."

TRECE

En la primera semana de septiembre, Kyle estaba más que listo para dar su siguiente paso.

Que hubiera rosas inusuales en la florería cerca de F5F solo podría haber sido una señal. Estaban en la ventana y él las notó de inmediato. Él pudo oler su perfume tan pronto como entró en la tienda.

Se veían diferentes a otras rosas, más como si vinieran del jardín de alguien que de un invernadero. También tenían más la forma de pequeñas coles que de lágrimas invertidas.

"¿Serían esas rosas Austen?" le preguntó a la mujer detrás del mostrador y ella sonrió.

"¡Buen ojo! Lo son."

"¿Podría traerme un ramo de esas, por favor?"

"Oh, no están a la venta. Son de mi jardín y tuve que traer algunas a la tienda para disfrutarlas" Ella tocó un pétalo de rosa con la yema de un dedo. "Esta es su segunda floración".

"No entiendo."

"Ellas florecen en junio. Ese es el gran espectáculo. Pero luego los arbustos vuelven a florecer en el otoño. Hay menos flores, pero creo que huelen más dulces." Ella instó al jarrón hacia adelante y Kyle se inclinó para olerlas. Tenían un fuerte aroma a rosas. "No puedo resistirme."

"Pero tienes más en casa, ¿verdad?"

Ella lo miró con una sonrisa. "¿Por qué creo que puedo adivinar la dirección de esta conversación?"

"Tal vez puedas." Kyle le devolvió la sonrisa. "Le debo una disculpa a una buena amiga, por algo que sucedió hace mucho tiempo. Estas rosas y lilas de color púrpura oscuro son sus flores favoritas.".

"Y quieres decirlo con flores".

"No con las lilas."

"Bueno eso. Nunca las encontrará en esta época del año. No son flores buenas para ser cortadas."

"Me encantaría darle algunos de estas. Solo adiviné cuáles eran por la descripción de ella."

"Entonces ella las ama."

Kyle levantó las manos. "Di tu precio."

Ella lo miró y se mordió el labio. "Esta disculpa es importante."

"Significa todo y está muy atrasada."

Ella asintió con la cabeza, pensando, y Kyle contuvo la respiración. "Voy a envolver estas para ti", dijo ella. "Tienes razón. Tengo más en casa. Simplemente parece correcto enviarlas a otro admiradora."

"¡Gracias!"

"Buena suerte con tu disculpa."

"Gracias por eso también." Kyle miró su reloj y supo que tenía que darse prisa si iba a atrapar a Lauren cuando saliera del salón.

LAUREN CERRÓ la puerta del salón, se dio la vuelta y encontró a Kyle de pie en la acera detrás de ella. Él sostenía un ramo de rosas y ella parpadeó sorprendida, luego dio un paso adelante.

"Rosas Austen", susurró ella.

"Escuché que están entre tus favoritas."

¡Kyle! ¿Dónde las encontraste?

En una florería. Las habían traído de su propio jardín."

Lauren aceptó el ramo e inhaló el aroma. "Son hermosas. Gracias."

Luego lo observó, preguntándose. Él parecía un poco menos seguro de lo habitual, lo cual era intrigante. "¿Cuál es la ocasión?"

"Te debo una disculpa", dijo él, metiendo las manos en los bolsillos. "Érase una vez, fingí que éramos extraños."

"Ese día en F5F".

Kyle asintió. "Me equivoqué y lo siento."

"Pero tenías miedo de perder la amistad de Ty". Lauren tocó los pétalos de una rosa. "¿Él era tu mejor amigo?"

"Y mi primer muy buen amigo. Sentí que tenía las llaves del futuro." Kyle sonrió. "Lo siento, Lau. Fue una vez que no dije la verdad y lo lamento desde entonces."

Ella besó su mejilla, notando que él no la tocaba. "Aquí pensé que querías tener sexo", bromeó ella.

"Somos amigos sin beneficios, recuerda." Él habló a la ligera, pero ella sabía que la estaba observando de cerca. "No quería ir a tu casa, porque no quería que pensaras que esa era mi idea."

"Ya veo", dijo ella, pero en realidad no lo hacía.

Kyle hablaba en serio. "Quiero volver a ganarme tu confianza, y eso significa corregir los errores antiguos."

"Eso suena siniestro."

"No debería." Él la examinó con tanta intensidad que ella estaba segura de que él podía leer todos sus secretos. "¿Cómo has estado?"

"Bien."

"¿Citas ocupadas?"

"No. Aún no es Navidad. ¿Tú?"

"No", dijo él inesperadamente. "Un poco de un período de sequía."

"Oh no," dijo ella, incapaz de resistirse a molestarlo un poco. "¿Te estás volviendo demasiado mayor para tener suerte?"

Kyle se rió con facilidad. "No, solo he estado ocupado." Él le dio una mirada atenta. "Mi isla, ya sabes, ha sido invadida y todo es culpa tuya."

"Sirenas molestas".

"Tú lo sabes. Pero se vuelve muy silencioso cuando uno se aleja nadando."

Lauren no supo qué responder a eso.

"Debes saber que tengo fotos en mi refrigerador de los niños."

"Qué lindo."

"Y Jason me llama".

La sonrisa de Lauren se amplió. "¿Y tú respondes?"

Kyle rió. "¡Por supuesto! Lo mejor de todo es que está arrasando en el jujitsu."

"¿Un talento natural?"

"La motivación correcta", dijo Kyle, levantando un dedo. "Ese es el secreto de todo. Evidentemente, Mia quedó tan impresionada por sus movimientos el primer día de clases, defendiendo su lonchera, que están almorzando juntos. La conoceré la próxima vez que los visite."

"Guau." Lauren estaba sorprendida por el cambio, pero no había duda de la satisfacción de Kyle. "Hiciste una diferencia allí", dijo ella, pensando en el cambio en él, no en Jason.

"No." Kyle negó con la cabeza y lanzó una mirada muy azul en su dirección. "Tú hiciste la diferencia. Me hiciste reconsiderar lo que era importante y lo que estaba haciendo al respecto. Gracias."

Lauren tenía un nudo en la garganta. "De nada. Yo sabía que serías bueno en eso."

"Bueno, no lo soy, pero ya sabes, es divertido." Él le sonrió. "Eso me está haciendo reconsiderar todo". Había un brillo en sus ojos con el poder de hacer que el corazón de Lauren saltara. Ella se sintió un poco nerviosa.

Kyle no quería decir nada con eso. Era solo un comentario casual.

¿No era así?

Él se inclinó hacia adelante y la besó en la mejilla cuando ella no dijo nada. "Me alegro que te gusten las rosas. Tan pronto como las vi, pensé en ti. Nos vemos en la boda."

"¿Quieres un aventón?" Lauren preguntó impulsivamente. "Yo llevaré a Trixie en auto..."

"Nosotros alquilamos una limusina y un chofer", dijo él con una sonrisa. "El equipo llegará con estilo." Entonces se alejó, haciendo una pausa para mirar hacia atrás desde la esquina y despedirse con la mano, y Lauren se preguntó si estaba loca por dejarlo irse.

En realidad, ella no había pensado que él lo haría. Ciertamente no esperaba esa disculpa. Era dulce y las flores preciosas, y a ella le gustó la idea de que él hubiera estado pensando en ella.

Y ella lo volvería a ver pronto. Solo faltaban nueve días para la boda.

———

LOS MCKAY DESCENDIERON con fuerza sobre el puerto de Harte.

El viaje fue hermoso ya que las hojas estaban comenzando a cambiar de color y el clima estaba despejado. Lauren tomó carreteras más pequeñas cuando pudo, porque sus pasajeros lo preferían y realmente disfrutaron el viaje. Llegaron el viernes por la tarde y se detuvieron para admirar la vista desde el estacionamiento de The Smuggler's Inn. Lauren reconoció el auto de sus padres, así como la camioneta de Derek y varios otros vehículos familiares.

No había limusina negra.

Ella se preguntó quién trabajaría hasta tarde en Flatiron 5 Fitness y cuándo llegaría el equipo. Sería una boda muy pequeña, tal como habían planeado Ty y Shannyn, con familiares y amigos inmediatos.

"¿Crees que hemos reservado todas las habitaciones?" Preguntó Trixie, mirando el edificio. Obviamente, era una posada histórica que había sido renovada y tenía solo dos pisos de altura.

El pueblo en sí parecía un poco decaído en su suerte. La posada estaba en la Calle Principal, la carretera que serpenteaba alrededor del puerto y en el lado de la carretera que se alejaba del agua. Enfrente había un edificio largo y bajo que podría haber sido un almacén, pero sus ventanas estaban oscuras o tapiadas. Lauren pudo ver los muelles en el lado más alejado del almacén. La posada estaba en un extremo de la ciudad y ella podía ver el distrito comercial más adelante en la curva. Los edificios tenían dos o tres pisos de altura, pero no había mucho tráfico. Parecía haber un cruce de calles, luego el ruido del comercio se apagaba más allá.

Aidan salió de la posada entonces, armado con una cámara. Los saludó a todos, luego tomó fotografías, diciendo que Shannyn le había dado ese trabajo. Estuvieron rodeados por la familia momentos después, cuando Paige y Derek salieron a buscar su equipaje, y llegaron Stephanie y

Anthony. Lauren ayudó a Trixie y a Alfred a instalarse, luego Shannyn los invitó a todos a la taberna local para tomar algo y cenar.

El Captain's Harte estaba ubicado en la esquina de esa calle transversal y la Calle Principal, y obviamente era un favorito local. Estaba lo suficientemente cerca para que incluso Trixie lograra caminar hasta ahí. La comida era sencilla pero buena y la decoración era armónica. El lugar estaba lleno de gente que se detenía a charlar con Aidan, Shannyn y Francis. Su cena se volvió ruidosa y festiva cuando una banda local comenzó a tocar música de violín. Lauren aplaudió cuando su padre invitó a su madre a bailar un carrete, y pronto todos se pusieron de pie. A lo largo de la noche, Aidan agregó más sillas a la mesa a medida que la gente se les unía.

Era pasada la medianoche cuando Lauren regresaba a su habitación y escuchó risas en el estacionamiento. Ella miró hacia afuera y descubrió que la limusina había llegado desde Manhattan con los socios de Flatiron 5 Fitness. Parecía como si hubieran bebido champán en el camino, y ella observó con una sonrisa cómo Kyle y los demás escoltaban a Ty al hotel.

Él había llegado y Lauren no podía fingir que no estaba contenta.

ERA la primera vez que los cinco socios estaban ausentes del club y Kyle sabía que no era el único al tanto. Ellos se habían reunido en la oficina del club, cada uno con una bolsa de viaje y una bolsa de traje, pero no lograban salir. Kyle se sentía dividido entre sus responsabilidades en el club y la promesa de ver a Lauren, posiblemente en unas horas.

"Revisemos el programa de nuevo", dijo Ty por tercera vez.

"Te vas a casar", le recordó Meesha. "Quiero imágenes."

"Pero el club", dijo Theo. "Nos iremos el viernes y el sábado por la noche."

"Damon incluso extrañará a Natasha esta noche", dijo Kyle y se ganó una mirada furiosa por eso.

"Cualquier cosa por el equipo", dijo Cassie a la ligera.

"Yolanda y Caleb lo tienen todo ordenado en el club. Ambos han estado atendiendo el bar allí desde el primer día," les recordó Raylene. Ella llegará temprano. "No te preocupes por eso".

"Tenemos esto", insistió Sonia, cruzando los brazos sobre el pecho en la recepción del club. Ella se quedaba hasta tarde.

"Es hora de que aprendan que nadie es indispensable", agregó Jax con su característica practicidad. Ella estaba trabajando el fin de semana, asegurándose de que el programa del taller se mantuviera bien encaminado.

"Váyanse ya," ordenó Meesha. Su limusina está aquí. El champán está frío."

"La novia está esperando," agregó Sonia.

"Y ella tiene tu auto", señaló Jax.

"¿Shannyn condujo tu auto?" Damon preguntó con sorpresa. Ty se encogió de hombros.

Theo le dio un codazo a Damon. "Ella incluso se llevó al gato con ella". Se rieron entre dientes, luego Meesha señaló imperiosamente al otro lado del vestíbulo.

"¿Nos han superado en la votación?" Preguntó Kyle.

"Les patearé el trasero si no se van ahora mismo", le dijo Jax con severidad a Ty y Kyle sabía que ella podía hacerlo. "¿Cómo vas a explicar los moretones?"

Ty levantó las manos en señal de rendición. "¡Está bien! Cuida a nuestro bebé este fin de semana."

"Cuarenta y ocho horas", dijo Sonia. "Tenemos esto."

Kyle condujo a los demás a través del vestíbulo y el conductor les abrió la puerta. Sus maletas y su equipaje fueron empacados en el maletero de la limusina, luego Kyle los hizo posar para una selfie antes de entrar. Él hizo una foto de Theo abriendo el champán (ganó el trabajo porque nunca derramaba una gota) y algunas más brindando por Ty mientras la limusina atravesaba Manhattan.

Él se las envió todas por correo electrónico a Meesha. "Eso debería mantenerla callada", tuvo tiempo de decir.

"¡Como si eso fuera posible!" Cassie dijo con una risa, luego recibió un mensaje de texto de Meesha.

Buen comienzo, 007.

¡Pero quiero MÁSSSSSSSSSSSSSSSSS!

A LA MAÑANA SIGUIENTE, Lauren peinó a Trixie y luego fue a ayudar al grupo de la boda a hacer los preparativos finales. Ella tenía curiosidad por la tienda propiedad de Francis, la madre de Shannyn. El recepcionista le había asegurado que no estaba lejos, pero Lauren conducía el Buick por sus tacones. Ella bajó la ventanilla y le gustó el viento fresco y el olor del mar. Parecía que sería un día de otoño perfecto.

Forevermore estaba ubicada en una casa victoriana en el lado opuesto del centro de la ciudad del Puerto de Harte, tal como había estado siempre. Su ubicación era casi la imagen especular de la de la posada, si la calle transversal era un punto central. Lauren vió la iglesia blanca con su campanario alto por ese camino cuando pasaba junto al Captain´s Harte. Había un parque enfrente de *Forevermore* con una vista de la bahía que Lauren se detuvo a admirar por un momento.

La casa en sí era más grande que la casa de Shannyn en Brooklyn y estaba más detallada. El patio delantero no era grande, pero los jardines estaban bien cuidados y eran bonitos. Había un letrero en la acera y otro junto a la puerta principal. Lauren supuso que había sido la mansión de un rico fundador de la ciudad y supuso que Francis vivía arriba. Ella aparcó el Buick y subió los amplios escalones para levantar la aldaba de latón.

Un golpe y fue arrastrada adentro por Paige, que estaba en su elemento. "¡Mira este lugar!" susurró ella, y Lauren lo hizo. La casa tenía un plano de planta central, con una escalera que subía al segundo piso. En la gran sala a la izquierda de las escaleras, había una chimenea de mármol y suficientes detalles arquitectónicos de época para hacer feliz a Paige. Se exhibía un vestido glorioso en el ventanal y había sofás para los compradores y su familia de apoyo. A lo largo de la pared del fondo había una antigua zona de desayunos llena de tocados y coronas. Un enorme candelabro colgaba del techo y una gruesa alfombra persa cubría el suelo.

Lauren estaba un poco sorprendida por el esplendor de la casa, pero en un pueblo pequeño, los bienes raíces serían menos costosos. Ciertamente ella podía entender por qué a Shannyn le encantaba esa casa en Brooklyn, si había crecido ahí.

La habitación a la derecha de las escaleras tenía varios vestidos expuestos y varios espejos grandes. Había un probador en la parte de atrás y Lauren se imaginaba lo maravilloso que se sentiría cruzar el vestíbulo con uno de los vestidos, girar y mostrárselo a familiares y amigos en la sala principal. Incluso con una mirada, ella notó que la mano de obra de los vestidos en exhibición era asombrosa. Era una tienda elegante, donde una novia podía tener toda la atención de Francis durante varias horas mientras tomaba su decisión.

"Construida en 1875 por Elijah Hawke para su nueva esposa", dijo Francis con orgullo. "Y ahora las novias vienen aquí por el vestido de sus sueños."

"Es hermosa."

"Es mucho trabajo", dijo Francis riendo. "Pero no puedo imaginarme viviendo en ningún otro lugar ahora."

"¿Hay tantas novias en el Puerto de Harte?"

"No, pero vienen de Boston y Maine, incluso de Nueva York, gracias a las maravillosas fotos del sitio web. Shannyn realmente ha construido una maravillosa presencia en línea para la tienda. ¿Desearías té o café?"

Kirsten estaba en la habitación más pequeña sentada junto al probador, amamantando a Abigail. Fitzwilliam estaba encaramado en el último escalón de la escalera, luciendo majestuoso y aburrido. Él le chilló a Lauren, tal vez reconociéndola, tal vez interesado en el almuerzo. Alguien llamó a la puerta y Francis cerró la puerta de la única habitación para darle a Kirsten algo de privacidad antes de que Paige abriera la puerta. Aidan estaba allí con una mujer que entregaba las flores. Obviamente se conocían y Paige se unió para ayudar.

Francis llevó a Lauren de regreso a la cocina. Había una puerta de dos hojas al final del pasillo, al lado de las escaleras, y Lauren parpadeó ante la diferencia entre los dos lados de la casa cuando pasó por ella. Si bien la decoración de la tienda era lujosa, esas habitaciones eran sencillas y funcionales.

"Lo hacemos con espejos", dijo Francis con una sonrisa, obviamente notando su reacción. "Tenía sentido usar las habitaciones de los sirvientes para el trabajo menos glamoroso. Tengo un estudio de costura encima de la cocina que está lleno de luz natural. Siempre que tengo un centavo de sobra, se destina al mantenimiento de esas salas de exposición."

Lauren vio un estante rodante de vestidos en una habitación, cada uno envuelto en plástico, y ella pudo distinguir un estante con pernos de tela incluso en las sombras. La cocina era simple y claramente no había sido renovada en mucho tiempo. Sin embargo, era brillante y alegre, con ventanas que daban a un porche cerrado y un gran huerto. Un gran perro negro de raza indeterminada los saludó, moviendo la cola.

"Pobre Max", dijo Francis, dándole una palmadita al perro. Se esconde aquí cada vez que Fitzwilliam lo visita. Ese gato no tolera ninguna competencia."

Max no parecía estar sufriendo demasiado. Su piel era radiante y sus ojos brillantes. Él se sentó junto a Lauren y dejó que ella le frotara las orejas mientras Francis ponía la tetera.

"Tu tienda es hermosa", dijo Lauren.

Francis sonrió y le dio las gracias. "Soy muy afortunada de que Russ haya heredado esta casa, y que esté en tan mal estado que nadie en su familia quiso pelear con él por ella. Durante mucho tiempo pensé que podríamos perderla, pero lo logramos, y ahora Aidan es de gran ayuda. Él es muy útil." Ella rió un poco. "Se burla de mí por la lista que guardo para cuando él está en la ciudad, pero no es broma que haga tanto."

"El Puerto de Harte parece un pueblo pequeño y agradable".

"Bueno, no es tan próspero como podría ser ideal, pero hay un fuerte sentido de comunidad. Pensé que había salido del borde del mundo cuando Russ me trajo aquí, yo crecí en Boston, pero he llegado a amarlo tanto como a él. Hay tanta gente buena aquí y un sentido de comunidad muy fuerte."

Lauren podía entender el atractivo de eso. Cuando tuvieron sus tazas de té y café, Francis llevó a Lauren de regreso a la tienda. Shannyn bajaba las escaleras cuando ellas llegaron a la habitación delantera. Francis inmediatamente exclamó sobre algún detalle que Lauren ni siquiera podía ver y se inclinó para hacer un ajuste de último minuto.

Las damas de honor eran Kirsten y la hermana de Lauren, Paige, quienes ya estaban vestidas. Sus vestidos eran sencillos, con corte al bies de satén burdeos con tirantes finos. Lauren había traído suministros, por si acaso el cabello de alguien necesitaba un retoque, y Paige pidió un peinado. Llegó la florería y Kirsten empezó a desempacar las flores, admirando cada ramo. Lauren también peinó el cabello de Kirsten, metiendo las flores en él, pero vio que Shannyn no necesitaba ayuda. Ella recogió su ramo una vez que su madre terminó y se veía emocionada y nerviosa.

Ella se veía hermosa también.

El vestido de Shannyn recordaba al New Look de Dior, con una cintura recortada y una falda acampanada. El dobladillo del vestido estaba justo debajo de la rodilla. Había dos enaguas para resaltar la falda, cada una con un dobladillo de encaje. Las mangas estaban ajustadas y el corpiño estaba cortado en una V profunda que casi dejaba al descubierto los hombros de Shannyn y dejaba entrever un poco su escote. El tatuaje en sus hombros también era visible. Era blanco pero no del todo blanco, con un brillo azul plateado que parecía etéreo. Ella tenía unos tacones de aguja perfectos que estaban pintados a juego y ella usaba un doble collar de perlas. El velo era corto y le caía elegantemente sobre los hombros. Su ramo era de rosas de color rojo oscuro, cada una tan grande como el puño de Lauren, y ella usaba pequeños guantes de encaje que eran del mismo color que su vestido.

"¡Te ves maravillosa!" Dijo Paige. "Como Audrey Hepburn."

"O Grace Kelly", dijo Francis con una sonrisa.

Los demás estuvieron de acuerdo a coro. Los ojos de Shannyn brillaban y ella no pudo contener su sonrisa. El reloj sonó en el pasillo y ella contuvo el aliento. "Esto es, entonces", dijo.

"Lo hiciste tan bien esta vez", dijo Kirsten y la abrazó con fuerza. "Ty es perfecto para ti, tal como lo adivinaste en ese entonces." Lauren recordó una mención de que Ty y Shannyn se conocían en la universidad.

"Pero no hubiéramos sido tan buenos estando juntos en ese entonces", dijo Shannyn. "Primero tuvimos que convertirnos en las personas que íbamos a ser."

"Y tenemos todo cubierto", dijo Francis enérgicamente. "Viejo." Ella ajustó la brillante tiara de Shannyn. Lauren supuso que Francis también se la había puesto.

"Nuevo", dijo Shannyn, girando de modo que su vestido se ensanchó.

"Prestado", dijo su mamá, tocando las perlas.

"Y no te diré lo que es azul", dijo Shannyn, con los ojos brillantes y todos rieron juntos. Lauren le dio un abrazo impulsivo y le deseó lo mejor, y las demás hicieron lo mismo.

Luego escucharon golpes de cascos afuera.

Fueron a la puerta principal al unísono, dejando al gato quejándose de que lo habían olvidado. Había un carruaje abierto estacionado frente a la casa, con cuatro caballos castaños tirando de él. El cochero y el lacayo iban vestidos con uniforme y estaban firmes, esperando.

"¡Como P&P!" Paige dijo emocionada, dándole un apretón al brazo de Lauren. "Es demasiado perfecto."

"Es tan Ty", coincidió Lauren. "¿Lo sabías?" le preguntó a Shannyn, quien negó con la cabeza.

"Él simplemente dijo que arreglaría nuestro viaje a la iglesia. Pensé que enviaría una limusina."

Las mujeres charlaron mientras salían de la casa. El gato estaba sentado en las escaleras y se limpiaba y Lauren creyó escuchar a Max suspirar con decepción desde la cocina. Francis, obviamente, conocía al conductor y reconocía a los caballos. Lauren fue la última en salir y cerró la puerta para Francis, luego le dio las llaves antes de que el coche se alejara. Varios ciudadanos se habían reunido y saludaban a Shannyn cuando pasaba el carruaje, gritando sus felicitaciones. Shannyn saludaba con la mano y también su madre, sentada a su lado. Lauren habría tenido dificultades para decidir quién lucía más feliz de las cuatro mujeres.

Ella pasó los caballos y el carruaje con el Buick antes de que llegaran a la esquina de la iglesia y las saludó a todas. Luego estacionó y se metió en la iglesia justo antes de la partida nupcial. Ty estaba en la parte trasera de la iglesia, luciendo extrañamente preocupado. "Están en camino. Y a todos les encanta el cochero y el carruaje." Ella se estiró y besó su mejilla. "Buena suerte, Ty, aunque no creo que la necesites."

Él le devolvió el beso y le dio un apretón en la mano. "Encontrarás el indicado."

"Eso no importa en este momento. Este es tu día. Disfrútalo."

Aidan apareció con la cámara de Shannyn y Ty le hizo una seña, rehaciendo rápidamente el nudo Windsor de su corbata. Lauren lo dejó y entró en la iglesia. Ella se detuvo un momento en el umbral, asaltada por los recuerdos del día de su propia boda. La única misericordia era que no era la misma iglesia. Ella se las arregló para contener las lágrimas hasta que Theo la acompañó a su asiento y luego parpadeó para alejarlas rápidamente. Ella estaba segura de que nadie se había dado cuenta hasta que miró hacia arriba y su mirada chocó con la de Kyle.

Él la estaba mirando desde el frente de la iglesia con el ceño fruncido de preocupación.

Él también se veía más sexy que nunca con un esmoquin que no podía ser alquilado. Lauren inhaló bruscamente, muy consciente de que tenía toda su atención y se sintió un poco nerviosa. Y cálida. Ella se miró las manos, luchando por mantener la compostura.

Lauren sabía que los socios de F5F serían los padrinos de boda de Ty, y que Kyle sería su padrino de boda, pero no se había preparado para ver a Kyle tan vestido. Ella siempre se olvidaba de lo bien que él se vestía, lo que la hacía sonreír. Ella robó otra mirada para encontrar que él todavía la estaba mirando. Solo cuando ella asintió un minuto, él se volvió hacia los otros padrinos de boda.

"Debería ser ilegal que tres hombres guapos usen esmoquin y estén juntos así", susurró su prima Maxine a su lado. Katelyn la saludó desde más abajo del banco, más allá de Maxine y la tía Maureen, luego Stephanie se inclinó hacia atrás desde el banco de adelante para apretar la mano de Lauren y susurrar un saludo. Cuando Ty se unió a sus compañeros en la parte delantera de la iglesia, la vista era suficiente para hacer desmayar a todas las mujeres de la iglesia. Cassie era el último padrino de boda e incluso ella podría hacerlo un traje de mañana.

Maxine los miró con un hambre familiar. "¿No son todos los demás solteros?"

"Ty es el primero de los socios en casarse", dijo Lauren.

"¿Alguna novia?" Preguntó la tía Maureen, su voz un poco demasiado aguda para que nadie se perdiera la pregunta. Jared puso los ojos en blanco y, obviamente, Katelyn estaba tratando de no reír.

"No lo sabría", dijo Lauren.

La tía Maureen comenzó a susurrarle a Maxine y Lauren supuso que su tía arrojaría a su prima a los otros compañeros de F5F con la mayor frecuencia posible en las próximas doce horas.

Lauren respiró hondo y trató de deshacerse de sus recuerdos. Era la boda de Ty, no la de ella. Él sería tremendamente feliz. Shannyn estaría delirando feliz. Ninguno de los dos tenía una sola duda.

Y si ella se hubiera casado con alguien como su hermano, Lauren tampoco habría tenido ninguna duda. Su dedo anular parecía desnudo, pero ella no iba a pensar en promesas rotas y años perdidos, mucho menos en su corazón herido.

Ella iba a unirse a la celebración y a divertirse. Ella pensaría en el futuro y en nuevas posibilidades. Fue Kyle quien fue a la parte trasera de la iglesia para escoltar a Francis hasta el frente de la iglesia. Lukas estaba sentado con ella y Abigail soltó un pequeño grito que hizo reír a todos. Aidan deambulaba por el perímetro tomando fotografías. Lauren se sentó más erguida, de pie con todos los demás cuando comenzó la Marcha Nupcial. Los padrinos de boda se volvieron como uno solo para mirar hacia las puertas, las damas de honor y la novia. Ty salió al pasillo después de que Paige y Kirsten llegaran al frente de la iglesia. Lauren lo vio sonreír para darle la bienvenida a Shannyn, y supo que el brillo en sus ojos era la mejor señal para su futuro. El pecho de Lauren se apretó y ella juntó las manos con fuerza.

Ella podía sentir que alguien la miraba y no estaba realmente sorprendida de que fuera Kyle. Él le guiñó un ojo y le dio un sutil pulgar hacia arriba, lo que hizo que su corazón saltara.

¿Por qué se había imaginado ella alguna vez que ser amigos sin beneficios era una buena idea?

LAUREN HABÍA DEJADO a Kyle sin aliento.

Ella llevaba un vestido verde azulado que hacía cosas fabulosas para sus ojos y no ocultaba su gran figura. Ella había dejado que su cabello creciera un poco más que cuando se lo había cortado por primera vez, y ahora se veía ondulado y suelto. Kyle quería pasar sus dedos por él, besar ese cuello, agarrarla y seducirla a fondo.

Navidad. ¿Cómo diablos iba a sobrevivir hasta entonces, hasta que ella abriera la temporada de citas de nuevo? Ahora que se había dado cuenta de que la amaba, Kyle no quería esperar ni un momento más de lo necesario.

Pero él tenía que darle tiempo para curarse.

Y para que contara con él como amigo además de amante.

Incluso si eso lo mataba.

Él hizo su parte como padrino de boda, a pesar de que sus pensamientos estaban llenos de Lauren.

Presentó los anillos a tiempo y firmó el registro como testigo.

Escoltó a Kirsten al salón de la iglesia después del servicio, sonriendo ante su entusiasmo. Incluso sostuvo a Abigail por un momento por Kirsten y posó para Aidan.

Él dio la mano y besó las mejillas en la línea de recepción, presentando a cada invitado a Kirsten, que estaba detrás de él, mientras avanzaban por la línea.

Él ayudó a llenar el plato de Kirsten del buffet ya que ella estaba meciendo a una Abigail hambrienta, luego hizo lo mismo con la cita de la abuela Trixie, Alfred.

Él brindó por los novios en la cena, hizo algunas bromas a expensas de Ty y fue el primero en hacer sonar su copa para que se besaran.

Él observó, luego aplaudió cuando Ty y Shannyn tuvieron su primer baile, y llevó a Kirsten a la pista cuando se suponía que la partida de bodas se uniría. Él bailó con la mamá de Ty, las otras tres hermanas de Ty, las otras damas de honor y la abuela Trixie. Kyle podía entender por qué ella y Lauren eran tan cercanas. La abuela Trixie era franca y animada, y era imposible que no te gustara.

Ella lo invitó a bailar la Macarena y destrozaron la pista juntos.

La música cambió a un vals y él pensó que Trixie querría tomarse un descanso. Ella tenía las mejillas enrojecidas, aunque sus ojos brillaban. Kyle la hizo girar y luego comenzó a llevarla de regreso a su asiento.

"¿Me dejas después de un solo baile?" desafió ella a la ligera, luciendo como si estuviera reprimiendo una risita.

"Alfred me está mirando", respondió Kyle en un tono similar. "Creo que tiene un plan".

Trixie se rió. "Y su plan mejorará si tiene más tiempo para pensar en ello", dijo ella. "¿Tienes miedo de que te canse?"

Kyle sonrió, viendo de dónde Lauren tenía la habilidad de sorprenderlo. "¡Por supuesto que no! Simplemente no quiero intimidar a todos" Él bajó la voz a un susurro. "Estamos muy calientes."

La abuela Trixie sonrió. Ella se lamió la yema del dedo, le tocó el pecho e hizo un silbido, como una marca caliente chocando con el agua. "Somos increíbles", estuvo de acuerdo ella. "Deberías haber estado aquí anoche."

"El deber llamaba." Kyle deseaba haber venido antes y haber visto a Lauren antes también.

"Vamos, mostrémosles cómo se hace. Si no pueden aceptarlo, pueden sentarse en este baile."

Kyle se rió y la hizo girar de espaldas al suelo. Ella era muy ligera de pies y parecía anticipar sus giros perfectamente.

"Eres una buena bailarina", dijo él.

"Tú también." Ella sacudió la cabeza y asintió con la cabeza hacia el hombre mayor que los miraba. "Tengo que decirte que Alfred está preocupado."

Ella se rió, luego se puso seria, con la mirada fija en él. "¿Qué hay de Lauren?"

"¿Lauren?" Kyle fingió no entender la referencia, pero él sabía que la abuela Trixie no se dejaba engañar.

Yo sabía que alguien le había recordado lo que era estar viva. No sabía que eras tú hasta que te pusiste de pie frente a la iglesia."

"¿Por qué?"

Ella sonrió. "Conozco a mi nieta." Ella lo estudió. "Has hecho feliz a Lauren de nuevo. Creo que ella también te hace feliz, o no la estarías mirando tanto como ella te está mirando a ti."

Kyle sintió la parte de atrás de su cuello calentarse. "No soy..."

"Por supuesto que lo eres." Trixie lo interrumpió con firmeza. "La vida está llena de oportunidades que desaparecen si no las aprovechamos. No dejes que esta se escape."

Kyle sintió un familiar ataque de honestidad. "No lo haré. Yo amo a

Lauren", admitió y fue un alivio decirlo en voz alta. "Espero poder convencerla de que me ame también."

Trixie sonrió. "Entonces, ¿estás bailando conmigo?"

"Oficialmente, somos amigos en este momento", confió él. "Lauren ha declarado una prórroga sobre las citas hasta Navidad."

"¿Y entonces?"

"Yo seré el primero en la fila."

"¡Bien!" dijo Trixie con aprobación. La canción terminó y Kyle la tomó del codo, guiándola de regreso hacia Alfred. Ese hombre había recibido dos copas de champán mientras bailaban y le ofreció una a la abuela Trixie. Ella la aceptó y se hundió en su asiento con alivio, volviéndose para sonreír a su cita. "Solo le digo a Kyle que tenemos que seguir arriesgándonos, de lo contrario, podríamos estar muertos."

"Mi filosofía exactamente", asintió el hombre mayor y tocó el borde de su copa con la de ella. "¡Por la vida!"

Por la vida.

Hacia un futuro con Lauren.

La Navidad nunca le había parecido tan lejana como en ese momento.

LA ABUELA TRIXIE bailó con todos los compañeros de F5F. Ella bailó el vals con Damon, luego desafió a Theo a un tango. Sin perder el ritmo, él robó una rosa del jarrón de una mesa, la apretó con los dientes y la llevó a la pista de baile. La abuela Trixie se rió, pero luego se puso seria y se concentró en el baile. Hicieron un gran espectáculo, los dos, cada uno robando la rosa al otro a intervalos, y los invitados les dieron una ovación de pie cuando terminaron. Theo acompañó a Trixie de regreso a Alfred, que tenía una copa de champán lista para ella, y ella se sentó con fuerza mientras se reía con deleite.

Kyle hizo todo lo posible por ser el arma secreta de Meesha y pensaba que había conseguido algunas fotos que eran verdaderos contendientes. Él le estaba enviando algunas cuando Shannyn se sentó a su lado con un susurro de seda.

"¿Viste mi regalo de bodas?" preguntó ella. "Es de Ty. Él lo llamó libro plegable."

"¿Un libro plegable?"

Ella asintió con la cabeza, su entusiasmo claro, y le ofreció lo que parecía un libro de tapa dura a Kyle. Él estaba un poco desconcertado. La cubierta parecía cuero burdeos, aunque en realidad era papel con una imagen de cuero impresa. El lomo era negro, también hecho para parecer cuero labrado. Había letras doradas en el lomo: *La luna de miel* era el título del libro y, aparentemente, sus autores eran Shannyn Hawke y Tyler McKay.

"Adelante", instó Shannyn con evidente entusiasmo. "Ábrelo y mira." Ella lo alcanzó y lo giró en sus manos para que la columna quedara de espaldas a él.

Kyle abrió la portada y se sorprendió por la aparición de un ramo de flores. Eran de papel y de alguna manera se desplegaron desde el interior del libro para crear un ramo que era mucho más grande que el libro en sí. Había rosas rojas, como las del ramo de Shannyn, con ramilletes de delicadas flores blancas en el medio, como azucenas. En una inspección más cercana, esas eran pequeñas cuentas ensartadas en un filamento transparente. Brillaban y se balanceaban un poco.

"Es como mi ramo", dijo Shannyn con alegría. "Pero durará para siempre,"

La caja estaba forrada con un papel jaspeado que tenía remolinos de azul marino y oro. Kyle había visto papeles como ese en las guardas de los libros. Los lados y los extremos de la caja en el exterior se habían hecho para que pareciera que había un libro de papel en el interior, como páginas con punta de oro. Él se dio cuenta de que cuando abrió la tapa, había aparecido un pequeño botón en el borde opuesto al lomo.

Kyle supuso que era un compartimento. Él lo atrajo suavemente, revelando un cajón. El ramo rebotó cuando se abrió el cajón, de modo que el confeti colgó debajo de él. Nuevamente, eso se había asegurado para sacar el filamento para que se moviera pero no se cayera. Debajo del ramo aparecieron siluetas de papel emergentes de lugares familiares de París. Kyle los reconoció a todos de su gira relámpago por Europa durante la universidad: la Torre Eiffel, la Catedral de Notre Dame, el

Palacio del Louvre con su pirámide de cristal, la iglesia blanca del Sacre Coeur, los Campos Elíseos y el Arco de Triunfo. En el centro de la parte frontal había una pequeña mesa de bistró con un pequeño ramo de rosas rojas, una botella de vino y dos copas. Había una pequeña silla a cada lado.

El compartimento estaba forrado con un mapa turístico de los años cuarenta, con una gran línea de puntos desde Nueva York a París. Había un pequeño modelo de avión asegurado a la línea. El mapa era en realidad una solapa, que se levantaba para revelar "¡Buen viaje!" en la parte inferior.

"Los boletos estaban allí, y el itinerario", confesó Shannyn. "¡Vamos a ir a París durante dos semanas el lunes!"

Kyle había oído hablar de eso, pero sonrió ante su abierto placer. "Lo sé. Lo pasarás genial."

"Siempre he querido ir. Es como un sueño hecho realidad."

Kyle giró el libro en sus manos, asombrado de que alguien pudiera crear algo así.

"¿No es fabuloso el libro plegable de Ty?" Preguntó Shannyn.

"Lo es", estuvo de acuerdo él. "Qué gran manera de empaquetar su regalo de bodas."

"Lo sé. Lo guardaré para siempre. Es como tener este día, todo empaquetado de forma segura en un pequeño paquete."

Kyle cerró el compartimento con cuidado, luego cerró la tapa del libro, observando cómo todo encajaba perfectamente en su lugar. "Alguien pasó mucho tiempo haciendo esto", dijo él con admiración, luego le dio la vuelta. Estaba firmado en el reverso con tinta dorada.

Por Lauren.

Kyle miró hacia arriba para encontrarla en su otro lado.

"¿Tú hiciste esto?" preguntó él, sin ocultar lo impresionado que estaba.

Ella asintió. "Es una especie de pasatiempo."

"Es asombroso." Kyle le devolvió el libro plegable a Shannyn, quien aparentemente estaba decidida a dejar que todos los asistentes lo experimentaran por sí mismos. Luego fue a ver a la abuela Trixie, que todavía estaba sentada con Alfred, y Kyle escuchó la exclamación de alegría de Trixie.

"Dejé de hacerlos por un tiempo, porque toman mucho tiempo, pero luego tuve un pedido especial que cumplir."

"Ty pidió este", supuso Kyle.

Lauren asintió de nuevo. "Y ahora, no puedo parar." No parecía que a ella le molestara. De hecho, ella parecía más feliz de lo que él la había visto nunca.

"¿Me concedes un baile?" preguntó él, su tono burlón.

"Me gustaría eso", dijo ella con un calor tranquilo que a él le gustó mucho.

Kyle le ofreció la mano.

Lauren puso su mano en la de él.

Se volvieron hacia la pista de baile justo cuando la música cambiaba a un baile lento. Kyle no podría haberlo planeado mejor él mismo. Él tomó a Lauren en sus brazos, reconoció lo bien que se sentía en su abrazo, luego la hizo girar en el suelo. "Bonita boda", dijo él y ella se apartó un poco para reírse de él.

"No te atrevas a hacer una pequeña charla."

"¿Por qué no? ¿No es eso lo que haces en estas cosas?"

"Los extraños y los conocidos lo hacen", admitió ella. "No los amigos."

"Entonces, ¿de qué deberíamos hablar?"

"Las rosas. Fueron maravillosas. ¡El aroma era divino!"

Kyle respiró hondo de su perfume. "Esto es mejor. Es nuevo, ¿no?"

Los ojos de Lauren bailaron. "Nuevo para mí. Chanel No. 5 es una vieja noticia para el resto del mundo."

"Me gusta."

"Bien." Sus ojos brillaron. "No intentes arreglarme una cita."

"Tal vez lo haga mejor que tú."

Ella rió. "¿Alguien específico en mente?"

"Absolutamente. Estadísticamente, tengo que poder hacerlo mejor que tu tía Maureen."

"Ella ni siquiera ha intentado hacerme una cita todavía. Aunque bailé con uno de los amigos de Ty de la universidad. Él es muy agradable."

"Bien", repitió Kyle. "¿Es eso lo que estás buscando?"

Ella le sonrió. "¿Decepcionado porque eso te dejaría fuera de la carrera?"

Era un comentario alentador. "No sabía que estaba en la carrera".

"Te extrañé un poco."

Él sostuvo su mirada. "Yo definitivamente te extrañé."

"¿Es cierto lo de tu sequía?"

"Todo cierto. Patético, trágico, pero cierto."

Ella se rió de nuevo. "No lo creo".

"Deberías. Pregúntale a Damon. Me ha estado haciendo pasar un mal rato por perder mi toque."

"UH Huh. Dudo que ese sea el caso." Sus ojos brillaron mientras lo miraba.

"¿La burla o perder mi toque?"

"Puerta número dos."

"Bueno, tengo una teoría al respecto."

"¿La tienes?"

Él se aseguró de que su expresión fuera solemne, y le gustó cómo ella casi se reía. "Quizás el sexo es como una cata de vinos."

"No estoy segura de a dónde vas con esto. No pensé que bebieras vino a menudo."

"Sólo escucha. Es una teoría y creo que es buena."

"Por supuesto que sí. Es tu teoría."

Kyle se aclaró la garganta deliberadamente y ella apretó los labios, sus ojos brillaban. "Cuando haces una cata de vinos, hay un progreso. Pasas de agrio a dulce y no puedes volver atrás. Cada incremento de dulzura ajusta tus expectativas, por lo que solo puedes beber ese vino o uno más dulce."

"Bien."

"Y, finalmente, se llega al vino más dulce de todos. No hay ningún lugar adonde ir después de eso. Ese vino te arruina todos los demás."

Lauren sonrió. "Eso va a ser realmente horrible si yo no fuera la última mujer con la que estuviste."

"Pero lo fuiste."

"¿De verdad?" Ella se sonrojó un poco, luciendo tan complacida que él le devolvió la sonrisa.

"Honor de boy scout."

"No eras un boy scout."

"No, pero aún puedo hacer una promesa y cumplirla."

Entonces ella se puso seria, su mirada fija en la de él. "Lo sé", susurró ella. Sus miradas se sostuvieron de esa manera eléctrica y él sabía que eso nunca iba a cambiar. El tiempo nunca iba a disminuir el efecto de esa mujer en él. Ella era la sirena que podía tentarlo a entrar en aguas profundas, la que eran mil mujeres en una sola, la que lo tenía completamente esclavizado y lo haría para siempre.

Porque él la amaba.

Era muy elegante y muy irrefutablemente cierto.

Lauren se inclinó mientras el final de la canción se acercaba y le tocó la garganta con los labios. "Te deseo", susurró ella. Kyle cerró los ojos, saboreando el calor que lo atravesó por su beso.

Una vez más, él no podía negarle nada de lo que ella le pedía. Sin embargo, se estaba acostumbrando a eso.

"Pensé que éramos amigos sin beneficios", logró decir él.

"Yo quiero mis beneficios."

Él se apartó para mirarla, y le gustó lo determinada que sonaba. "Yo también. Pero comparto habitación con Damon y Theo. Cassie es la única que tiene su propia habitación."

"Estoy compartiendo habitación con Trixie."

"Podríamos salir bajo fianza."

"Es un viaje largo hasta Manhattan y mañana por la mañana hay un almuerzo temprano." Lauren dio un paso atrás, todavía sosteniendo su mano, con resolución en sus ojos. "Reúnete conmigo en mi casa mañana por la noche. Digamos, ¿a las ocho?

Ella no tuvo que preguntarle a Kyle dos veces.

EL TRÁFICO ERA TERRIBLE.

¿No parecía que cuando Lauren quería regresar a la ciudad a tiempo para encontrarse con Kyle, el universo entero estaba en camino hacia el sur? Llegaron bien a Boston y entonces empezaron los problemas. Su único consuelo era que la limusina con los socios del F5F tenía que estar atrapada en la misma congestión.

Ella llevó a Alfred a casa y acomodó a Trixie en su hogar, luego corrió hacia el tren. Eran las ocho y cinco cuando el señor Bernard le abrió la puerta de su edificio y ella se quedó sin aliento. Para su alivio, Kyle estaba allí esperándola. Él dio un paso adelante y le quitó la bolsa de viaje.

"Hay un caballero esperándola, Señora McKay", dijo el Señor Bernard, su tono cargado de desaprobación.

"¡Sí!" Lauren no tuvo que forzar una sonrisa. "Este es mi amigo, Kyle Stuyvesant. Es amigo de mi hermano Tyler. Los dos estuvimos en la boda de Tyler ayer."

"Señor Stuyvesant." La expresión del señor Bernard cambió por completo y el vestíbulo se calentó. Lauren sabía que él era fan de Ty.

"Amigos y socios", dijo Kyle. "Ty y yo somos dos de los cinco amigos propietarios de Flatiron 5 Fitness."

"¡Ah!" El señor Bernard asintió con la cabeza y apretó el botón del ascensor. "Estoy encantado de conocerlo, señor Stuyvesant." Él le sonrió a Lauren. "¿Confío en que el gran día salió bien?"

"Perfectamente," dijo Lauren mientras entraba en el ascensor con Kyle. "Pero entonces, probablemente Ty lo planeó de esa manera." Se rieron levemente, luego las puertas se cerraron.

"El día más largo de mi vida", murmuró Kyle en voz baja.

"El mío también." Tan pronto como el ascensor comenzó a ascender, Lauren lo empujó contra la pared y lo besó. Él tomó su cabeza entre sus manos y la puso de puntillas, inclinando su boca sobre la de ella posesivamente y besándola tan profundamente que ella se sintió mareada. Ella ardía por él, lo deseaba dentro de ella y necesitaba el peso de sus manos sobre ella.

"—Ese cuello" —susurró él con voz ronca, luego le pasó los dedos por el pelo y le hizo llover besos en la nuca, el lóbulo de la oreja y la garganta. Se apresuraron por el pasillo hasta su apartamento, todavía besándose, todavía enredados, pero su sensación de urgencia significaba que ella no podía meter la llave en la cerradura.

Kyle maldijo y le quitó las llaves de las manos. Él abrió la puerta, luego la levantó y la echó por encima del hombro. Ella chilló un poco y él se rió entre dientes mientras entraba y cerraba la puerta detrás de ellos. Lauren se agachó y giró el cerrojo, luego se quitó los zapatos. Él dejó su bolsa de viaje detrás de la puerta y ella tiró su bolso en el sofá.

"Sigue derecho", dijo ella, pero él ya debía haber visto la cama. Él se dirigía hacia allí antes de que ella hablara.

Él la arrojó sobre la cama y ella alcanzó la luz. Las persianas ya estaban cerradas y la lámpara proyectaba una luz romántica sobre la habitación. Kyle ni siquiera miró la habitación. Su mirada estaba fija en ella mientras se quitaba la chaqueta y la camiseta. Él se quitó los zapatos, los calcetines y los jeans en un tiempo récord, todos arrojados al suelo, luego se tiró a la cama. Lauren se había quitado el vestido, lo había arrojado sobre una silla y se estaba quitando las medias. Kyle la recorrió con las manos y ella ronroneó como un gatito bajo su caricia.

"Ven aquí, tentadora", gruñó él, luego la besó de nuevo, inmovilizándola contra el colchón. Lauren se rindió, moviendo las caderas para que su estómago se frotara contra su erección. Era enorme y dura, y a ella le encantaba la evidencia de que su deseo coincidía con el suyo. Kyle desabrochó su sostén y acunó sus pechos en sus manos, luego se inclinó para tomar cada pezón en su boca y provocarlo hasta un pico. La sensación de sus dientes deslizándose sobre la tierna carne era exquisita, pero ella quería más. Kyle le bajó las bragas con un gruñido posesivo, luego se deslizó a lo largo de ella y le acarició el vientre.

"Esto", susurró contra su piel. "Esta es la mejor fiesta que hay."

Y luego su boca se cerró sobre ella, a la vez gentil y persuasivo, y Lauren soltó un pequeño grito de placer. Él mantuvo sus muslos abiertos y la provocó, llevándola al borde, aunque ella ya casi estaba allí. Ella rodó sus caderas y susurró su nombre, necesitando que él supiera cuánto lo deseaba, luego le clavó las uñas en los hombros. "Ahora", susurró ella.

"Es demasiado rápido", protestó él.

"¡Ahora!" insistió ella, y lo puso de espaldas. Ella se sentó a horcajadas sobre él y le puso el condón rápidamente, luego lo tomó dentro de ella con tal velocidad que ambos se quedaron sin aliento. Luego ella le sonrió, sus manos juntas y él le devolvió la sonrisa lentamente. Él levantó las caderas y ella jadeó de placer.

"Sirena", acusó él, su voz ronca. "Te cortaste el pelo para volverme loco."

"Me corté el pelo porque quería."

"Así que accidentalmente destruiste mi cordura", dijo él, sin parecer demasiado preocupado por ello.

De hecho, él parecía bastante satisfecho, aunque un poco desaliñado. Lauren se inclinó y lo besó lentamente, le gustó cómo sus brazos se cerraron alrededor de ella. Su abrazo era protector y poderoso. "Si así es como eres cuando te has vuelto loco, me gusta mucho", susurró ella contra su boca.

"A mí también. Vuélveme loco cuando quieras. Soy todo tuyo."

Había un desafío en sus ojos azules, un desafío que Lauren iba a aceptar. Ella se movió y lo vio recuperar el aliento mientras se sentía atraído más profundamente dentro de ella. "Lo hemos hecho dos veces en una noche antes."

"Cómo se olvida la dama. Tres veces ", murmuró él.

"¿Qué tal un nuevo récord?" preguntó ella y su mirada se iluminó. "¿Qué tal cuatro?"

Él sonrió lentamente. "Cuatro veces, cuatro orgasmos cada uno. Bonificación para quien de orgasmos extra."

"¿Y cuál es la bonificación?"

Él dio un suspiro de exasperación fingida. "Y ella tiene que preguntar. ¿Qué he hecho mal?"

Lauren se rió y Kyle aprovechó eso para hacerla rodar de espaldas. Él estaba apoyado encima de ella, llenándola y aplastándola solo un poco. Ella se retorció, sabiendo que lo haría gemir, y cuando lo hizo, sonrió con placer. Él tomó su cuello en su mano, luego la besó con rudeza, excitándola con su necesidad.

"—Dame todo" —susurró él, con la mirada clavada en la de ella. "No retengas nada esta noche."

"Tú tampoco", susurró. "Lo quiero todo."

Sus ojos brillaron, sus labios se cerraron sobre los de ella, y luego ninguno de ellos dijo nada durante mucho tiempo.

KYLE SE DESPERTÓ temprano el lunes por la mañana. Lauren estaba durmiendo y él se levantó de la cama con cuidado, asegurándose de no molestarla. Después de su noche de hacer el amor, ella se merecía descansar. Ella suspiró y murmuró algo, luego se movió hacia el hueco hecho por su cuerpo después de que él se fue.

Él se quedó allí, desnudo, mirándola.

Ella era cada una de sus fantasías hechas realidad.

De alguna manera, él tenía que convencerla de eso.

Kyle tenía la esperanza de estar progresando. Él la dejó dormir mientras buscaba sus calzoncillos y tomaba un trago de agua. Amanecía y el apartamento estaba lleno de luz matutina. La ventana debía estar orientada hacia el este, porque había un rayo de luz solar rosa en la pared del fondo. Él observó los muebles, una mezcla armónica tapizada con estampados antiguos, y le gustó la sensación de que el apartamento había sido amueblado con el tiempo. Había algo de asentarse en ello.

Fácil pero inesperado. Acogedor pero no crítico.

Como Lauren.

Se sentía como en casa.

Bueno, el hogar es donde está el corazón, y el corazón de Kyle había estado en manos de Lauren durante mucho tiempo. Él tomó su vaso de agua y se dirigió a su escritorio, atraído por los signos de su actividad. Él no estaba fisgoneando. Él no tocó nada, solo miró. Había un borrador del acuerdo de separación de un abogado, que mostraba que la dirección de Mark estaba en Chicago, tal como ella había dicho. La nota del abogado, arrojada a un lado, incluía el comentario de que la división de bienes sería simple ya que no había hijos.

Kyle se preguntó si eso había molestado a Lauren.

Él pensó en los sobrinos y supo que gracias a su aliento, podría pensar en la posibilidad de tener hijos él mismo. Con la mano de Lauren en la suya, él creía que podía hacerlo y no estropearlos tanto como temía.

Él quería hacer realidad todos sus sueños.

Él volvió su atención a su trabajo en progreso, aparentemente otro libro plegable. Ese estaba cubierto de encaje blanco, con el lomo y las esquinas rojas. El Principio del Fin se llamaba, de acuerdo con el título en el lomo. La autora era Lauren McKay. Kyle lo abrió con la punta de un dedo, curioso, solo para poder mirar dentro. Él descubrió que el interior estaba lleno de rosas rojas. Se habían cortado, se habían dispuesto en una capa para que él mirara hacia las flores. Parecían reales, lo cual era imposible o al menos improbable, y tocó una suavemente para descubrir que estaba seca.

Uno había sido aplastada y él se preguntó si eso era deliberado.

Él abrió la tapa por completo y la capa de rosas se levantó y retrocedió, tirada por una cuerda en la tapa. La tapa estaba forrada con una invitación de boda superpuesta con una fotografía de la partida de bodas. Kyle se inclinó más cerca, identificando fácilmente versiones un poco más jóvenes de personas que había visto de nuevo el día anterior. Estaban Tyler y sus padres. Kyle los había conocido poco después de conocer a Ty en la universidad. Estaba la abuela Trixie y las otras tres hermanas de Ty, ninguna de las cuales se había casado ese día en particular. En el medio estaba Lauren, vestida con metros de encaje blanco, con Mark a su lado. Kyle no reconoció a los padrinos de boda además de Ty, pero no importaba.

Lo que le llamó la atención fueron las expresiones de la pareja de recién casados. Mark estaba mirando a la cámara, su rostro iluminado por el triunfo y el orgullo. Él pensaba que había ganado, y tal vez lo había hecho con Lauren a su lado. Kyle recordó la afirmación de Lauren de que todo había sido sobre apariencias con Mark. Lauren, sin embargo, estaba mirando a su nuevo esposo, su expresión evaluativa. Kyle vio su duda. La abuela Trixie estaba mirando a Lauren, su expresión teñida de preocupación.

Esa foto probablemente había sido descartada, una que parecía haber sido tomada cuando la gente no estaba lista. Pero Kyle creía que Lauren la había elegido para su libro de recuerdos como indicativo de la verdad que ella había ignorado.

Había pétalos de rosa sueltos en el fondo de la caja, no los aplastados de la flor rota porque simplemente se habría roto. Eran pétalos de seda de otra flor, una que Lauren probablemente había cortado. Sus anillos de boda estaban asegurados en la esquina del fondo de la caja. No estaban acurrucados en terciopelo y ya no estaban en su mano. Estaban a salvo pero fuera de la vista. Quizás fuera de su mente.

Como si su angustia hubiera estado destinada a ser.

El pequeño libro, incluso incompleto, expresaba elocuentemente su dolor y su pérdida, su decepción de una manera que las palabras no podían. Kyle lo cerró de nuevo, con el pecho apretado.

Él no iba a ser el siguiente en esa línea.

Fue entonces cuando notó otro libro en el estante. Él podría haberlo confundido con un libro real, pero el título llamó su atención.

Un Feliz Para Siempre se llamaba, también por Lauren McKay.

Era otro canto de sirena que él no pudo resistir. Kyle miró hacia el dormitorio, pero el sonido de la respiración profunda de Lauren continuaba. Él cogió el libro y lo abrió, sonriendo ante la aparición de una ola del océano. Había una figura de un surfista montada en un cable para que la pequeña figura vibrara en su lugar. La figura en sí era de plástico, una muchacha de cabello oscuro en un traje de baño verde, similar al que Lauren había usado todos esos años atrás. Ella incluso tenía los hombros de un rosa quemado, probablemente con la aplicación de un poco de pintura rosa. En el borde de la ola había una sombrilla de papel, de esas que se obtienen en un cóctel, una que se parecía mucho al techo de ese chiringuito de Santa Cruz.

En la tapa de la caja estaba el verso de Keats, escrito con un bolígrafo de caligrafía en un papel que parecía viejo, como si hubiera sido escrito por el propio Keats. Había un esténcil sobre él, y Kyle lo reconoció como el patrón que usaría un tatuador para transferir un diseño a la piel. El dibujo lineal era un racimo de acebo, tres hojas y cuatro bayas, exactamente como el tatuaje de Lauren.

Finalmente, también apareció una instantánea, una imagen que Kyle nunca había visto antes. Una de las amigas de Lauren debió haberla tomado, pero él no lo recordaba. Era de él y Lauren, sentados en el bar de la playa con tragos de tequila, ambos sin darse cuenta de la cámara. Se estaban riendo el uno del otro y él pudo ver que ella estaba en el acto de robarle su rodaja de limón.

El libro plegable realmente capturaba un momento feliz para siempre.

Kyle cerró el libro y lo volvió a poner en el estante con una especie de reverencia.

Había sido perfecto.

Él nunca iba a lastimarla, pero tenía que ayudarla a volver a creer en la eternidad. Dado que él era nuevo en todo este asunto del amor, no se sentía como la persona adecuada para argumentar.

Pero él amaba a Lauren. Eso tenía que contar para algo.

¿Cómo persuadiría a Lauren de que ella le había mostrado el valor de la eternidad? Haría falta un gran gesto, eso seguro. Él tenía hasta Navidad, su propia fecha límite, para resolverlo. Él sería el primero en la fila y haría el argumento más elocuente y persuasivo posible en su propio nombre. Kyle se vistió rápida y silenciosamente, luego salió de su apartamento y volvió al suyo.

Había trabajo por hacer.

Kyle dudaba que alguna vez hubiera estado tan motivado.

CATORCE

Era hora de retocar el cabello de sirena de la abuela Trixie. Lauren recogió su equipo el tercer sábado de octubre y se dirigió a Mamaroneck en el tren. Ella había llamado la noche anterior para confirmar y se alegró de saber que su abuela tenía una cita con Albert. Iban a ver una película juntos.

El tren le daba tiempo para pensar. Ella pensaba en Kyle. Él la había estado llamando cada dos días y a ella le encantaba hablar con él.

Ella quería hacer más que hablar, pero Kyle parecía estar trabajando muchas horas en los planes de expansión de F5F. Ella disfrutaba de su emoción y también le gustaba que la llamara a altas horas de la noche. Se sentía íntimo hablar con él cuando estaba en la cama, y también sexy.

Ella tenía la extraña sensación de que él estaba planeando algo, pero ella no podía adivinar qué podría ser.

Lauren llegó a la casa de Trixie justo a tiempo y tocó la puerta, pero nadie respondió. Ella se preguntó si su abuela había escuchado la puerta y se dirigió hacia la puerta trasera, esperando encontrar a la abuela Trixie haciendo café instantáneo. Ella no podía ver a nadie en la cocina y la puerta estaba cerrada.

Lauren frunció el ceño y volvió a llamar.

Quizás su abuela se había quedado dormida después de su cita. Podrían haber estado hasta tarde en la noche. Ella se había dado cuenta de cómo los dos empezaban a hablar y se olvidaban de la hora. Ella tenía las llaves de la casa, por supuesto, pero rara vez las usaba.

Esta mañana sería una excepción. Lauren abrió la puerta e inmediatamente vio que nadie había hecho café ni desayuno esa mañana. "¡Abuela Trixie!" gritó ella. "Soy Lauren. ¡Estoy aquí!"

No hubo respuesta.

"¡Levántate y brilla!" gritó ella mientras dejaba todo su equipo en la cocina.

Silencio.

Qué extraño. Quizás su abuela se había caído. Con ese pensamiento, Lauren se apresuró a cruzar la cocina y se dirigió al pasillo. La casa se sentía quieta de una manera que era muy antinatural, como si estuviera vacía. Nunca se sentía así, sino siempre parecía exudar la naturaleza burbujeante de su abuela. Lauren se apresuró al dormitorio principal, su preocupación se redoblaba.

Ella vaciló en el umbral. Ella podía ver la figura de su abuela en la cama, pero algo andaba mal.

La abuela Trixie estaba demasiado quieta.

Fue entonces cuando se dio cuenta de que había algo más mal.

El olor.

La abuela Trixie no se había quedado dormida.

Ella había muerto.

LAUREN LLAMÓ a Ty primero porque era el menos probable de cualquier miembro de su familia que se pusiera histérico. De hecho, su hermano mayor era una de las personas más prácticas que ella conocía, además de que ella sabía que él era el albacea de Trixie. Ella misma se sentía cercana a la histeria, después de haber visto más de cerca a la abuela Trixie.

Lauren había querido que se demostrara que estaba equivocada, pero su abuela no parecía estar dormida. Ella tenía la boca abierta, la piel pálida y estaba fría. Lauren se retiró a la cocina, le temblaban las manos cuando llamó al número de Ty.

"Lo siento", dijo ella tan pronto como él respondió. "Sé que es temprano..."

"Detente", interrumpió Ty con firmeza. "Toma una respiración profunda, Lauren, y baja la velocidad. ¿Qué ocurre?"

"La abuela Trixie", dijo ella, con voz entrecortada. "Ella está muerta." Fue entonces cuando empezó a llorar. Ella respiró hondo y luego se atragantó, las lágrimas fluyeron justo después de eso.

Ty maldijo en voz baja. "¿Estás en la casa?"

"Sí."

"¿Has llamado a alguien?"

"Sólo a ti. Acabo de llegar. Ella no estaba en la cocina y no abrió la puerta. Entré y... La voz de Lauren se quebró.

"Está bien, estoy en camino. ¿Puedes llamar a la policía local? No es necesario utilizar el 9-1-1."

"No, supongo que no hay mucha emergencia."

"Enviarán una ambulancia y..." hizo una pausa cuando Lauren tomó una respiración entrecortada. "¿Prefieres esperar hasta que yo llegue?"

"Sí," admitió Lauren, sintiéndose como una niña pequeña, no como una adulta que podía manejar detalles tan prácticos.

"Bien. Puedes quedarte allí, dar un paseo o tomar un café... "

"Haré una taza de té."

"Bien. Llegaré lo más rápido que pueda".

"Gracias," susurró Lauren. Ella agarró su teléfono y miró hacia el dormitorio. Ella no quería volver a mirar así a la abuela Trixie. Ella quería recordarla viva y llena de problemas.

Fue a la cocina a poner a hervir la tetera. Había algunas fotos en la nevera, tomadas en la boda de Ty, y Lauren se detuvo para mirarlas. Sus ojos se llenaron de lágrimas ante la de su abuela bailando la Macarena con Kyle, sus labios se curvaron por la risa. Lauren se dio cuenta de que él se estaba burlando de ella y acababa de decir algo que la hizo reír. Albert miraba con placer.

Y Kyle. El pecho de Lauren se apretó. Kyle se veía maravilloso.

Ella tomó la foto, se olvidó de hacer el té y se fue al patio trasero. Ella había borrado el número, pero solo había una persona cuya voz quería escuchar, pero afortunadamente Lauren aún recordaba el número.

GWENDOLYN HABÍA DADO a luz a una niña de ocho libras.

Para Kyle era asombroso que la pequeña Gwendolyn pudiera haber tenido un bebé tan grande, pero todo era cierto. Él había sido bombardeado con llamadas telefónicas y tantas fotos que su teléfono se iba a quedar sin espacio. Él había hablado con Dave y con ambos niños, así como repetidamente con su madre.

De hecho, él estaba emocionado de ver al bebé y le había dicho a Dave que pronto estaría en California por F5F.

¿Qué le enviaba un tío a una nueva sobrina?

Kyle no tenía idea, así que fue a la enorme tienda de bebés de lujo por la que pasaba todos los días y pidió ayuda. La recepcionista era atractiva y muy servicial. Ella no solo estaba trabajando en su comisión. Él sabía que si le preguntaba por un café más tarde, o casi cualquier otra cosa, ella habría estado de acuerdo.

Kyle no preguntó.

Su perspectiva había cambiado y estaba contento. La Navidad sería cuando su gran plan se concretara.

Kyle apenas podía esperar, pero Lauren había hecho la regla y él la iba a seguir.

Él salió de la tienda con una cantidad ridícula de paquetes, tantos que tuvo problemas para contestar su teléfono celular cuando sonó. "Kyle aquí."

Una mujer contuvo el aliento y luego comenzó a llorar desconsoladamente.

Ese no era normalmente su efecto sobre las mujeres.

"¿Estás segura de que tienes el número correcto?" preguntó él cuándo ella no habló.

"Oh, Kyle," susurró Lauren, su voz llena de lágrimas. "Es la abuela Trixie".

"¿Qué hay de la abuela Trixie?" preguntó él, aunque tenía un mal presentimiento sobre cuál podría ser la respuesta.

"Ella está muerta. La encontré. Estoy en la casa."

"¿Le dijiste a alguien?" preguntó él cuando ella comenzó a llorar de nuevo.

"Ty viene."

"Buena elección", dijo Kyle, tratando de tranquilizarla. Yo también habría llamado a Ty. Es alguien que siempre sabe qué hacer."

"Sí," asintió Lauren vacilante.

Él decidió que necesitaba hacerla sonreír. "Mientras que yo soy una opción menos ideal, a menos que quieras sexo salvaje o la lima de mi tequila".

"Te dejaré ir entonces", dijo ella con tristeza.

"¡No! Estaba tratando de hacerte sonreír y claramente, apesto también. Si quieres hablar conmigo, estoy aquí".

"Quiero que me hables," dijo Lauren. "Dime algo, lo que sea, para que no piense en cómo se ve mi abuela en este momento y en lo frías que están sus manos".

"Sus manos no estaban frías cuando bailamos en la boda de Ty", dijo Kyle.

"Tengo una foto."

"¿De Trixie?"

De ustedes dos bailando. Estaba en la nevera. Es una buena foto de los dos. A ella también le debe haber gustado. Ella tomó una respiración temblorosa. Albert también se está riendo.

"Supongo que estábamos haciendo travesuras".

"Creo que fue la Macarena".

"Oh, ella trabajó en eso. La gente de la mitad de su edad no podía seguir el ritmo."

"Lo sé."

"Probablemente haya una foto de ese tango que bailó con Theo. Recuerdo que todos los flashes se apagaron."

"Eso fue genial." Lauren sollozó. "No quiero que esté muerta, Kyle".

"No, Lau, yo tampoco." Hubo un pesado momento de silencio entre ellos. Kyle respiró hondo y volvió a intentar consolarla. Ella te amaba mucho, Lau. Todos podían ver la conexión entre ustedes dos".

"Sí. Supongo que podían".

"Tal vez no viste lo orgullosa que ella estaba de ti. La escuché contarle a Alfred sobre su brillante nieta".

"Ella tiene cinco".

"Ella te llamó por tu nombre".

Había una sonrisa en la voz de Lauren cuando habló. "No soy brillante".

"Trixie lo dijo y yo le creo".

"Estaban en una cita anoche", dijo Lauren. "Ella me regaño cuando llamé en la cena y me dijo que si ella podía tener una cita, ciertamente yo también podría hacerlo".

Estaba en la punta de la lengua de Kyle alentar esa sugerencia, pero no había llegado el momento. Él acababa de aceptar ir a California para investigar el F5F y lo último que quería era que Lauren comenzara a salir cuando él estaba en el otro lado del país. "La Navidad no está tan lejos ahora", dijo él. "Tómate el tiempo para ti". Cuando ella contuvo el aliento, cambió de tema. "¿Conoces el apellido de Alfred? ¿O tienes su número? Alguien debería decírselo".

"Oh, Dios, no quiero".

"Entonces dame el número. Yo lo llamaré".

"¿De verdad?"

De verdad, Lau. Has hecho lo peor parte". Él era firme porque pensaba que ella lo necesitaba. "Que todos los demás den un paso al frente ahora".

"Bien." Su voz temblaba. Probablemente esté en la cocina. Espera."

Kyle esperó. Él veía pasar el tráfico y la gente haciendo sus compras. Él escuchaba la ciudad, pero sobre todo escuchaba a Lauren. Él oyó cerrarse una puerta y abrirse un cajón. Él la escuchó soltar algo y maldecir un poco, luego regresó. Ella le dio el número sin aliento y para entonces, él sabía lo que podía decir.

"¿Alguna vez has escuchado esa historia de que cuando un alma sale de este mundo, entra otra?"

"Sí, pero no puede ser verdad. La población del planeta sigue aumentando."

Su práctica Lauren había vuelto. Esa era una buena señal.

Kyle cantó suavemente. "Y cuando yo muera, y cuando me vaya, nacerá un niño y un mundo, para continuar, para continuar."

"Tienes buena voz", dijo ella en voz baja. "Sin embargo, no lo entiendo".

"Mi cuñada, Gwendolyn, tuvo una niña anoche."

"¿De verdad?"

"De verdad. Ocho libras catorce onzas, veintitrés pulgadas de largo, nacida a las 9:07 p.m. Hora del Pacífico, y si me das un segundo, recordaré su puntuación APGAR"

Lauren se rió y Kyle se emocionó. "¿Desde cuándo sabes tanto sobre bebés?"

"Desde que llegó mi primera sobrina y mi madre me llamó diecinueve veces en un período de veinticuatro horas para mantenerme al día. Gwendolyn no pudo haberse dado cuenta de que su trabajo de parto podría infligir trauma en el otro lado del país."

"Probablemente ella estaba demasiado ocupada para pensar en eso," dijo Lauren, con una familiar sonrisa en su voz. "¿No dijiste que era pequeña?"

"Ella lo es. Incluso en agosto, la protuberancia del bebé parecía lo suficientemente grande como para volcarla." Él exhaló. "Me alegro de que esté bien".

"Y el bebé también," estuvo de acuerdo Lauren. "¿Ya decidieron un nombre?"

"Oh, estaba todo planeado. Han estado intentando tener otro hijo, preferiblemente una niña, durante algunos años. Sabían que era una niña desde la primera ecografía."

"¿Y?"

"Alexandra, pero la llamarán Sasha".

"Lindo. Tu mamá debe estar contenta."

"Ella lo está." Kyle no quería hablar sobre la renovada campaña de Florence para animarlo a convertirse en esposo y padre. Sobre todo, estaba aliviado de que Kenneth no hubiera tenido las cosas para convencer a Florence de que abandonara California. "Acabo de comprar cosas para la Hija Tres."

"¿Quién dice que no eres un hombre de familia?" bromeó ella.

"Yo no lo soy. Soy un converso."

"¡Vamos!"

"Es una niña. Eso es un cambio de juego. Sabes que soy un esclavo de las mujeres en todas partes."

Ella rió de nuevo. "Escucho un auto. Tal vez sea Ty."

"Está bien, ve a hablar con él y yo llamaré a Alfred."

"Gracias, Kyle." Su voz era lo suficientemente cálida como para hacer que Kyle cerrara los ojos y lo saboreara. "Gracias por hablar conmigo. No podría simplemente sentarme aquí con ella".

"Lo sé. Me alegro de que me hayas llamado. Si necesitas algo, ponte en contacto".

"Lo haré. Gracias, Kyle".

Kyle sabía lo que tenía que hacer. Él se apresuró a volver a casa, guardó sus compras y salió por la puerta sin dudarlo ni un momento.

Él tenía que tomar un tren a Mamaroneck.

Él llamó a Alfred en el camino.

PARA CUANDO SE hicieron los informes y llevaron a la abuela Trixie a la morgue, Lauren estaba exhausta. Ty estaba más tranquilo y eficiente de lo que pensaba que podría haber sido, y ella se alegró de que él hubiera podido ir. Estaban parados en la sala de estar de la casa y Lauren dudaba que fuera la única que sentía que la chispa en la casa se había extinguido.

"Construyeron esta casa juntos", dijo Ty, pasando la punta de un dedo por el manto. "Ella vivió todo su matrimonio aquí".

"Y se quedó hasta el final," dijo Lauren, con las lágrimas en aumento.

Ty le pasó un brazo por los hombros y la guió hasta la cocina. "Voy a terminar los formularios. Ve a casa. Toma una copa, tal vez".

"O seis", trató de hacer una broma Lauren, pero no sonó como una. Ella cogió su bolso y su equipo.

"Puedo llevarte", dijo Ty. "Y después regreso"

"Solo vete, así podrás llegar a casa con Shannyn. Puedo caminar y tomar el tren". Se abrocharon los abrigos y se dirigieron hacia la puerta trasera, que Ty cerró con llave, luego por el camino de entrada.

Kyle estaba apoyado contra el coche de Ty, el cuello de su chaqueta de cuero levantado y sus manos metidas en sus bolsillos. Había comenzado a nevar, y su pose lo hacía parecer frío, pero sus ojos estaban hirviendo.

Ella nunca se había sentido más feliz de ver a alguien en su vida.

Ella se detuvo en el umbral y se enfrentó a él, esperando una explicación.

"Espero no llegar tarde", Kyle dio un paso adelante y reclamó el bolso de Lauren, apoyando su mejilla contra la de ella mientras ella se inclinaba hacia su abrazo. Él la atrapó con su mano libre y ella solo quería perderse en su toque. Sus dedos estaban en su cabello, su agarre era sexy y firme. Él se sentía como un lecho de roca, alguien en quien podía confiar.

Más que ver, ella sintió la mirada que intercambiaron Kyle y Ty. "Tengo esto", dijo Kyle en voz baja, un desafío en su tono.

"Está bien", coincidió Ty después de un momento. "¿Quieres que te lleve?"

"Tres son una multitud en ese auto."

"Suficientemente cierto."

"Hay un tren en quince minutos", le dijo Kyle a Lauren. "Tomemos ese y regresemos a la ciudad".

"¿Desde cuándo conoces el horario?" preguntó ella a la ligera.

Él agitó su teléfono. "Desde que lo busqué. Vamos. Vamos a casa."

A casa.

Con Kyle.

Nada podría haber sonado mejor. Probablemente era un desliz de la lengua, pero Lauren lo aceptaría.

Lauren asintió. Kyle cargó su bolso y entrelazó sus manos mientras partían a paso rápido hacia la estación. Ty pasó junto a ellos, él tocó la bocina y saludó con la mano. Lauren le devolvió el saludo, luego metió la mano en el codo de Kyle.

No dijeron nada en el paseo ni en la estación. En el tren, él le pasó el brazo por los hombros y la abrazó. Ella apoyó la mejilla en su pecho y escuchó el ritmo constante de su corazón, luego cerró los ojos. "Gracias", murmuró ella y su agarre se apretó momentáneamente.

Entonces el tren comenzó a balancearse y ella se quedó dormida, sintiéndose segura con el brazo de Kyle alrededor de sus hombros. A

Lauren ni siquiera le importaba lo que él quisiera de ella esta noche. Ella estaba contenta de estar con él.

Por el tiempo que él eligiera quedarse.

EL SEÑOR BERNARD estaba intrigado al ver a la Señora McKay regresar a casa con el Señor Stuyvesant. Él era un joven atractivo, apuesto y bien vestido, y más o menos de su edad. También parecía estar apoyándola ese día, lo que preocupaba al Señor Bernard. Él se apresuró a abrir la puerta, ya que el otro hombre también llevaba las maletas de la Señora McKay, y ella le dio las gracias.

"Malas noticias, señor Bernard", dijo ella, y él vio que ella había estado llorando. "Mi abuela murió hoy".

"Lo siento. Tiene mi más sentido pésame".

"Gracias."

El señor Bernard apretó el botón del ascensor. "Si hay algo que pueda hacer, señorita McKay, sólo tiene que llamar".

"Gracias, señor Bernard". Ella hizo un esfuerzo por sonreír, pero él pudo ver que estaba devastada.

Gracias a Dios que ella tenía un amigo con ella.

El Señor Stuyvesant regresó a los diez minutos y parecía un hombre con una misión. "—Necesito algunas provisiones, señor Bernard. No creo que ella haya comido mucho en todo el día y la nevera está vacía. ¿Puedes sugerir un lugar cercano para los ingredientes de los sándwiches, tal vez una botella de vino?" El señor Bernard ciertamente podía y así lo hizo.

El Señor Stuyvesant regresó en minutos, llevando varias bolsas y luciendo muy satisfecho. "Ese es un gran lugar", dijo él entusiasmado. "Creo que lo tienen todo y todo es tan fresco. Gracias por la recomendación."

"Es un placer, Señor Stuyvesant". Él apretó el botón del ascensor, que acababa de subir con otro residente.

"Sabes, mi edificio no tiene portero. Me estás haciendo darme cuenta de lo que me estoy perdiendo."

"Gracias Señor."

"Gracias, señor Bernard."

El señor Bernard no pudo evitar mirar la hora después de que el joven subiera las escaleras. Él sonrió para sí mismo cuando el Señor Stuyvesant se fue, unos noventa minutos después.

"¿Cómo está la Señora McKay?" tuvo que preguntar.

"Bueno, ella se comió medio sándwich y tiene comestibles para más. Quizás el vino la ayude a dormir." Él sacó una tarjeta y escribió un número de teléfono celular en la parte de atrás, luego se la dio al Señor Bernard con una sonrisa. "Por si acaso."

El señor Bernard le devolvió la sonrisa. "—Por si acaso, señor Stuyvesant. ¿Quieres un taxi?"

"No, caminaré, pero gracias".

El Señor Bernard sostuvo la puerta, luego vio al joven caminar hacia el sur, alejándose del edificio. Él tenía un gran instinto y le gustaba mucho el Señor Stuyvesant.

Mucho sin duda.

EL DÍA del funeral de Trixie era gloriosamente soleado. El viento era un poco fuerte, pero el cielo era de un azul tan claro que parecía infinito. Lauren se alegró de que no hubiera llovido. Ese clima se adaptaba mucho mejor al carácter y la perspectiva de su abuela. Era fácil creer por el sol que la abuela Trixie se había embarcado en otra aventura, y aún más fácil creer que el mundo era un lugar mejor porque ella había vivido.

El servicio fue en la iglesia de su abuela en Mamaroneck, y Lauren había ido en auto con sus padres en la procesión hacia el cementerio. Ella se había fijado en Kyle tan pronto como entró en la iglesia, pero él simplemente le hizo un gesto con la yema del dedo y se quedó en la parte de atrás. Ella no estaba segura de haberlo visto nunca antes con traje, y el azul marino oscuro le sentaba bien. Él parecía el empresario exitoso que era, en lugar del muchacho de la playa que había sido. Eso la hizo sonreír un poco al recordar su comentario sobre envejecer.

Luego regresaron al salón de la iglesia, donde las damas de la congregación habían colocado bandejas de bocadillos y dulces, con café y té calientes. Lauren había estado rodeada de amigos y familiares, todos expresando su pesar. Ella sabía que tendría que esperar para hablar con Kyle, pero eso era algo que esperar.

Ella sintió la mano de un hombre aterrizar en la parte posterior de su cintura, olió una colonia familiar y se volvió hacia él con una sonrisa. "Hola." Su corazón se disparó al galope, prueba de que estar con Kyle nunca pasaba de moda.

Su mirada estaba buscando. "¿Cómo estás?"

"Bien. Aquí es más fácil. Cuando llegue a casa esta noche, será más difícil".

"Si quieres compañía, di la palabra".

"Sí, por favor," dijo Lauren sin pensar y vio su placer en sus ojos. Ella le rozó la solapa con las yemas de los dedos, necesitando tocarlo. "Luces bien en traje".

"Lo sabías desde la boda".

"Aparte del esmoquin, nunca te había visto con traje. Funciona para ti".

"La corbata, sin embargo." Él hizo una mueca, casi con seguridad solo para hacerla sonreír, y se veía tan juvenil que ella lo hizo. "Es una tortura. No sé cómo lo hace Ty todos los días".

"Te acostumbras", dijo ese hombre, apareciendo al otro lado de Lauren. Shannyn estaba con él, su mano en la de él, y por una vez parecía que Ty confiaba en el apoyo de otra persona. Intercambiaron una mirada rápida y Shannyn se disculpó y se dirigió al buffet. Ty le dio a Kyle una mirada, como para despedirlo, pero Lauren reclamó la mano de Kyle para evitar que siguiera a Shannyn.

Ty arqueó una ceja, solo un poco, luego se aclaró la garganta. "¿Sabes sobre el testamento de la abuela Trixie?" le preguntó él, como si Kyle no estuviera allí.

"Solo que ella tiene uno, y que tú eres su albacea."

"Eso es lo que pensé." Ty aceptó un café de Shannyn. "El abogado nos convocará para una lectura la semana que viene, pero pensé que quizás querrías saber ahora que ella te dejó la casa".

Lauren parpadeó. "¿La casa? ¿Su casa? ¿La que construyeron ella y el abuelo?

Ty asintió. "La casa."

"Pero eso no es justo. ¿Qué pasa con los demás? "

"La gente no está obligada a dividir sus posesiones por igual, Lauren. La abuela Trixie podía hacer lo que quisiera con sus cosas. Pasamos mucho tiempo hablando de eso, así que no fue un impulso." Cuando Lauren pudo haber protestado de nuevo, Ty levantó una mano. "Hay otros legados, Lauren. Nadie se queda fuera".

"¿Cómo qué?"

Katelyn recibe sus joyas. Paige se queda con los muebles del comedor".

"A ella siempre le gustó esa teca danesa".

Ty asintió. "Exactamente. Stephanie recibe la colección de libros del abuelo. Maxine recibe la vajilla y la plata de la boda de la abuela Trixie. También hay algunos legados para los hijos de Teresa".

"Pero nada de eso es tan valioso como la casa".

"Y nadie tenía una relación tan estrecha con nuestra abuela como tú".

"¿Tú qué tal?"

"Me nombraron fideicomisario de sus inversiones y recibiré una tarifa anual por administrar esos fondos. La abuela Trixie quería asegurarse de que sus hijas tuvieran seguridad financiera, por lo que debe usarse para sus necesidades, si sus propios fondos alguna vez se quedan cortos. Cuando mueran, lo que quede se dividirá entre los nietos sobrevivientes".

Lauren asintió. "Qué propio de Trixie cuidar de todos".

Ty miró su café por un momento y luego la empaló con una mirada. "No creo que nadie impugne el testamento, dado que hay algo para todos, a menos que decidas vender la casa".

"No lo haría. No podría".

"No estoy sugiriendo que no puedas venderla nunca, pero si la mantienes durante algunos años, esto irá mejor".

"No tengo ninguna intención de venderla".

Ty estaba sobrio. "¿Puedes permitirte quedártela? No hay hipoteca, pero hay impuestos sobre la propiedad y le vendría bien algo de mantenimiento".

Lauren pensó en esa mujer que había pasado por el salón el verano anterior, Ashley Golden. Ella esperaba que su tarjeta estuviera todavía en el cajón de la caja registradora porque tenía la sensación de que su nuevo comienzo iba a ser aún más grande. Ella podría invertir más tiempo en esos cambios de imagen si no tuviera el salón, y podría simplemente alquilar una silla en otra tienda. Quizás una en Mamaroneck. "Creo que sí. Tengo una idea. Déjame ver si puedo hacerla funcionar".

Ty asintió. "Bien."

Luego pensó en otra cosa. "¿Te ofenderías si yo dejara el apartamento en la ciudad? Me ayudaste a conseguirlo, después de todo".

Ty negó con la cabeza. "No, es solo un apartamento". Sus ojos brillaron. "Pero asegúrate de recuperar ese depósito".

"¿Para ti?"

"No, es tuyo. Úsalo para arreglar algo en la casa."

"Gracias," dijo Lauren, sintiendo que la anticipación aumentaba dentro de ella.

"¿Cuándo es tu vuelo?" Entonces Ty le dijo a Kyle, quien se aclaró la garganta como si lo hubieran pillado. Lauren se volvió y lo encontró mirando a Ty con gravedad.

"Gracias por darme la oportunidad de compartir la noticia yo mismo", dijo él.

"Supuse que ya lo habrías hecho", dijo Ty, pero sostuvo la mirada de Kyle durante un largo momento.

"Mañana", admitió Kyle. Ty le deseó un buen viaje y luego se alejó.

"¿Qué fue eso?" Preguntó Lauren.

"Probablemente esa vieja promesa de mantenerme alejado de sus hermanas", dijo Kyle.

"No. ¿Qué quiso decir con el vuelo?

"F5F busca expandirse a nuevos mercados".

"Eso dijiste."

"Tenemos un gran grupo de seguidores en las redes sociales y para nuestros podcasts en California, lo que, según Meesha, significa que nuestra marca es atractiva allí. Acordamos capitalizar eso, potencialmente expandiéndonos a la costa oeste. Soy el equipo de investigación de California. ¿Debería ser Los Ángeles, San Francisco o cualquier otro lugar? Esa es la pregunta." Él hablaba a la ligera, pero la estaba mirando con cuidado. "La idea es que conozco un poco mejor la costa oeste ya que soy de allí".

Lauren trató de ocultar su decepción. "Entonces, ¿te vas?"

Kyle asintió. "Se suponía que debía ir a principios de esta semana, pero me quedé para poder estar aquí".

Su garganta estaba apretada. "¿Cuánto tiempo estarás fuera?"

"Al menos un mes. Quizás más".

Lauren lo entendió. Ella se sintió momentáneamente perdida. Su abuela había muerto. Ella iba a vender su tienda y ceder su apartamento para mudarse a una nueva ciudad. Y Kyle también se iba. En ese momento ella se dio cuenta de cuánto había llegado a contar con él.

"Puedes llamarme cuando quieras, Lau", murmuró Kyle.

Ella sonrió, sabiendo que esa era una oportunidad y que debía aprovecharla. "Pero no podrás hacer mucho al respecto cuando estés a varios miles de kilómetros de distancia".

"No estaré lejos por mucho tiempo. Es solo un viaje de investigación. Seguiré llamándote para que podamos hablar".

"Me gustaría eso."

Él miró a la multitud cada vez más reducida. "¿Quieres quedarte? ¿O tomarás algo más sustancioso cenando conmigo?

"Eso sería bueno". Siguiendo un impulso, Lauren se inclinó más hacia Kyle. Ven a casa conmigo esta noche. Vamos a sacar comida para llevar".

Su sonrisa fue inmediata. "Es una oferta que no puedo rechazar".

"Aquí hay otro que espero que no rechaces. Me vendría bien una dosis de ahora mismo".

"¿De verdad?" Sus ojos brillaron de placer y Lauren se encontró sonriendo un poco.

"Y tal vez algo de esa confianza que exudas todo el tiempo. No tengo práctica con nuevas aventuras".

"Pero es como andar en bicicleta", murmuró él. "Créeme."

Lauren se sorprendió al darse cuenta de lo mucho que lo hacía.

"Tengo una idea", dijo Kyle después de que salieron de la iglesia y caminaban de regreso a la estación de tren. "¿Por qué no me mudo a tu apartamento?"

Lauren se volvió para mirarlo con sorpresa, pero él parecía estar hablando en serio. "¿Qué hay de tu casa?"

"Tenías razón en que yo podría irme en cinco minutos. Tu casa es un hogar. Me gusta más ese."

Lauren no supo qué responder a eso.

"Además, sería más fácil para ti. No tendrías que apresurarte a decidir qué llevar y qué dejar. Solo lleva lo que quieras a la casa de la abuela Trixie y deja el resto".

"Estás jugando conmigo."

"Todo lo que voy a mover son mis cuchillos de chef, dos sillones y mi ropa".

"¿Y la máquina de ejercicios?"

"Es opcional. Hay mejores en F5F".

"Realmente puedes empacar en cinco minutos".

"Realmente puedo. ¿Qué dices? Te pagaré el depósito ahora, puedes mudarte cuando quiera y dejar las llaves en F5F cuando hayas terminado. Me iré al menos un mes, probablemente más".

"Estás haciendo esto realmente fácil".

"No, no, se trata de mí", dijo él con una sonrisa. Ella no le creyó por un minuto. "Siempre quise vivir en un edificio con portero y vista al parque".

"Es solo una vista del parque si te apoyas en un lado de la ventana y miras entre los otros edificios".

"Detalles, detalles". Kyle abrió la puerta de la estación de tren y le sonrió. "¿Qué te parece?"

"Suena bien", dijo ella, deteniéndose en la puerta para darle un beso. Ella se sentía optimista de nuevo y confiada de una manera que Kyle alimentaba dentro de ella. Era un don que él tenía y que ella podía apreciar incluso cuando eran amigos.

Con beneficios o no.

Y eso era increíblemente seductor.

Tal vez ella debería invitarlo a salir después de Navidad. La posibilidad hizo sonreír a Lauren.

QUINCE

Si Kyle necesitaba más convencimiento de que había decidido el plan correcto, lo había recibido con la llamada anual de su padre.

Él regresó a Nueva York desde California el diecinueve de diciembre, sabiendo que tenía que hacer algunos arreglos. Él también tenía que darles un informe a sus socios en la reunión de la junta del miércoles y quería hacerlo en persona. Él ansiaba compartir su plan con Lauren, pero estaba decidido a esperar hasta su cumpleaños.

Incluso si eso lo mataba.

Él la había llamado cada pocos días, manteniendo el ritmo de la conversación, necesitando escuchar su voz a intervalos regulares. Su tienda se había vendido. La mudanza había sido perfecta. Ella hacía cambios de imagen dos días a la semana y trabajaba a tiempo parcial en un salón de Mamaroneck. Parecía que se había corrido la voz de que ella había arreglado el cabello de Trixie y las amigas de su abuela habían estado llenando su agenda.

Su antiguo apartamento se había fusionado en una agradable mezcla de Lauren y él mismo. Hubiera sido más un hogar si Lauren todavía hubiera estado viviendo allí, pero el plan de Kyle se estaba armando para eso. Ella había dejado un juego de platos y un sofá que le gustaba, pero su cama de latón había desaparecido. Su ropa estaba en el armario y sus sillones en la sala de estar. Ella se había llevado todos los libros y libros plegables y había suficiente espacio para la máquina de ejercicios de Kyle. Su bicicleta estaba apoyada contra la pared del dormitorio y, después de todo, él había mudado su cama de artesano. Llenaba el dormitorio, pero a él le gustaba.

Él dejó espacio en el armario para que Lauren pusiera algo de ropa.

Kyle estaba nervioso y lleno de anticipación, no tan seguro de su propio éxito como le hubiera gustado. Eso era nuevo.

Eso le daba a su búsqueda aún más sabor y le demostraba que nada con Lauren iba a ser aburrido o rutinario.

A su regreso, Kyle inmediatamente apeló al Señor Bernard para que le ayudara en un desafío pendiente y le gustó el brillo que iluminó los ojos del hombre mayor. Si alguien en esa ciudad podría resolver esto, sería el Señor Bernard.

Y lo haría por Lauren.

KYLE ESTABA PENSANDO TANTO en su propio plan que se había olvidado del ritual de su padre.

Su teléfono sonó cuando él se dirigía a F5F el miércoles por la tarde. Él respondió sin mirar y luego hizo una mueca al oír la voz de su padre.

"¿Cómo está la astilla del roble viejo?" exigió su padre. "¿Sigues mostrando a los demás cómo se hace?"

"Trabajando mucho, papá. ¿Y tú?"

"De paso, en el camino de regreso a Colorado para las vacaciones."

"Por supuesto." Kyle asintió. "¿Cómo estuvo St. Moritz?" Su padre tenía una rotación regular de las estaciones de esquí que visitaba, aunque en los últimos años había estado más interesado en las fiestas que en las pistas de esquí. Él era un jugador afortunado, frecuentaba casinos y juegos de póquer privados, lo que provocaba una broma perenne sobre sus desventuras románticas.

"No, no, estuve en Zermatt este mes. Gran lugar. Mujeres hermosas."

"Correcto."

"Voy a St. Moritz en el año nuevo, después de una parada en Montecarlo. Deberías venir a visitarnos. Solías ser un gran esquiador, como yo."

"No tengo práctica", dijo Kyle, preguntándose si su padre todavía se acercaba a las mujeres ofreciéndoles lecciones de esquí. "No he esquiado en años."

"Entonces ven a Beaver Creek para las vacaciones. Podemos ponernos al día." Su padre se aclaró la garganta. Y puede que te guste Tanya."

"¿Tanya?"

Su papá bajó la voz. "Una tigresa al principio pero menos entusiasta ahora. Creo que la cansé."

"Quizás no te estás esforzando lo suficiente."

Su padre se rió de la sugerencia misma. "¡Yo no tengo que esforzarme! Puede que te guste Tanya. Si lo hiciera, podría facilitar la transición."

"¿La transición?" Repitió Kyle, fingiendo que no sabía a qué se refería su padre. Él tenía la sensación de que sus conversaciones durante los últimos veinte años podrían confundirse y él nunca notaría la diferencia. Cada llamada era la misma, excepto por el nombre de la mujer abandonada o cortejada. Él podía imaginarse cómo era Tanya, porque todas se parecían bastante también.

ÉL SENTÍA COMO si estuviera esquivando una bala al elegir no seguir el camino de su padre.

"Sabes cómo es, Kyle", continuó su padre. "Ha pasado casi un año. La llevaré de regreso a Beaver Creek antes de que nos separemos, entonces podrá encontrar a alguien más para la temporada. Ella estará bien."

"¿Y tú?"

"Estoy listo para una pequeña variedad de nuevo."

"¿Has hablado con mamá?"

"¡No! ¿Por qué lo haría?"

"Gwendolyn tuvo una niña." Se hizo el silencio y Kyle supo que su padre no reconocía el nombre. Él no tenía conexiones permanentes con nadie, y eso hizo que Kyle se impacientara. Aunque Dave no era su hermano de sangre, su padre podría haber recordado el nombre del segundo hijo y la esposa de su ex esposa. "La esposa de Dave."

"¡Oh! Bueno, a Florence le encantará volver a ser abuela, supongo. No es asunto mío."

"No claro que no. ¿Quién dijo que ningún hombre es una isla?"

"¡Bueno, no fui yo!" Su padre se rió de buena gana. ¿Tienes tiempo para cenar esta noche? Estoy en JFK con Tanya."

"No, tengo una reunión".

"¿Una reunión?" Su padre se mostró escéptico. ¡Te refieres a una cita! ¿Es hermosa? Yo apostaré..."

"No, tengo una reunión, papá. Una reunión de negocios."

"¿Negocios? Todo lo que haces es jugar todo el día en ese gimnasio y echar un polvo.. "

"No, papá. Soy socio en un gimnasio, y eso significa que hago más que jugar y echar un polvo."

"¡Bien, discúlpame!"

Kyle sabía que se suponía que debía reírse de la imitación de su padre, pero no lo hizo. Se sentía viejo y anticuado, cansado, como si su padre estuviera atrapado en una fase de su vida y no avanzara.

Por elección propia.

EL TAXI SE ACERCABA A F5F. "Encantado de hablar contigo, papá. Que tengas un buen vuelo y dale mis saludos Tanya." Kyle no esperó una respuesta, sino terminó la llamada antes de que el taxi se detuviera frente al club.

Su desafío era replicar el éxito de F5F en la costa oeste.

No iba a ser fácil, pero Kyle estaba entusiasmado con las posibilidades.

El vestíbulo de F5F estaba decorado con lazos rojos y bastones de caramelo y Sonia tarareaba junto con un villancico. Kyle caminó hacia la recepción, contento de estar de regreso en el mejor club del mundo, y fue recibido como un héroe que regresa.

Él no pudo evitar pensar que acababa de recibir una llamada del fantasma de la Navidad futura.

TYLER NO ESTABA seguro de qué pensar del nuevo y mejorado Kyle Stuyvesant.

Las cosas habían estado raras desde el verano. Lauren no solo había regañado a Ty por entrometerse en su vida, sino que Kyle también le había dicho a Ty una parte de su mente. En retrospectiva, Ty no podía recordar que Kyle alguna vez estuviera tan molesto por nada.

Algo había sucedido entre ellos en su propia boda, pero Ty había estado demasiado ocupado para preocuparse mucho por eso.

Él podría haber pensado que ese era el final, si Lauren no hubiera llamado a Kyle cuando la abuela Trixie murió y Kyle no hubiera lucido como si fuera físicamente imposible hacer que se moviera sin Lauren. Y luego, Kyle había ido al funeral, en contra de todas las expectativas, y no para apoyar a Ty. No, Kyle había ido por Lauren y ella se había alegrado de su presencia. Ty conocía a su hermana lo suficientemente bien como para leer las señales.

Sin embargo, también conocía a Kyle y se sintió aliviado cuando Kyle se ofreció como voluntario para ir a California para hacer su investigación de mercado. Le había sorprendido la minuciosidad de la presentación de Kyle sobre el mercado de California en la reunión de la junta directiva de F5F el miércoles. Su viejo amigo parecía tener un nuevo propósito. Era natural preguntarse qué era.

¿Era solo la conveniencia lo que había hecho que Kyle se mudara al antiguo apartamento de Lauren?

¿O algo más?

EL VIERNES por la noche antes de Navidad, Ty tuvo la oportunidad de averiguarlo. Shannyn estaba luchando contra un resfriado y se había acostado temprano. Inquieto pero sin querer molestarla, Ty bajó a F5F para nadar.

Fitzwilliam estaba allí para hacer guardia, después de todo.

Era el momento favorito de Ty en el club, cuando estaba cerrado y vacío, y podía imaginarse que era su propio gimnasio privado. Las luces de seguridad estaban encendidas, brillando suavemente, pero dejando los pasillos y las habitaciones llenos de sombras secretas. No había música ni sonido de nadie más.

Hasta que estaba a punto de salir del vestuario hacia la piscina y escuchó un chapoteo.

Ty salió y examinó el área de la piscina, luego exhaló un suspiro de alivio. No era un intruso. Había alguien nadando, su gracia y tamaño significaban que solo podía ser una persona.

Kyle.

Ty no asociaba a su compañero con el insomnio. Él se paró al final de la piscina y esperó, sin querer asustar a su amigo. Kyle apareció en el otro extremo y se volvió, dando un nado de mariposa a lo largo de la piscina. Ty admiró su nado, como siempre, luego frunció el ceño al ver algo en medio del pecho de Kyle.

Kyle no tenía vello en el pecho. Él era rubio y se depilaba los vellos que tenía. Su broma decía que a las mujeres les gustaba más la piel suave. Esa marca era oscura y circular, de al menos quince centímetros de ancho, aunque Ty no podía ver qué era. Kyle llegó al final de la piscina y salió a la superficie, luego saltó un poco cuando vio a Ty. Él se levantó las gafas y miró a Ty con una sonrisa. "¿No puedes dormir?"

"No quiero impedir que Shannyn duerma. ¿Tú?"

Kyle flexionó los dedos en el borde de la piscina. "Energía inquieta. Siempre es así cuando se concreta un plan brillante."

Ty asumió que estaba hablando de la expansión. "San Francisco parece una buena opción. Tu investigación parece sólida..."

"No F5F", dijo Kyle, luego se arrastró fuera de la piscina. Él se pasó una mano por el pelo, exprimiendo el agua, y se habría parecido a la valla publicitaria de Times Square si su expresión hubiera sido menos triste.

"¿ENTONCES QUÉ?" preguntó Ty, luego Kyle se volvió hacia él y se olvidó de su pregunta. "¿Tienes un tatuaje? ¿Qué pasa con toda esa charla de nunca estropear la perfección? "

"Lo superé", dijo Kyle con determinación. "Quiero decir, vamos, incluso tú tienes tinta ahora. Tengo que permanecer en el juego."

Ty no se dejaba engañar. Eso tenía que ser importante.

Él miró más de cerca. El tatuaje era enorme. No era un pequeño capricho lindo, sino una pieza seria en el pecho. Un compromiso en negro y azul. Ty distinguió el detalle de la letra y Kyle lo dejó mirar.

Sus miradas se encontraron y la de Kyle no se arrepintió. "Me equivoqué al hacerte creer que no la conocía."

"¿Cuándo se conocieron?"

"Antes de que se hiciera esa promesa. El marzo anterior, cuando fui a casa para una de las bodas de mi mamá." Kyle se encogió de hombros. "Ni siquiera sabía el nombre de Lau". Él sonrió. "Pero ella tenía mi número, incluso entonces."

Ty se obligó a recordar que había prometido retroceder y dejar que Lauren tomara sus propias decisiones. Él sostuvo la mirada de Kyle, viendo lo serio que era el otro hombre. Un montón de pequeñas pistas de repente cobraron más sentido del que tenían. "¿Ella lo sabe?"

"Aún no."

"¿Y si ella no quiere lo que le ofreces?"

"No cambiará nada", dijo Kyle con una sonrisa y un movimiento de cabeza. "La escritura está hecha. La verdad es para siempre. Depende de ella si hacemos algo más al respecto o no." Él le sonrió a Ty. "Tengo una amiga que me enseñó que la gran elección siempre la tiene la dama."

Ty sonrió. "¿Cuándo se lo vas a decir?"

"Navidad." Kyle suspiró y escaneó el área de la piscina. "Me está matando, pero ella dijo que no quería ni pensar en salir hasta su cumpleaños."

La sonrisa de Ty se amplió ante eso. Le gustaba que Kyle escuchara a Lauren y tenía que pensar que era una buena señal. "¿Hora del Este o GMT?" preguntó a la ligera.

Kyle se giró para mirarlo, luego comenzó a sonreír. "Brillante", susurró él. "Tener una respuesta incluso cinco horas antes sería un alivio. ¿Te importa si robo la idea?"

"CONOCES LOS TÉRMINOS. No lastimes a mis hermanas ".

Kyle asintió. "Conozco los términos. Nunca los olvido, Ty, pero la cosa es que tampoco olvidé a Lau. Ella es la indicada, y yo ni siquiera creía que hubiera una."

Entonces se dieron la mano, en perfecta comprensión. "Buena suerte", dijo Ty y Kyle le dio las gracias.

"Te reto", invitó Kyle con un brillo familiar en sus ojos. "Veinte vueltas."

"Estás encendido", dijo Ty. Eligieron sus carriles y se lanzaron al mismo tiempo, el silencio del club roto por el sonido del agua salpicando. Por una vez, Ty se alegró de compartir el club en medio de la noche.

Él tenía la sensación de que el cumpleaños de Lauren sería feliz.

ERAN las siete de la noche de Nochebuena cuando sonó el timbre de la puerta de la casa de Mamaroneck.

Exactamente a las siete.

Lauren estaba empacando algunas cosas en caso de que decidiera pasar la noche cuando fuera a la casa de sus padres al día siguiente para Navidad. Ella no esperaba que nadie pasara por allí y no conocía bien a muchas personas en la ciudad, así que sintió curiosidad cuando abrió la puerta.

Era Kyle.

Su corazón se apretó con fuerza al verlo, pero ella trató de mantener su expresión casual. Incluso si él solo quisiera sexo, para ella estaría bien.

Ella lo había echado mucho de menos.

Él se veía tan fabuloso como siempre. Él tenía un poco más de bronceado, pero eso solo lo hacía parecer un poco más peligroso con su chaqueta de cuero negra. Hacía que sus ojos se vieran más vívidamente azules y su cabello también más claro. Le recordó al muchacho surfista que había conocido hacía tantos años, excepto que él la estaba mirando con mucha atención. Ella sintió que comenzaba a sonrojarse.

"Feliz Navidad", dijo él y ofreció una caja enorme. "Y feliz cumpleaños."

"Aún no es veinticinco", dijo ella, un poco sorprendida de que él se hubiera equivocado en el día.

"Lo es en Greenwich. Tu gran día ha comenzado oficialmente."

LAUREN SONRIÓ. "SUPONGO QUE SÍ."

Él asintió con la cabeza, luciendo resuelto y decidido. "Quería asegurarme de ser el primero en la fila."

Lauren no supo qué decir. Su corazón empezó a tronar.

"Nunca adivinarás con quién hablé el otro día", dijo Kyle.

"Entonces dime."

Sus ojos se agrandaron. "El fantasma de la Navidad futura."

"Incluso yo sé que Dickens no fue un poeta romántico del siglo XIX." Ella dio un paso atrás y lo invitó a pasar al vestíbulo con un gesto.

Kyle rió. "Un curso diferente."

"¿Tan exitoso como el de los poetas románticos?

"No." Sacudió la cabeza. "Gente totalmente diferente. Godos. Mucho delineador de ojos negro. No es lo mío."

Lauren luchó contra una sonrisa. "¿Estaba Poe en la lista de lectura?"

"Poe, Thackery y Dickens." Kyle hizo una mueca. "Al menos podrían haber echado algo de Austen para mezclarlo un poco."

"Para tentar a tus mujeres románticas"

"Suficiente de eso. Déjame contarte sobre el fantasma."

"Con sus cadenas y gemidos."

"Bastante".

"¿Esto te convierte en Bob Cratchit o Scrooge?"

Kyle hizo una mueca. "Espero que ninguno. Mi padre llamó desde JFK. Es nuestra versión de la Navidad. Me llama desde un aeropuerto en algún lugar, me cuenta sobre su última conquista y cuándo la va a dejar."

"Lindo."

"No es nada agradable." Él la siguió y se sacudió la nieve del cabello, sin apartar la mirada de ella. Él parecía más grande en el pequeño espacio y ella se sintió más consciente de él. "Sin embargo, me di cuenta de que él podría haber sido mi futuro, llamando. Una mujer tras otra. Sin conexión emocional con nadie. Se trata solo de él y su placer."

"¿Podría haber sido?"

"Podría haber sido", dijo Kyle con determinación. "Porque me apartaste de eso haciéndome hacer un balance." Levantó las manos. "Ahora cambio pañales."

. . .

LAUREN SE RIÓ.

"Es bastante humillante lo mucho que te necesita un bebé."

"Espantoso."

"Sí." Su mirada se aferró a la de ella de nuevo. "Nunca pensé que podría hacerlo, pero ahora creo que podría hacerlo. Ahora quiero un hogar en vez de solo un lugar para quedarme."

Lauren solo lo miró en silencio.

Kyle extendió la mano y le tocó la mejilla. "Y eso es todo gracias a ti".

Lauren no pudo sostener su mirada, no cuando él era tan intenso. Ella levantó la caja, que era muy ligera. "Entonces, ¿este es un regalo de agradecimiento?"

"También es un regalo de cumpleaños. Adelante. Ábrelo."

Lauren fue a la cocina, oyó que Kyle la seguía y dejó la caja en el mostrador. El olor le advirtió de su contenido.

Lilas

Ella le lanzó una mirada a Kyle, quien sonrió, luego abrió la parte superior.

Estaba llena de lilas de color púrpura oscuro, de las que más amaba.

Ella respiró hondo su perfume, luego se giró para enfrentarlo. "¡Pero es diciembre! ¿Dónde las conseguiste?"

"Nunca lo diré." Kyle parecía muy complacido de que ella estuviera tan emocionada. Luego la señaló con un dedo. "En realidad, tengo un arma secreta llamada Señor Bernard."

Lauren se rió. "Él puede resolver cualquier cosa".

"Lo sé. Él es genial."

Lo que significaba que Kyle había estado en el apartamento. "¿Estaba todo bien allí?"

"Casi perfecto. Gracias por las cosas que dejaste. Me gusta ese sofá."

"Bien. Esperaba que te gustara." Ella sacó el ramo e inhaló profundamente el aroma de nuevo, sabiendo que tenía que preguntar. "Estás trayendo flores. ¿Significa esto que quieres sexo? Porque podrías haberlo dicho."

Kyle se apoyó contra el mostrador a su lado y sonrió, luciendo tan sexy que la boca de Lauren se secó. Ella lo había echado de menos. Si él quería sexo, ella estaba más que dispuesta a estar de acuerdo. Él bajó la voz a un susurro, esos ojos brillaban todo el tiempo. "Pero entonces habrías pensado que quería solo sexo."

"¿NO ES ASÍ?"

Él negó con la cabeza. Realmente cambiaste el juego, Lau. Nunca ha habido otra mujer que pueda desafiar ese recuerdo de nuestra noche juntos. Pensé que eso era todo,"

"Una cosa hermosa y un alegría eternizada."

"Pero cuando me llamaste el verano pasado, volviste a demostrar que estaba equivocado. Cada vez fue mejor que la anterior. Pensé que había llegado el momento de aprender a creer en el para siempre." Su mirada se aferró a la de ella y se veía tan serio que ella quiso creerle.

Pero ella no se atrevió.

"¿Tú?" bromeó ella a la ligera. "Señor Ahora mismo"

"El ahora mismo es bueno. El ahora mismo puede ser genial. Pero el ahora mismo contigo es siempre lo mejor de todo. Mi pensamiento es que podríamos construir un para siempre con un montón de correctos *ahora mismo* seguidos." El asintió. "Incluso sería la primera vez, lo que lo haría fresco y nuevo."

Lauren sostuvo su mirada, esperando.

"Pero, sabía que serías escéptica", continuó él. "Pensé que tenía que convencerte."

"Puedo adivinar tu plan al respecto."

"Bueno, el buen sexo es parte de eso, pero también hay un par de otros elementos."

"¿Las flores?"

Él asintió. "Además, compré una casa."

"¿Tú? ¿Es una casa móvil? "

Kyle rió. "No. Su base es bastante impresionante, de hecho, dado que está en una zona de terremotos. Necesito ayuda para convertirla de una casa en un hogar, pero hay espacio para todos, no solo para mí."

"¿Todos?"

"Hay una suite para que la visite mi mamá, incluido quienquiera que ella traiga con ella. Hay espacio para que Dave, Gwendolyn y sus hijos vengan y pasen el rato un tiempo. Puse un tablón de anuncios y ya tiene cien fotografías." Él sacudió la cabeza. "Que Sasha me tiene envuelto alrededor de su dedo meñique."

Lauren se rió. "Supongo que sí, si estás cambiando pañales."

"Y LA SUITE principal es enorme, con muchos armarios, por si acaso te gustaría convertirla en tu hogar también." Su mirada se cruzó con la de ella, su expresión expectante.

Esperanzada.

"Tengo una casa, aquí mismo," logró decir Lauren.

"Lo sé. Pensé que podríamos compartir ".

"Eso suena complicado. ¿Dónde está tu casa?"

"En Santa Cruz." Él hablaba muy en serio. "En la intersección de Ahora Mismo y Para Siempre,"

Su pecho se apretó de nuevo. "¿Te mudas allí?"

"A tiempo parcial. Theo y yo decidimos que San Francisco era el próximo lugar obvio para establecer un club F5F. Voy a tomar la iniciativa en ese proyecto, así como pasar más tiempo con mamá, Dave y los niños mientras estoy allí. Realmente me gustaría que vinieras. Sé que tu divorcio debe concretarse antes de que podamos casarnos, pero tal vez eso me dé un poco más de tiempo para convencerte de que hablo en serio."

"Creo recordar que puedes ser muy persuasivo", se encontró diciendo ella.

"Tú también." Sacudió la cabeza él. "Fueron esos libros plegables tuyos los que me hicieron pensar. Me gusta estar en el libro de Felices Para Siempre. No quiero estar en el libro del Fin del comienzo. Nunca." Él levantó la mirada hacia ella. "No me gusta que seas lastimada, Lau, pero me gustaría aún menos si yo fuera quien te lastimara".

Ella se mordió el labio y esperó.

"TE AMO", confesó él. "Siempre te he amado, y parte de eso se debe a que no intentas cambiarme. No quiero intentar cambiarte. Me gustaría estar contigo, pero no funcionará si siempre estás esperando que desaparezca o que algo salga mal. Creo que las expectativas dan forma al resultado final, por lo que debemos creer que puede funcionar o no."

"Entiendo."

"Una vez te dije que solo la tinta era para siempre, así que hice algo mientras estaba en el oeste".

"Hiciste algo," repitió Lauren, desconcertada.

KYLE SONRIÓ y se quitó la chaqueta. Si él iba a seducirla, Lauren no protestaría. Pero ese no era su plan. Él hizo una pausa con las manos en el dobladillo de su camiseta. "Me dolió como el demonio, por lo que sea que valga eso."

Ella no respondió porque él se quitó la camisa, revelando el tatuaje en su pecho. Estaba justo en el medio y era grande. Era una ilusión óptica, como si se hubieran abierto dos puertas en medio de su pecho para revelar el interior.

Las dos puertas parecían estar abiertas de par en par, y aparentemente habían sido cerradas con una cremallera abierta. Un corazón steampunk llenaba el compartimento revelado. Había engranajes y poleas, pero había un sello estampado en el corazón.

Propiedad de Lauren.

Lauren sintió que sus labios se abrían con sorpresa.

Luego ella puso su dedo sobre su nombre y sintió el hueso justo debajo de su piel cálida. "Oh", dijo ella, y le echó un vistazo hacia arriba.

"OH", asintió Kyle, con un brillo en sus ojos. "Lo que quieras está en mi agenda porque quiero hacerte feliz más que nada en el mundo. Si no estás lista o no estás convencida de que puedes confiar en mí, está bien. Eso no cambiará nada. Te he amado desde que te conocí y te amaré por el resto de mi vida. Quizás incluso más que eso."

Él le levantó la barbilla con la yema de un dedo. "Puedes llamarme en cualquier momento para cualquier cosa. Créelo si no crees en nada más." Él rozó sus labios con los de ella, lanzando una marea de calor agradable a través de su cuerpo.

Él se volvió y recogió su camisa de nuevo, moviéndose para pasársela por la cabeza.

"Creo que deberías dejar eso," dijo Lauren y él miró en su dirección. Ella le sonrió. "Me gusta la vista."

"También puedes mantenerme como un dulce visual", ofreció él. "Un juguete de niño para que lo uses para tu placer..." Él no avanzó porque Lauren se arrojó sobre él. Él la atrapó y retrocedió hacia la puerta. Él enmarcó su rostro entre sus manos y tocó la punta de su nariz con la de ella.

"Yo también te amo, Kyle", admitió ella, sintiéndose mejor por decir las palabras en voz alta.

"Supongo que solo necesitaba que me desafiaras a probar algo nuevo por primera vez", dijo él con una sonrisa lenta. "Pero luego, sigo diciendo que se trata de tener la motivación adecuada. Cuando me di cuenta de que podía perderte para siempre, todo quedó muy claro."

"Claro como el cristal," susurró Lauren y Kyle asintió.

"Absolutamente." Sus ojos brillaron cuando la acercó un poco más. "¿Qué tal una pequeña celebración de cumpleaños?"

"Solo hay una forma en la que quiero comenzar el día", dijo ella.

"Tuve la idea de que podríamos ir a Santa Cruz en el nuevo año. Podrías visitar la casa, conocer a Sasha y tal vez incluso aceptar casarte conmigo uno de estos días ".

"No puedo pensar en nada que prefiera hacer", dijo Lauren, vio a Kyle sonreír y luego bajó la cabeza para darle un beso muy satisfactorio.

SOLO UNA NOCHE JUNTOS
FLATIRON 5 FITNESS ESPAÑOL #3

Damon tiene un secreto...

Todos los viernes por la noche, el socio de F5F, quien es la potencia silenciosa, se marcha a las cinco en punto sin explicación. ¿A dónde va Damon? ¿Qué hace él? Sus socios quieren saber, pero Damon no se atreve a compartir la verdad sobre la batalla de su madre contra el cáncer. Ella es el ancla en su vida y él no sabe cómo se las arreglará sin ella. En medio de la noche, cuando está más solo, quiere controlar todas las variables para alguien, para demostrar que no es completamente impotente. Él no espera encontrar una voluntaria tan dispuesta o seductora.

A Haley le encanta resolver misterios...

Especialmente uno como el del hombre hermoso que visita a su paciente favorita todos los viernes por la noche. Él debe ser el hijo de Natasha, pero ¿es también el modelo en la cartelera de ese gimnasio del centro? ¿Dónde aprendió él el masaje terapéutico? Aunque ella es enfermera, el interés de Haley en él y su habilidad no es solo profesional. Ella quiere sentir esas manos sobre su propia piel, durante el mayor tiempo posible. Una noche, ella se arriesga y le pide una lección, solo para descubrir que tiene un hambre por esa sensación que solo Damon puede satisfacer.

Solo una noche juntos
¡Próximamente! Se publicará en agosto

ACERCA DEL AUTOR

La bestseller y galardonada autora, Deborah Cooke, ha publicado más de noventa novelas y noveletas, que incluyen romances históricos, romances fantásticos, novelas fantásticas con elementos románticos, romances paranormales, romances contemporáneos, romances fantásticos urbanos, romances sobre viajes en el tiempo y novelas paranormales para adultos jóvenes. Actualmente, escribe romance contemporáneo y romance paranormal como ella misma, Deborah Cooke, romance medieval como Claire Delacroix, y ha escrito como Claire Cross. Es un éxito de ventas a nivel nacional, así como una de las autoras más vendidas de USA Today y del New York Times. Su romance medieval de Claire Delacroix, La bella, fue su primer libro en aparecer en la Lista de libros más vendidos del New York Times.

Deborah fue escritora residente en la Biblioteca Pública de Toronto en 2009, la primera vez que TPL organizó una residencia centrada en el género romántico, y ella tuvo el honor de recibir el premio Romance Writers of America PRO Mentor of the Year Award en 2012. Ella está en el Cuadro de Honor de la RWA.

Deborah vive en Canadá con su familia y teje demasiado.

Visite sus sitios web en:

http://deborahcooke.com
http://delacroix.net
http://dragonfirenovels.com

OTRAS OBRAS DE DEBORAH COOKE

(Cassie & Reid)

5. Dos bodas y un bebé

6. Solo una segunda oportunidad

(Theo & Lyssa)

7. Solo estar en casa para Navidad

(Chloe & Hunter)

8. Solo un zorro plateado

(Jacquie & Pierce)